KB243111

송진용 新무협 판타지 소설

미정소옥

非情素玉

5

비정소옥 5

송진용 新무협 판타지 소설

초판 1쇄 찍은 날 § 2002년 5월 14일
초판 1쇄 펴낸 날 § 2002년 5월 25일

지은이 § 송진용
펴낸이 § 서경석

편집장 § 문혜영
편집 § 장상수 · 박영주 · 김희정 · 권민정 · 이종민
마케팅 § 정필 · 강양원 · 김규진 · 안진원

펴낸곳 § 도서출판 청어람
등록번호 § 제1081-1-89호
등록일자 § 1999. 5. 31
어람번호 § 제2-0092호

주소 § 경기도 부천시 원미구 심곡1동 350-1 남성B/D 3F (우) 420-011
전화 § 032-656-4452   팩스 § 032-656-4453
E-mail § eoram99@chollian.net

ⓒ 송진용, 2001

값 7,500원

ISBN 89-5505-246-4 (SET)
ISBN 89-5505-370-3 04810

※ 파본은 본사나 구입하신 서점에서 교환하여 드립니다.
※ 저자와 협의하여 인지를 붙이지 않습니다.

비정소옥

非情素玉

송진용 新무협 판타지 소설

완결

5

무정행로(無情行路)

도서출판 청어람

□

목

차

제1장

환주루주(幻宙樓主)의 정체

환주루주(幻宙樓主)의 정체

"대체 당신은……."

단목기는 지나친 놀라움으로 더 말을 잇지 못한 채 눈을 크게 뜨고 노인을 바라볼 뿐이었다. 소옥이 떠난 텅 빈 방 안에 홀로 앉아 있던 노인이 그런 단목기를 향해 빙긋 웃어 보였다.

"곽 노인, 정말 당신이란 말이오?"

자신의 눈을 비비고 난 단목기가 그래도 믿을 수 없었던지 크게 소리쳤다. 노인은 분명 남창부 외곽의 허름한 주가를 지키고 앉아 있던 그 곽가, 곽모용(郭模容)이었다. 동창의 끄나풀 노릇을 하며 탁월한 능력으로 수집한 정보들을 팔던 인물이었던 것이다.

단목기는 일찍부터 곽 노인의 뛰어난 능력을 알아보고 그와의 은밀한 거래를 해왔었다. 단지 그렇게 알고 있었을 뿐인 곽 노인이 오늘은 무명자의 사부이자 환주루(幻宙樓)라는 신비한 단체의 주인이 되어 눈앞에 나타났다는 것이 믿을 수 없기만 했다. 노인과 오 년 동안이나 거래를 해오면서도 그가 만통현(萬通賢)으로 불리는 환주루주였다는 것을 까맣게 몰랐다는 것에 허탈해지기까지 했다. 단목기는 대체 내가 제대로 알고 있는 게 뭔가? 하는 자괴감에 빠졌다.

"놀랐나?"

곽 노인이 자연스럽게 하대를 해왔다. 그동안 영주님이라며 깎듯이 공대를 해왔던 그였기에 단목기는 노인이 더욱 새롭게 여겨져 어리둥절했다.

"나는 네가 궁금해할 많은 것들에 대해서 이야기해 줄 수 있다. 하지만 지금은 우선 이곳을 떠나자."

무엇 때문인지 곽 노인이 서둘렀다. 그가 기침을 하자 밖에서 가벼운 인기척이 들리더니 무명자(無名子) 종유상(鐘裕相)과 함께 두 개의 교자(轎子)를 든 네 명의 사내들이 선뜻 들어섰다. 하나같이 눈빛이 날카롭고 입매가 야무진 것이 쉽게 볼 수 없는 고수들이라는 것을 금방 느낄 수 있는 자들이었다.

"영주를 모셔라."

곽 노인의 말에 공손히 읍을 하고 난 사내들 중 두 명이 단목기 앞에 교자를 내려놓았다. 단목기는 곽 노인이 다른 한 개의 교자에 올라타는 것을 멍하니 바라보고만 있었다.

"꺼려할 것 없다. 사부님의 명대로 따르거라."

망설이는 단목기의 등을 무명자가 가볍게 밀었다. 단목기가 어쩔 수 없이 교자에 오르자 기다리고 있던 두 명의 사내가 그것을 가볍게 들었다. 곽 노인의 교자를 든 자들이 앞서서 허깨비처럼 달려나갔고 단목기의 교자를 든 자들도 역시 날렵하기 짝이 없는 신법으로 그 뒤를 따랐다. 한번 주위를 훑어본 무명자가 마지막으로 방을 나가자 텅 빈 선방(禪房) 안에는 괴괴한 적막이 남아 무겁게 가라앉았다. 무너진 벽과 천장 사이로 차갑고 습한 새벽 안개가 스멀스멀 기어들고 있었다.

밖은 아직 눈앞이 보이지 않는 짙은 어둠이었다. 그러나 교자를 든 사내들은 올빼미처럼 밝은 눈을 가지고 있는 듯 서슴없이 숲을 뚫고 달려나갔다. 단목기는 풀잎 위를 밟고 날듯이 뻗어 나가는 그들의 신법이 초상비(草上飛)라는 절정의 경공신법이라는 것을 알고 더욱 놀랐다. 그가 뒤를 돌아보자 무명자 종유상 또한 풀잎 끝을 차며 가볍게 몸을 던져 뒤따르고 있었다. 어둠 속에서 종유상이 흰 이를 드러내고 웃어 보였다.

"그들은 사부님의 곁을 떠나지 않는 네 명의 수신호위(守身護衛)들이라네."

의아해하는 단목기의 심중을 읽은 듯 곁에 다가온 무명자가 그렇게 말해 주었다.

"그들이 있는 한 감히 사부님을 해칠 자들은 없지."

무명자의 말속에 자부심과 믿음이 가득했다. 단목기는 자신이 무려 오 년 동안이나 곽 노인과 거래를 해왔고, 얼마 전 남창부에서는 사흘이나 그의 주가에 숨어 지냈지만 한 번도 그들 네 명의 수신호위에 대해서는 알지도 느끼지도 못했다는 사실을 떠올리고 몸이 굳어졌다.

'사부님은 잘못 알고 계시다.'

문득 사부로부터 환주루는 이제 세상에 존재하지 않는다는 말을 들었던 것을 떠올리고 그렇게 중얼거렸다. 천하제일을 자부하는 사부조차도 그동안 환주루주인 곽 노인이 건재해 있고, 그의 곁에 이런 자들이 있다는 것을 알지 못하고 있었던 것이다. 그렇다면 세상에서 이 일을 알고 있을 사람이 없다고 해도 과언이 아니었다.

'대체 이들은 보이지 않는 곳에 숨어서 무슨 짓을 하고 있었던 것일까?'

그런 의문이 단목기의 가슴속을 가득 채웠다. 폐인이 되어 사문에서 쫓겨났던 종유상을 오늘날의 무명자로 키워낸 것만 보아도 곽 노인이 가지고 있는 능력을 짐작할 수 있었다. 그런 노인이 스스로의 신분을 감춘 채 남창부 외곽의 그 보잘것없는 주루에서 지난 몇 년 동안이나 세인들의 눈을 속이고 숨어 있었다는 것은 또 하나의 의문이었다. 게다가 무명자 또한 스스로를 숨기고 남창부의 건달패들 속에 섞여 오 년을 보내고 있었다. 그런 일들을 함께 생각하면서 단목기는 두려워지는 것은 어쩔 수 없었다. 과연 이들이 암중에 꾸미고 있는 일이 있다면 그것은 천하를 놀라게 할 만한 것임에 틀림없을 것이라는 생각 때문이었다.

'어쩌면 내가 종 사형을 만난 것도 우연이 아닐지 모른다.'

남궁적의 무리 속에 섞여 있던 그를 본 것이 우연이라고 생각했지만 이제는 그게 아닐지도 모른다는 의심이 들었다. 단목기는 자신이 정말 아무것도 아는 게 없는 허깨비였다는 것을 느끼고 참담해지고 말았다. 동창의 영주로 군림하면서 수많은 정보들을 손에 쥐고 있을 때는 천하의 모든 일이 자신의 손바닥 안에 있는 것처럼 여겨졌었다. 그러나 지금은 세 살 먹은 어린아이보다 조금도 나을 게 없는 자신을 보아야 했다.

곽모용 일행이 산봉우리 하나를 넘어 새벽을 바라보고 멀리 사라졌을 때, 그들이 있던 낡은 선방의 뜰 앞에 나뭇잎처럼 가볍게 내려서는 몇 개의 그림자가 있었다. 구름처럼 자욱히 잠겨 있던 안개들이 그들의 기척에 놀라 흩어졌다.

"속하가 먼저……."

한 사내가 눈으로 사방을 쓸어보며 공손하게 말했다. 오압사(五壓寺)를 떠났던 신기구편(神技九鞭) 갈평(葛坪)이었다.

말없이 머리를 끄덕이는 육십 줄의 노인은 위풍이 당당했는데, 몸에 걸치고 있는 자색(紫色)의 장포가 그의 패도적인 기도와 잘 어울려서 바라보는 것만으로도 위압감을 느끼게 해주었다. 머리에 상투를 틀고 동곳을 꽂고 있는 것이 언뜻 보면 도사인 것도 같았으나 그의 옷차림은 속인의 것이어서 정체를 더욱 알 수 없게 했다.

노인이 가슴 앞에까지 늘어진 검은 수염을 가볍게 쓰다듬었다. 흐린 새벽빛 속에서 그의 두 눈이 이글거리는 정기를 담고 번쩍였다. 곤륜파의 존장이면서 단목기의 사부이기도 한 구룡노사(九龍老師) 구양목(具陽木)이었다.

그에게 더욱 허리를 숙여 보인 갈평이 오른손으로 채찍의 자루를 단단히 거머쥔 채 조심스럽게 선방의 문을 열었다. 안에 감당키 어려운 적이 있어서 뜻밖의 기습을 당할까 봐 조심하는 양이 선연했다. 그가 문을 활짝 열고 한 걸음을 물러섰다. 잔뜩 긴장했으나 안에서는 아무런 기척도 없었다. 보일 듯 말 듯 턱을 끄덕인 구룡노사가 성큼 방 안으로 들어섰다. 그 뒤를 갈평과 노독개(老獨丐) 왕곤(王坤)이 숨 쉬는 것마저 조심스러워하며 허리를 숙인 채 따랐다.

구양목은 마치 그곳에서 이미 떠나 버린 자들의 잔상(殘像)이라도 보고 있는 듯했다. 한동안 곽모용이 앉아 있던 자리를 멍하니 바라보던 그가 가볍게 한숨을 쉬었다.

"정말 너였단 말이냐?"

낮게 중얼거리는 그 소리를 갈평과 왕곤이 들었다. 구양목의 눈길을 받은 갈평이 한 걸음 나서서 더욱 공손하게 허리를 숙이고 머리를 조아리며 말했다.

"속하는 미처 그를 확인하지 못했습니다. 하지만 무명자라고 불리던 그자가 거짓을 말했다고는 생각하지 않습니다."

"종유상, 그놈이 그랬단 말이지?"

"그렇습니다. 그자는 스스로를 종유상이라고 했습니다. 자신의 이름 석 자를 대면 단주께서 믿으실 거라고 했습니다."

"음……."

길게 침음성을 발한 구양목이 덧없이 허공을 바라보았다. 그의 침묵이 길어질수록 갈평과 왕곤은 그 무게를 견디지 못해하는 듯했다. 그들의 이마 위로 굵은 땀방울이 방울져 맺히기 시작했다.

"종유상 그놈이 곽가의 제자가 되어 다시 나타났단 말이지……."

구양목이 몇 마디 더 중얼거렸지만 워낙 작은 소리어서 갈평과 왕곤은 그가 무엇을 말하는지 알아들을 수 없었다.

"곽가야, 너는 정말 그때 내 손에 죽었던 게 아니었단 말이냐?"

다시 곽 노인이 앉아 있던 자리를 물끄러미 내려다보던 구양목이 그렇게 중얼거리고 탄식하듯 한숨을 쉬었다.

"하― 노부는 믿을 수 없다. 믿을 수 없어."

이번에는 세차게 머리를 저은 구양목이 어깨를 늘어뜨리고 돌아섰다.

*　　　*　　　*

"그는 욕심이 많은 자였다."

단목기를 바라보는 곽모용의 눈길이 활활 불타오르기 시작했다. 사냥꾼들이 사용하는 오두막 안이었다. 늦은 가을 새벽의 추위를 쫓기 위해 피워놓은 모닥불이 이글거리며 타올랐다. 곽모용은 그 불길을 고스란히 자신의 눈 속에 빨아들이고 있는 듯했다. 그의 뜨거운 시선을 받고 있는 단목기의 마음도 서서히 달아올랐다.

"내 사부님을 욕하는 거라면 듣지 않겠소."

"듣기 싫어도 들어야 해!"

어느새 곽모용의 언성이 높아졌다. 분하게 여긴 단목기가 자리를 박차고 벌떡 일어섰다. 그가 동창의 끄나풀 노릇을 하며 이름도 없는 허름한 주루나 지키고 앉아 있을 때는 자신을 하늘처럼 떠받들더니, 갑자기 환주루주라는 어마어마한 이름으로 나타나게 되자 그때의 일들을 잊고 이제 자신을 이처럼 핍박한다고 생각하자 더 견딜 수 없었다.

그러나 문을 박차고 뛰쳐나온 단목기는 오두막 밖으로 한 걸음도 내디딜 수 없었다. 앞을 가로막고 선 네 사내의 완고한 모습 때문이었다.

"돌아가시오, 공자."

그중 한 명이 감정이 실려 있지 않은 건조한 음성으로 말했다. 그들과 떨어진 나뭇단 위에 걸터앉아 있던 종유상이 일어나 천천히 다가왔다.

"이제는 너도 알아야 할 때가 되었다. 사부님의 말씀을 끝까지 들어라."

그의 눈빛마저 엄해져 있었다. 멍하니 그런 종유상을 바라보던 단목기가 탄식하고 머리를 흔들었다. 처음에는 종유상을 믿고 따랐으나 이제 생각해 보니 인연이 빌미가 되어 자신도 모르는 사이에 그에게 잡혀온 듯한 느낌이 들었던 것이다.

"휴, 잡혀온 신세가 되고 말았으니 나의 처지가 한심하오."

"사제, 너는 나를 믿지 못하느냐?"

"나는 단지 지금의 내 처지를 믿지 못할 뿐이라오."

자조적으로 말하는 단목기를 물끄러미 바라보는 종유상의 눈 속에 안타까움과 연민이 빠르게 스쳐 지나갔다.

종유상은 생각했다. 자신은 그동안 많은 세월을 자학과 낙담 속에서 보내고 이제야 제자리를 다시 찾아가고 있는 중이었다. 그러나 단목기는 한 번도 이와 같은 처지로 떨어져 본 적이 없었다. 어려서는 사부의 총애를 받았고, 장성해서는 권력의 정점에서 만인을 굽어보며 한껏 위세를 떨쳤다. 그리고 강호에 나와서는 무적의 고수로 두려움과 흠모의 대상이 되었을 뿐, 언제 그가 지금처럼 오고 가는 것마저 마음대로 할 수 없는 처지에 처해보았던가.

종유상은 단목기가 낙심하고 스스로를 비관하는 심정을 충분히 이해할 수 있었다. 자신도 처음 폐인이 되어 강호에 내던져졌을 때 골목 안 개들에게도 핍박을 당하고 아이들에게 놀림을 당하며 자포자기의 심정이 되어 세상을 원망한 적이 있었다.

"자학할 것 없다. 지금의 네 처지는 그래도 내가 당했던 것보다 한결 낫다. 네가 바라보았던 세상을 부정하는 것이 힘든 줄 안다. 하지만 더 큰 세상을 보기 위해서는 네 틀을 깨뜨리는 아픔을 감수해야 한다. 돌아가서 사부님의 말씀을 끝까지 듣도록 해라."

맥없이 돌아서 다시 오두막 안으로 들어가는 단목기의 어깨가 축 처져 있었다. 그것을 바라보던 종유상이 한숨을 쉬고 손을 흔들어 사내들을 물리쳤다.

"나는 네 사부 구양목의 유일한 지기(知己)였다."

곽모용의 얼굴은 단목기가 알고 있는 그답지 않게 진지하고 엄숙했다.

"그는 사부의 대를 이어 자신이 곤륜파의 장문인이 되기를 원했다. 그건 대제자인 그로서 당연히 가졌을 생각이다. 그러나 그의 사부, 그러니까 곤륜의 십사대 장문인이자 네 사조가 되시는 수은용사(水銀龍師) 황유학(黃裕鶴), 황 태사(太師)께서 가지고 계셨던 생각은 그렇지 않았다. 그분께서는 구양목의 흉중에 들어 있는 야망을 경계하셨던 거지. 그래서 그분은 장문 직을 셋째 제자인 무정풍소(無情風簫) 왕서륜(王瑞倫)에게 전해주고자 하는 뜻을 비치셨다. 그러나 왕서륜은 대사형인 구양목이 두려워 감히 그것을 받아들이지 못했다. 그는 소심한 데가 있는 자였지."

여태까지 한 번도 들어본 적이 없는 사문의 일이었다. 단목기는 감히 한눈을 팔지 못하고 온 정신을 기울여 곽모용의 말 한마디 한마디를 기억해 두었다. 그가 자신의 말에 집중하는 것을 본 곽모용이 안심하고 말을 계속했다.

"황 장문께서는 그 일을 두고 나를 불러 은밀히 상의하신 적이 있다. 나는 그분의 면전에서 감히 그분의 세 제자들에 대하여 평을 해드렸다. 대제자 구양목은 이미 마음속에서 접어두셨으니 또 말할 것 없었고, 왕서륜은 심지가 굳은 인물이 되지 못할 뿐더러 대범함이 부족하니 장문인이 되어 한 문파를 이끌어가기에는 적합치 않다고 말씀드렸지. 황태사께서는 심각하게 내 말에 귀를 기울이셨다."

　단목기의 마음 한편에 서운함이 깃들었다. 곽모용이 사부의 둘도 없는 지기(知己)였다면서 사조님 앞에서 자신의 사부에 대하여 좋게 말해 주지 않은 데 대한 불만이 생겼던 것이다. 단목기의 얼굴에 떠오른 그런 생각을 모르는 체하며 곽모용이 쉬지 않고 말을 이어갔다.

　"그러나 곤륜여협(崑崙女俠) 상관혜(上關慧)는 비록 여자의 몸이지만 과단성이 있고 뜻이 바르며 매사에 침착하니 한 문파를 이끌어가기에 부족함이 없었다. 황 장문께서도 내 말에 공감을 하셨다. 그분의 사부이시자 전대의 장문인이셨던 난화선자(蘭花仙子)도 여자의 몸으로 곤륜파를 훌륭하게 이끌어가셨으니 상관혜 또한 그렇게 할 수 있는 것이다."

　단목기는 곽모용의 말을 들으면서 역시 그가 곤륜과 깊은 친분을 맺고 있었다는 것을 알았다. 당시에도 그는 세상의 모든 정보를 손에 쥐고 있다는 환주루주였으니 무림에서의 위상과 명성이 결코 구대문파의 장문인에 못지 않았을 것이었다. 그러므로 그가 곤륜의 장문인과 세대를 뛰어넘어 돈독한 정을 쌓고 있었다고 해도 이상할 건 없었다. 그는 사부의 지기였으면서 또한 사조님의 말벗이기도 했던 것이다.

　당시 황유학의 심중에도 상관혜에 대한 생각이 깃들어 있었다. 다만 그녀가 여자의 몸이라는 것 때문에 망설였는데 곽모용의 말을 듣고 그 꺼림칙함을 떨쳐 버릴 수 있었다. 황유학은 은밀히 상관혜를 불러 그녀에게 자신의 사부인 난화선자의 검법을 전수해 주었다. 유룡검법(遊龍劍法)이었다.

　곤륜파는 대대로 장문인이 되기 위해서는 자신만의 독특한 절기를 창안해 내어 인정을 받아야 했다. 난화선자의 유룡검법이 그 좋은 예였다.

황유학은 상관혜에게 유룡검법을 전해준 직후 대제자인 구양목에게는 자신의 구룡장법(九龍掌法)을 전해주었고 왕서륜에게는 선대로부터 내려오는 육화검법(六化劍法)을 물려주었다. 세 제자에게 각기 공평하게 절기를 전해준 것이다. 아니, 구양목과 왕서륜을 더 편애하여 상관혜보다 그들에게 더욱 위력적인 사문의 절기를 전해준 것 같았다. 그러나 구룡장법이나 육화검법은 이미 그 파괴적이고 강한 수법이 완성되어 굳어진 것들이었다. 변화할 여지가 적었던 것이다.

유룡검법은 그렇지 않았다. 여자인 난화선자가 완성시킨 검법인만큼 그 섬세함과 초식의 기묘한 변화들이 무궁무진했다. 위력적인 면에서는 구룡장법이나 육화검법에 비해 부족했지만 초식의 기오막측한 변화와 정교함에 있어서는 단연 뛰어난 것이기도 했다. 시전하는 사람에 따라서 자유자재로 변화와 변초를 구사해 낼 수 있는 검법. 그랬기에 그 안에서 새로운 검법의 길을 궁리하여 열고 만들어내는 것도 다른 절기들보다 훨씬 많은 가능성을 가지고 있는 것이었다. 결국 황유학은 상관혜가 구양목이나 왕서륜보다 빨리 그녀만의 절기를 창안해 내어 사형제들을 누르고 장문인의 자리를 물려받기를 원했던 것이다.

그러나 상관혜에게는 당시 두 가지의 갈등이 있었다. 그건 사부인 황유학도 알지 못하는 그녀만의 고민이었고 심마(心魔)에 버금가는 괴로움이었다. 그중 한 가지는 이런 식으로 장문인 자리가 물려져서는 안 된다는 깨달음이었다.

새로운 절기의 창안이라는 명제(命題)를 부여받는 건 좋았다. 하지만 그것이 자신처럼 수법의 교묘함과 변화의 무궁함에 치우쳐서는 곤란했다. 비교적 쉽게 절기를 창안해 낼 수 있다고 해서 그런 것에만 매달린다면 결국 곤륜의 광대무변한 무학은 몇 대 가지 않아 단절되고 말 것이 뻔했다. 겉만 번지르르한 형식과 기교의 수법들이 남을 뿐이라면 그것은 발전이 아니라 퇴보였다.

수법의 치밀함과 변화의 화려함을 인정받아 장문 직을 물려받은 사람은 태사조인 난화선자 한 사람으로 족했다. 자신이 장문인이 되어서는 안 된다는 상관혜의 생각은 사형인 구양목과 사제인 왕서륜이 고민하는 것을 보고 더욱 굳어졌다. 그녀는 곤륜의 장래를 위해서는 구양목 같은 사람이 장문인이 되어야 한다는 생각을 갖게 되었다. 하지만 거기에는 또 다른 괴로움이 있었다. 다름 아닌 자신에 대한 사형과 사제의 사랑이 그것이었다.

나이 많은 구양목은 물론 나이 어린 왕서륜까지도 한 가지로 상관혜를 사랑하고 있었다. 그들은 장문 직보다도 그녀의 사랑을 얻기 위하여 더욱 애쓰는 것도 같았다. 서로에 대한 질투로 사형제가 암중에서 다투고 질시하는 것을 본 상관혜는 더욱 마음이 아팠다. 그녀는 그 무렵 이미 마음속에 사랑하는 사람이 따로 있었던 것이다. 그런 속에서 그녀는 자신만의 절기를 창안하기 위해 매진할 수가 없었다.

뒤늦게 그 사실을 안 구양목과 왕서륜은 절망했다. 특히 집착이 강하고 자부심이 큰 만큼 아집과 명예욕이 강한 구양목의 절망이 더 깊었다. 사랑이 미움으로, 애착이 분노로 뒤바뀌자 그것을 감당할 사람은 천하에 아무도 없었다. 상관혜는 그의 핍박을 끝까지 견디며 자신이 사랑하고 있는 사람에 대하여 끝내 한마디도 말하지 않았다. 정인(情人)을 구양목의 마수로부터 지켜주기 위해서였다. 그런 상관혜의 일편단심이 구양목을 더욱 분노하게 했다.

상관혜는 사문을 떠나기로 마음먹었다. 그동안 여러 차례 왕서륜과 함께 강호에 나와 무명(武名)을 날리고 곤륜여협(崑崙女俠)이라는 아름다운 별호까지 얻은 그녀였다. 더 이상의 미련도 후회도 둘 것 없다고 생각했다. 상관혜는 마지막으로 남창부에 모습을 보인 후 곧 강호를 떠나고 말았다.

얼마 후 사부인 황유학이 갑자기 세상을 떠나 선계(仙界)에 들었다는 소식이 들려왔다. 아직 차기 장문인을 정하지도 못한 채였다.

각기 사문을 떠나 있던 상관혜와 왕서륜은 급히 사문으로 돌아와 사부의 장례를 치렀다. 무당파의 당대 장문인이었던 적양 진인(寂陽眞人)의 집전으로 구화산(九華山)의 도관에서 성대하게 치러진 장례식이 끝나고 중원 각지의 문파와 세가에서 구름처럼 몰려왔던 문상객들도 뿔뿔이 흩어졌다.

원래 아무 일도 없었던 것처럼 적막함이 다시 찾아오자 구양목은 상관혜와 왕서륜을 불러 다시는 사문으로 돌아오지 말라고 명했다. 그는 장문인이 아니었지만 이제는 사문의 제일 어른이었다. 그의 명이 곧 사문의 명이기도 한 것이다.

"다시 강호에서 너희들의 모습이 보인다면 동문의 정을 끊고 말겠다. 그때 가서 내 수단이 너무 무정하다고 원망해도 소용없다."

죽이겠다는 위협이었다. 상관혜는 더 이상 미련을 갖지 않았으므로 홀가분하게 사문을 떠났고, 왕서륜은 마지못해 강호에서 모습을 감추었다. 세상에서 이제 더는 곤륜용봉(崑崙龍鳳)으로 불리던 그들 두 사람을 찾아볼 수 없게 된 것이다.

"너는 네 사조가 되는 황유학 그분께서 왜 갑자기 세상을 떠났는지 아느냐?"

　문득 말을 멈춘 곽모용이 번쩍이는 눈길로 단목기를 바라보았다. 하지만 단목기는 그 일에 대해서 사부는 물론 누구로부터 한마디도 들어 본 적이 없었다. 그가 머리를 가로젓자 곽모용이 흥, 하고 코웃음을 쳤다.

　"그렇겠지. 그가 너에게 그 일을 말해 주었을 리가 없지."

　한동안 무섭게 단목기를 쏘아보기만 하던 곽 노인이 천천히 말했다.

　"그는 바로 너의 사부이자 곤륜의 대제자인 구양목이 죽였다."

　"억!"

　단목기가 외마디 비명을 지르고 벌떡 일어섰다.

　"말 같지도 않은 소리! 어떻게 그런 일이 있을 수 있단 말이오!"

　단목기는 사부가 결코 그런 사람이라는 것을 인정할 수 없었다. 곤륜에 대한 자부심이 대단한 그가 어찌 자기의 사부를 시해할 수 있단 말인가. 이것은 있을 수 없는 일이라고 강하게 부정했지만 곽 노인은 자기의 주장을 굽히지 않았다.

　"좋다. 정 믿지 못하겠거든 네가 그를 만났을 때 직접 물어보거라. 하지만 그때까지는 내 말에 따라야 한다."

　곽 노인이 '돌아가자' 하고 말하자 밖에서 수신호위 중 한 명이 쏜살같이 뛰어 들어와 단목기의 수혈(睡穴)을 짚고 그를 어깨 위에 들쳐 업었다. 밖으로 나간 그는 대기하고 있던 교자에 다시 단목기를 앉히더니 둘이서 앞과 뒤를 들고 날듯이 뛰어 깊은 골짜기 아래로 사라져 갔다. 그 모든 일이 눈 깜짝할 사이에 이루어져서 곽 노인이 어슬렁거리며 오두막을 나왔을 때는 이미 그들과 단목기의 모습이 사라져 버린 뒤였다.

　손짓해 무명자를 부른 곽 노인이 교자에 오르며 근엄하게 말했다.

"너는 더 이상 뒤를 따를 것 없다. 맹(盟)으로 돌아가 사형과 사매를 돕도록 해라."

공손히 허리를 숙여 명을 받은 무명자는 곽 노인을 태운 교자가 골짜기 아래로 사라져 보이지 않을 때까지 그 모습을 바꾸지 않았다. 눈이라도 내리려는지, 새벽 어름에는 맑았던 하늘이 갈수록 음침하게 가라앉아 가고 있었다.

*   *   *

짙은 어둠에 눌린 듯 소리없이 내리는 함박눈이 골목 안에 차곡차곡 쌓이고 있었다. 그나마 희미한 빛을 뿌려주던 한 조각 편월(片月)마저 구름에 가려 버린 지 오래였다. 한 치 앞을 분간할 수 없는 어둠이 세상을 덮었지만 흰 눈 때문에 어렴풋이 사물을 구별해 볼 수는 있었다.

청석(靑石)을 깐 길 좌우로 높은 담에 둘러싸인 저택들이 즐비하게 늘어서 있었는데, 깊은 밤중이라 차마(車馬)는 물론 오가는 사람 하나 없어서 적막하기 짝이 없었다. 고관대작(高官大爵)과 부호들이 모여 사는 북경성 밖 고급 주택가의 골목길이었다.

어느덧 소리없이 쌓인 흰 눈이 저택의 지붕과 담은 물론 골목을 두텁게 덮어 적막감을 더해주었다. 멀리 향산(香山) 기슭에서 불어온 바람 한줄기가 골목 안에까지 다다라 눈송이를 어지럽게 흩칠 때 그것에 떠밀려 온 것처럼 기척도 없이 스쳐 가는 몇 개의 검은 그림자들이 있었다. 어둠의 빛으로 위장하기 위해 흑의에 흑건을 쓰고 있었지만 지금처럼 세상이 흰 눈에 뒤덮이고 나서는 그것이 오히려 그들을 더욱 두드러져 보이게 했다.

세 명의 흑의인들이었다. 그들의 손에 들려 있는 검이 어둠 속에서도 창백한 빛을 뿌렸다. 골목 안에 내려선 자들이 잠시 방향을 가늠하는 듯 사방을 둘러보더니 다시 가볍게 몸을 날려 더 깊은 안쪽으로 빨려들듯 사라져 갔다. 그들이 스쳐 간 곳에는 희미한 발자국이 남겨졌으나 그것마저 곧 눈에 덮여 사라져 버리고 이제는 아무런 흔적도 남지 않았다.

그러나 뒤이어 골목 안으로 뛰어든 두 사람의 눈에는 그들의 흔적이 고스란히 보이는 모양이었다. 늙고 젊은 두 사람은 조금의 망설임도 없이 흑의인들이 사라진 곳을 바라보고 내쳐 달려나갔다. 힘껏 땅을 구르고 뛰어가는 듯했는데 그들의 뒤에는 희미한 발자국조차도 남겨지지 않았다. 눈을 밟아도 흔적이 남지 않는다는 답설무흔(踏雪無痕)의 절정 경신법이 틀림없었다.

아무런 기척도 들려오지 않았지만 흑의인들은 뒤를 쫓는 자들이 있다는 것을 감각으로 느끼고 있었다. 그들의 움직임이 더욱 빨라졌다. 눈앞을 가로막은 높은 벽을 타고 꺾어져 왼쪽으로 굽은 골목을 택해 급히 몸을 숨긴 그들이 다시 땅을 박차려고 무릎을 살짝 굽혔을 때였다.

"흥!"

골목 안의 어둠 속에서 냉랭한 코웃음 소리가 들려왔다. 깜짝 놀란 자들이 급히 벽에 몸을 붙이고 섰다.

"쥐새끼들, 이제 어디로 더 도망갈 테냐?"

세 가닥 수염을 가슴 앞까지 늘어뜨리고 누런 장삼(長衫)을 입고 있는 노인이었다. 두 손을 소매 속에 찌른 채 한가롭게 서 있는 모습에서 여유와 거만함이 느껴졌다. 그를 본 흑의경장인들 사이에 긴장이 물결

치며 흘러갔다. 말없이 눈짓을 교환한 그들이 일제히 몸을 던져 장삼의 노인을 덮쳐 갔다. 단번에 쳐버리고 나가겠다는 신랄한 기세가 검 끝에 고스란히 살아 있었다.

세 가닥의 검기가 곧장 노인을 노리고 삼면에서 화살처럼 쏟아져 들었다. 그것을 보는 노인의 입가에 은은한 비웃음이 떠올랐다.

피웃—!

노인이 가볍게 고개를 젖히자 한 가닥 날카로운 검기가 목을 스치고 흘러갔다. 동시에 소매 속에 감추어져 있던 노인의 한 손이 재빨리 검을 쳐온 자의 손목을 움켜쥐었다. 갈고리가 꽉 조이듯 다섯 개의 손가락이 흑의인의 손목 속에 박혀들었다.

"음—!"

그의 입에서 들릴 듯 말 듯한 신음이 새어 나왔다.

쨍—!

그리고 날카롭고 높은 쇳소리가 노인의 옆구리에서 터져 나왔다. 정면에서 찔러온 흑의인의 손목을 잡아 비틀며 그의 검으로 옆구리를 그어오는 또 하나의 검을 받아낸 것이다.

깡—!

그와 함께 노인의 왼쪽 어깨 위에서 둔한 소리가 났다. 미처 방비하지 못한 마지막 검격을 어깨로 고스란히 받아낸 것이다. 맨몸으로 날카로운 검에 부딪혔는데 무쇠를 들어 친 듯한 쇳소리가 났다는 것이 의외였다. 노인의 어깨를 찍었던 자가 떨려오는 손목을 움켜쥐고 주춤 물러섰다.

"흥!"

그를 흘겨본 노인이 싸늘하게 코웃음을 쳤다.

우두둑―!

노인에게 손목이 잡혀 있던 자의 얼굴이 참혹하게 일그러졌다. 노인이 그를 밀쳐 내며 움켜쥐고 있던 손목을 부수어 버린 것이다. 손 안에 두부를 쥐고 있다가 으깨 버리듯 그렇게 간단하고 명쾌했다. 고통이 불에 지진 인두로 찔러대듯 지독했을 터인데도 비틀거리며 물러서는 자의 입에서는 한마디의 신음 소리도 새어 나오지 않았다. 다만 피가 나도록 입술을 악문 채 무섭게 노인을 노려볼 뿐이었다.

그것을 무시하며 노인은 여전히 태연했고, 가로막힌 흑의인들의 얼굴에는 감출 수 없는 당혹감이 가득했다. 어느새 그들을 뒤쫓아온 두 명의 늙고 젊은 추적자들이 골목 어귀를 막아선 채 유유히 서 있었던 것이다. 흑의인들은 독 안에 든 쥐 꼴이었다. 앞으로도 갈 수 없고 뒤로도 돌아갈 수 없었다.

'오직 죽을 뿐이다.'

그런 생각이 동시에 떠올랐다. 흑의인들이 눈을 마주쳤다. 죽기 전에 마지막으로 서로의 얼굴을 한번 보아두려는 것 같았다. 그리고 철벽을 향해 던져진 한 줌의 흙덩이처럼 두려움없이 노인을 향해 다시 부딪쳐 갔다.

"저놈은 여전히 지독하군."

"흥, 이 부처님께서는 여태까지 제 버릇 개 주는 놈을 못 봤느니라."

골목이 훤히 내려다보이는 한 저택의 높은 용마루 위에 네 사람이 한가롭게 걸터앉아 있었다.

노인의 손에 한 명의 머리가 정(釘)에 맞은 돌덩이처럼 단번에 쪼개져 흩어졌다. 그리고 옆으로 한 걸음 물러섰던 노인이 가슴을 활짝 연

채 다시 한 명을 향해 끌어안으려는 듯 성큼 다가섰다. 노인의 가슴을 찌른 검이 부러질 듯 휘어지더니 맹렬하게 퉁겨져 나갔다. 그자의 목을 움켜쥔 노인의 입가에 사악한 웃음이 걸렸다. 우두둑 하는 끔찍한 소리가 낮게 들려왔다.

수수깡처럼 목이 꺾인 자를 내던진 노인이 마지막 남은 자의 어깨를 와락 움켜쥐었다. 그리고 다리를 걸어차 높이 들어 올리더니 청석 바닥에 거꾸로 처박았다. 우지끈 하는 소리와 함께 정수리부터 꽂히듯 떨어진 자의 머리통이 단단한 청석과 함께 부서져 흩어졌다. 하얀 눈 위로 선혈이 확 뿌려졌다.

비천철각(飛天鐵脚) 장풍서(長豊瑞)가 머리를 설레설레 저으며 혀를 찼다.

"정말 지독하군. 상대하기 싫은 놈이야."

"이 부처님의 취향에는 딱 맞는다. 저놈의 솜씨가 저렇게 통쾌하니 더욱 구미가 당긴단 말이야."

풍치 화상(風痴和尙)이 어깨를 들썩이며 입맛을 다셨다. 그 소리를 들은 영춘 진인(永春眞人) 곽부성(郭富晟)과 최명판관(催命判官) 최흘(崔屹)의 눈살이 잔뜩 찌푸려졌다.

"오래전부터 염라철수(閻羅鐵手) 유기(柳祁)의 솜씨가 잔혹제일(殘酷第一)이라는 말을 들었는데 오늘 보니 과연 허언(虛言)이 아니었구나."

영춘 진인이 소매를 들어 얼굴을 가리고 탄식하듯 말했다.

"그런데 저자가 언제 황궁으로 들어갔지? 몇 년 전부터 통 모습이 보이지 않는다 했더니 다 이유가 있었군."

비천철각(飛天鐵脚) 장풍서(長豊瑞)의 중얼거림을 듣던 풍치 화상이 입맛을 다시며 두 손바닥을 비벼댔다.

"그럼 이 부처님이 한번 놀아볼까?"

아까부터 엉덩이를 들썩거리던 화상이 일어나려는 듯 어깨를 움찔거리기 무섭게 그 뒷덜미를 최명판관 최흘이 꽉 붙들었다.

"기다려라 중놈아, 저기 손님이 또 온다."

최흘이 턱으로 가리키는 곳에 세 사람의 모습이 보였다. 그들은 처음 골목 안에 뛰어들었던 자들과 마찬가지로 흑의를 입고 죽립을 깊이 눌러쓰고 있었다.

"별일이야. 대체 이 밤에 동창의 망나니들이 무엇 때문에 저처럼 떼지어 몰려다니고 있는 거지?"

풍치 화상이 알 수 없다는 듯 머리를 설레설레 저으며 투덜거렸다. 그로서는 염라철수 유기와 싸울 수 없게 된 것이 영 불만스러운 모양이었다.

유기의 손에 처참하게 죽은 세 명의 흑의인들이 동창의 인물들이라는 것은 그럴 것이라고 추측했을 뿐이었다. 복장으로 보아 동창의 창위가 분명했지만 신발에 나비 문양이 그려져 있지 않았던 것이다. 그러나 새롭게 나타난 자들의 신분은 확실히 알 수 있었다. 그들의 신발에는 흰색 나비 문양이 선명하게 수놓아져 있었는데, 그것은 동창의 창위들이 자신을 나타내는 표기였다.

"청안령(靑眼領)이다."

그들을 가만히 내려다보던 최흘이 낮게 말했다. 나비의 날개에 찍힌 푸른 점을 본 것이다. 단목기가 이끌던 홍안령(紅眼領)이 붉은 점을 찍었다면, 청안령은 푸른 점을 찍어서 그들의 소속을 표시했다.

"볼 만하겠군."

영춘 진인이 턱수염을 쓸며 낮게 말했다.

"정말 영주(領主)가 나섰단 말인가?"

최흘이 고개를 갸웃하며 곤혹스러운 표정을 지었다. 그는 물론 나머지 세 명의 노인들도 가운데 선 자의 옷소매에 그려져 있는 나비와 그 날개에 찍혀 있는 푸른 점을 본 것이다. 그것은 영주만이 가질 수 있는 표식이었다.

동창에 있다는 두 명의 영주는 여간해서는 만나볼 수 없는 인물들로 유명했다. 그들은 만나기도 어렵지만 지닌 바 솜씨를 보기란 더욱 어려웠다. 그래서 강호에서는 그들 두 명의 영주를 신비한 인물로 여기고 있었다. 그런데 무슨 일인지 오늘 밤 청안령주로 보이는 자가 직접 나선 것이다. 과연 신비롭기만 하다던 동창의 영주는 어떨까? 하는 호기심으로 괴이사기(怪異四奇)가 일제히 침을 꿀꺽 삼켰다.

괴이사기는 그동안 북경성을 은밀히 뒤지고 다니며 구룡노사(九龍老師)로 불리는 구양목(具陽木)의 종적을 찾고 있었다. 그러나 그는 신룡이 꼬리를 감추듯 좀체 종적을 드러내지 않았다. 지난 여름부터 시작된 그 일에 이제는 싫증도 나고 지쳐 가기도 했다. 어쩌면 그가 북경성 내에는 없는지도 모른다는 생각이 들었다. 며칠만 더 찾아보고 그래도 찾지 못하면 포기할 작정으로 오늘 밤에도 북경성을 뒤지고 다니던 참이었다. 그러던 중 수상한 자들 세 명을 발견했다.

그들은 내성(內城)의 높은 담을 뛰어넘어 와 필사적으로 달아나고 있었다. 맨 처음 그들의 수상쩍은 모습을 발견한 풍치 화상이 환호하며 당장 때려잡을 기세로 소매를 떨치고 나섰을 때 영춘 진인이 급히 화상의 옷자락을 붙잡았다.

"뭐가 있는 것 같다. 우선 조용히 따라가 보자."

"뭐가 있든 말든 우선 잡아놓고 조지자."

그런 다음 차근차근 물어보면 결국 알게 될 것 아니냐는 말이었다. 그러나 영춘 진인은 머리를 가로젓기만 했다. 풍치 화상이 잔뜩 불만스런 얼굴로 볼을 부풀리며 투덜거렸으나 그 또한 진인의 말이 옳다는 것을 잘 알고 있었기에 더 고집을 부리지 않았다. 내성의 담을 넘어 오는 또 다른 자들 세 명의 모습을 본 것이다.

"황궁의 고수들이다."

그들을 지켜보던 최흘이 그중 한 명을 손가락으로 가리키며 낮게 속삭였다. 어둠 속이라 얼굴이 잘 보이지 않았지만, 누런 장삼(長衫)을 입고 있는 노인의 옷소매가 펄럭이며 언뜻 금색 비단실로 수놓은 용 문양(龍紋樣)이 보였던 것이다. 그것은 황제의 신변을 비밀리에 수호한다는 내원(內院)의 고수들에게만 허용된 표식이었다.

원래 용은 황제를 상징하는 것이라 함부로 사용하는 것을 금하고 있었다. 황궁 내에서라면 더 말할 것도 없었다. 그러므로 그런 문양을 옷소매에 당당히 새기고 있는 자라면 내원의 고수가 분명한 것이다.

내원의 고수는 황궁 내에서 발탁해 충원하기도 했으나, 대부분 강호의 인물들 중에서 은밀하게 선정해 불러갔다. 그들은 황제의 명에 응하여 한번 황궁으로 들어가면 다시는 강호에 나오지 않았다. 한때는 쟁쟁한 고수로 명성을 날렸더라도 내원으로 초빙되어 가면 다시는 볼 수 없었으므로 강호에서는 그들에 대하여 은퇴한 것이나 마찬가지로 여겼다.

장삼의 노인이 어디론가 모습을 감추었고, 그 뒤를 따르던 늙고 젊은 두 사람이 재빨리 흑의인들이 사라진 곳을 향해 달려나갔다. 그것을 흥미롭게 지켜보던 괴이사기도 마음껏 신법을 발휘해 그들의 뒤를

좇았다. 그리고 골목 안에서 벌어진 한바탕의 살육을 낱낱이 지켜보게
된 것이다.

황궁 밖으로는 좀체 나오지 않는 내원의 고수가 이 깊은 밤에 황궁
과는 멀리 떨어진 주택가의 골목에서 서슴없이 살인을 했다는 것은 믿
을 수 없는 일이었다. 게다가 그의 손에 맞아 죽은 자들이 동창의 고수
들이라는 데에는 더욱 괴이쩍게 여겨질 수밖에 없었다.

발자국 소리를 감출 생각도 없이 한가롭게 눈 위를 뽀드득거리며 다
가오는 청안령의 창위들을 바라보며 괴이사기는 도대체 내성(內城) 안
에서 무슨 일이 있었던 건지 더욱 궁금해졌다. 내성에서는 황족이 기
거했다. 그러므로 일반인은 그곳에 들어갈 엄두도 내지 못했다. 외성
(外城)에 들어가는 것도 엄하게 금해지고 있었던 것이다. 그런데 내원
의 고수가 분명한 염라철수(閻羅鐵手) 유기(柳祁)를 뒤따라온 늙은이와
젊은이는 분명 일반 강호인이었다. 그들이 어떻게 내성 안에서 나올
수 있었는지도 의문이었다.

그런 의문들을 떠올리며 사태가 어떻게 될 것인가 궁금해하는데 기
왓골 아래로 유기가 천천히 뒤를 돌아보는 것이 내려다보였다. 그의
뒤 삼 장여 되는 곳까지 다가온 동창의 위사 세 명이 멈추어 섰다. 영
주로 보이는 자를 가운데 두고 두 명이 좌우로 벌려 선 모양이었다.

"영주이시오?"

유기의 음성이 떨려 나오는 것처럼 들렸다. 그때까지 골목 어귀를
막아선 채 바라보고만 있던 늙고 젊은 두 명의 일행이 천천히 걸어와
유기 곁에 섰다. 여차하면 유기를 도와 일전을 불사하겠다는 의지가
엿보이는 몸짓이었다.

말없이 서 있기만 하던 가운데 흑의인이 느린 손짓으로 죽립을 벗어 들었다. 이제 눈은 멎어 있었다. 발 아래 쌓여 있는 백설(白雪)로 인해 세상이 은은하게 밝아져 있는 듯했다. 그 속에 처음으로 청안령주의 면모가 드러났다. 각진 얼굴에 코가 높았으며 눈매가 부리부리하고 턱 이 단단해 보이는 사십 대의 중년 장한이었다. 꾹 다물어져 있는 입술 이 두텁고 얼굴빛이 분칠을 한 듯 희었다. 그 낯빛과 함께 왼쪽 뺨에 나 있는 한줄기 검상(劍傷)이 그의 얼굴을 더욱 강하고 매정해 보이게 했다.

"저자가 바로 신비롭기로 이름난 소면귀검(素面鬼劍) 팽위진(彭魏進) 이었군."

가만히 바라보던 최흘이 고개를 끄덕였다. 괴이사기 중 누구도 청안 령주가 신비하다는 말만 들었을 뿐, 정작 본인을 본 사람은 아무도 없 었다. 대체 그의 솜씨가 얼마나 무섭기에 홍안령주와 함께 신비의 두 고수로 입에서 입으로 전해지는 건지 궁금하기 짝이 없었다.

"제기랄, 기다리느라고 똥줄이 다 타는구먼. 빌어먹을 놈들 같으니. 싸우려면 후딱 싸우지 않고 뭐 하고 자빠졌는 게야? 설마 눈싸움으로 시작해서 그걸로 끝내려는 건 아니겠지?"

조바심을 참을 수 없는지 풍치 화상이 제 가슴을 두드리며 어깨를 움찔거렸다. 마음 같아서는 당장에라도 기왓골을 타고 미끄러져 내려 가 이놈 저놈 가리지 않고 한바탕 휘저어놓고 싶었지만 그럴 수 없는 게 한이 되는 모양이었다.

"시작한다!"

곁에 있던 장풍서가 낮게 속삭이며 화상의 옷자락을 흔들었다. 얼른 고개를 숙여 내려다보는 화상의 눈에 염라철수(閻羅鐵手) 유기(柳祁)를 향해 다가가고 있는 청안령주의 모습이 보였다. 화상이 꿀꺽, 침을 삼키는데 팽위진의 낮은 음성이 허공을 타고 웅웅 울려왔다.

"늙은이, 네가 한 짓이겠지?"

그가 눈으로 유기의 등 뒤를 가리켰다. 거기 흰 눈을 붉게 물들이고 있는 흑의인들의 참혹한 주검이 있었다. 마음에 꺼려하는 바가 있는지 난처한 얼굴로 고개를 갸웃거리던 유기가 턱수염을 쓸었다. 잠깐 동안 어떻게 할까 고민했으나 이제 마음을 정한 듯했다.

"그렇소, 노부의 솜씨외다."

동창의 영주라는 신분은 북경 거리에서 대장군의 행렬과 부딪쳐도 비켜주지 않을 만큼 위세가 대단한 것이었다. 유기는 서슴없이 하대하는 팽위진이 비록 못마땅했지만 그에게 함부로 대할 수가 없었다. 내원의 고수라는 신분이 대단하기는 했어도 역시 막강한 위세를 떨치는 동창의 영주만은 못했던 것이다.

"잘했다."

뜻밖에도 팽위진이 시원스럽게 말했다. 유기가 다시 얼굴을 찌푸렸다. 그렇게 말하는 팽위진의 의중을 알 수가 없어서 더욱 곤혹스러웠다.

"알고 있었겠지만 저놈들은 태감 각하의 그림자를 자처하는 십이호법사자(十二護法使者)들이다."

그들은 당대 동창을 이끌고 있는 제독태감(提督太監) 장가령(長可寧)의 비밀 호위(秘密護衛)들이었다. 그들의 존재는 동창 내에서도 철저하게 비밀이 유지되고 있었는데 그것을 서슴없이 말해 버리는 팽위진의 엉뚱함이 또 한 번 유기를 당황하게 했다.

"별로 마음에 들지는 않는 놈들이지만 어쨌든 한솥밥을 먹는 식구들이다. 그러니 그냥 두고 볼 수는 없겠지."

희고 창백한 얼굴 위에 비릿한 웃음마저 떠오르자 유독 붉은 입술이 더 귀기(鬼氣)스럽게 보였다.

"영주, 속하들이 먼저."

뒤에 서 있던 두 명의 죽립인이 나섰다. 그것을 한 손을 들어 제지한 팽위진이 유기를 싸늘하게 노려보았다.

"아니, 내가 직접 하겠다."

유기의 얼굴이 모욕과 낭패감으로 일그러졌다.

"당신이 청안령주라고 해서 봐주지 않소."

"멍청한 늙은이로군. 내원에 있는 늙은이들은 다 그런가?"

팽위진의 그 한마디가 유기의 마음속에 그나마 남아 있던 망설임을 깨끗이 날려 버렸다. 껄껄 웃은 그가 그때까지도 옷소매 속에 숨기고 있던 두 손을 뽑아내며 부드득 이를 갈았다. 그의 손에는 각기 한 자 길이의 철조(鐵爪)가 들려 있었다. 세 개의 거무튀튀한 철조가 하나로 이어져 있는 것이 한 쌍이었으니 각기 손에 끼우는 모양이었다.

그것을 두 손의 검지와 중지 약지에 끼울 때까지 팽위진은 붉은 입술 끝에 야릇한 비웃음을 떠올린 채 인내심있게 지켜보기만 했다.

쩔그렁!

다 끼운 철조를 한 번 부딪치자 요란한 쇳소리가 울려 퍼졌다. 유기의 얼굴에 흡족해하는 웃음이 떠올랐다. 그는 '얼마 만에 이 사랑스러운 애병(愛兵)을 꺼내보는가' 하고 생각했다. 강호에서 횡행할 때는 초혼조(招魂爪)라고 불리는 이 두 쌍의 철조를 두고 두려워하지 않는 자가 없었다. 한번 철조를 손에 끼우면 반드시 죽음을 불러왔다. 그러나 황궁 내원의 고수로 초빙되어 들어가면서 벌써 오 년이 넘게 이것을 써볼 기회가 한 번도 없었다. 심심하기 짝이 없었는데 오늘 밤에는 그 동안의 무료함을 한꺼번에 풀어버릴 수 있게 되었다는 생각으로 유기는 마음이 흡족했다.

"다 됐겠지?"

그런 유기를 물끄러미 바라보던 팽위진이 그렇게 물었다. 이제는 유기의 입가에 짙은 비웃음이 번져 나갔다.

어차피 아무도 알지 못하게 시작된 싸움이었다. 이 싸움의 끝도 역시 세상에서 감쪽같이 숨겨질 것이 틀림없었다. 자신은 물론, 동창에서도 이 싸움을 트집 잡아 말썽을 일으키기 원치 않는다는 것을 유기는 잘 알고 있었다. 영주를 죽였다고 해도 제독태감 장가령은 속 앓이만 할 뿐 드러내 놓고 문책하지 못할 것이 분명했다.

쩡―!

손가락을 움직여 다시 한 번 철조를 부딪친 유기가 그 낭랑한 울림소리를 즐기듯 눈을 가늘게 떴다.

"놈, 노부를 만나게 된 것을 후회할 것이다."

"말이 많은 늙은이로군."

여전히 비웃음을 던지며 성큼성큼 다가서는 팽위진에게서는 아무 조심성도 없어 보였다. 유기는 순간 이 자가 정말 자신과 싸우려는 건가? 하는 의문이 들었다. 목숨을 걸고 싸우려는 상대 앞에서는 적어도 전의(戰意)라거나 살기(殺氣)가 보여야 옳았다. 하지만 팽위진에게서 엿보이는 거라고는 차갑고 냉정한 본래의 모습일 뿐, 그 흔한 적의(敵意)조차도 보여지지 않았다.

'어디, 죽음 앞에서도 그럴 수 있는지 보자.'

불끈 오기가 솟구친 유기가 숨을 멈추고 지그시 입술을 깨물었다.

팽위진은 이제 그의 세 걸음 앞에까지 다가와 있었다. 걸음을 멈추고 물끄러미 바라보아 오는 그의 시선에 긴장은커녕 여전히 싸늘한 비웃음만 담겨 있었다.

"죽일 놈!"

지독한 모욕감을 느낀 유기가 외치며 두 손을 내뻗었을 때였다. 동시에 눈앞에 한가롭게 서 있던 팽위진의 모습이 약간 흔들린 것 같았다.

'별것 아니다.'

찰나의 순간에 본능은 위험하다고 아우성쳤지만 유기는 애써 그것을 무시하며 자신의 필생의 공부가 담긴 철조를 휘저었다. 초혼십이조(招魂十二爪)는 비장의 절초(絶招)였다. 강호에서 육십 평생을 살아오는 동안 펼쳐 보인 적이 몇 번 없었고, 한번 펼쳤을 때마다 반드시 그에게 승리를 가져다 주었다. 아무리 힘들고 어려워 보이는 상대라고 할지라도 자신의 이 절초 앞에서는 처참한 고깃덩이가 되어 나뒹굴곤 했던 것이다.

삐이익—!

날카롭게 뻗은 여섯 개의 철조 끝에서 짧고 높은 피리 소리가 났다. 끊임없이 부딪쳐 쩔그렁거리는 요란한 소리를 허공에 날리는 중에 높은 쇳소리가 섞였다. 불협화음을 이루는 그 역겨움이 듣는 사람의 귀를 먹먹하게 하고 정신까지 혼미해지게 했다. 초혼십이조의 첫 번째 효용인 염왕귀적(閻王鬼笛)이라는 수법이었다.

유기의 고강한 내력이 실려 있었으므로 그 소음은 날 선 칼 못지 않게 위력적이고 위험했다. 내력이 약한 자라면 그 소리만으로도 가슴이 떨리고, 음파의 진동에 심맥이 뒤엉켜 저절로 쓰러지기 마련이었다.

내력이 굳은 자라고 할지라도 정신을 어지럽게 하는 소음에 맞서기 위해 행동이 둔해지고 집중력과 판단력이 떨어졌다. 그러므로 그 틈을 노린 다음 공격에서 상대는 여지없이 목숨을 잃었던 것이다.

유기는 순간적으로 팽위진의 눈빛이 흐려지는 것을 보았다.

'됐다!'

그가 자신의 수법에 걸려들었다고 여긴 유기는 이 싸움은 끝났다는 생각에 즐거워졌다. 말로만 듣던 동창의 영주라는 자가 막상 부딪쳐 보니 별거 아니라는 생각에 조금은 서운하기도 했다. 찰나의 순간에 흘러 지나가는 그런 생각들을 정리할 새도 없이 유기는 재차 손목을 꺾고 비틀며 두 번째 절초인 수라파천(修羅破天)을 펼쳐 냈다.

위이잉―!

철조가 부딪치는 쇳소리는 간데없고, 날카로운 경력이 쇠뇌처럼 쏘아져 나가 허공을 갈기갈기 찢었다. 한번 걸려들면 철근강골(鐵筋鋼骨)의 금강역사(金剛力士)라고 할지라도 천참만륙(千斬萬戮)의 참혹함을 면치 못할 잔혹한 수법이었다.

슈우우―!

자신의 날카로운 경력이 막힘없이 흘러나가는 것을 느낀 유기가 문득 의아해했다. 통쾌하기 짝이 없는 마음과는 달리 이건 아니라는 느낌이 불쑥 찾아들었던 것이다. 놀란 유기가 경력을 거두며 뛰어 물러서려고 하였다.

"흥!"

싸늘한 코웃음이 유기의 고막을 때렸다. 크게 놀란 유기가 버럭 고함을 지르며 흡자결(吸字訣)을 운용해 다시 한 번 자신의 경력을 회수해 들이려고 하였다. 그러나 자신의 의지와는 상관없이 철조를 통하여 빠져나가는 경력의 줄기는 도도하기만 했다. 마치 둑이 무너지고 그리로 거대한 호수 물이 무섭게 쏟아져 나가는 것 같았다.

팽위진은 왼손을 이끌어 사량발천근(四兩發千斤)의 수법으로 유기의 경력을 끌어내고 있었다. 한줄기 부드럽고 질긴 경력을 뽑아 그것으로 유기의 거대한 경력을 얽어 이리저리 당기고 뽑아내는 솜씨가 놀랍기만 했다.

팽위진은 두 손을 가볍게 흔들고 몸을 이리저리 움직이고 있었는데, 마치 술에 취한 듯했고 도도한 홍이 일어 옷자락을 휘날리며 춤을 추는 듯해 보였다. 그러나 그 부드러운 움직임에 얽혀 버린 유기의 경력은 실패에 감긴 실이 줄줄이 풀려 나가듯 마냥 빠져나가기만 했다.

'이놈은 고수다!'

비로소 절실한 느낌이 머리 속을 때리고 지나갔다. 살기가 충만한 자신의 경력을 도인(導引)해 가는 솜씨만으로도 감당할 수 없는 자라는 것을 충분히 느낄 수 있었다. 서역(西域)의 유가술(蹂跏術) 같기도 하면서 차력미기(借力彌氣)의 수법 같기도 한 것이 종잡을 수가 없었다.

유기가 당황할 때 그의 경력을 뽑아내던 힘이 갑자기 소진(消盡)되어 사라졌다. 깜짝 놀란 유기가 한꺼번에 되돌아오는 자신의 힘을 감당치 못하고 비틀거렸다. 그리고 와락 이마에 부딪쳐 오는 팽위진의 부릅뜬 눈이 보였다.

파앗—!

어느 틈에 뽑아 들었던 건지, 팽위진의 손에서 불쑥 튀어나온 듯한 한 가닥 시린 검광이 유기의 목을 치고 빠져나갔다. 아뜩해지는 정신으로 바라보는 유기의 눈에 늙고 젊은 두 사람을 향해 질풍처럼 뛰어들고 있는 팽위진의 뒷모습이 보였다. 끝이다라는 생각이 불쑥 흘러갔다. 그리고 유기는 목을 잃어버린 자신의 몸뚱이가 차가운 땅 위에 모로 쓰러져 눕는 것을 느끼지도 못했다.

"헛!"

놀란 외침을 터뜨리며 두 사람이 좌우로 급히 갈라섰다. 그 틈을 파고들며 쳐올리는 팽위진의 검에는 이제 조금의 유연함도 없었다. 유기를 상대할 때는 비단처럼 부드럽고 봄바람처럼 나긋나긋하더니, 검을 뽑아 치기 시작하자 이제는 폭풍이 되어 있었고 뇌전을 뽑아내고 있었다.

왼쪽으로 돌던 늙은이의 정수리가 반쪽으로 쩍 갈라지며 허연 뇌수를 뿌렸다. 그때 팽위진의 검은 이미 오른쪽으로 물러선 젊은이의 가슴을 깊이 쪼개놓고 있었다. 뼈가 잘리는 소리가 서걱거리며 울려 나왔다.

눈 깜짝할 사이에 불과했다. 검을 들고 우뚝 서 있는 팽위진의 삼면에 세 사람의 주검이 얌전하게 누워 있었다. 뜨거운 선혈이 차가운 허공에 비린 냄새를 날리며 퍼져 나갔다. 발 아래의 눈들이 녹아 핏물과 섞여 흘렀다. 움직임마저 미처 알아볼 수 없었던 격렬한 순간의 뒤에 찾아온 정적은 그래서 더욱 끔찍하고 무겁기만 했다.

유유히 검을 거두는 움직임이 유난히 느리게 보였다. 검을 갈무리하고 다시 죽립을 찾아 쓴 팽위진이 말없이 돌아섰다. 두 명의 호위를 데리고 그가 떠나자 골목 안에는 처절한 침묵이 찾아들었다. 이제는 의미없는 사물이 되어 쓰러져 있는 여섯 구의 주검들이 자신들의 피와 눈이 섞여 흐르는 질척한 땅 위에서 덧없이 식어가고 있었다.

"음, 저건 정말 지독한 놈이었군."

팽위진이 수하들과 함께 사라지고 나서도 한참이 지나서야 풍치 화상의 탄식하는 소리가 적막을 깼다.

"내려가 보자."

역시 한숨을 내쉬고 머리를 절레절레 저었던 최흘이 그렇게 말하고 선뜻 용마루에서 몸을 날렸다. 그의 신형이 어두운 하늘을 가르며 떨어지는 박쥐처럼 소리없이 주검들 곁에 내려섰다. 그 주위로 나머지 세 명의 노인들이 내려섰지만 옷자락 날리는 소리 하나 나지 않았다.

"이자는 구두괴(九頭怪) 손우덕(孫雨德)이었군."

최흘이 머리통이 두 쪽으로 갈라져 있는 노인을 살펴보고 나서 눈살을 찌푸렸다. 강호에서 구두괴(九頭怪)로 널리 알려져 있는 손우덕은 일류고수로 꼽히는 자였는데, 지니고 있는 솜씨보다는 그 음흉하고 지독한 심계(心計)로 더 유명한 인물이었다.

"이 어린놈은 요즘 한창 후기지수(後期之秀) 어쩌고 하며 입방아에 오르내리던 양양문(梁陽文)이라는 놈이다."

가슴이 쩍 벌어져 있는 젊은이의 면면을 살펴보던 장풍서가 그렇게 말하며 허리를 폈다. 그의 눈살이 잔뜩 찌푸려져 있었다.

양양문은 화산파(華山派)가 배출한 젊은 고수로서 이 몇 년 사이에 강북무림을 종횡하며 제법 명성을 얻은 자였다. 강호의 노고수들은 그를 보며 장강의 뒷물결이 앞 물결을 밀어낸다더니 저놈이 그렇다며 아낌없이 칭찬을 해주었다.

"쳇, 정말 센 놈이었다."

풍치 화상이 볼을 잔뜩 부풀린 채 투덜거렸다. 유기와 함께 이 두 명의 까다로운 고수들을 단번에 베어버리고 사라진 팽위진에 대한 못마땅함 때문이었다.

"그런데 대체 이자들이 무엇 때문에 내성(內城)에 있었던 거며, 어째서 황궁의 고수와 함께 행동하고 있었던 거지? 설마 이자들도 내원의 고수로 초빙받은 건 아닐 텐데…… 그것 참 알 수 없군."

그들과 조금 떨어진 곳에서 머리를 숙이고 무엇인가 곰곰이 생각하던 영춘 진인이 혼잣말처럼 중얼거렸다.

"그곳에서 대체 무슨 일이 있었기에 동창의 살수들이 그처럼 황급하게 도망쳐 나온 것일까? 게다가 유기가 직접 내성 밖까지 쫓아와 그들을 죽이고 말았으니…… 설마 그들이 황제라도 암살하려고 했단 말인가?"

영춘 진인의 중얼거림을 들은 노인들의 얼굴에 한결같이 심각하고 진중한 기색이 떠올랐다. 그들도 오늘 밤에 목격한 이 일이 결코 가볍지 않다는 것을 느낀 것이다. 게다가 강호에는 좀체 모습을 보이지 않는 청안령주 팽위진까지 그 살수들의 도주를 돕기 위해 나와 있었다는 것이 더욱 심상치 않았다.

"누가 온다."

최흘이 낮게 소리쳐 주의를 주고 재빨리 몸을 뽑아 한번 담장을 걸어차더니 다시 용마루 위로 솟구쳐 올라갔다. 나머지 노인들이 서둘러 그 뒤를 따랐다. 눈을 딛고 서 있었음에도 불구하고 그들이 떠난 자리에는 발자국 하나 남겨져 있지 않았다.

낮은 인기척이 들려오더니 골목 안으로 역시 동창의 청안령에 속해 있는 자들 네 명이 신속하게 뛰어들었다. 잠시 주위의 흔적들을 꼼꼼히 살핀 자들이 서로 눈짓을 교환하고 각기 유기에게 죽임을 당한 세 명의 살수들을 들쳐 업고 올 때와 마찬가지로 신속하게 그곳을 떠났다.

그때까지도 남아 있던 자가 동료들이 안전하게 떠난 것을 보고 비로소 유기를 비롯한 세 구의 시신을 한곳에 끌어 모으더니 품에서 벽옥의 작은 병을 꺼내 그 속에 들어 있던 백색 가루를 고루 뿌렸다. 곧 시체가 부식되며 타 들어가는 역겨운 냄새가 퍼졌다. 그리고 잠시 후 그 자리에는 한 바가지의 구정물을 쏟아놓은 듯 누런 액체만이 남겨졌다.

그것을 보고 흡족해한 자가 서둘러 벽옥병을 갈무리하고 사방으로 벽공장을 때려댔다. 그의 장력이 담장을 흔들고 그 바깥으로 뻗어 나온 나뭇가지들을 흔들어대자 눈덩이들이 분분히 날려 참혹한 도살의 현장을 두텁게 덮어버렸다. 다시 한 번 주위의 흔적을 꼼꼼하게 살펴본 자가 사라지고 나자 골목 안은 언제 그런 일이 있었느냐는 듯 평온을 되찾았다.

그 모든 일들을 묵묵히 내려다보고 있던 영춘 진인이 휴, 하고 한숨을 내쉬었다.

"세상일이 덧없다더니 이와 같은 걸 두고 이른 말이었던 모양이다."

중얼거리며 망자(亡者)를 위한 진언을 암송하는 진인을 바라보던 화상이 못마땅한 듯 입맛을 다시고 투덜거렸다.

"염병할 놈, 뒈질 놈들이 뒈졌는데 뭐가 불쌍하다고 그래? 이 부처님은 이제 이 끔찍한 곳이 싫어졌다. 어서 가자."

*   *   *

"그렇다면 그는 그곳에 숨어 있는 게 틀림없어요."

어느새 백화은녀(白花隱女)라는 별호로 세간에 알려지게 된 상첩영(商疊瑛)이 그렇게 단정했다.

"뭣이? 그곳이라니?"

눈을 부라리며 두리번거리던 풍치 화상이 버럭 고함을 질렀다.

"너, 이 조그만 계집애야, 똑바로 말해라. 그곳이 어디란 말이냐?"

"숙부님은 다 좋은데 너무 급해서 탈이에요."

눈을 흘기며 곱게 웃어 보인 상첩영이 풍치 화상의 손등을 꼬집었다. '아야, 아야' 하고 엄살을 떨면서도 화상의 입이 즐거움으로 함지박만하게 벌어졌다.

"너는 구양 늙은이가 정말 그곳에 숨어 있다고 확신하는 거냐?"

최흘이 냉엄한 얼굴로 바라보며 재차 물었다.

"그래요. 그는 황궁에 숨어 있는 게 틀림없어요. 그러니 네 분 숙부님들께서 발이 부르트도록 찾아다녔어도 찾을 수 없었던 거예요."

"음……."

영춘 진인과 장풍서가 동시에 침음성을 흘렸다.

그들은 잔혹한 살상이 있었던 골목을 떠난 뒤 곧장 은거지로 돌아왔었다. 북경성에서 십여 리 벗어난 향산(香山) 동편의 한적한 주택가였다. 주로 황궁에 출사하고 있는 관리들과 유지라고 할 수 있는 성내의 부호들이 거주하는 곳이었으므로 깨끗하고 조용했다.

영춘 진인(永春眞人)을 비롯한 사기(四奇)가 머물고 있는 저택은 그 주인이 북경성의 수비를 맡고 있는 금위영(禁衛營) 참장(參將) 유곤(劉崑)의 집이었는데, 어찌 된 일인지 정작 집주인은 간데없고 벌써 일 년이 넘도록 엉뚱한 사람들이 들어와 살고 있었다.

"대체 그 늙은 놈이 황실과 무슨 연관이 있기에 거기 처박혀 있단 말이냐?"

풍치 화상이 툴툴대며 말하자 첩영이 입가에 녹을 듯한 웃음을 매단 채 화상의 팔을 붙들었다. 다시 화상의 큰 코가 벌름거리며 더운 김을 뿜어냈다. 아무래도 첩영의 교태 앞에서는 제 본성을 잊고 순한 양이 되는 모양이었다.

"그거야 천천히 알아보면 되겠지요. 그가 있을 만한 곳을 찾았는데 뭐가 어렵겠어요?"

"좋아, 우리는 너의 총명함을 다시 한 번 믿어보겠다."

언제나 냉기가 풀풀 날리는 최흘마저 첩영을 향해 말할 때는 부드러운 온기가 담겨 있었다.

"고마워요, 둘째 숙부님. 그런데 네 분 숙부님들께서는 이제 어떻게 하실 거죠?"

"글쎄…… 갑자기 할 일이 없어져 민망한 몸이 되었으니 이를 어쩐다……."

영춘 진인이 턱수염을 쓰다듬으며 곤혹스러운 표정을 지었다. 지난 반년 동안 북경을 이 잡듯 뒤지고 다닐 때는 목적이 있었으므로 무료함을 견딜 수 있었다. 그러나 이제 그 목적이 갑자기 없어져 버리자 허탈한 심정이 되었다. 그건 나머지 세 노인들도 마찬가지였다.

"제 생각에는 이곳에 머물러 있으면서 한가하게 쉬는 것도 나쁘지 않을 것 같아요."

"음, 너 꼬마 계집애의 말이라면 무조건 옳다. 하지만 그건 너무 심심할 것 같거든?"

풍치 화상이 볼멘소리로 다시 투덜거렸다.

"머지않아 큰일이 벌어질 텐데 그때는 네 분 숙부님의 힘이 꼭 필요해요. 그러니 잠시 저를 말벗해서 지내시면 안 될까요?"

"히히, 나야 너 꼬마 계집애와 죽을 때까지 놀라고 해도 아무 불만이 없다. 까짓 싸움질 좀 안 하면 어떠냐? 사실 사람 죽이는 것보다 야들야들한 네 볼을 괴롭히는 게 더 재미있지."

말하면서 화상이 투박한 손가락을 뻗어 첩영의 볼을 꼬집었다.

"개소리다. 너 중놈의 말은 백정이 술을 마시지 않고도 살 수 있다는 거나 똑같다."

그들의 정겨워 보이는 모습을 흘겨보며 장풍서가 그렇게 이죽거렸다. 질투가 난다는 눈빛이 역력했다.

"좋다. 그렇게 결정하자. 사실 우리도 그동안 밤낮없이 뛰어다니느라고 죽을 맛이었다. 이젠 좀 쉬면서 게을렀던 공부에 매진하는 것도 앞날을 위해 좋은 일이지."

영춘 진인의 그 말로 괴이사기의 거취는 결정되었다. 그들은 모두 골목 안에서 엿본 청안령주 팽위진의 놀라운 무위(武威)에 마음이 무거워져 있었다. 이곳에서 한가롭게 쉬면서 자신들의 절기를 다시 한 번 점검해 보고 나아가 새로운 절학을 만들어낼 수 있다면 그보다 좋은 일은 없었다.

다들 묵묵히 그 생각에 빠져 있는데 문 앞에서 가벼운 기침 소리가 들렸다.

"문주(門主)께서 오셨습니다."

"응?"

그 소리에 괴이사기가 깜짝 놀라 자리를 박차고 일어섰다. 그러나 첩영은 이미 알고 있었던 듯 조금의 동요도 없었다.

호장무사(護莊武士)가 문을 열자 두 사람이 걸어 들어왔다. 한 사람은 오십 대 중반의 풍채가 당당한 인물이었는데, 부리부리한 호목(虎目)에 정기가 가득했다. 꾹 다문 입과 각진 턱을 따라 무성하게 자라 있는 검은 수염이 굳고 강한 그의 기질을 느끼게 해주었다. 백의경장(白衣輕裝) 위에 남색의 허름한 장포(長袍)를 걸쳤고, 낡은 허리띠에 한 자루의 고색창연한 검을 매달고 있는 모습이 탈속(脫俗)해 보였다. 그를 바라본 풍치 화상이 제일 먼저 소리쳤다.

"너, 제 대가리가 여기에는 웬일이냐? 어째서 하북(河北)을 떠난 거지?"

그 말을 들은 장포인이 쓰게 웃으며 괴이사기를 향해 포권해 보였다.

"아우가 네 분 형들을 뵈오."

"제 문주, 문주가 귀검문을 떠날 날이 다 있었다니 이건 정말 놀랍소."

장포인은 바로 귀검문(歸劍門)의 문주이자 단혈맹(丹血盟)의 맹주로 널리 알려져 있는 운리성검(雲理聖劍) 제만엽(齊萬燁)이었다. 또한 그는 아미파의 화운금검(火雲金劍) 정현 사태(精玄師太)와 함께 이검(二劍)으로 불리는 검학의 종사이기도 했다. 사람들이 말할 때 일승(一僧) 일도(一道)가 먼저 꼽히고 다음으로 이검(二劍)이 꼽혔으며 사기(四奇)는 마지막을 차지하고 있는 것만 보아도 제만엽의 화후가 그들보다 앞서 있음을 짐작하기는 어렵지 않았다.

천하 십대고수의 수위를 차지하고 있던 일승(一僧)과 일도(一道)는 이미 강호를 떠나 은거에 든 지 오래되었고, 이검(二劍) 중의 한자리에 올라 있는 정현 사태 또한 아미산으로 돌아가 기약없는 폐관을 했으니 이제 남은 것은 운리성검 제만엽과 괴이사기뿐이었다.

그러므로 지금의 무림에서 제일의 고수라고 불리기에 마땅한 그는 평산(平山)에 있는 귀검문(歸劍門)을 좀체 벗어나는 일이 없었다. 아무런 활동도 하지 않고, 어느 곳에 속하지 않아도 세상 사람들은 아무도 그가 천하제일의 고수라는 것을 의심하지 않았다.

귀검문은 말이 문이지 실상 그가 머물고 있는 작은 초막(草幕)에 지나지 않았다. 그것을 가리켜 사람들이 공경하는 뜻으로 여타의 대문파와 같이 문이라는 말을 붙여 불렀던 것이다.

어찌 되었든 그 운리성검(雲理聖劍) 제만엽(齊萬燁)이 수행자 한 명만을 거느리고 유람이라도 하듯 한가롭게 북경까지 왔다는 것은 놀라운 일이었다.

"사숙을 뵈옵니다."

첩영이 자리에서 일어나 날듯이 절을 하였다. 제만엽이 그녀의 어깨를 부축해 일으키며 껄껄 웃었다.

"조그만 아이가 이처럼 처녀가 되었으니 이제 곧 좋은 소식을 듣겠구나."

은은히 얼굴을 붉힌 첩영이 다시 제만엽의 뒤에 그린 듯 서 있는 중년인을 향해 공손하게 포권했다.

"종 사형을 뵙습니다."

제만엽을 따라온 사내는 무명자 종유상이었다. 그가 미미하게 웃으며 마주 포권했다.

"오랜만에 사매를 보니 반갑기 그지없네."

"사부님께서는 역시 그분과 동행하셨겠군요?"

첩영이 그윽한 눈길로 종유상을 바라보며 물었다. 무슨 말인가 하여 괴이사기가 눈을 크게 뜨고 종유상과 첩영을 번갈아 바라보았다. 그들은 첩영이 아미파의 화운금검(火雲金劍) 정현 사태(精玄師太)가 늘그막에 유일하게 거둔 제자로 알고 있었다. 그런데 난데없이 낯선 사내에게 사형이라고 부르는 것을 이해할 수 없었다.

"묘하다, 묘해. 아미파가 언제부터 냄새나는 사내놈들을 제자로 받아들였지? 이건 정현 늙은이에게 단단히 따져 물어야 할 일이군."

풍치 화상이 머리를 저으며 한껏 비꼬았다. 그는 정현 사태가 언젠가 남자들을 일컬어 냄새 나는 것들이라고 한 말을 가슴속에 꽁하니 담아두고 있었던 것이다. 화상은 한때 불법(佛法)을 두고 정현 사태와 심한 언쟁을 벌인 적이 있었고, 그때 정현 사태는 풍치 화상의 몸에서 풍기는 찌든 술 냄새와 그 고약한 입 냄새에 머리를 절레절레 흔들며 냄새 나는 사내라는 말로 욕한 적이 있었다.

화상이 그때의 일을 떠올리고 비웃었으나 역시 그 말의 뜻을 알아듣는 사람은 아무도 없었다. 첩영만이 조금은 내막을 안다는 듯 배시시 웃으며 고운 손가락으로 종유상을 가리켰다.

"어찌 그가 아미의 문하라고 생각하셨죠? 셋째 숙부께서는 설마 강호에 나선 사람은 모두 한 사부만 모셔야 한다고 억지를 쓰려는 것은 아니겠지요?"

"엥? 너 계집애는 그럼 정현 늙은이 모르게 딴 사부를 또 모셨단 말이냐? 그건 더 고약하군."

"쓸데없는 소리 그만 지껄여라!"

보다 못한 장풍서가 냅다 화상의 뒤통수를 후려치며 소리쳤다. 사태가 뭔가 심상치 않아 보이는데 노망든 늙은이처럼 마냥 떠벌리는 화상의 헛소리에 짜증이 난 것이다. 화상이 눈을 부릅뜨고 장풍서를 노려보며 막 발작을 하려고 하자 첩영이 눈치 빠르게 나섰다.

"여러 숙부님들께 소개시켜 드리죠. 세상에 둘도 없는 소녀의 사형이랍니다. 오 년 만에 만났으니 그와 사흘 밤을 새며 회포를 풀 작정이죠."

첩영이 비켜서자 종유상이 제만엽에게 가볍게 머리를 숙여 보이고 앞으로 나섰다.

"종유상이라고 합니다. 네 분 숙부님들의 가르침을 받겠습니다."

공손하게 포권하여 인사하는 그를 가만히 지켜보던 최흘이 특유의 싸늘한 어조로 물었다.

"사부가 뉘시냐?"

그에게 더욱 공손하게 머리를 숙여 보인 종유상이 힐끗 제만엽의 눈치를 보고 나서 조심스럽게 대답했다.

"세상 사람들이 환주루주(幻宙樓主)라고 부르는 분이십니다."

"억!"

사기의 입에서 동시에 놀람의 외침이 터져 나왔다.

"그가 아직 세상에 살아 있단 말이냐?"

"환주루가 여전히 강호에 남아 있다는 것이냐?"

"어째서 지난 이십여 년 동안 종적이 없었던 거지?"

"나는 믿을 수 없다. 믿을 수 없어!"

사기가 저마다 동시에 외치자 시끄러운 소리들로 귀가 다 아플 지경이었다. 제만엽이 손을 들어 그들의 흥분을 가라앉혔다.

"어째서 종적이 없었다고 하시는 거요? 나는 이십 년 전이나 지금이나 여전히 강호에 몸담고 있소이다."

"무엇? 그렇다면 제 대가리 너도 환주루의 인물이었단 말이냐!"

놀란 풍치 화상이 눈을 부릅뜨고 악을 쓰듯 외쳤다. 제만엽의 얼굴에 웃음이 번져 갔다.

"그렇소. 현 루주께서는 소제의 사형이 되신다오. 그러니 여기 종 아무개는 첩영과 마찬가지로 소제의 사질이 되는 거지."

"아, 그랬군!"

비로소 느껴지는 게 있었던 듯 영춘 진인이 탄성을 발하고 첩영과 제만엽을 번갈아 바라보았다.

"그랬기에 요 깜찍한 아가씨가 제 문주를 보더니 사숙이라고 부른 거였구나."

그는 첩영이 인사하며 사숙이라고 하자 제만엽이 아미의 정현 사태와 함께 이검(二劍)으로 꼽히며 우애를 나누는 사이였으므로 그렇게 불렀으려니 하고 생각했던 것이다. 그러나 이제는 사숙이라는 호칭에 그보다 더 깊은 연유가 있다는 것을 알았다.

"예나 지금이나 역시 어렵다, 어려워."

장풍서가 머리를 절레절레 저으며 탄식했다. 환주루의 행동이 은밀하고 그들의 하는 짓이 비밀스러워서 알 수 없기는 이십 년 전이나 지금이나 다를 게 없다는 뜻이었다.

최흘이 정색을 하고 나서서 무명자를 가리키며 첩영을 다그쳤다.

"그럼 너는 조금 전 저 사람에게 사부님께서 그와 동행하고 있느냐고 물었는데 그것은 또 누구를 말하는 것이냐? 대체 루주는 무슨 꿍꿍이를 가지고 있었기에 이십 년 동안이나 숨을 죽이고 있었던 거지?"

"그 이십 년 동안의 일들을 설마 지금 이 자리에서 다 말하라는 것은 아니겠지요?"

첩영이 어이가 없다는 얼굴로 최흘을 바라보았다. 최흘도 자신의 요구가 너무 심했다는 것을 깨달았다. 그가 헛기침을 하고 나서 다시 말했다.

"좋다. 나는 환주루주와 동행하고 있다는 사람이 궁금하다."

최흘은 그 사람이 누구인지를 알면 환주루주가 품고 있는 생각의 단서를 찾을 수 있을 것 같았다. 아무 상관이 없는 사람과 동행할 리가 없었고, 또 첩영이 종유상을 보자 대뜸 그 일부터 물은 것으로 보아 그가 중요한 인물이라고 짐작했던 것이다.

"좋아요. 이제 사부님의 계획이 무르익었으니 더 이상 감출 것 없지요. 하지만 서두르지는 마세요. 일이 진행되어 가는 것을 보며 소녀가 조금씩 말해 드리죠."

모두의 시선이 일제히 첩영의 입에 머물렀다. 얼굴을 붉힌 그녀가 살짝 눈을 흘기고 나서 한마디로 대답했다.

"철혈도 단목기."

"허!"

최흘이 다시 한 번 놀람의 탄성을 터뜨렸다. 그는 자신의 사제인 송청림이 남창부에서 단목기의 기도에 제압당해 꼼짝하지 못하고 소옥을 넘겨준 채 돌아왔던 일을 생생히 기억하고 있었다. 또한 그가 동창의 두 영주 중 한 명인 홍안령주(紅眼領主)라는 것도 그때부터 알고 있었다.

송청림의 말을 들은 후부터 사기는 단목기가 곤륜의 문하로서 그들이 찾고 있는 구양목의 제자일지도 모른다는 의심을 품었다. 그리고 그들은 그 의심 때문에 서둘러 남창부를 떠나 북경으로 왔던 것이다. 단목기가 동창의 영주였으므로 구양목 또한 동창에 관련되어 있거나 북경성 내에 숨어 있을 확률이 높다고 여겼기 때문이다. 그러므로 첩영의 그 한마디는 그들의 가슴을 철렁하게 했다.

"어째서 환주루주가 홍안령주와 동행하고 있다는 거지? 설마 루주는 동창의 앞잡이가 되기로 한 건 아니겠지?"

영춘 진인이 급하게 말했다.

"사부님이 어떤 분이신데 그럴 리가 있겠어요? 자세한 내막은 천천히 말씀드리기로 하지요."

첩영이 웃어 보이고 나서 이제는 더 말하지 않겠다는 듯 종유상의 손을 잡은 채 인사도 없이 방을 나갔다. 사기에게 포권해 보인 제만엽도 그녀의 뒤를 따라 나가자 방 안에는 놀라움과 어리둥절함으로 벌어진 입을 다물지 못하고 있는 네 명의 노인들만 남겨지게 되었다.

"대체 어떻게 된 일인지 말해 줘요."

탁자에 마주 앉자마자 첩영이 턱을 괴고 맑은 눈으로 종유상을 빤히 바라보았다. 종유상의 입가에 웃음이 번졌다. 첩영에게는 모든 사람의 마음을 따뜻하게 하고 들뜨게 하는 묘한 매력이 있다고 그는 생각했다. 댕기머리를 팔랑거리며 나비처럼 나풀거리고 돌아다니기 좋아하던 열세 살 무렵에 그녀를 보고 지금 다시 보니 첩영은 어느새 십팔 세의 과년한 처녀가 되어 있었다. 어려서도 그랬지만 이제 어엿한 처녀가 되자 그 매력이 더욱 짙어져 있는 것이어서 종유상은 한편으로 걱정스럽지 않을 수 없었다.

"뭘 말이냐?"

그런 마음의 느낌을 애써 감추며 짐짓 의뭉을 떨자 첩영이 샐쭉하여 눈을 흘겼다.

"지난 오 년 동안 어디서 뭘 하고 있었는지 말이에요. 어째서 한 번도 저를 보러 오지 않았죠? 제가 미워졌나요?"

"그럴 리가 있겠니? 나도 너를 업고 산수유 꽃을 따러 다니던 일이 그리웠단다. 하지만 사부님의 명이 지엄한데 내가 어찌 사사롭게 행동할 수 있었겠느냐?"

"좋아요. 그럼 그동안 어디에 있었는지는 말해 줄 수 있겠죠?"

"남창부."

"뭐요?"

종유상의 무뚝뚝한 대답에 첩영의 눈꼬리가 매섭게 치켜져 올라갔다. 그녀가 입을 삐죽이더니 하얗게 흘겨보며 소리쳤다.

"그러면서도 저를 찾아오지 않았단 말인가요? 저는 지난봄에 본가에 있었어요. 어딘지 아시죠?"

물론 잘 알고 있었다. 남창부의 상권을 손에 쥐고 있는 호안노경(虎眼老勍) 상경문(商京門)의 저택이라면 누구를 붙잡고 물어도 쉽게 찾을 수 있는 곳이었다. 그러나 종유상은 상가장 앞을 몇 번이나 지나쳤고, 첩영이 집에 돌아와 있다는 것을 알면서도 끝내 그녀를 찾아가지 않았다.

할 말이 궁해진 종유상이 헛기침을 했다. 물끄러미 그를 바라보던 첩영이 한숨을 쉬고 시선을 떨구었다.

"좋아요. 사부님의 명이 그랬다니 할 수 없는 일이죠. 그런데 사부님도 함께 계셨나요?"

"함께는 아니지만 사부님도 남창부 경내에 계셨던 건 사실이다."

"세상에……."

첩영이 기가 막혀 벌어진 입을 다물지 못했다.

"어쩌면 그럴 수가 있담. 엎드리면 코 닿을 곳에 있었으면서도 이 제자에게는 조금도 내비치지 않으셨다니……. 설마 사부님과 사형은 서로 짜고서 저를 따돌리려는 건 아니겠죠?"

"그럴 리가 있겠니. 사부님께서는 너의 총명함을 크게 믿고 계시기에 지난 오 년 동안 너에게 모든 것을 맡긴 채 한가롭게 지내셨던 거다."

“흥, 입에 발린 소리.”

눈을 흘긴 첩영이 어쩔 수 없다는 듯 체념한 얼굴이 되었다.

“이미 지난 일이니 어쩌겠어요. 하지만 대체 사부님과 사형은 그곳에서 오 년씩이나 뭘 하고 있었는지는 말해 줘야 해요. 그렇지 않으면 나는 정말 서운해질 거예요.”

빙그레 웃은 종유상이 토라진 첩영의 코끝을 살짝 퉁겼다.

“서운해할 것 없다. 지척에 사부님을 두고서도 나 역시 오 년 동안 찾아뵈올 수가 없었으니까.”

“흥, 사부님은 또 어떤 일을 꾸미고 계셨던 거로군요. 이곳에서 벌여 놓은 일만 해도 감당할 수 없을 지경인데 또 일을 만들어놓으면 대체 어떻게 수습을 하려고 그러신담.”

눈살을 찌푸린 채 걱정하는 첩영의 얼굴에 수심이 깃들었다. 그녀는 사부가 계획하고 있는 일이 대단히 중요하고 어렵다는 것을 잘 알고 있었다. 그리고 좀체 얼굴을 볼 수 없는 사숙 운리성검(雲理聖劍) 제만엽(齊萬燁)이 북경까지 찾아온 것을 보고 그 일이 이제 시행할 단계에 와 있다는 것을 짐작했다. 괴이사기는 물론 제만엽까지 동원될 정도면 역시 보통 어려운 일이 아닐 것이다. 그런데 일이 마무리되기도 전에 또 다른 일거리를 만들고 있다면 역시 걱정스럽지 않을 수 없었다. 그리고 오 년 동안이나 꼼짝하지 않고 있으면서 계획하고 있는 일이라면 그것 또한 지금 코앞에 닥친 일 못지 않게 크고 어려운 일일 것이 틀림없었다.

“좋아요, 좋아. 당신들 늙고 젊은 두 사제는 잘도 일을 저질러 놓는군요. 나중에 수습은 고스란히 내게 떠넘길 심산이죠? 고약해라.”

“너도 아주 모른다고는 하지 못할걸?”

첩영의 심술을 웃으며 바라보던 종유상이 한마디 던졌다. 그 말이 첩영의 궁금증을 더욱 커지게 했다.

"저도 안다고요? 그럼 대체 그게 뭐죠?"

"잘 생각해 보렴, 네가 지난봄에 왜 갑자기 남창부의 집으로 갔었는지."

"아!"

첩영이 깜짝 놀라 탄성을 발했다.

"그럼 그때 아미산의 사부님이 제게 집에 한번 다녀오라고 하셨던 게 단순히 휴가를 주신 게 아니라 사부님의 콧김이 작용했다는 거로군요?"

아미의 정현 사태는 지난봄 무렵에 첩영에게 남창부의 집에 가 쉬었다 와도 좋다고 한 적이 있었다. 첩영은 그 말을 듣고 오랫동안 헤어져 있던 아버님과 오라비를 만날 수 있다는 생각에 좋아하며 즉시 산에서 내려와 집으로 향했었다. 단지 그것뿐인 줄 알았는데 그 속에 또 다른 뜻이 있었다는 것이 의외였다.

잠시 생각을 더듬어보던 첩영이 깜짝 놀랐다. 그녀가 제 가슴을 누른 채 핼쑥해진 낯빛으로 종유상을 뚫어지게 바라보았다.

"그랬군요. 알 수 있겠어요. 그 일과 이 일이 연관이 있었군요."

"그렇다. 너는 역시 총명하기 그지없구나."

"하지만 소녀에게는 그래도 미심쩍은 게 있어요. 어째서 소문현(昭文縣)의 혈겁과 이 일이 연관이 있는 건지……."

소문현은 남창부에서도 멀리 떨어진 작은 현에 불과했다. 그곳에서 지난봄에 있었던 혈겁은 남창부를 떠들썩하게 했었다. 첩영은 자신의 부친인 상경문이 관계된 일이기도 했으므로 그 일의 진상을 잘 알고 있었다. 참사의 피해자인 소양진(蘇陽進)이 동림당의 일원이기 때문에 동창이 나서서 참극을 연출했던 것이다. 그 일을 주도한 사람이 지금은 사부와 함께 있다는 홍안령주 단목기였고, 그의 은밀한 부탁을 받고 어쩔 수 없이 상가장도 개입했었다. 그때의 일을 떠올린 첩영의 낯빛이 더욱 핼쑥해졌다.

"그렇군요. 과연 그 일은 이번 일과 무관하지 않겠군요."

비로소 무엇을 느낀 듯 첩영이 탄성을 발했다. 그녀는 단목기가 곤륜 문하라는 것과 복수심에 불타 상가장의 담을 월장해 들어왔던 소옥 또한 곤륜 문하라는 것을 생각한 것이다. 그리고 지금 북경성에서 은밀하게 추진되고 있는 일도 역시 곤륜과 관계된 것이었다.

"하지만……."

첩영이 말끝을 흐리고 머리를 갸웃거렸다. 그녀로서는 어째서 사부와 사형이 남창부에 숨어 있었으며 무엇을 하려고 했던 것인지 여전히 알 수 없었던 것이다.

"그 일과 사부님과는 무슨 상관이 있다는 건지 소녀는 여전히 모르겠군요. 만약 상관이 있다면 오 년씩이나 그곳에 있었으면서 어째서 막지 못했던 거죠? 또 상관이 없다면 왜 이제 와서 그 일을 들먹이며 그것이 북경에서 계획하고 있는 일과 무관하지 않다고 말하는 거죠?"

"나도 자세히는 알지 못한다."

종유상이 어물거리며 말했다. 첩영은 그럴 것이라고 믿었다. 사부인 곽모용은 여간해서는 흉중에 품고 있는 생각을 드러내지 않았던 것이다. 모든 일을 그 혼자서 계획하고 진행해 나갔다. 하지만 한 번도 그것이 잘못된 적은 없었다. 언제나 자로 잰 듯이 한 치의 어김도 없이 실행되곤 하였으므로 환주루의 문하인들은 곽모용의 말을 하늘같이 믿고 따를 뿐이었다.

"내가 아는 것은 사부님께서 어떤 물건을 찾고 계셨다는 거다. 다만 그것이 어디에 있는지를 알지 못해 지난 오 년이라는 세월을 허비하신 거지."

"그렇다면 이제 그것을 찾은 모양이군요."

첩영이 재빨리 말을 받았다. 그랬기에 사부가 미련없이 남창부를 떠났고, 단목기를 데리고 있다는 것은 어쩌면 그 물건이 그와도 관계가 있는 건지 모른다는 생각을 하게 했다.

"그래요, 이제 알겠어요. 그것은 곤륜파의 보물이라는 용화진경이 틀림없어요."

단목기를 떠올린 첩영이 손뼉을 치며 외치듯 말했다. 무명자 종유상의 얼굴에 놀람의 기색이 스쳐 지나갔다.

"너 조그만 계집애는 정말 영리하구나. 어떻게 그렇게 쉽게 알아냈지?"

"홍, 그게 뭐 대단한 일이라고?"

첩영이 득의양양하여 코웃음을 쳤다.

"동창이 소양진을 잡아들이고 그의 집을 쑥대밭으로 만든 게 실은 그 보전(寶典)을 찾기 위해서라는 걸 나는 알고 있어요. 그런데 그것은 결국 소소옥(蘇素玉), 소 언니에게 돌아갔죠. 원래 그녀 집안의 물건이 었으니 당연해요. 그것 때문에 강호인들이 한때 남창부를 발칵 뒤집어 놓으며 소 언니를 괴롭혔다는 것은 이제 알 만한 사람은 다 알아요. 사부님이 무엇을 찾기 위해 남창부 외곽에 숨어서 오 년이나 공을 들였고, 그곳에서는 또 소양진, 소 대인 가문의 참화가 있었으며, 그 일이 이곳에서의 일과 관련이 있다고 했으니 뻔하지 않겠어요? 소옥 언니가 보전을 지니게 되자 사부님과 사형은 비로소 미련없이 남창부를 떠났죠. 그러니 쉽게 추측할 수 있는 일이지요."

"아, 사부님께서 장차 너에 의해 모든 것이 이루어질 것이라고 하신 말씀이 과연 과장된 게 아니었구나."

종유상이 진심으로 감탄하며 첩영을 바라보았다. 그러나 첩영의 얼굴은 여전히 밝지 못했다.

"그래도 나는 아직 사부님의 의중을 다 알 수 없어요. 그분이 왜 철혈도 단목기를 데려가셨는지, 그토록 용화진경을 찾으셨으면서 어째서 소옥 언니가 그것을 지니자 오 년 동안 공들인 것도 포기하고 쉽게 떠나셨는지, 곤륜의 진경이 왜 사부님에게 필요했던 것인지 역시 모를 일들뿐이군요."

"이 사형이 사부님으로부터 받은 명은 그것을 지키라는 것이었다. 명을 내릴 당시 사부님께서는 그것이 어디에 있는지 알지 못하셨고, 나 또한 그랬다. 다만 그것이 남창부 주변 어디엔가 숨겨져 있을 거라는 짐작만 하셨지."

"그건 또 왜 그렇죠?"

첩영의 눈이 호기심을 가득 담고 반짝였다.

"나도 그것이 궁금해서 사부님께 여쭤본 적이 있다. 이 넓은 중원천하에서 하필 남창부를 지목하신 데에는 이유가 있을 것이라고 생각했던 거지."

"그래서요?"

첩영이 입이 마르는지 입술을 핥으며 종유상을 뚫어지게 바라보았다. 차를 한 모금 마신 종유상이 천천히 말하기 시작했다.

"사부님께서는 내게 그 까닭을 조금 말씀해 주셨다. 그것은……."

"답답해 죽겠네요. 좀 빨리 말할 수 없어요?"

"원래 그것을 지녔던 사람은 곤륜여협(崑崙女俠)이라고 하셨다. 그런데 그녀가 십오 년 전 강호를 떠나 은거하기 전에 마지막으로 들른 곳이 남창부였다더구나. 남창부를 떠났을 때 그녀는 진경을 지니지 않았고, 그 뒤로 그것의 행방이 묘연해졌으니 사부님께서는 곤륜여협이 진경을 남창부의 어느 곳엔가 깊이 감추어두었다고 여긴 것이지. 하지만 그곳이 어디인지는 알아내기가 쉽지 않았다. 그래서 사부님께서는 남창부 외곽에 몸을 숨기고 오 년 동안이나 그것을 찾기 위해 은밀히 활동하셨던 거다. 결국 사부님께서도 찾지 못하셨으니 곤륜여협이 진경을 숨겨놓았던 방법은 과연 뛰어나다고 아니할 수 없다."

"그랬군요."

비로소 이해가 된다는 듯 첩영이 머리를 끄덕였다.

"하지만 사부님께서는 그토록 애타게 찾았던 진경이 눈앞에 나타났는데 어째서 그것을 얻지 않고 홀가분하게 떠나 버리신 거죠? 또 사형이 그곳에서 한 일은 뭐죠? 사부님을 도와 진경을 찾았던 것도 아니고……."

"사부님께서는 아마도 그것을 수중에 넣으려고 하셨던 게 아니라 다른 사람이 그것을 먼저 찾아낼까 봐 두려워하셨던 것 같다. 그랬기에 나에게 남창부에 머물면서 강호인들의 동정을 은밀히 살피고 진경이 다른 사람의 손에 들어가지 못하도록 조심하라는 당부를 하셨던 거지. 그런데 걱정과는 달리 진경이 곤륜여협의 유일한 후인에게 무사히 돌아갔으니 더 이상 남창부에 눌러앉아 있을 필요가 없어진 것이지."

"그렇군요. 그렇다면 사부님께서 두려워한 사람은 역시 구룡노사(九龍老師) 구양목(具陽木) 바로 그였겠군요. 사부님은 진경이 혹시 그의 손에 들어갈까 봐 그것을 걱정하셨던 게 틀림없어요. 그렇기 때문에 그 일이 이곳에서의 일과 크게 상관이 있다는 말씀을 하셨겠죠.”

한마디의 말을 들으면 그것의 앞뒤를 추측하여 이리저리 꿰어 맞추고, 그래서 사태의 흐름을 정확하게 꼬집어내는 능력은 아무에게나 있는 게 아니었다. 종유상은 어린 사매의 그런 뛰어남이 머지않아 사부를 능가할 것이라고 생각했다. 그러므로 눈앞의 이 어린 사매야말로 사부님의 뒤를 이어서 환주루를 이끌어가기에 가장 적합한 인물이라고 여겼다.

종유상이 거듭 감탄하며 첩영을 바라보았다.

“이제는 머지않아 내가 너의 명을 듣게 되겠구나.”

“핏, 쓸데없는 소리.”

첩영이 곱게 눈을 흘겼다.

“쓸데없는 소리라니. 너는 사부님의 뒤를 이어 루주가 될 터인데 그렇게 되면 나는 물론 귀검문의 제 사숙까지도 너의 명을 듣지 않을 수 없지. 그때 밉게 보이지 않으려면 지금부터 고분고분해야겠는걸?”

종유상이 짐짓 엄숙하게 말하자 첩영이 깔깔거리고 웃었다. 그러면서 그녀는 속으로 사부님과 곤륜파와는 참으로 질긴 인연이 있는 모양이라고 짐작했다. 눈앞의 종유상이 한때 곤륜 문하였고, 단목기와 소옥은 물론 지금의 환주루가 최대의 적으로 꼽고 있는 구룡노사까지도 곤륜파의 사람이었으니 사부의 주위에는 온통 곤륜파와 관계된 일들로 얽혀 있었던 것이다.

*　　　*　　　*

북경에 눈이 그치고 맑고 차가운 겨울 하늘이 내려앉아 있었을 때, 멀리 남령산맥(南嶺山脈)과 무이산맥(武夷山脈)이 만나는 구련산(九蓮山) 북쪽 능선 위에는 때 이른 함박눈이 펑펑 내리고 있었다.

능선을 사이에 두고 호남(湖南)과 광동(廣東)의 성(省) 경계가 갈라져 있었다. 영치령(盈雉嶺)이라고 불리는 고갯마루에는 광동과 호남을 넘나드는 사람들을 상대로 술과 음식을 팔고 잠자리를 제공하는 주루 하나가 깃발을 세우고 있었다.

고개가 험하지는 않았지만 높았으므로 이처럼 눈이 펑펑 내리는 날에는 오르내리기가 쉽지 않았다. 그래서 호해루(昊海樓)에는 눈이 그치기를 기다리는 사람들이 제법 들어차 있었다.

이제는 눈에 뒤덮여 어느 곳이 길이고 어느 곳이 언덕인지 알 수 없게 된 고갯마루로 한 사람이 천천히 올라왔다. 남색 경장에 죽립을 눌러썼고, 피풍의(皮風衣) 위에 다시 도롱이를 걸쳤는데 잘록한 허리의 선으로 보아 여자임이 분명했다.

이처럼 궂은 날씨에 혼자서 고개를 넘는 여자를 보기는 어려운 것이어서 그녀가 주루의 문을 열고 들어서서 죽립을 벗어 눈을 털자 사람들의 시선이 일제히 쏠렸다. 옷에 내려앉아 있는 눈마저 말끔하게 털어낸 그녀가 지친 얼굴로 빈 탁자를 차지하고 털썩 주저앉았다. 점소이가 재빨리 뜨거운 차를 가져와 그녀의 탁자 위에 내려놓고 물끄러미 그 얼굴을 바라보았다. 한쪽 뺨에 흐릿하게 검상(劍傷) 자국이 남아 있는 그녀는 소옥이었다.

아름다운 얼굴이었다. 그러나 매만지지 않아 거칠어진 피부와 아무렇게나 뒤로 묶어 짧게 틀어 올린 머리카락이 뺨에 난 상처 자국과 함께 거칠고 메마른 느낌을 갖게 했다. 나이 젊어 혼기에 든 여자라면 으레 곱게 단장하고 부끄러워하는 모습을 떠올리기 마련이었는데, 소옥에게서 느껴지는 것은 야성의 황량함이라고 해야 할 것 같았다. 점원이 무어라 말을 붙이려다가 한숨을 쉬고 그냥 물러났다. 껄끄러운 두려움이 그의 입을 얼어붙게 했던 것이다.

홀로 오압사를 떠난 소옥은 마음 가득 시름과 두려움을 안고 정강령(鼎岡嶺)으로 향하는 길이었다. 오압사에서 곽 노인으로부터 들은 말들이 그녀의 마음에 상처가 되어 시간이 지날수록 더욱 깊이 새겨지고 있었다.

사부가 정강령의 흑림채(黑林寨)에 있기를 바라는 마음이 간절한 만큼 또한 그곳에 없었으면 하는 마음도 컸다. 만일 곽 노인의 말처럼 사부가 그곳에 갇혀 있다면 그것은 곧 하늘처럼 믿고 있는 사문의 비극을 자신의 눈으로 확인하는 일이 될 것이기 때문이다.

한편으로는 마음이 급했고, 또 한편으로는 그곳에 가기가 두려워지는 갈등 때문에 그녀는 한 걸음 한 걸음을 고민하며 걸어야 했다. 마음속에는 아직도 알 수 없는 의문들이 가득했지만 이제 더는 알고 싶지 않기도 했다. 사부를 만나면 무엇부터 물어야 할지 생각하기만 해도 가슴이 두려움으로 떨렸다.

이런저런 상념들 속에서 헤어나지 못한 채 멍하니 앉아 있는 그녀의 모습은 마치 넋이 나간 사람 같았다. 그런 소옥을 훔쳐보며 사람들이 수군거렸다. 그러나 소옥의 귀에는 아무 소리도 들려오지 않았다. 그녀는 물끄러미 탁자 위에 올려놓은 검을 바라볼 뿐이었다.

사부로부터 풍향검(風向劍)을 물려받았을 때는 드디어 사승(師承)을 이었다는 자부심과 기쁨으로 한껏 의기양양하기도 했었다. 하지만 지금은 사문의 난제(難題)를 온통 떠안은 채 홀로 그 모든 어려움을 감당하고 풀어가야 한다는 생각 때문에 숨이 막힐 지경이 되어 있었다.

눈발은 더욱 굵어지고 있었다. 늦은 오후의 하늘이 밤중인 듯 깜깜하게 변했고, 하늘이 무겁게 내려앉아 영치령(盈雉嶺) 위에 걸쳐진 듯했다.

"방이 몇 개 남지 않았으니 묵어갈 손님들은 어서 계산을 하세요. 한 사람당 은자 두 냥입니다!"

점원이 크게 소리치며 주루 안을 돌아다녔다.

"저런 도적놈 같으니. 은자 두 냥이면 청루(靑樓)에서 계집을 끼고 하룻밤 질탕하게 마셔도 족한 돈이다."

누군가가 큰 소리로 불만을 터뜨렸다. 그만한 돈이 수중에 있는 사람은 조금 더 가격이 떨어지지 않을까 하여 눈치를 보았고, 그렇지 못한 사람은 벌써부터 의기소침해져서 고개를 떨구었다.

"싫으면 술청에서 하룻밤을 보내면 그만이지 따질 것 없소!"

점원이 소리가 들려온 곳을 돌아보고 눈을 부릅떴다. 눈이 그치면 더욱 추워질 것이다. 한데나 다름없는 술청에서 떨며 하룻밤을 보내야 한다는 것은 생각만 해도 끔찍한 일이었다. 몇 사람이 낮게 투덜거리며 일어나 점원에게 돈을 치르고 이층으로 올라갔다. 그나마 방이 다 찬다면 돈이 있어도 헛일이었다. 사람들이 앞 다투어 돈을 치르고 점원을 따라 이층으로 우르르 올라갔다.

술청 안에는 이제 소옥을 비롯하여 대여섯 명의 사내들만 남아 잔뜩 어깨를 움츠리고 있었다.

"네미랄, 여기서 밤새 술을 퍼마시고 앉아 있는 게 낫지, 좁은 방 안에 대여섯 놈씩 처박힌다면 어디 숨이나 제대로 쉴 수 있겠어?"

"맞다. 온갖 잡놈들이 쏟아내는 구린내 때문에 숨이 막혀 채 아침이 되기 전에 뒈지고 말 거다.”

누군가가 큰 소리로 불만을 터뜨리자 한 사내가 맞장구를 치며 탁자를 두드렸다.

“이봐, 여기 술이나 내와! 빌어먹을, 한 사람이 두어 동이씩만 마시고 있으면 날이 밝겠지!”

“예, 예! 현명하신 생각입죠. 곧 올립니다!”

어쨌든 이런 날은 이래저래 돈을 벌기 마련이었다. 신이 난 주인이 객들보다 더 점원을 다그쳐 댔다.

“뭐 하고 있냐? 이층 손님들 빨리빨리 정리하고 아래층에도 술을 내야지!”

점원들이 분주히 이층과 아래층을 오가며 한편으로 방 배정을 하고, 한편으로는 술이며 안주거리들을 내오느라 한동안 주루 안이 잔칫집처럼 시끌벅적해졌다.

서로 낯선 사내들은 이제 한데 모여 앉아 오랜 지기라도 된 듯 떠들어대며 술에 취해가기 시작했다. 그중 누군가가 소옥을 돌아보고 손짓을 했다. 그녀가 강호의 여협이라는 것을 알고 처음에는 꺼려하더니 술이 오르자 어느덧 두려움이 사라진 것이다.

“이보시오, 낭자도 와서 끼구려. 다들 산도둑놈처럼 생겼지만 알고 보면 순박한 사람들이라오. 집 밖에 나서면 사해가 다 동도라잖소.”

“까짓 낭자가 마시는 술값은 내가 내겠소이다. 아무래도 홀아비들만 있는 것보다는 아리따운 낭자가 동석하는 게 훨씬 술맛을 나게 하지.”

벌떡 일어선 소옥이 사내들의 탁자로 다가갔다. 거칠게 검을 내려놓고 한 동이의 술을 빼앗자 사내들이 찔끔하여 그녀를 바라보았다. 아무리 여자라고 하지만 거칠고 삭막해 보이는 그녀의 모습은 여염집 아가씨와는 달랐다. 곱고 순진해 보이기만 했던 소옥은 어느새 강호를 횡행하는 여걸의 모습에 부족함이 없이 변해 있었던 것이다.

이제는 사내들이 그녀의 눈치를 보는데, 술동이를 들어 올린 소옥이 아무 거리낌 없이 그것을 마셔대기 시작했다. 꿀꺽거리는 소리가 크게 울렸다. 턱을 타고 흘러내린 술이 가슴을 적셨지만 소옥은 개의치 않았다.

처음 마셔보는 술이었다. 가슴에 불덩이를 쏟아 붓는 것 같았다. 숨도 쉬지 않은 채 거의 반 동이의 술을 들이켰다. 마신다기보다 들이붓는다고 해야 할 주법이었다. 사내들의 눈이 찢어질 듯 부릅떠졌다. 독한 화주를 저렇게 마시는 사람은 처음 본 것이다.

반이나 빈 술동이를 내려놓은 소옥이 거친 숨을 몰아쉬었다. 낯빛이 창백해져 있었다. 뱃속에서부터 급하게 일어선 화기가 가슴을 태워댔다. 온몸의 혈관들이 그 뜨거운 열기로 달아올라 꿈틀거렸다. 입을 열면 불길이 화산이 터지듯 쏟아져 나올 것 같았다. 창백한 안색으로 핏발 선 눈을 부릅뜬 채 이를 악물고 있는 그녀의 모습이 무서웠다.

질려 버린 사내들은 누구도 감히 허튼소리할 생각을 하지 못했다. 잘못 건드렸다는 후회가 절실하게 들었다. 그녀가 어떻게 나올 것인지 눈치를 보며 몸을 사리는데, 소옥이 손을 뻗어 다시 술동이를 잡았다.

아무 생각도 나지 않았다. 갈수록 어질어질해지는 머리 속에는 수많은 벌 떼들이 들어찬 듯 윙윙거리는 소리가 가득했다. 가슴속에 차 오르는 것이 기쁨인지 슬픔인지, 고통인지 즐거움인지 알 수가 없었다. 감각을 무디게 하며 몸을 바윗덩이처럼 가라앉히는 열기와 고통은 그녀에게서 온갖 번잡한 상념들을 눌러 버렸다. 소옥은 그것이 좋았다.

"술이란…… 좋은 것이었군……."

불에 물든 듯 더욱 붉어진 그녀의 입술 사이로 그 한마디가 가까스로 새어 나왔다. 그리고 다시 동이를 기울여 남은 술을 마시려고 할 때였다. 찬바람이 왈칵 밀려들어 그녀의 머리카락을 흔들었다. 갑자기 이마가 선뜻해졌다. 술동이를 든 채 소옥이 천천히 돌아보았다. 주루의 문이 활짝 열려 있었고, 그리로 몇 사람이 들어서고 있었다. 병장기를 지니고 있는 거친 사내들이었다.

술이 확 깨버린 사내들이 긴장으로 몸을 굳혔다. 막 주루 안으로 들어선 세 명의 사내들 중 호리호리한 자가 성큼성큼 다가오고 있었던 것이다. 소옥은 그자를 외면하고 눈마저 질끈 감은 채 다시 동이를 기울여 붉은 입속으로 독한 술을 흘려 넣고 있었다.

다가온 사내가 가늘게 찢어진 눈을 날카롭게 빛내며 쏘아보자 소옥을 둘러싸고 앉아 있던 사내들이 주춤주춤 일어나 슬그머니 구석진 곳으로 피해 버렸다. 호리호리한 사내는 소옥 앞에서 그녀가 술을 다 마실 때까지 끈기있게 기다렸다. 마지막 한 방울까지 남김없이 마시고 난 소옥이 비로소 술동이를 내려놓았다. 그녀가 핏발 선 눈으로 앞에 있는 사내를 노려보았다. 그자는 취태보(取太保) 장초신(張焦信)이었다.

장초신이 소옥에게 포권해 보였다.

"낭자를 다시 뵈오."

"너는…… 정강령으로 돌아가지 않았던가?"

소옥은 그가 귀견사(鬼犬師) 강량(姜亮)을 따라 오압사(五壓寺)에 나타났던 것을 기억해 냈다. 그녀가 취한 눈으로 두리번거렸다. 주루 입구를 가로막듯 서 있는 거한이 눈에 들어왔다. 풍적호아(風賊豪兒) 노걸(盧杰)이었다. 소옥의 창백한 얼굴에 한줄기 비웃음이 흘러갔다. 술동이를 놓은 그녀가 손을 뻗어 풍향검을 움켜쥐었다. 핏발 선 눈에 적의가 짙어져 가기 시작했다.

"너도 다시 왔군. 내 뒤를 밟은 거냐?"

노걸이 입맛을 다시며 곁에 서 있는 사내를 돌아보았다. 그는 아직 죽립을 벗지 않고 있어서 얼굴을 알아볼 수 없었는데, 죽립 안에서 번쩍이는 눈빛이 소옥에게 멎은 채 움직이지 않고 있었다.

"험, 낭자, 우리는 낭자를 핍박하려는 게 아니외다."

노걸이 헛기침을 하고 나서 그답지 않게 점잖게 말했다. 장초신이 그 말을 받아 다시 소옥에게 말을 건넸다.

"낭자를 뵙고 싶어하는 분이 계셔서 모시고 왔소이다. 만나보시겠소?"

"흥, 귀견사 강량이라는 놈이 꼬리를 말고 달아나니까 이번에는 새로운 놈을 데려왔다는 거냐? 곁에 도와주는 사람도 없이 혼자 있는 여자 하나쯤은 만만하다는 거겠지. 좋아, 와라! 내가 모두 두 쪽으로 내주고 말 테다!"

장초신이 어떻게 대꾸해야 할지 난감해하는데 말없이 서 있기만 하던 죽립의 사내가 천천히 다가와 소옥을 마주 보고 앉았다. 그가 손을 뻗어 아직 온전한 한 동이의 술을 잡아갔다. 순간, 소옥의 손가락이 스치듯 검자루에 닿은 것 같았다. 그리고 한줄기 번갯불 같은 것이 차가운 허공을 가르고 떨어졌다.

"억!"

장초신과 노걸이 대경한 외침을 터뜨리고 몸을 굳혔다. 그러나 창백한 빛은 씻은 듯 사라지고 없었다. 검은 여전히 탁자 위에 얌전히 놓여 있었고, 소옥의 핏발 선 눈은 여전히 사내를 쏘아보고 있었다. 변한 건 아무것도 없었다. 노걸과 장초신은 자신들이 잠깐 동안 헛것을 보았다고 여겼다.

사내가 술동이를 들어 올렸다. 그리고 머리를 조금 젖히자 비로소 그의 얼굴을 가리고 있던 죽립이 이마 앞에서 쩍 벌어져 갈라지며 훤한 사내의 얼굴이 고스란히 드러났다. 그의 얼굴을 본 소옥의 눈에 놀람이 스쳐 지나갔다.

"육지평(陸知坪)!"

그녀의 악문 이 사이로 낮은 외침이 터져 나왔다. 그는 귀염적자(貴艶賊子)로 불리는 육지평이었다.

육지평이 아무 말 없이 술동이를 기울여 소옥이 그랬던 것처럼 벌컥벌컥 들이키기 시작했다. 가쁜 숨을 몇 번 내쉬는 사이에 반 동이의 술이 비워졌다.

"크, 지독하군."

소매로 입가를 썩썩 문지른 그가 소옥의 얼굴에 독한 주기(酒氣)가 훅훅 끼쳐 나오는 숨을 몇 번 불어내더니 다시 술동이를 기울여 벌컥벌컥 마셔댔다. 한 동이의 술이 쏟아버린 듯 순식간에 비워졌다. 술동이를 내던지고 어깨 너머로 숨을 몰아쉬던 육지평이 하하, 웃었다.

"통쾌하다. 이렇게 술을 마셔본 게 대체 얼마 만이냐?"

그가 다시 술동이를 더듬어 속이 차 있는 것 하나를 소옥에게 건네고 자신도 하나를 붙들었다.

"사매도 술꾼이었군. 진작에 알았더라면 더 좋았을 걸 그랬다."

"사매라고?"

내내 그를 노려보기만 하던 소옥이 갑자기 소리쳤다. 그녀의 눈 속에서 술보다 더 뜨거운 불길이 활활 뿜어져 나왔다.

정강령에서 처음 보았을 때는 쓸모없는 유생 나부랭이라고만 여기고 상대하지 않았던 그였다. 하지만 지금은 그가 누구인지, 자신에게 어떤 사람인지를 소옥은 낱낱이 알고 있었다. 그는 단목기에 이은 또 한 명의 사형이 분명했다. 단목기가 그렇게 말해 주었고, 곽 노인으로부터 사문의 내력을 들은 것이다. 하지만 소옥은 그것을 인정하고 싶지 않았다.

"누가 너의 사매란 말이냐? 나의 사문에는 오직 사부님 한 분만 계실 뿐이다!"

소옥이 다시 소리치자 육지평이 쓸쓸한 얼굴로 물끄러미 그녀를 바라보았다.

"사매가 인정하려고 하지 않아도 할 수 없는 일이지."

자조적인 웃음을 입가에 매달고 중얼거린 육지평이 한숨을 쉬었다.

"하— 그날 귀엽고 깜찍하던 그 낭자가 바로 사매였다는 것을 알았더라면 좋았을 것을……. 그랬다면 일이 이처럼 어렵고 난감하게 풀리지 않아도 되었을 것이다. 하— 아쉽구나, 아쉬워."

그가 정강령에서의 첫 만남을 떠올리고 있다는 것이 소옥의 마음을 아프게 했다. 소옥은 육지평의 말대로 그가 자신의 사형이라는 것을 진작에 알았더라면 일이 좀 더 좋은 방향으로 풀렸을 수도 있다고 생각했다. 하지만 멀고 험하며 고달프기만 한 길을 돌고 돌아 이제 다시 돌아온 곳은 상상하지도 못했던 전혀 엉뚱한 곳이었다. 소옥은 은원(恩怨)이라는 것이 이처럼 사람의 뜻과 의지와는 상관없이 저절로 생겨날 수도 있다는 것을 느꼈다. 그것을 운명이라고 하는 것이리라.

이제는 돌이킬 수 없는 시간이고 돌아보기 싫은 기억일 뿐이었다. 사문에 대한 안타까움과 사부에 대한 야속함이 술의 힘에 눌려 그녀의

마음 깊은 곳에 가라앉아 있던 아픔을 다시 불러냈다. 가슴이 메어오
는 듯한 그 고통을 혼자서 감당하고 있자니 눈물이 날 것만 같았다. 소
옥이 이를 악물고 술동이를 들어 올렸다.

"좋아, 내일 일이야 어찌 되든 오늘 밤은 사형제가 마주 앉아 실컷
마셔보자. 뒤늦은 상견례라지만 이와 같으니 더 말할 것 없지."

육지평의 얼굴에도 안타까움이 가득했다. 그가 그것을 감추기라도
하려는 듯 소옥보다 먼저 술동이에 입을 대고 꿀꺽꿀꺽 마셔대기 시작
했다. 두 사람이 목 안에 술을 흘려 넣는 소리가 급한 여울물 흘러가는
소리처럼 주루 안에 울려 퍼졌다. 눈을 꼭 감은 채 마시고 죽겠다는 사
람처럼 화주를 마셔대고 있는 소옥의 볼 위로 뜨거운 눈물이 흘러내렸
다.

"술!"

먼저 빈 동이를 던져 버린 육지평이 버럭 소리쳤다.

"술을 가져와!"

사부를 만나다

사부를 만나다

머리가 깨지는 듯한 고통 때문에 눈을 떴다. 아직 의식은 혼미(昏迷)의 갈퀴에 단단히 붙들려 있었으나 조금씩 구체적으로 느껴지는 관자놀이의 고통이 빠르게 근육의 감각들을 깨워가고 있었다. 자신의 눈까풀을 밀어 올리는 일이 이처럼 힘들다는 것을 소옥은 처음 느껴보았다. 그녀의 입술 사이로 의지와는 상관없는 신음이 미약하게 흘러나왔다.

제일 먼저 뿌옇게 흐려 있는 빛이 동공을 찔러왔다. 그 미약한 광도(光度)에도 소옥은 눈이 부셔 외면해야 했다. 머리를 기울이자 정수리가 쏟아지는 듯한 통증이 미간을 두드려 댔다.

"아—!"

그녀가 무의식적으로 두 손을 들어 머리를 감싼 채 몸을 웅크렸다.

"각성(覺醒)의 고통은 미망(迷妄)이 깊을수록 큰 법이다. 술에서 깬다는 것도 그와 같은 거야. 술 속에도 이처럼 세상의 이치가 담겨 있으니 나쁘다고 할 수만은 없지."

　멀리서 웅웅 울리듯 들려오는 낯선 소리에 소옥의 몸이 흠칫 굳어졌다. 그녀는 아직 자신이 처해 있는 상황이 파악되지 않았다. 조금씩 숨을 다스리며 정신을 차리기 위해 애썼다. 힘들었던 호흡이 가라앉아 가자 고통 중에서 한줄기 맑은 이성의 빛이 비쳐 들었다.

　'누군가가 있다.'

　제일 먼저 찾아든 생각이 그녀에게 두려움과 위기감을 가져다 주었다. 자신은 지금 아무런 저항도 방비도 할 수 없는 무기력한 상태라는 것을 자각하게 된 것이다. 함부로 움직일 수가 없었다. 소옥은 가슴을 무릎 사이에 묻듯 몸을 둥글게 만 채 가만히 있었다.

　"아직 새벽이 되려면 멀었다. 하지만 가야 한다면 지금이 좋은 시간이겠지."

　이제는 낯선 소리가 조금 더 가깝게 들렸다. 그리고 말이 끝났을 때쯤 소옥의 기억은 그 목소리의 임자를 떠올릴 수 있었다.

　'저자가 왜?'

　문득 그런 의문이 그녀를 불안하게 했다. 자신이 누워 있는 곳이 땀냄새 나는 낡은 침상이고, 몸에 불결한 솜이불이 덮여 있다는 것을 두 번째로 느낄 수 있게 된 것이다. 소옥은 그렇다면 이곳은 객방이 분명하다고 생각했다. 지난밤에 육지평을 상대하여 술을 들이키던 기억도 서서히 되살아났다.

　소옥은 자신이 세 동이인가를 마셨다는 것을 떠올렸다. 그녀가 기억할 수 있는 것은 거기까지였다. 그 뒤로는 몇 동이의 술을 더 들이켰는지, 어째서 이 낯선 침상 위에 누워 있는 것인지 알 수가 없었다. 다른 사람의 기척은 느껴지지 않았다. 자기 외에는 오직 육지평이 있었던 것이다. 소옥의 가슴이 무너질 듯 철렁 하고 내려앉았다.

'내가 그와 한 침상을 썼단 말인가?'

이번에는 그런 생각이 걷잡을 수 없는 두려움이 되어 그녀의 온몸을 꽁꽁 묶어갔다. 숨결이 자신도 모르게 거칠어지는데, 그것을 느낀 듯 육지평이 다시 말했다. 태연하고 한가로운 음성이었다.

"깨어났으면 일어나 앉아야지. 제일 먼저 청심관(淸心觀)을 행하고 다음에는 수신관(修身觀), 그리고 마지막으로 수족경(手足經)을 베푼 후에야 침상에서 내려올 수 있다."

그것은 사문에 전해져 오고 있는 규범(規範)으로, 입문해서 사부로부터 가장 먼저 배우는 것이었다. 아침에 눈을 뜨면 침상 위에 바로 앉아 호흡을 가다듬어 머리와 마음을 깨끗하게 해야 했다. 그런 다음에 의식을 고루 돌려 몸의 상태를 구석구석 살핀다. 그것이 끝나면 손과 발의 경락을 주무르고 온몸을 쓸고 두드려 활기를 일으켰다. 그리고 나서 손발의 관절들을 움직여 유연하게 하고 근육과 힘줄을 늘려준 후에야 침상에서 내려올 수 있었던 것이다.

사부와 함께한 십오 년 동안 하루도 빠지지 않고 행해온 일이었는데 그것이 육지평의 입에서 말해지자 마치 낯선 소리인 듯했다.

"흥!"

차갑게 코웃음을 친 소옥이 이불을 걷어차고 벌떡 뛰어 일어나 침상에서 내려왔다.

"아!"

그러나 그녀는 또다시 쏟아져 내리는 머리 속의 통증과 어지러움으로 중심을 잃고 비틀거려야 했다. 침상 모서리를 붙잡고 간신히 버티어 섰지만 아직 다리가 후들거리고 손이 떨렸다.

"그것 봐라. 사형의 말을 듣지 않으니 금방 벌을 받는구나."

창가에 놓여 있는 탁자 앞에 앉아 차를 마시고 있던 육지평이 소옥을 돌아보고 웃었다. 빠르게 그의 웃음 띤 얼굴을 스쳐 탁자 위를 바라본 소옥은 낙심하고 말았다. 자신의 풍향검이 거기 놓여 있었던 것이다. 그녀의 눈길이 검에서 떠나지 않는 걸 본 육지평이 씁쓸한 미소를 지었다.

"잠시 보았을 뿐이다. 와서 가져가라."

소옥은 그의 모습이 지난밤 마주 앉아 술을 마실 때와 조금도 달라져 있지 않다는 것을 알았다. 그리고 나서 자신의 모습을 훑어보았다. 옷매무새가 흐트러지기는 했지만 역시 변한 건 아무것도 없었다. 가슴을 내려앉게 했던 두려움이 조금씩 사라져 갔다. 그러자 평정이 서서히 찾아들었다. 가만히 기력을 일으키고 손과 발에 힘을 주어 단단하게 한 소옥이 흩어진 머리카락을 쓸며 육지평을 노려보았다.

"왜 거기 있는 거지?"

"다른 놈이 네 침상에 올라가지 못하게 하기 위해서지."

"쓸데없는 소리!"

얼굴이 붉어진 소옥이 빽, 소리쳤다. 놀림을 당했다는 분함이 들었지만 그보다 자기 자신에 대한 부끄러움과 무안함이 더 컸다.

"너처럼 술을 마시는 사람은 내 평생에 처음 봤다. 그렇게 무지하다니, 쯧쯧……."

육지평이 얼굴을 찌푸리며 혀까지 찼다.

"그렇게 마셔대면 잠들기 전에 죽거나, 아니면……."

잠시 말을 멈춘 채 짓궂은 눈을 하고 소옥을 빤히 바라보던 육지평이 혼잣말인 듯 중얼거렸다.

"아니면 생전 보지도 못한 놈이 냉큼 업어다가 제 색시를 삼을지도 모르지."

"너, 정말……!"

앙칼지게 눈을 부릅뜬 소옥이 말을 잊지 못한 채 숨을 씩씩거리기만 했다.

"내력을 지닌 고수는 절대 술에 취하는 법이 없는 거다. 마음먹기에 따라서 열 동이의 술을 들이켜도 한 사발의 냉수를 마신 거나 마찬가지로 말똥말똥한 거야."

"……?"

"험, 아직 모르는 모양이니 사형으로서 한 수 가르쳐 주지 않을 수 없지."

무슨 말인지 의아해하는 소옥을 지그시 바라보던 육지평이 헛기침까지 하며 엄숙한 얼굴이 되어 근엄하게 말하기 시작했다.

"내력을 운용해서 주독(酒毒)을 한곳에 모아두었다가 슬그머니 몸 밖으로 흘려보낸다. 아니면 삼매진화(三昧眞火)의 수법으로 태워 버리지. 어떤 사람은 주기(酒氣)만을 뽑아 입으로 쏘아냄으로써 그것을 무시무시한 암기처럼 사용하기도 한다. 그런 수법들을 배워두면 유용할 때가 종종 있지."

"홍, 개소리!"

사부로부터도 들어보지 못한 말이었다. 그가 자신을 놀리려는 수작이라고 여기고 화가 나 소리치자 육지평이 엄한 얼굴로 소옥을 바라보았다.

"어허! 사형의 가르침을 받았으면 절을 해야지 상소리라니! 네가 믿지 못한다면 내가 몸소 보여주지."

말을 하는 동안 육지평의 정수리에서 흰 김이 모락모락 피어 오르더
니 말이 끝났을 때는 달구어진 솥에서 김이 새 나오듯 날카로운 기세
로 뿜어져 나와 허공 중에 흩어졌다. 즉시 자욱한 술 냄새가 방 안을
꽉 채웠다.

"이것이 주독을 뽑아내는 수법이다. 나머지는 이제 보지 않아도 알
수 있겠지?"

마치 신기한 요술이라도 보는 듯 눈을 동그랗게 뜨고 바라보던 소옥
이 정신을 차렸다. 육지평의 넉살에 잠깐 동안이나마 자신의 처지와
일을 잊은 것이다.

"나는 아직 당신을 사형으로 인정할 수 없으니 잘난 척할 것 없어.
그런데 왜 나를 찾아온 거지?"

"휴, 정강령을 넘을 때와 지금과는 전혀 다른 사람이 된 것 같은데
쌀쌀맞은 건 변함이 없군. 하긴 그때나 지금이나 내가 멍청하니 누구
를 탓하겠나. 아, 어째서 나는 이처럼 인복이 없는 걸까. 왜 마음에 드
는 사람마다 하나같이 나를 괴롭히지 못해 안달이 나고, 왜 호의를 품
어도 그것을 믿어주는 사람이 없을까? 나는 사서(四書)을 읽었고 삼경
(三經)에 밝은데도 내 본심을 전하는 데에는 아무 쓸모가 없으니…….
대체 옛 성현들의 가르침이 오늘에는 다 헛것이 된 건지, 아니면 그때
의 인심과 오늘날의 인심이 같지 않아서인지 모르겠구나. 아, 안타깝
다. 차라리 옛일을 기억하지 못하고 앞일에 근심이 없으며 지금 괴로
운 걸 모르는 저 목석(木石)이 부럽다."

육지평이 짐짓 소옥을 외면하고 돌아앉아서 자신의 머리카락을 쥐
어뜯으며 괴로운 신음과 함께 주저리주저리 넋두리를 늘어놓았다. 흡
사 술 취한 한량이 헛소리를 하는 것 같고 미친 자가 하늘을 찌르며 한

탄하는 것 같기도 했다. 그 모습이 너무 진지하고 그럴싸해서 소옥은 연민(憐愍)하는 마음에 빠져 자신도 모르게 그에게 다가갔다. 육지평의 머리를 품에 안으려는 듯 팔을 내뻗던 소옥이 깜짝 놀라 급히 물러서며 날카롭게 외쳤다.

"당신은, 당신은 정말 교활하고 엉뚱하니 나는 깜박 속아 넘어갈 뻔했군. 앞으로는 무슨 말을 하든 절대로 믿지 않겠다!"

멍하니 소옥을 바라보던 육지평이 땅이 꺼질 듯 한숨을 내쉬고 머리를 저었다.

"그렇다면 내가 사매에게 진실을 말해도 믿지 않을 것이고, 거짓말을 해도 믿지 않을 것이니 나는 더 말할 수가 없겠구나. 그만두자, 그만둬."

육지평이 벌떡 일어나더니 찻잔을 던져 깨뜨려 버리고 화가 난 모습으로 문을 걷어차고 나가 버렸다. 소옥이 급히 풍향검을 집어 들고 그의 뒤를 좇았다.

"거기 서! 나는 들어야 할 말이 있다!"

문밖으로 나오고 나서야 소옥은 자신이 주방의 뒤쪽 후원에 있는 내실에서 하룻밤을 보낸 것을 알았다. 두리번거리자 막 나무문을 걷어차고 주방으로 들어가고 있는 육지평의 뒷모습이 보였다. 소옥이 급한 걸음으로 뒤따르며 다시 소리쳤다.

"서지 않으면 가만두지 않겠어!"

서둘러 주방으로 뛰어든 그녀가 깜짝 놀라 걸음을 멈추었다. 육지평은 이미 보이지 않았고 후끈한 열기로 데워져 있는 주방 안에서 얼굴이 누렇게 뜬 주방장이 땀을 뻘뻘 흘리며 끓이고 볶아대는 일에 여념이 없었던 것이다. 아직 날도 밝지 않은 새벽의 일이라 그것이 괴이하게 여겨졌다.

주방장이 말없이 눈짓으로 술청 쪽으로 난 문을 가리켰다. 잠시 머뭇거리던 소옥이 곧 쪽문을 박차고 그리로 뛰어들었다. 육지평과 그의 수하 두 명이 거기 있었다. 그들은 탁자를 쪼개 모닥불을 피워놓고 그 곁에 앉아 태평스럽게 무엇인가를 먹고 있었다. 창문마저 꼭꼭 닫아놓고 있어서 술청 가득 매캐한 연기가 꽉 들어차 눈이 따가울 지경이었다.

기침 소리에 돌아보자 지난밤에 남아 있던 사내들 대여섯 명이 한쪽 구석에 몰려 앉아 몸을 잔뜩 웅크린 채 떨고 있는 게 보였다. 그들의 겁에 질린 눈이 소옥과 육지평 등을 번갈아 바라보고 있었다. 다른 쪽 구석에는 주인과 점원 서너 명이 역시 온몸을 덜덜 떨며 웅크리고 앉아 있었다. 소옥을 바라보는 얼굴에 불만과 적의가 가득했지만 그들 역시 육지평 일행의 눈치만 살피고 있을 뿐 무어라고 입을 열어 말하지 못했다.

소옥은 비로소 자신이 세상 모르고 잔 곳이 내실이었다는 것을 깨달았다. 육지평과 그의 수하 두 명이 주인과 종업원들을 협박하여 내쫓았을 것이다. 그 일을 상상하자 어이가 없기도 했고 무안하기도 했다.

"어, 낭자, 일어났으면 이리 오시오. 요기를 해야지."

노걸이 그녀를 돌아보고 반갑다는 듯 손을 흔들었다. 거리낌없이 다가간 소옥이 장초신을 밀어내고 자리를 빼앗아 앉았다. 육지평의 맞은 편이었다. 장초신이 무어라고 투덜거렸지만 더 시비하지 않고 얌전히 비켜났다.

소옥은 손이며 얼굴에 온통 기름을 묻힌 채 찐 오리 고기를 두 손으로 붙잡고 게걸스럽게 뜯고 있는 육지평의 얼굴을 멍하니 바라보았다. 그는 앞에 소옥이 앉았다는 것도 알지 못하고 있는 것처럼 태평스럽게 고기를 뜯고 술을 마셔대는 일에만 열중해 있었다. 마치 내실에서 본 육지평과는 전혀 다른 사람이어서 원래 이곳에 그렇게 앉아 있었던 것 같았다. 소옥은 그의 태연함에 어이가 없었다. 대체 이자는 가슴속에 어떤 생각을 품고 있으며 무슨 짓을 할 것인지 조금도 예측할 수가 없 는 철부지 같다는 생각이 들었다.

"조금만 기다려. 곧 네가 먹을 만한 음식이 나올 거다."

입 안 가득 고기를 문 채 웅얼거린 육지평이 한쪽 구석에서 떨고 있 는 주인과 종업원들을 돌아보고 눈을 부릅떴다. 종업원 한 명이 재빨 리 일어나 쪼르르 주방으로 달려 들어가더니 곧 김이 무럭무럭 피어 오르고 있는 접시 한 개를 들고 와 소옥 앞에 조심스럽게 내려놓았다.

"청탕양육면(淸湯羊肉面)이다. 양 고기를 푹 삶아 우려낸 국물에 소 면을 말아낸 것이지. 개운하고 담백한 맛이 있어서 술 깨는 데에 아주 좋다. 이 집 주방장이 보기보다 솜씨가 좋아. 한 번 먹어보면 속이 편 해지고 두 번 떠먹으면 숙취가 싹 달아날 거다. 세 번 떠먹으면 이곳을 떠나기가 싫어질걸?"

눈짓으로 그릇을 가리키며 웅얼거린 육지평이 다시 점원을 노려보 며 소리쳤다.

"내가 시킨 건 왜 아직 안 내오는 거지? 판압(板鴨)에 고삼장육(高三 醬肉) 말이다! 설마 사람 차별을 하는 건 아니겠지?"

그가 주문하고 있는 요리들은 이곳과는 천 리나 떨어져 있는 란주 (蘭州)와 남경(南京)에서나 맛볼 수 있는 것들이었다. 일부러 그러는 듯 까다롭고 엉뚱한 것들만 골라 주문하고 있었지만 주방장은 그것들을 흉내라도 낼 줄 아는 모양인지 척척 만들어내고 있었다. 이런 궁벽한 곳의 주루에서는 생각하기 힘든 일이었다.

종업원과 주방장은 지난밤부터 내내 시달리고 있었던 듯했다. 종업원의 얼굴에 지친 기색이 가득했다. 그가 모든 것을 체념한 사람처럼 맥없이 돌아서서 주방으로 돌아갔다. 육지평이 내실로 간 뒤에는 노걸과 장초신에게 시달렸고, 다시 육지평에게 시달리게 되었으니 하늘이 원망스러울 게 틀림없었다.

"대체 당신은 이곳에서 뭘 하고 있는 거지?"

소옥이 매섭게 다그치자 육지평이 속없는 바보처럼 히, 웃어 보였다.

"아침을 먹는 거야. 너도 든든히 먹어두는 게 좋을걸? 먼 길을 가자면 말이다."

"나를 마중 나왔다는 건가? 흥! 수고하지 않아도 내 발로 찾아갈 참인데 참 별꼴이군."

"어? 어디로 가려고?"

소옥의 말이 뜻밖이라는 듯 육지평이 뜯던 고기를 내려놓고 의아하게 그녀를 바라보았다. 소옥은 그가 끝까지 의뭉을 떠는 것이 아니꼽고 보기 싫었다. 그녀가 발끈하려는 기색을 보이자 육지평이 먼저 손사래를 내둘렀다.

"알아, 안다구. 정강령으로 가려는 것이었겠지?"

"흑림채를 불태워 버리고 말 테다."

"어? 그건 위험해."

육지평이 기름 범벅이 된 손을 옷자락에 썩썩 문지르고 점원이 새로 내온 접시를 받았다. 눈으로는 음식을 살피고 코로는 그 냄새를 맡으며 건성으로 하는 말인 것처럼 몇 마디를 더 던졌다.

"흑림채에는 무서운 사람들이 많다. 아가씨 혼자 몸으로 들어가기도 어렵지만 한번 들어가면 살아서 나올 수 없을걸? 눈이 많이 쌓인 이런 겨울에는 불지르는 것도 쉽지 않을 거야. 그러니 다른 방법을 생각해 봐."

소옥은 의아한 생각이 들었다. 건성으로 하는 말 같았지만 그 속에는 육지평이 자신을 흑림채로 가지 못하게 하려는 의도가 담겨 있었던 것이다. 그건 이상한 일이었다. 그는 오히려 소옥이 제 발로 그곳에 찾아오기를 기다려야 할 사람이기 때문이다.

"나 같으면 말이다. 우선 눈앞의 잘생긴 공자를 살살 구슬려서 내가 알고 싶은 것들을 그가 술술 불어내지 않고는 못 배기게 할 거다. 아무리 기상이 출중하고 재주가 뛰어난 사내라도 아리따운 낭자의 교태 앞에서는 견디지 못하는 법이거든. 특히 영웅호한의 기질을 가지고 있는 열혈남아라면 더욱 그렇지."

어떻게 해야 하는 건지 가르쳐 주는 것 같으면서 결국은 잔뜩 제 자랑만 낯간지러운 줄 모르고 늘어놓는 육지평의 넉살에 소옥은 어이가 없었다. 그녀가 피식 웃자 이제 되었다는 듯 육지평이 손뼉을 치며 즐거워했다.

"그래, 바로 그거야. 칼보다 더 무서운 게 바로 그런 미소라구. 깨우치는 게 빠른 아가씨였구나."

이렇게 느물거리는 사내는 처음 대해보는 소옥이었다. 어떻게 상대해야 하는 건지 알 수가 없었다. 화를 내고 윽박질러도 구렁이 담 넘어가듯 능글맞게 흘려 넘기는 데에는 해볼 재주가 없었다. 싸움을 하고 싶어도 상대가 받아주지 않으니 내가 먼저 시들해져 버렸고, 욕을 해주고 싶어도 꼬투리를 잡히지 않으니 그럴 수가 없었다.

소옥은 차라리 강직하기만 한 단목기나 급하고 단순한 남궁적이 훨씬 더 상대하기 편한 사람들이라고 생각했다. 이처럼 유들유들하기가 뼈 없는 동물 같은 사내는 이제 다시 만나고 싶지 않았다.

"좋아요, 내가 졌어요. 그러니 당신 말대로 내가 알고 싶은 것들을 물어보고 당신을 따라가면 되겠군요."

"바로 그거야. 그전에 우선 배부터 채우자구. 먹어봐. 맛있다니까."

육지평이 여전히 태평스러운 얼굴로 먹으라는 손짓을 했다.

주루 밖으로 나왔을 때는 먼 데서 새벽이 밝아오고 있을 무렵이었다. 온 산에 두텁게 쌓인 눈 때문에 세상이 온통 하얗게 변해 있었다. 길이란 길은 모두 사라져 버렸고, 종적이 끊어진 고갯마루에는 새 한 마리 날지 않았다.

눈이 그치자 뒤따라온 날 선 바람이 볼을 때렸다. 허리에 묶고 있던 수건을 풀어 코와 입을 가리고 죽립을 눌러썼지만 한기가 뼛속까지 파고드는 건 어쩔 수 없었다.

"가자."

장초신을 앞세운 육지평이 소옥에게 손짓을 해 보이고 성큼 눈 속으로 나섰다. 무릎까지 빠져드는 눈을 헤치며 걷는다는 것이 생각보다 훨씬 힘들었다. 비탈을 미끄러지며 얼마나 내려갔을까, 먼 골짜기에서는 우르릉거리며 눈사태나는 소리가 들렸다.

소옥은 앞서 가는 육지평을 따라 어디가 길이고 어디가 구덩인지 알 수 없는 눈 속을 무작정 걸었다. 두 개의 능선을 넘었을 때쯤에는 해가 머리 위를 지나 멀리 서쪽 산 구릉 위로 내려앉고 있었다. 배가 고파왔다. 지난 새벽녘 주루에서 육지평이 한사코 배를 채워두라고 권했던 이유를 알 것 같았다.

육지평 일행은 한 번도 쉬는 법 없이, 한 모금의 물을 마시는 법도 없이 쫓기는 사람들처럼 내내 앞만 보고 달려가기만 했다. 소옥은 몇 번이나 그들을 불러 세우고 행로와 목적을 다그쳐 묻고 싶은 충동을 꾹꾹 눌러 참았다. 보나마나 느물거리는 대답 아닌 대답만 듣고 더 속이 상할 것이기 때문이다.

더운 김이 무럭무럭 피어 오르고 있는 육지평의 등을 바라보며 소옥은 입술만 잘근잘근 깨물었다. 어쨌든 그를 따라가면 결국 정강령의 산채에 이르게 될 것이고, 묻지 않아도 저절로 모든 것이 알아질 것이라고 편하게 생각했다.

그러나 소옥의 그런 생각은 땅거미가 깔려오는 바위 능선 하나를 미끄러져 내려가고 나서 싹 사라지고 말았다.

"이봐! 대체 어디로 가고 있는 거지? 저것이 산채인가?"

소옥이 걸음을 멈추고 뾰족하게 소리쳤다. 발 아래 깊은 계곡을 두고 그 건너편의 울창한 송림과 거석군(巨石群) 속에 슬며시 보이는 몇 채의 집을 본 것이다. 그것은 민가도 아니었고 산채의 망루도 아니었다. 눈에 덮여 하얗게 반짝이고 있는 용마루가 날듯이 치켜 올라가 있고, 붉은 기둥에 달려 있는 연등(蓮燈)이 보이는 것이 적막한 산사(山寺)가 분명했다.

"도적놈들이 짐을 풀면 그곳이 산채지, 어디 산채가 따로 정해져 있다더냐?"

육지평이 걸음을 멈추고 소옥을 돌아보며 짐짓 눈을 부라렸다. 말을 할 때마다 허연 입김이 훅훅 뿜어져 나왔다.

잠시 숨을 고르고 난 육지평 일행이 다시 몸을 날려 떨어지듯 계곡 아래로 미끄러져 내려갔다. 단단히 얼어 있는 계곡 바닥의 개울물을 딛고 서서 위를 바라보자 아득하기만 했다. 다시 올라가야 하는 계곡의 맞은편은 비탈이 아니라 절벽이었다. 내려온 곳이 비교적 완만한 경사면이었다면, 올라가야 할 곳은 깎아지른 듯한 단애(斷崖)였는데 그 위에 눈까지 얼어붙어 있어서 올라가기가 쉽지 않아 보였다.

"가자!"

잠시 바라보던 육지평이 다시 짧게 말하고 먼저 몸을 솟구쳤다. 그 뒤를 노걸과 장초신이 날듯이 따랐다. 소옥은 그들이 절벽에 뿌리를 박고 뻗어 있는 앙상한 나뭇가지며 돌부리를 움켜쥐고 걷어차는 것을 유심히 바라보았다. 머리 위로 쏟아질 듯한 아스라한 절벽을 마치 날랜 원숭이처럼 거침없이 달려 올라가는 것이 이미 몸에 익숙해져 있는 솜씨였다.

"흥, 산적들이 아니랄까 봐……."

그들의 재빠른 몸놀림을 지켜보던 소옥이 코웃음을 쳤다. 험한 산과 벼랑을 타고 뛰어다니며 위세를 떨쳤을 모습이 눈에 선했던 것이다. 나라고 못할 것 같으냐? 하는 호승심이 생긴 듯, 소옥이 힘껏 몸을 날려 절벽에 붙었다. 돌부리를 박차고 뛰어오르는 그녀의 신형이 마치 날갯짓을 하며 날아오르는 한 마리 매처럼 날렵했다. 몇 번 그렇게 걷어차고 잔 나뭇가지를 스치자 그녀의 몸은 이미 육지평 일행을 앞질러 절벽 끝으로 치달아 올라가고 있었다.

단숨에 천장(千丈)의 단애를 달려 올라와 우뚝 서자 호기가 크게 일었다. 발 아래 아득히 내려다보이는 계곡이 어둠에 잠겨 무저갱(無底坑)처럼 깊어 보였는데, 얼어붙은 물줄기가 반짝이는 것이 검은 융단 위에 점점이 진주가 떨어져 있는 것 같았다.

볼 위로 차가운 바람과 함께 붉은 낙조가 내려앉았다. 뺨과 손가락 끝을 스치는 바람이 칼날처럼 매서웠지만 소옥의 이마에는 송골송골 땀방울이 맺혀 있었다. 그녀가 흩어진 머리카락을 쓸어 넘기고 이마의 땀을 훔치는데 육지평이 선뜻 뛰어 올라와 벼랑 위에 내려섰다. 어깨 너머로 가쁜 숨을 몰아쉬는 그의 얼굴이 붉게 달아올라 있었다.

"사매의 경신 공부는 나를 크게 뛰어넘는군."

육지평이 얼어서 버석거리는 옷소매로 이마의 땀을 훔치며 웃어 보였다. 소옥이 그를 차갑게 흘겨보아 주는 것으로 대답을 대신했다. 아직 노걸과 장초신의 모습은 보이지 않았다. 힐끗 벼랑 아래를 바라본 육지평이 손을 들어 멀리 보이는 송림을 가리켰다.

"다 왔다. 어서 가자. 더 기다리게 했다가는 그분들의 책망을 면치 못할 것이다."

'그분들?'

먼저 몸을 날려 달려가는 육지평을 멍하니 바라보던 소옥이 머리를 갸웃하며 그렇게 중얼거렸다.

큰 것은 삼 장이 넘어 보였고, 작은 것이라고 해도 키를 웃도는 암석군(巖石群)이 어지럽게 박혀 있는 모습이 처음 보는 장관이었다. 그 사이사이로 아름드리 거송(巨松)들이 빼곡이 들어차 있어서 대낮이라고 해도 자칫 한눈을 팔다가는 길을 잃기 십상이었다. 더구나 땅거미까지 짙어져 갈수록 잿빛 어둠으로 덮여가는 이런 시간에는 더 말할 것도 없었다.

'이런 곳이 다 있었나?'

부지런히 육지평의 뒤를 따라가며 소옥은 혀를 내둘렀다. 우뚝우뚝 서 있는 암석군들 사이를 지나가자니 괴괴한 어둠 속에서 은은한 살기마저 느껴지는 것 같아 몸이 오싹해졌다. 한 명이 매복해서 백 명의 침입자를 물리칠 만한 천연적인 지형이었다.

삐이익—!

앞서 달려가던 육지평이 입에 손가락을 넣어서 짧고 날카롭게 휘파람을 불었다. 암석군에 가로막힌 어둠 저쪽에서 곧 같은 휘파람 소리가 들려왔다. 그 소리를 듣자 뒤에서 따라오던 장초신과 노걸이 육지평을 앞질러 서슴없이 달려나가 어둠 속으로 사라졌다. 소옥은 그들이 무슨 짓을 꾸미려는 건지 알 수 없어 불안해졌다.

"기별을 했으니 아무 일 없을 거야."

그런 소옥의 마음을 읽은 듯 육지평이 다가와 흰 이빨을 드러내고 웃어 보였다.

"흥! 일이 있으면 또 어때? 내가 겁낼 줄 아나?"

소옥이 눈을 흘기며 차갑게 대꾸하자 입맛을 다신 육지평이 말없이 몸을 날려 다시 달려나가기 시작했다. 이리저리 어지럽게 꺾이고 때로는 맴돌기도 하면서 얼마나 갔을까, 드디어 암석군이 끝나고 제법 넓은 초지(草地)가 나왔다. 육지평을 뒤따르던 소옥이 우뚝 몸을 멈추어 세웠다. 초지 한가운데에 나와 서 있는 사람들이 있었던 것이다.

두 마리의 커다란 개는 오압사에서 한번 본 적이 있는 흉물(凶物)들이었다. 웅크리고 앉아 있다가 소옥을 보고 슬며시 일어서는 그놈들 뒤에서 강량이 오연한 모습으로 뒷짐을 진 채 서 있었다. 그 주위에 대여섯 명의 장한들이 늘어서 있었는데, 앞서 간 장초신과 노걸의 모습은 보이지 않았다.

"강 총관이 직접 나오셨구려?"

육지평이 가볍게 포권하여 인사하자 강량이 말없이 머리만 한 번 끄덕이는 걸로 그것을 받았다. 여전히 오만하기 짝이 없는 모습이었다. 배알이 뒤틀려 무어라 쏘아주려고 했던 소옥이 주춤거리고 한 걸음 물러섰다. 송아지만한 두 마리의 맹견이 어슬렁거리며 다가왔던 것이다. 소옥을 바라보고 으르렁거리는 그놈들의 비수 같은 이빨이 끔찍해 보였다. 흉성을 가득 띤 채 이글거리는 붉은 눈이 소옥을 쏘아보는 것이 낯선 침입자에 대한 경계와 경고를 하는 것 같았다.

"저리 가지 못해? 말을 듣지 않으면 구워 먹어 버릴 테다!"

육지평이 짐짓 주먹을 들어 올리며 낮게 꾸짖자 개들이 꼬리를 두어 번 흔들고는 납작 엎드려 육지평의 발등을 핥았다. 그 모습이 조금 전과는 달리 영락없이 주인을 맞는 잡견의 모습이어서 소옥은 가만히 안도의 한숨을 내쉬었다. 아무리 사납고 무섭게 생겼어도 개는 개일 뿐이라는 생각이 든 것이다.

하지만 육지평을 따라 그 두 마리의 개 사이를 지나가는 동안 소옥은 내내 긴장을 풀지 못했다. 살짝 이빨을 드러내고 낮게 으르렁거리는 개들의 기세가 금방이라도 달려들어 물어뜯을 것같이 느껴졌기 때문이다.

'고약한 개들이다. 언제고 저놈들을 따끔하게 혼내주고 말 테다.'

여전히 뒤에 따라붙는 으르렁거림을 애써 무시하며 그렇게 다짐하는데 강량이 불쑥 소옥의 앞을 막아섰다.

"낭자 혼자인가?"

소옥 혼자서 겁도 없이 이곳까지 따라왔다는 것이 의외인 모양이었다. 오압사에서 보았던 남궁적이며 무명자가 보이지 않는다는 것이 이상하다는 얼굴이었다. 소옥이 개에 대한 미움의 마음을 실어 강량을 노려보았다.

"왜? 나도 못생긴 강아지라도 몇 마리 끌고 올 걸 그랬나 보지?"

"음……."

소옥의 당돌한 대꾸가 뜻밖이었던 듯, 얼굴을 찌푸리며 침음성을 발하던 강량이 번쩍이는 눈길로 매섭게 소옥을 바라보았다.

"어린 아가씨가 겁이 없군."

"주인을 닮아서 개들도 겁이 없으니 피장파장인 셈이지."

소옥의 말에는 여전히 독한 가시가 돋아나 있었다. 그만큼 그녀의 마음이 초조하고 불안하다는 반증이었다.

"음……."

강량이 더욱 눈살을 찌푸린 채 무어라고 꾸짖으려는 듯 입술을 들썩거리다가 한숨을 쉬고 머리를 흔들었다.

"그만두자, 그만둬."

그가 비켜서자 한쪽에서 일의 돌아가는 양만 지켜보며 한가롭게 미소 짓고 있던 육지평이 하하 웃었다.

"하하, 떼쓰는 손자를 당할 할아버지가 없는 것처럼 아가씨의 입심을 당할 남자도 없는 거지. 강 총관께서는 노여워하실 것 없소이다. 그나저나 늦었다고 사부님께 꾸중을 듣지나 않을지 모르겠는걸?"

말하는 중에 어느덧 얼굴이 근심으로 어두워진 육지평이 소옥의 소매를 끌고 초지를 건너 사찰의 돌담을 향해 나아갔다. 담을 끼고 바삐 걷자 새로 만들어 세운 게 분명한 단단한 산문이 나타났다. 그 안에서 자신을 기다리고 있는 것이 온통 어렵고 힘든 일일 뿐이라는 것을 짐작한 소옥이 바짝 긴장했다.

“열어라!”

육지평의 호통을 기다리고 있기라도 했던 듯 사찰의 육중한 산문이 삐걱이며 활짝 열렸다. 청석을 깔아놓은 제법 넓은 마당이 훤히 드러났고, 그 앞에 대웅전으로 보이는 높은 건물이 보였다. 군데군데 몇 개의 횃불을 밝혀놓고 있어서 대웅전 앞뜰에 늘어서 있는 대한들의 면모가 고스란히 드러났다.

얼른 보기에도 백여 명은 됨직한 자들이 한결같이 엄숙한 모습으로 도열해 서 있었는데, 모두 칼과 검, 창 등과 같은 병장기를 세워 든 채였다. 산적의 무리들이라고는 생각할 수 없이 기세가 늠름하고 기율이 엄정하게 잡혀 있는 모습들이었다. 어째서 절에 중들은 하나도 보이지 않고 병장기를 지닌 흉악한 사내들만 있는 건지 의아해하던 소옥이 ‘흥!’ 하고 차갑게 코웃음을 쳤다. 자신을 겁주기 위해서 이따위 쓸데없는 짓을 하고 있다는 생각이 들어 비위가 상한 것이다.

“손님을 맞는 예를 갖추었을 뿐이니 달리 생각할 것 없다.”

“나는 손님으로서의 예의를 다 차릴 여유가 없으니 어서 당신의 사부님이나 뵙도록 해줘요.”

여전히 쌀쌀맞기만 한 소옥의 대꾸에 머쓱해진 육지평이 그녀를 안내해서 극락문(極樂門)이라는 현판이 걸려 있는 작은 쪽문을 지났다. 그곳은 대웅전 앞뜰과는 또 다른 별세계였다. 가운데 작은 연못이 있고 담을 따라 잘 가꾸어진 화단이 있었다. 지금은 온통 흰 눈을 덮고 있어서 알 수 없었지만 봄이 되어 꽃이 피어난다면 매우 아름답고 운치가 있을 게 분명했다.

십여 장 넓이의 뜰 건너에 회랑(回廊)으로 이어진 몇 채의 건물들이 있었는데, 선방(禪房)이거나 아니면 선승(禪僧)들이 수행하고 기거하는 숙사(宿舍)인 듯해 보였다. 그곳은 대웅전 앞과는 달리 매우 정갈하고 조용했다. 어디에서도 사람의 기척을 찾아볼 수 없었던 것이다.

그것들을 둘러보며 소옥은 내심 이상하다는 느낌을 받았다. 회랑으로 이어져 있는 건물들은 민간의 장원이나 저택에서 흔히 볼 수 있는 구조였지, 산속의 사찰에서 볼 수 있는 구조가 아니었던 것이다. 그리고 보니 방금 전 지나온 대웅전의 모습이나 구조도 그랬다. 보통 사찰의 대웅전 앞뜰은 청석을 깔아 단단하게 만드는 법이 드물었다. 대웅전도 문이 굳게 닫혀 있어서 안을 들여다볼 수 없게 했을 뿐더러, 각성(覺性)의 불법(佛法)이나 경구(警句)를 적어 걸어놓은 그 흔한 편액(扁額) 하나도 볼 수 없었던 것이다.

절 안에 중들의 모습이 보이지 않는다는 것도 그랬지만, 유심히 구조를 살펴보자 의심 가는 점이 한두 가지가 아니었다. 건물과 건물 사이마다 높고 단단한 벽들로 가로막혀 있다는 점도 일반 사찰에서는 보기 힘든 구조였다. 마치 사찰 전체를 몇 개의 구역으로 구분하고 벽을 쌓아 잘게 갈라놓은 것처럼 도처에 흙벽돌을 차곡차곡 쌓아 견고하게 만든 전벽(塼壁)이 둘러져 있었던 것이다.

소옥은 육지평을 따라 벌써 세 개의 문을 지나가고 있었다. 단단한 전벽 사이에 난 그 문들은 하나같이 한 사람이 겨우 지나갈 만큼 비좁게 만들어져 있었다. 수십 명의 침입자가 한꺼번에 몰려들어도 결국 문을 통과할 수 있는 사람은 한 명밖에 없는 구조였다.

세 번째로 들어선 곳은 후원(後園)인 듯했다. 아름드리 측백나무 몇 그루가 곧게 뻗은 짙푸른 잎사귀마다 흰 눈을 가득 이고 있어서 운치를 더해주었다. 그곳까지 오는 동안 내내 사람의 기척을 느끼지 못했는데, 후원에 들어서자 이곳저곳에서 날카로운 기운들이 느껴졌다.

한번 심호흡을 하여 마음을 가라앉힌 소옥이 은밀하게 어두운 구석들을 살펴보았다. 기운은 느낄 수 있었지만 여전히 사람의 모습은 찾아볼 수 없었다. 은신하고 있는 자들이라면 그 수법이 꽤나 치밀하고 고명한 자들이 분명했다. 바로 이곳이 육지평의 사부이면서 자신에게는 사숙이 된다는 무정풍소(無情風簫) 왕서륜(王瑞倫)의 거처가 분명하다는 생각이 들었다.

육지평이 말없이 한곳을 손가락으로 가리켰다. 그곳을 바라본 소옥의 몸이 굳어졌다. 벽에 걸린 초롱불 빛을 받아 은은하게 반짝이는 흰 눈을 딛고 한 사람이 산책이라도 하듯 몇 그루의 나무 사이를 서성이고 있었던 것이다.

"사부……."

소옥의 입에서 흐느낌처럼 낮은 웅얼거림이 새어 나왔다. 바지를 입고 두터운 외투를 걸치고 있는 그 사람은 곤륜여협(崑崙女俠) 상관혜(上關慧)가 분명했다. 어둠 속에서 흐릿한 윤곽이 보였을 뿐이지만 소옥은 그 모습을 잊지 않고 있었다. 잠깐 스쳐 지나가는 그림자였다고 해도 똑똑하게 알아볼 만큼 눈에 익고 마음에 박혀 있는 사부의 모습이었다.

"사부!"

갑자기 밀려든 격정에 사로잡힌 소옥이 떨며 그렇게 외치자 비로소 상관혜가 천천히 소옥을 돌아보았다. 그녀의 입에서 '아!' 하는 짧은 탄성이 터져 나왔다. 그리고 어깨를 떠는 듯했다.

"정말 너란 말이냐……?"

힘이 실려 있지 않은 그 음성을 듣자 소옥의 마음이 눈사태처럼 쏟아져 내리는 안타까움과 서러움으로 무너졌다.

"사부! 저예요. 제가 왔어요!"

외친 그녀가 정신없이 달려가 부딪치듯 상관혜의 가슴속으로 뛰어들었다. 소옥을 부둥켜안은 상관혜의 볼이 잔경련을 일으켰다. 그녀가 소옥의 머리카락에 볼을 비비며 입술을 떨었다. 무어라고 말을 해야 하는데 차마 말이 되어 나오지 않는 모양이었다.

"왜, 왜 이렇게…… 사부님께서 어떻게 이런 모습이……."

얼굴을 들고 상관혜를 살펴보는 소옥의 볼을 타고 뜨거운 눈물이 쏟아져 내렸다. 소옥은 자신을 부둥켜안고 있는 상관혜의 팔에 힘이 하나도 실려 있지 않다는 것을 느끼고 왈칵 밀려드는 두려움 때문에 정신이 몽롱해질 지경이었다.

정신없이 상관혜를 살펴보는 소옥의 얼굴이 창백해졌다. 헤어져 있던 지난 몇 달 동안 더욱 수척해져 이제는 완연히 나이든 티가 나는 사부였다. 꺼칠해진 얼굴과 더욱 깊어진 주름들이 수심에 잠겨 있는 그녀의 눈과 함께 소옥의 마음을 더욱 찢어지게 했다. 그 곱고 우아했던 자태는 어디 가고 껍질만 남아 있는 사람처럼 나약하고 허망해 보이는 사부의 모습이 믿어지지 않았다.

"돌아왔구나. 이렇게…… 찾아올 줄 알았다."

참지 못하고 기어이 큰 소리로 울음을 터뜨리는 소옥의 머리를 쓸어주며 상관혜가 떨리는 음성으로 말했다.

"불쌍한 것. 그동안 고생이 많았구나……."

소옥의 거친 볼과 그곳에 새겨져 있는 지울 수 없는 상처 자국들을 더듬어 쓰다듬는 상관혜의 말속에도 울음이 담겨 있었다. 듣지 않아도 소옥이 홀로 강호에 나가 부대끼며 얼마나 크고 위험한 일들을 겪어왔고, 많은 고생을 했을지 다 알 수 있는 상관혜였다.

그렇게 젊고 늙은 두 여인은 서로를 부둥켜안고 어루만져 보며 한동안 말을 잊고 흐느껴 울었다.

"왔구나. 기다리고 있었다."

문득 들려온 낯선 음성이 혼미해졌던 소옥의 정신을 일깨웠다. 그녀가 여전히 두 팔로는 사부를 감싸 안은 채 고개만 돌려 소리난 곳을 바라보았다. 후원을 향해 있는 정자의 들마루 위에 한 사람이 뒷짐을 지고 서서 내려다보고 있었다.

옥대(玉帶)를 두른 쪽빛 경장 위에 눈처럼 흰 장포(長袍)를 걸치고 유생건을 쓴 모습이 고고한 학처럼 우아하고 유연해 보였다.

"사부님을 뵈옵니다."

그를 본 육지평이 급히 무릎을 꿇고 머리를 숙였다. 소옥은 그가 바로 무정풍소 왕서륜이라는 것을 알고 유심히 바라보았다. 관옥 같은 얼굴에 검은 수염이 잘 어울리는 준수한 모습이었는데, 어디로 보아도 한가로운 학자나 부유한 지주의 모습이었지 한때 강호를 질타하던 절정의 고수라는 것이 믿어지지 않았다.

왕서륜이 천천히 계단을 걸어 내려오는 것을 물끄러미 바라보고 있는데 육지평이 낮고 날카롭게 꾸짖었다.

"너는 어째서 사문의 존장을 뵙고도 예를 갖추지 않는 거지?"

"흥! 나는 믿지 않는다!"

다른 때 같으면 소옥의 쌀쌀맞은 말에 혀를 차고 외면해 버리거나 눈살을 찌푸리고 입맛을 다시는 걸로 그만이었을 육지평이 이번에는 그렇지 않았다. 그가 사납게 눈을 부라리며 몸을 일으켜 소옥을 바라보았다.

"대체 너는 언제까지 철없는 망아지처럼 천방지축으로 날뛸 셈이냐? 사문의 문규가 엄하고 질서가 바르다는 것을 잊었단 말이냐!"

"무엇이? 네가 감히 사부님의 면전에서 나를 훈계한단 말이냐?"

분을 참지 못한 소옥이 소매를 떨치고 나서려 하자 그 옷깃을 상관혜가 가만히 붙잡았다.

"저 아이의 말이 옳다."

"사부님?"

상관혜로부터 뜻밖의 말을 들은 소옥이 어리둥절하여 그녀를 바라보았다. 상관혜가 한숨을 쉬고 그 시선을 외면했다.

"언젠가는 너에게 말해 주려 했다만 늦어지고 말았다. 다 이 사부의 잘못이라면 잘못이지."

"사부님, 그러면 그가, 그가 정말……."

"그렇다. 그는 너의 사숙이 된다."

"아!"

설마 했던 말을 사부의 입을 통하여 듣고 확인하게 되었다. 소옥은 다시 머리가 어지러워졌다.

"그렇다면 그가, 그가 어째서 사부님을……."

왕서륜의 면전에서 차마 그가 어째서 당신을 해치려 하느냐고 물을 수가 없었다. 다시 상관혜에게서 듣게 될 대답이 두려웠던 것이다. 그런 소옥의 마음을 안다는 듯 상관혜가 그녀의 볼을 어루만지며 쓸쓸하게 웃어 보였다.

"사문의 좋지 않은 모습을 너만은 영영 알지 못하기를 바랬다. 하지만 그건 나의 욕심에 불과했지. 이제는 너도 이 일에 대하여 낱낱이 알고 곤륜 문하로서 네가 해야 할 일들을 할 때가 되었다."

소옥이 당황한 얼굴로 상관혜를 똑바로 바라보았다. 그녀는 사부의 그 말이 자신에게 문호의 어지러움을 바로잡으라는 의미임을 알았다. 그것은 또 상관혜 자신을 포함한 윗대의 잘잘못을 따지고 가리라는 뜻이기도 했다. 하지만 그 일은 아직 사문의 제자에 불과한 자신이 할 수 있는 일이 아니었다. 그것은 문규를 다시 세우고 사문을 정리하는 일이기도 했으므로 장문인만이 할 수 있는 일이었다.

"사부! 사부는 설마 저를, 저를……."

상관혜가 더 말하지 않겠다는 듯, 아니면 소옥에게 더 말하지 말라는 듯 말없이 머리만 저었다.

산속의 밤은 이미 깊을 대로 깊어져 있었다. 다시 눈이 내리는지 창문밖의 고요 속에서 간간이 나뭇가지가 부러지며 우수수 눈덩이들을 쏟아내는 소리가 들려오곤 했다. 탁자의 찻잔이 식어 싸늘하게 변한 지 오래였지만 아무도 먼저 입을 열어 말하지 않았다. 그대로 있으면 날이 밝아오도록 서로 침묵한 채 깎아놓은 인형들처럼 앉아만 있을 것 같았다.

각자의 마음속에 하고 싶은 말들을 산처럼 쌓아두고도 두려움 때문에 차마 입을 열지 못하고 눈치만 보던 시간이 또 얼마나 흘러갔을까. 아무래도 주인 된 자가 먼저 일의 실마리를 풀어야겠다고 여긴 듯 왕서륜이 가볍게 기침을 하고 천천히 입을 열었다.

"이 모든 것이 사문을 지키려는 일념에서 비롯된 것이다. 서로의 오해와 불필요한 심기의 소모가 있게 된 것은 마치 지금처럼 누구도 먼저 나서려고 하지 않았기 때문이지."

상관혜의 얼굴에 그늘이 드리우는 것을 재빨리 본 소옥이 숙이고 있

던 고개를 번쩍 들고 야무진 눈빛으로 왕서륜을 바라보았다. 어느새
그녀의 얼굴 가득 결연한 의지가 서려 있었다.
　"나는 그 말을 믿을 수 없어요. 사문을 지키겠다면서 왜 나의 사부
님은 인질로 잡아놓고 있는 거죠? 어째서 사부님의 무공을 없앴죠?"
　"그건 너의 오해라고 이미 말했다."
　"사부님께서 스스로 무공을 폐했다는 말을 나더러 믿으라는 건가요?
흥! 나는 바보가 아니에요."
　"사매!"
　곁에 있던 육지평이 나무라는 눈길로 소옥을 바라보며 낮게 꾸짖었
다. 그러나 소옥은 여전히 야무진 얼굴로 왕서륜을 쏘아보았다.
　"나는 사부님에게서 직접 듣고 싶어요."
　그렇지 않은 이상 누구의 무슨 말도 믿지 않겠다는 그녀의 고집이
그대로 드러나 있는 말투였고 얼굴이었다. 왕서륜이 가볍게 헛기침을
하고 나서 상관혜를 바라보았다.
　"사저, 아무래도 사저가 이 아이를 설득시켜야 할 것 같군요."
　상관혜가 창백해진 얼굴로 묵묵히 머리를 끄덕였다. 잠시 그녀를 물
끄러미 바라보던 왕서륜이 한숨을 쉬고 일어서 나가자 육지평이 한번
매섭게 소옥을 노려보아 주고 그 뒤를 따랐다.
　"사부, 사실대로 말해 주세요. 정말 그들이 이렇게 한 게 아닌가요?"
　"그렇다."
　"아!"
　상관혜가 순순히 인정하는 것이 오히려 소옥을 놀라게 했다. 그녀가
입술을 악문 채 상관혜의 손을 잡고 마구 흔들어댔다.
　"어째서, 어째서 사부님은 이처럼 어리석은 짓을 한 거죠? 그들이

핍박한 게 틀림없어요. 그렇지 않고서야 스스로 이런 짓을 할 리가 없잖아요? 그렇죠?"

"착한 아이야. 나는 너에게 말하지 못한 것들이 너무 많구나. 지난 십오 년의 세월이 결코 짧은 게 아니었건만 아직도 하지 못한 말들이 있다니……. 아, 내가 너무 못된 사부인 탓이다. 너는 나를 탓하고 꾸짖거라."

상관혜의 자조적인 말이 소옥의 마음을 더욱 아프게 했다. 그녀가 다시 뜨거운 눈물을 흘리며 상관혜의 가슴속으로 파고들었다.

"틀렸어요. 사부님께서는 정말 좋은 분이세요. 사부님이 말하지 못했다면 그건 제가 부족하고 못난 제자라서 그랬을 거예요. 사부님께 믿음을 드리지 못한 제가 잘못한 거지요."

*　　　*　　　*

후원의 전각 안으로 함께 들어온 뒤 왕서륜은 궁금해하는 소옥에게 그동안의 일들을 소상히 말해 주었다. 소옥이 제일 궁금하게 여긴 것은 그녀가 모용탈과 함께 풍향곡(風向谷)으로 돌아갔을 때 그곳에 사부가 없었던 점이었다. 어지럽혀져 있는 집기들과 핏자국으로 인해 사부가 해를 입고 누군가에게 납치되어 갔다고 여긴 소옥은 그 일로 다짜고짜 형산파에 월장해 들어가 그곳을 한바탕 소란스럽게 한 적이 있었다. 하지만 그것은 형산파가 한 일이 아니었다. 소옥으로부터 그런 일들을 들은 왕서륜은 웃고 나서 그것이 대사형 구양목의 짓이라고 했다.

그는 상관혜를 설득해 함께 힘을 모아 구양목에 대항하기 위해 육지평을 풍향곡으로 보냈다. 상관혜가 왕서륜 자신이 찾아오는 것을 달가워하지 않았기 때문이다.

　육지평이 풍향곡에 이르렀을 때는 공교롭게도 몇 명의 암습자들이 상관혜를 기습하여 그녀와 치열하게 싸우고 있을 때였다. 상관혜는 육지평이 끼어드는 걸 허락하지 않았다. 그날 육지평은 처음으로 사고(師姑)인 곤륜여협 상관혜의 본신절기를 보았다. 한 자루 철검을 빼앗아 든 그녀의 모습은 초수가 거듭될수록 우아하고 아름다운 자태가 더욱 빛나는 듯했다.

　살기로 가득 찬 암살자들의 도검 속에서 춤을 추듯 현란하게 움직이는 상관혜의 절정 검법에 넋이 빠진 육지평은 그것이 목숨을 건 싸움이라는 것마저 잊을 지경이었다. 그녀를 에워싸고 핍박해 드는 다섯 명의 암살자들은 모두가 절정의 고수 반열에 들 만한 자들이었다. 그 하나하나가 강호에 나간다면 한 지방의 패자로 군림하기에 부족함이 없어 보였던 것이다.

　육지평은 상관혜의 검법에 감탄하는 한편 그와 같은 자들이 어째서 강호에는 전혀 알려지지 않은 채 그것도 다섯 명씩이나 어디서 갑자기 나타난 것인지 의아했다. 칼을 쓰는 자들은 그 도법의 흉맹함이 강호에서 흔히 볼 수 있는 게 아니었고, 검을 쓰는 자들 또한 검법의 날카로움이 예사롭지 않았다.

　그 속에서 유유히 노닐 듯 한 자루 철검으로 막고 쓸고 무찔러 가는 상관혜의 검법은 더욱 빛나 보였다. 육지평은 그것이 사부로부터 말로만 들었던 유룡검법(遊龍劍法)임을 알았다. 한 번도 패배해 본 적이 없다는 천하제일의 검법이라고 사부는 누누이 말했던 것이다.

　눈부시게 현란한 중에 바늘 끝처럼 날카롭기 짝이 없는 검법의 정교함과 기오막측함에 홀려 있던 육지평은 점차 이상하다는 생각을 하게 되었다. 몇 번씩이나 적을 찔러 쓰러뜨리고 목숨을 빼앗을 수 있는 결정적인 기회를 맞았으면서도 상관혜의 검은 매번 교묘하게 그 기회를 흘려보내고 있었던 것이다. 그녀가 의도적으로 그렇게 하는 것 같지는 않았다. 그녀의 손에 들려 있는 검이 스스로 알아서 판단하고 비껴가는 듯하다는 느낌이 육지평을 당혹스럽게 했다.

어쩌면 상관혜의 마음속에 암습자들에 대한 살기가 없는 건지도 몰랐다. 하지만 그건 자연스럽지 않았다. 필살(必殺)의 각오로 달려드는 흉악한 자들을 상대하면서 태평스런 마음을 지닐 사람이 과연 있을까? 하는 의문이 들었다. 게다가 상관혜는 간혹 암습자들의 흉맹한 공격에 위기를 맞기도 했다. 초수가 거듭될수록 그런 위기가 조금씩 더 잦아졌지만 상관혜의 검은 여전히 살기를 피해가기만 했다.

그렇게 삼백여 초가 지났다. 암습자들이 끝없이 이어질 듯한 싸움에 지쳐 갈 때 상관혜도 다섯 명이나 되는 고수들의 협공 속에서 눈에 띄게 지쳐 가고 있었다. 모두가 지쳐 있다면 혼자서 버티고 있는 상관혜가 훨씬 더 위험했다. 육지평이 보기에도 둔해진 그녀의 검법 곳곳에서 파탄이 드러나기 시작하고 있었다.

드디어 그녀의 가슴이 적의 검에 깊이 찔리고 그리로 선혈이 낭자하게 흘러내릴 때 육지평이 뛰어들었다. 그는 차마 눈앞에서 사고가 정체불명의 괴한들에게 난자당하는 것을 두고 볼 수 없었던 것이다.

"그만두어라!"

상관혜가 날카롭게 외쳤으나 육지평의 무정한 손속을 멈추게 할 수는 없었다. 뒤에서부터 인정사정없이 치고 들어간 그의 검이 순식간에 세 명의 등과 목을 꿰뚫고 정수리를 쪼개 버렸다.

육지평이 사용한 것은 곤륜파가 자랑하는 또 하나의 절학인 육화검법(六化劍法)이었다. 그것은 오직 날카롭고 재빠르며 강한 힘을 앞세우는 실전의 검법이었다. 변화와 변초는 아예 없는 듯한 단순함 속에 상대의 넋을 빼앗는 강렬한 기세와 살기가 가득 숨겨져 있었다. 놀란 두 명은 더 이상 싸울 마음을 잃고 그대로 달아나 버렸다.

"휴— 네 손속의 지독함이 그와 같으니 너는 왕 사제로부터 모진 마음까지도 그대로 물려받은 듯하구나."

상관혜의 탄식을 듣고서야 육지평은 자신이 잠시 이성을 잃었다는 것을 깨달았다. 상관혜의 놀라운 절기를 지켜보며 자신도 솜씨를 뽐내 보이고 싶다는 충동에 사로잡혀 치솟는 호기를 억누르지 못했던 것이다.

"소질은…… 소질은 다만 사고님의 위험을 그대로 두고 볼 수가 없어서……."

"그만두어라. 이미 지난 일을 어쩌겠느냐. 이들은 대사형이 보내서 온 자들이니 그에게 또 한 번 죄를 지은 꼴이 되었구나. 하, 장차 이 일이 또 하나의 화가 되어 닥칠 것이니 그때 가서 너의 사부는 네가 한 짓을 대신 변명하느라고 진땀을 빼야 할 것이다."

"아!"

상관혜의 한탄을 들은 육지평이 놀람의 비명을 질렀다. 그는 설마 그자들이 사백(師伯)인 구양목의 수하들이라고는 생각하지 못했던 것이다. 육지평은 두 명을 그대로 살려 보낸 것이 뼈저리게 후회되었다. 이렇게 된 바에야 모두 죽여서 입을 막았어야 했다는 뒤늦은 후회가 그의 얼굴을 어둡게 했다.

이왕 엎질러진 물이었다. 육지평은 서둘러 죽은 자들을 매장하고 부상을 입은 상관혜를 끌다시피 하여 풍향곡을 떠났다. 구양목의 수하들이 다시 찾아오거나, 아니면 구양목이 직접 달려올지도 모른다고 생각했기 때문이다. 그러자 와락 겁이 났다. 그런 생각은 상관혜도 마찬가지였던 듯 그녀는 짐짓 모르는 척 육지평이 이끄는 대로 따랐다.

상관혜의 부상은 생각보다 깊었다. 밤을 도와 정강령의 흑림채로 달려오느라고 제대로 쉴 시간도 가질 수 없었으므로 그녀의 상처는 더욱 악화되었다. 상관혜의 그런 상태를 본 왕서륜은 크게 놀랐고, 뒤이어 육지평의 말을 듣고 더욱 놀랐다.

"안 되겠다. 이미 일이 벌어졌으니 그가 움직이기 전에 우리가 먼저 움직이는 수밖에 없다."

햏쑥해진 얼굴로 그렇게 중얼거린 왕서륜은 즉시 산채를 버렸다. 외채(外寨)에 머물면서 가끔씩 산적 흉내를 내 사람들을 위협하던 조무래기들을 모두 해산시켜 버린 그는 자신이 직접 가려 뽑고 단련시킨 정예들만을 거느리고 밤을 틈타 흔적없이 정강령을 떠났다.

*　　　　*　　　　*

"하지만 그 일과 이것이 무슨 상관이죠? 설마 그까짓 상처 때문에 사부님께서 무공을 모두 버려야 하는 처지가 되었다고는 생각할 수 없어요."

소옥이 여전히 도리질을 하며 강경하게 말했다. 지난 몇 개월 동안 그녀는 몸에 험한 상처를 입었던 적이 한두 번이 아니었다. 그러나 그어떤 상처도 목숨이 끊어지지 않았는데 지닌 바 무공마저 모두 잃게 할 만큼 심각한 것은 없었다. 사문의 유룡심법(遊龍心法)은 한 줌 호흡만 남아 있어도 끈질기게 그것을 붙잡고 결국은 잃어버린 원기를 불러

일으키는 오묘한 효용이 있었던 것이다.

결국 상관혜는 그녀의 말처럼 스스로 무공을 버렸다고 해야 옳았다. 소옥은 그 사실을 차마 인정하고 받아들일 수가 없었다. 만일 그렇다면 거기에는 또 다른 이유가 있는 게 틀림없었다. 소옥은 그걸 알고 싶었다. 그녀를 물끄러미 바라보던 상관혜가 천천히 말하기 시작했다.

"네 나이가 지금 스물이더냐?"

"그렇습니다."

"아, 강보에 싸였던 어린 모습이 아직도 눈에 선한데 벌써 스물이 되었다니…… 그동안 과연 나는 무엇을 하고 있었단 말인가……."

소옥은 사부의 말을 이해할 수 없었다. 그녀가 새삼스럽게 나이를 물어온 것도 그랬고, 지나온 세월에 대해 한탄을 하는 것도 그랬다. 상관혜의 탄식 속에는 자기 자신에 대한 짙은 회의와 허무가 깃들어 있었다. 그러나 그런 것들보다 소옥을 당혹스럽게 한 것은 상관혜가 무심결에 내뱉은 한마디의 말이었다.

'나는 다섯 살 나던 해에 사부의 손을 잡고 집을 떠났었는데, 사부는 강보에 싸여 있던 내 모습을 기억하고 있다. 이건 또 어떻게 된 일이란 말인가?

그런 생각이 소옥의 마음을 어지럽게 했다. 소옥은 어쩌면 사부가 자신의 집안과 오래전부터 친밀한 관계를 맺고 있던 사이인지도 모른다고 생각했다. 문득 남창부의 뇌옥 안에서 아버지가 숨이 다하기 전 사부에게 전해달라고 했던 말이 떠올랐다. 소옥이 어둡게 가라앉은 얼굴로 사부를 바라보며 그때의 일을 떠올리고 떨리는 음성으로 말했다.

"그날 아버님께서 돌아가시며 사부님께 반드시 전해달라고 하셨던 말이 있어요."

"그의 죽음마저도 지켜주지 못했다니……."

상관혜의 눈가가 붉어지며 젖어들었다. 소옥이 그런 사부의 얼굴을 유심히 바라보며 천천히 말했다.

"내가, 내가…… 미안하게 생각하고 있더라고…… 그 말을 꼭……."

아버지의 말투를 흉내 내 천천히 말하는 동안 소옥의 머리 속에는 그 말을 할 때의 아버지의 처참하던 모습이 생생하게 떠올랐다. 그녀는 가슴이 찢어지는 듯 괴로웠다. 그리고 그때 아버지가 울고 있었다는 것을 기억해 냈다.

비록 몸에 일초반식의 무공도 지니지 않은 채 오직 학문에 힘써온 아버지였지만 그분의 의지와 기개는 어느 뛰어난 무인 못지 않게 올곧고 강직했다. 그런 분이 죽음의 고통 속에서 마지막 말을 전하며 처음으로 눈물을 흘렸다는 것은 심상치 않은 일이었다. 소옥은 어째서 이제야 그 일을 생각하게 되었을까 하고 자기 자신의 정신없음을 원망했다. 아버지의 그 눈물 속에는 삶이 다한다는 것과는 또 다른 의미가 있었던 게 틀림없었다. 그리고 그런 의문은 사부의 변해가는 얼굴을 보며 더욱 굳어졌다.

"아, 그가 그런 말을 하다니……. 그가 죄책감을 가지고 살아왔었다니……. 오히려 나는 그에게 더욱 할 말이 없구나. 저승에서라도 만나게 된다면 무슨 면목으로 그를 대한단 말이냐……."

처연한 모습으로 중얼거리는 상관혜의 말에 불길함을 느낀 소옥의 얼굴이 사부를 닮은 듯 창백해졌다.

"사부님은, 사부님은…… 저의 선친과 어떤 관계이셨는지요……."

"그것은……."

상관혜의 얼굴이 이제는 창백하다 못해 밀랍(蜜蠟)처럼 굳어져 갔다. 그녀가 말을 할 듯 말 듯 입술을 파르르 떨다가 끝내 한숨으로 흐려 버리고 말았다.

"차차 알게 될 때가 있겠지."

지그시 입술을 깨물고 눈물을 훔친 소옥이 품에서 용화진경(龍華眞經)을 꺼내 상관혜 앞에 놓았다.

"아버님께서는 이것을 이제 때가 되었으니 사부님께 돌려드리라고 하셨습니다."

멍하니 용화진경을 바라보는 상관혜의 얼굴에 만감이 빠르게 스쳐 지나갔다.

"이것은 흉물(凶物)이다."

그녀가 입술을 악물고 겨우 말했다.

"흉물이라니요? 이것은 사문의 보전이 아닙니까?"

소옥이 어리둥절하여 상관혜를 바라보았다. 더욱 힘들어 보이는 그녀의 얼굴에 잔경련이 물결치듯 일고 있었다. 한동안 보전을 지그시 바라보고 있던 상관혜가 피가 나도록 입술을 깨물며 외면했다. 그녀는 마치 보전을 두려워하는 듯, 징그러워하는 듯했다. 소옥은 그런 사부의 태도를 더욱 이해할 수 없었다.

"제자는 어리석어 이 일에 얽힌 까닭을 짐작할 수 없습니다. 어째서 이것을 제 선친께서 지니고 계셨으며 결국 이것 때문에 화를 당하셔야 했는지, 어째서 본 문의 보전을 두고 사부님께서는 흉물이라고 하시는 건지……. 누군가는 저에게 이 물건이 장차 강호에 걷잡을 수 없는 피바람을 몰고 올 것이라고 했습니다. 그 말의 의미는 또 무엇입니까?"

소옥은 용화진경을 지니고 강호를 배회하는 동안 그것 때문에 숱한

험경을 겪어야 했다. 그러면서 그녀는 이 물건이 범상치 않은 것이고, 사문의 보전이라는 의미 외에 그 안에 또 다른 중대한 의미가 숨겨져 있다는 것을 어렴풋이 짐작하고 있었다. 이제 사부를 만났으니 그 궁금증을 풀지 않을 수 없었다.

"너는 그 말을 누구에게서 들었느냐?"

상관혜가 문득 정색을 하고 소옥을 바라보았다. 소옥이 그녀의 시선을 피하지 않으며 또박또박 말했다.

"상첩영(商疊瑛)이라는 소녀로부터입니다."

"상첩영이라고?"

처음 들어본 듯 의아해하는 상관혜를 바라보며 소옥이 다시 또박또박 말했다. 그녀는 사부의 표정에서 무엇인가를 찾아내려는 듯했다.

"호안노경(虎眼老勍) 상경문(商京門)의 여식이면서 아미 정현 사태(精玄師太)의 제자이기도 합니다."

"정현 사태의 제자라고……?"

잠시 무엇을 생각하던 상관혜가 의심스러운 눈길로 소옥을 바라보았다.

"단지 그것뿐이란 말이냐? 그 아이에게 다른 신분은 없단 말이냐?"

소옥이 상첩영에 대하여 아는 것은 그것뿐이었다. 그녀가 말없이 도리질을 하자 상관혜의 얼굴이 어두워졌다.

"그렇지 않을 것이다. 단지 정현 사태의 제자에 불과하다면 그 아이가 어찌 이 물건이 혈겁을 불러오리라는 것을 알았겠느냐. 그것을 아는 사람은 오직, 오직…… 그 사람밖에 없거늘……."

상관혜가 말하기 어려운 듯 잔뜩 눈살을 찌푸린 채 말꼬리를 흐렸다.

"환주루주(幻宙樓主)를 말씀하시는 건가요?"

가만히 그것을 바라보던 소옥이 문득 마음속에 떠오르는 생각이 있어서 그렇게 불쑥 말했다. 상관혜가 아! 하고 짧은 비명을 터뜨렸다. 그녀가 눈을 부릅뜨고 소옥을 바라보았다. 그 얼굴에 놀람이 가득했다.

"네가 어찌 그를 아느냐?"

"저는 그를 만난 적이 있답니다. 그에게서 사부님이 왕, 왕…… 사숙께 잡혀 있다는 말을 들었죠."

소옥은 왕서륜의 이름을 부르려다가 겨우 사숙이라는 호칭을 썼다. 아직도 그녀는 왕서륜을 사숙으로 인정하고 싶지가 않았던 것이다. 소옥의 말을 들은 상관혜의 얼굴이 다시 창백해졌다. 그녀가 두려움이 가득한 눈으로 소옥을 바라보며 조심스럽게 물었다.

"만났다고? 그가 아직 살아 있었단 말이냐? 나는 믿을 수 없다. 그가 어떻게 생겼더냐? 어디에서 만났지?"

소옥이 곽 노인의 모습과 그를 만나던 때를 찬찬히 이야기하자 상관혜의 얼굴에 기쁨과 두려움, 그리고 증오의 기색이 한꺼번에 떠올랐다. 그녀가 눈빛을 싸늘하게 하고 허공을 노려보았다. 마치 그곳에 곽 노인이 있기라도 한 듯했다.

"흥, 그가 너에게 무슨 말을 하더냐? 이십여 년 전의 일들을 말해 주더냐?"

소옥은 다시 이상하다고 생각했다. 이십여 년 전이라면 자신이 태어나던 무렵이거나 아직 태어나지 않았을 때일 것이다. 그때의 일을 되묻는 상관혜의 말에는 그전부터 그녀가 곽 노인과 알고 있었다는 의미가 들어 있기도 했다. 곽 노인이 상관혜뿐만 아니라 곤륜 문하 모두를 알고 있었다는 것도 마찬가지였다. 소옥은 대체 그 무렵에 사문에 무슨 일들이 있었던 건지 의아하기만 했다.

"그는 다만 저에게 진경을 보여달라고 했을 뿐이에요. 그리고 그것을 잘 간직하라고 했답니다. 그리고 보니 진경을 바라보는 그의 눈빛이 심상치 않았어요. 마치 진경을 오래전부터 잘 알고 있는 듯했어요. 용화진경은 본 문의 보전이고 외부인이 알 리가 없는데 그게 어떻게 된 일이죠? 이상한 일은 또 있어요. 제자가 아버님의 유언을 듣고 불타버린 집에서 진경을 찾아낸 것은 감쪽같이 이루어진 일인데 강호에 벌써 그 소문이 널리 퍼져 있었어요. 누군가가 숨어서 지켜보기라도 한 걸까요?"

"그렇지 않을 것이다."

"그렇지 않았다면 어떻게 그렇게 빨리 소문이 퍼질 수 있었을까요?"

한동안 멍하니 소옥을 바라보던 상관혜가 한숨을 쉬었다.

"네가 이미 그 일에 대해서 의문을 품었으니 말해 주지 않을 수 없구나. 용화진경은 분명히 너의 사조이자 나의 사부님이신 수은용사(水銀龍師)께서 은밀히 전해주신 것이지만 그것이 사문의 보물은 아니었다."

"아니라고요? 그것이 태사조님이신 난화선자(蘭花仙子)께서 당신의 심득을 적어 남긴 게 아니란 말인가요?"

소옥이 크게 놀라 자신도 모르게 외쳤다. 상관혜가 급히 그녀의 입을 막으며 두려운 눈빛으로 바깥의 동정을 살폈다.

"목소리가 너무 크다."

낮게 꾸짖고 난 상관혜가 조심스럽게 말했다.

"나도 사부님으로부터 그렇게 전해 들었다. 하지만 그렇지 않다는 것을 곧 알게 되었다. 진경을 적은 필체가 난화 사조님의 그것과 달랐기 때문이다. 혹시 사부님께서 직접 적으신 게 아닌가 하여 다시 꼼꼼히 살펴보았지만 사부님의 필체도 아니었다."

"그렇다면 누가 그것을……."

"환주루주 곽모용(郭模容)."

"아! 그가, 그 노인이 어떻게…… 그런 일은 있을 수 없어요."

소옥이 손으로 입을 가리고 터져 나오려는 비명을 간신히 막으며 세차게 도리질을 했다. 그녀가 본 곽모용은 추레하고 볼품없는 늙은이에 불과했다. 무공이라고는 하나도 알지 못하는 촌 노인이 어떻게 유룡검법을 알고 있으며, 그것의 부족한 점을 보충하여 줄 무서운 절학을 만들어낼 수 있단 말인가. 더구나 소옥이 머리 속에 낱낱이 새겨두고 있는 진경의 오묘한 구절들은 그 신통한 이치와 기묘한 조화가 사람의 생각을 크게 깨우쳐 주는 바가 있었다.

"절대로 그럴 리가 없어요. 제자는 믿을 수가 없어요."

소옥이 입을 악물고 결연하게 말했다. 만약 그것이 사실이라면 태산처럼 믿어오고 있는 사문에 또 하나의 오점이 되는 것이라고 생각했다.

"휴, 네가 믿지 않아도 할 수 없는 일이다. 나도 그 사실을 알고 너처럼 그것을 믿지 않으려고 했으니까 말이다. 하지만 그런다고 해서 진실이 거짓이 되는 건 아니란다."

"빤히 보이는 거짓이라도 내가 굳게 믿으면 그것이 진실이고, 만고 불변의 진리라도 내가 그것을 믿지 않으면 거짓이 되는 법이에요. 나는 이제 아무것도 믿지 않겠어요."

소옥이 딱딱하게 굳어진 얼굴로 사부를 흘겨보며 야무지게 말했다. 상관혜의 한숨 소리가 소옥의 마음을 더욱 무겁고 어둡게 했다.

"환주루는 실체가 없으면서도 강호에서 가장 큰 힘을 가지고 있는 문파라고 할 수 있다."

"흥, 믿을 수 없어요. 그 노인네는 몸에 무공이라고는 지니지도 않았고, 고작 그를 따르는 종유상이라는 사람이 있을 뿐이죠. 그 노인이 어떻게 종유상 같은 고수를 키워낼 수 있었던 건지 의아하기만 할 뿐이에요.”

“무엇? 종유상 그 아이가 곽모용의 제자가 되었다고?”

“모르고 계셨군요. 그가 자신의 입으로 그렇게 말했답니다. 단목 사형이 그를 사형이라고 부른 걸 보면 그도 정말 한때 곤륜의 문하였던 모양이죠?”

“결국 그 아이도 이 일의 희생자가 되고 말았구나. 아, 돌아보면 이 모든 것이 바로 내 한 몸에서 시작된 것이니 나의 죄가 너무나도 크고 무겁다.”

상관혜가 땅이 꺼질 듯 탄식했다.

*　　　　*　　　　*

환주루의 힘은 무력에 의한 것이 아니라 그들이 가지고 있는 막대한 정보에서 오는 것이었다. 그들의 정보 수집력과 분석력은 불가사의하다고 할 수밖에 없었다. 환주루주는 한 손에 강호의 모든 정보를 쥐고 있었으므로 이해가 얽히고설킨 강호의 제 문파들은 좋든 싫든 그를 통하여 무엇이든 얻지 않을 수 없었다. 환주루주가 명문 구대문파를 비롯하여 강호의 모든 문파와 관계를 맺게 된 것도 그런 이유였다. 강호에서는 환주루주를 경시할 수 있는 자가 아무도 없었다. 그러므로 그의 위상은 오히려 구대문파의 수장들보다 높은 바가 있었다.

어느 날 그가 빈객의 신분으로 소림사를 방문했을 때였다. 장로들과 둘러앉아 한담하던 중 누군가가 곽모용에게 소림의 절기에 대하여 물었다. 곽모용은 서슴없이 소림사의 절기들에 대한 평을 했는데 그 가혹함이 이루 말할 수 없었다. 하지만 엉터리로 깎아 내리는 것이 아니라 말속에 하나하나 부정할 수 없는 이치가 담겨 있었으므로 장로들은 숨만 거칠게 내쉴 뿐 그를 면박하지 못했다.

"빈승은 심복할 수 없소. 곽 시주가 몸소 그 말을 입증해 보여주시오!"

성미가 급한 각원 선사(覺原禪師)가 눈을 부릅뜨고 외쳤다. 그는 너무 분한 나머지 곽모용이 몸에 무공을 익힌 적이 없다는 것을 잊은 것이다. 곽모용이 태연히 웃으며 말했다.

"소생은 지닌 바 무공이 없어 선사를 만족시켜 줄 수 없으니 유감이오. 하지만 선사가 자비검(慈悲劍)을 보여준다면 내가 초식으로 그것의 허점을 뚫어보일 수는 있을 것이오."

자비검은 소림사의 검법을 대표하는 것으로 칠십이종 절학 중 당당히 한자리를 차지하고 있는 상승의 검법이었다. 초식의 변화로 그것을 격파해 보이겠다는 곽모용의 말에 모두는 지대한 호기심과 관심을 보였다.

대청에 넓은 자리가 마련되었다. 각원 선사는 보검을 뽑아 들었고 곽모용은 나뭇가지 한 개를 손에 들었다. 장로들이 지켜보는 가운데 비무가 시작되었다. 내력이 없는 초식의 정교함만으로 겨루는 것이었으므로 검법의 위력을 십분 발휘할 수는 없었지만 수백 년을 두고 거듭하여 보완 수정되어 내려온 자비검의 정교하고 웅장한 검세는 고스란히 맛볼 수 있었다.

각원 선사가 다섯 번째 초식인 자비천수(慈悲千手)를 펼쳤을 때 곽모용이 불쑥 나뭇가지를 흔들어 검봉의 진로를 차단하고 세 번 찍어댔다. 단순해 보이는 그 한 수의 초식에 각원 선사가 문득 검을 던져 버리고

물러섰다. 곽모용의 나뭇가지 끝이 재빠르게 선사의 검세를 뚫고 들어
와 손목과 어깨를 찍었던 것이다. 그것을 본 장로들의 안색이 일제히
창백해졌다. 당사자인 각원 선사는 물론, 그곳에 있던 누구도 감히 숨
조차 크게 쉬지 못했다. 터질 듯한 긴장 속에서 곽모용이 던진 나뭇가
지 떨어지는 소리가 뇌성처럼 크게 울렸다.

"화산파의 매화검 중 난화산분(亂花散分)이라는 수법이오."

곽모용이 친절하게 말해 주었다. 그러나 누구도 그 한 수를 모르는
사람은 없었다. 화산파의 매화검법이 화산을 대표하는 검법이라고는
해도 그것이 자비검을 꺾을 수 있다는 것을 장로들은 믿을 수 없었다.

"세상의 모든 것에는 각기 실하고 허한 것이 함께 있는 것이외다.
그래서 상생상극(相生相剋)의 이치가 생겨나는 것 아니겠소? 단점이라
고는 하나도 없이 완벽한 것은 존재하지 않소. 어느 것에나 그것에 상
극이 되는 것이 있고, 또 상생을 부추기는 것이 있기 마련이니…… 그
래서 우리는 그러한 세상의 이치를 일러 조화(調和)롭다고 하는 것 아
니겠소이까."

"상극의 도로 자비검을 이겼으니…… 그렇다면 당신은 상생의 도로
자비검의 단점을 보완해 줄 수도 있겠구려?"

곽모용이 천진스럽게 웃으며 머리를 끄덕였다. 그 뒤로 그는 보름
동안을 더 소림사에 머물면서 각원 선사와 함께 자비검에 대하여 토의
하고 연구했다. 각원 선사가 드디어 자비검이 완벽해졌다며 만족해할
때 곽모용도 덩달아 기뻐했다. 그의 머리 속에는 소림사의 자비검이
낱낱이 새겨져 있었던 것이다.

말하기 좋아하는 것이 사람들이니 천하에 감출 수 있는 비밀이란 존
재하지 못했다. 곽모용과 소림사와의 일이 어느덧 입에서 입으로 전해

지고 귀에서 귀로 흘러들며 세상에 두루 퍼지게 되었다. 그러자 이번에는 소림사의 비무(比武)에 한몫 거든 꼴이 된 화산파에서 곽모용을 초청했다. 곽모용은 그곳에서 화산 장문과 매화검에 대하여 다시 보름 동안 진지하게 토의하고 연구했다.

화산 장문인 형우담(炯雨談)이 곽모용으로 인해 매화검이 완벽해진 것을 기뻐하며 장로들을 거느리고 산 아래까지 배웅했다. 그러나 그는 자신이 얻은 것과 마찬가지로 곽모용의 머리 속에도 매화검이 새겨지게 되었다는 것에 대해서는 깊이 생각하지 않았다. 전대의 환주루주들이 그랬듯이 곽모용은 환주루의 율법에 따라 절대로 무공을 익히지도 연마하지도 않을 것이기 때문이다.

그 일마저 빠르게 세상에 알려졌다. 그러자 강호의 명문세가와 문파에서 앞 다투어 곽모용을 청해들였다. 그들의 극진한 대우를 받으며 곽모용이 한 것은 자신의 머리 속에 그들의 절기 하나씩을 새겨두는 일이었다. 삼 년이 지났을 때, 무림의 구대문파와 서른여섯 개의 세가들은 자신들의 절기를 더욱 완벽하게 다듬어 강호에서의 위상을 크게 높일 수 있었다.

"그들은 어리석다. 아직도 상생상극의 이치에 대하여 알지 못하고 있기 때문이다. 여전히 소림의 자비검은 화산의 매화검에게 꺾일 것이고, 화산의 매화검은 또한 종남의 능파검(凌波劍)에게 찔릴 것이다. 다시 종남의 능파검은 곤륜의 분광전검(分光電劍)에 패할 것이며 분광전검은 또 청성파의 검법에 눌릴 것이니 이 순환을 끝내려면 그들은 모두 검을 버리고 괭이를 잡는 수밖에 없을 것이다. 누가 감히 천하제일을 말할 것이냐?"

순례(巡禮)라고 할 수 있는 그 삼 년 간의 유랑이 끝나고 다시 세상에서 종적을 감추면서 곽모용은 그렇게 말했다.

*   *   *

"그렇다면 그가 다시 곤륜파에 찾아온 건 무엇 때문인가요?"

"나 때문이다."

"사부님 때문이라고요?"

"그는 나를 데려가고 싶어했지."

상관혜의 얼굴에 어느덧 먼 옛날의 일을 더듬는 추억의 그늘이 드리웠다. 소옥은 바로 지금부터의 이야기가 이 모든 일들이 비롯된 실마리일 것임을 짐작했다. 그녀의 얼굴에 호기심과 긴장이 어렸다.

곤륜파에 찾아왔던 곽모용은 상관혜를 보고 한눈에 반했다. 처음에는 그녀의 솔직담백한 성품과 깊은 마음에 호감을 가졌을 뿐이었다. 그러나 몇 번 대하게 되자 상관혜의 빛나는 지혜와 총명함이 곽모용의 마음을 걷잡을 수 없이 끌어당겼다. 그는 당대 곤륜파의 장문인인 수은용사(水銀龍師) 황유학(黃裕鶴)에게 상관혜를 자신의 제자로 삼을 수 있도록 해달라고 졸랐다. 곽모용은 아직 정식 제자를 두지 않고 있었던 것이다.

상관혜를 아끼고 사랑하기는 황유학의 마음이 더 크다면 클 것이었다. 황유학은 그녀를 곽모용에게 내주려고 하지 않았다. 하지만 곽모용은 포기하지 않았다. 강호에서의 유랑을 마치고 다시 곤륜파를 찾아온 그는 아예 그곳에 눌러앉다시피 했다. 그리고 황유학과 망년지우(忘年之友)의 관계를 맺고 유유자적하는 동안 곤륜파의 속사정을 낱낱이 알게 되었다.

당시 곤륜의 대제자인 구양목과 막내 제자인 왕서륜이 상관혜를 두고 암중에서 서로 다투는 것도 알았고, 당사자인 상관혜에게는 달리 깊이 사랑하는 정인이 있다는 것도 눈치 챘다. 곽모용은 그 일이 언젠가 곤륜파에 큰 화근이 되리라는 것을 짐작했다. 그것을 은근히 이야기하자 황유학도 제자들 사이의 그런 일들에 대하여 알고 있었던 듯 고민을 털어놓았다.

"그 일들을 어떻게 그렇게 소상히 알고 있죠?"

보잘것없어 보이는 곽 노인에게 그런 내력이 있다는 것을 알고 놀란 소옥이 급히 물었다.

"사부로부터 들었다. 나에게 용화진경을 건네주실 때지. 그때는 사부가 왜 그런 말들을 하시는지 이해하지 못했다. 그러나 지금 생각해 보니 그것은 나를 탓하는 의미였구나. 그리고 나에게 벗어날 길을 제시해 주신 것이기도 하고."

"탓하다니요? 사부님이 무얼 잘못하셨다고……."

"사형과 사제의 연심(戀心)을 알면서도 애써 그것을 외면하고 엉뚱한 사람을 사랑하게 되었으니 그것이 잘못이라면 잘못인 게지."

소옥은 사부의 말을 이해할 수 없었다. 아직 사랑이 무엇인지 알 수 없었지만 소옥은 본능적으로 그것에 대하여 생각하고 느낄 수 있었다. 그녀가 생각하는 사랑이라는 것은 서로의 감정이 묶여야만 나눌 수 있는 거지 어느 한쪽이 강요해서 되는 것이 아니었다. 그러므로 사조께서 그런 일로 사부를 탓했다면 그건 억지였다.

"흥!"

소옥이 쌀쌀맞게 코웃음을 치자 상관혜가 서글프게 웃으며 그녀의 머리카락을 쓸어주었다.

"너도 곧 알게 될 거다. 사랑이라는 것은 도둑처럼 마음에 숨어들어서 폭군처럼 지배하지. 한번 그놈에게 휩쓸리면 눈을 뜰 수도, 숨을 쉴 수도 없단다. 어떤 보검보다도 더 예리하게 가슴을 찔러대고, 어떤 경구(警句)보다도 더 마음을 사로잡지. 아, 너는 그때가 오거든 마음을 굳게 하여서 결코 상처를 입고 한을 남기는 일이 없도록 하여라."

"쳇! 나는 결코 사랑 따위에 한눈을 팔지 않겠어요. 그러니 마음을 빼앗길 일도 없겠죠."

소옥이 짐짓 토라진 얼굴로 흘겨보며 입을 뾰족 내밀자 상관혜가 다시 서글프게 웃어 보였다.

"사부님으로부터 용화진경을 물려받고 며칠 뒤 그것이 사문에 전해져 온 보전이 아니라는 의심을 품게 되었다. 필체가 영 다르기 때문이었다. 나는 그것이 곽모용이 쓴 것임을 알았다. 그리고 그에게 이 일을 따지려고 하였으나 그는 어디론가 사라져 다시는 찾을 수가 없었다."

"아, 그랬군요. 이제 보니 용화진경은 곽 노인이 그동안 강호를 유랑하면서 얻은 각 파의 검법과 절학들을 두루 포함하고, 거기에 자신의 심득을 더하여 만들어낸 것이었어요. 그렇다면 그것은 무경(武經)이라고 해야 할 것이에요. 하지만 그것의 내용이 유룡검법과 교묘하게 맞아떨어지는 것을 보면 그는 분명 본 문의 유룡검법에 대해서도 잘 알고 있었고, 그것을 염두에 두고 저술한 것이 분명해요. 그가 유룡검법을 알게 된 데에는 역시 사조님과 그 검법을 두고 서로 논(論)했던 때문이겠죠."

상관혜가 감탄했다는 얼굴로 소옥을 보며 고개를 끄덕였다.

“그가 너를 보고도 탐내지 않았으니 아마도 이미 마음에 드는 제자를 두었기 때문인가 보다.”

“상 소저를 말씀하시는군요?”

“그렇다. 그 아이가 이미 곽모용의 모든 것을 물려받았기에 용화진경에 대한 것을 알고 있었을 것이다.”

“그런데 종 사형은 어째서 사문에서 쫓겨난 것이죠? 그리고 환주루주의 제자가 되었으니 아까운 일 아니겠어요?”

상관혜의 얼굴에 애석해하는 빛이 가득했다. 그녀가 가볍게 한숨을 쉬었다.

“아까운 일이지. 그만한 자질을 지닌 사람을 찾기란 쉽지 않다. 당시에 대사형이 왜 애써 키웠던 제자의 무공을 폐하고 사문에서 내쫓았는지는 오직 그만이 알 것이다.”

“아주 짐작 가는 게 없는 건 아니에요. 그는 아마도 사부의 명을 거역했겠죠. 당시 구양 사백은 종 사형에게 무언가 해서는 안 될 명령을 내렸을 거예요. 종 사형이 끝내 그것을 거절하자 그래서 크게 노한 것이지요.”

“네 말이 맞을 것이다.”

자신도 그렇게 생각해 오고 있었다는 듯 미소를 지어 보인 상관혜가 소옥을 시험해 보려는 듯 그녀의 눈치를 살피며 물었다.

“그런데 구양 사형은 당시 종유상에게 어떤 명령을 내렸던 것일까?”

“알 수 없죠. 하지만 그것도 짐작할 수는 있어요. 그가 내린 명령은 아마도 사문에 깊이 관계된 일이었을 거예요. 그리고 어쩌면 사부님과 연관이 있을 수도 있지요. 그의 부당한 명령이 사문에 관계된 일이었기 때문에 종 사형은 죽음을 무릅쓰고 그 명을 거역했을 거예요.”

"너는 어째서 그것이 나와 연관이 있을 거라고 생각하지?"

"그건 사부님이 말씀해 주셨잖아요. 당시에 구양 사백은 사부님을 짝사랑하고 있었다고 말이에요. 그런데 실연을 당했으니 그 아픔이 그의 이성을 잃어버리게 했을 거예요. 그래서 사랑이 증오로 변해 사부님을 미워하게 된 건지도 모르죠."

소옥의 말을 들은 상관혜가 깜짝 놀라 소리쳤다.

"아, 설마 그때 그는 종유상을 시켜 나를 해치려고 했던 걸까?"

새파랗게 질린 얼굴로 한동안 무엇인가를 생각하던 상관혜가 길게 탄식하고 머리를 저었다.

"휴— 그랬던 건지도 모르겠다. 때문에 그는 종유상을 사문에서 내쫓은 후 화가 나 길길이 날뛰며 나와 왕서륜을 협박해 강호에서 떠나도록 종용했던 거겠지."

일이 그렇게 되었을 것이라고 짐작한 소옥과 상관혜의 얼굴이 똑같이 어두워졌다. 그것은 구양목이 그 무렵 자신의 사부이자 곤륜의 장문인인 수은용사(水銀龍師) 황유학(黃裕鶴)에 대해서도 이미 불경하는 마음을 가졌다는 것을 알았기 때문이었다. 그렇지 않았다면 그가 그처럼 안하무인으로 행동했을 리가 없었다. 그런 생각을 한 소옥과 상관혜는 황유학의 돌연한 죽음과 구양목을 연관시키고 두려움에 몸을 떨었다. 그리고 감히 마음속의 생각을 입 밖으로 내놓을 엄두가 나지 않아 서로 눈치만 보며 굳게 침묵했다.

"그런데 대체 사부님이 사랑한 사람은 누구죠?"

한참 뒤에야 소옥이 화제를 바꾸려는 듯 뜻밖의 질문을 했다. 순간 상관혜의 얼굴에 당황해하는 빛이 역력히 스쳐 지나갔다. 쉽게 평정을 찾지 못하고 어색해하던 그녀가 겨우 입을 떼었다.

"그것도 이미 네 마음속에 짐작이 서 있을 텐데 굳이 내게서 대답을 들어야겠느냐?"

"사부님을 괴롭게 할 뜻은 없어요. 다만 이 기회에 마음속에 있던 의문을 모두 속 시원하게 풀고 싶을 뿐이랍니다."

처연한 얼굴로 물끄러미 소옥을 바라보던 상관혜가 외면하고 겨우 말했다.

"네 짐작이 맞을 것이니 더 물을 것 없다."

소옥은 사부가 사랑한 사람이 돌아가신 자신의 아버지였다는 것을 확신했다. 그녀는 그것을 기뻐해야 할 것인지 슬퍼해야 할 것인지 얼른 판단이 서지 않았다. 풍향곡에 은거하고 있을 때 사부가 술에 취하면 때로는 몹시 화를 내고, 때로는 슬퍼하며 울던 모습이 떠올랐다. 어린 마음에도 소옥은 그런 사부가 두렵고 불쌍하기도 했었다. 그때마다 사부는 겁에 질린 자신을 끌어안고 등을 쓸어주며 혼잣말로 중얼거리곤 했다.

─무엇보다 네 마음을 조심하고 두려워하여라. 한번 사랑에 빠져들게 되면 눈이 멀고 귀가 멀고 정신이 흐려지게 된단다. 언제나 스스로를 잘 지켜서 사부와 같은 미련한 고통을 겪는 일이 없기를 바란다.

사부의 그런 모습을 볼 때마다 소옥은 어린 마음에도 자신은 결코 사랑 따위는 하지 않겠노라고 입술을 깨물며 결심했었다.

"그런데 사부님은 대체 어떻게 된 거죠? 어째서 스스로 무공을 폐해 버렸는지 제자는 이해할 수 없어요. 정말 왕 사숙이 그렇게 한 게 아니란 말인가요?"

"그날, 구양 사형이 풍향곡으로 보낸 암살자들은 정말 지독했다. 그들 모두가 하나같이 절정의 고수 아닌 자가 없었는데도 나는 그들을 전혀 알지 못하니 이건 반드시 캐보아야 할 일이다."

"사부님의 무공이라면 그들에게 아무리 심각한 부상을 입었다고 해도 무공을 폐해야 할 만큼 중대하지는 않을 거예요. 그러니 다른 까닭이 있겠지요?"

상관혜가 다른 곳으로 말을 돌릴 기미가 보이자 소옥이 재빨리 가로막고 나섰다. 한번 그녀를 흘겨본 상관혜가 다시 한숨을 쉬었다.

"확실히 나의 부상은 심상치가 않았다. 하지만 너의 말대로 회복하기 어려운 것도 아니었지. 하지만 나는 포기해 버렸다."

"무엇 때문이지요?"

상관혜의 입가에 자조적인 웃음이 떠올랐다.

"이미 몸이 왕 사제의 손에 떨어졌는데 내가 그렇게 하지 않으면 그가 손을 썼겠지."

상관혜는 사형인 구양목이 자신을 정말로 죽이려고 한다는 것에 충격을 받았다. 게다가 사제인 왕서륜마저 자신을 인질로 삼아 원하는 것을 빼앗으려고 한다는 것이 견딜 수 없었다. 수백 년을 두고 강호인들의 사랑과 존경을 받으며 전해져 내려온 곤륜파가 오늘에 이르러 어쩌다가 이처럼 패악무도한 집단으로 변해 버린 건지 생각하면 억장이 무너졌다.

"하지만 내가 이미 저항할 능력을 잃었다면 그는 조금 더 나를 자유롭게 놓아둘 것이라고 믿었다. 나는 그것으로 충분하다고 생각했지. 게다가 이 모든 일들이 사랑에 눈이 멀어 앞일을 생각하지 못한 나의 잘못에서 비롯된 것이니 무슨 낯으로 살아 있기를 바랄 것이냐. 게다가 그마저, 그마저 나로 인해 죽었고, 너는……."

상관혜의 주름진 볼을 타고 뜨거운 눈물이 흘러내렸다. 소옥은 사부가 남창부의 뇌옥에서 처참하게 돌아가신 자신의 아버지를 말하고 있음을 알았다. 아버지의 죽음이 사부에게서 삶에 대한 의욕마저 빼앗아 갈 만큼 커다란 것이었다는 데에 소옥은 당황하지 않을 수 없었다.

차마 소옥을 제대로 바라보지 못하고 흐느끼던 상관혜가 옷소매를 들어 얼굴을 닦고 다시 말하기 시작했다.

"그의 죽음에 대한 소식을 들었지만 나는 고작 풍향곡에서 네가 무사히 돌아오기만을 기다렸을 뿐이다. 하지만 어리석은 짓이었지. 강호에 다시 나가지 않겠다는 약속을 이미 깨뜨렸으면서도 구양 사형이 그 사실을 모르기만을 바라고 있었으니 말이다."

소옥은 자신이 불타 버린 옛 집에서 용화진경을 찾아 떠난 후 사부가 한 걸음 늦게 왕서륜과 함께 그곳에 왔었다는 것을 알지 못했다. 그러므로 그녀는 사부가 강호에 나와서는 안 된다는 구양목과의 약속을 이미 깨뜨렸다고 말하는 것을 이해하지 못했다.

"한번 깨진 약속이라면 다시 깨뜨리지 못할 것도 없건만 나는 오직 구양 사형이 두려워서 숨을 죽인 채 너를 기다리고 있을 뿐이었으니……. 아, 나는 사형과 마주치게 될지언정 풍향곡을 뛰쳐나가 통쾌하게 소랑(蘇郞)의 복수를 해주고 너를 데리고 돌아왔어야 했다. 하지만, 하지만 나는 두려웠다. 네가 비겁한 사부라고 말해도 할 수 없는 일이다."

소옥의 귀에는 상관혜가 선친인 소양진(蘇陽進)을 소랑(蘇郞)이라는 애칭으로 부르고 있다는 것도 들려오지 않았다. 아직 한 번도 사부의 이런 모습을 본 적이 없는 그녀는 오직 놀라고 두려운 마음으로 멍하니 상관혜를 바라볼 뿐이었다. 상관혜는 지금 그 당당하고 오연하던 모습을 다 내버린 채 노년에 접어든 초라한 모습으로 울며 소옥에게 자신의 잘못을 고백하고 있었던 것이다. 소옥은 그것을 믿을 수 없었다.

"나는 결코 사부님에게 그렇게 말하고 싶은 마음이 없어요."

상관혜의 주름진 손을 잡은 소옥이 울먹이며 간신히 그렇게 말했다. 상관혜가 처연한 얼굴로 소옥을 바라보다가 그녀의 볼을 쓸었다.

"너는 착하고 심성이 바르니 반드시 대성할 것이다. 이 못난 사부처럼 우유부단하여 큰일을 그르치지 말고 언제나 소신껏 행동하거라. 뜻이 바르고 옳다면 그 행동이 과감하고 무정한 바가 있다고 하여도 크게 흠이 되지 않겠지. 용화진경은 어쨌든 유룡검법을 완성시켜 줄 유일한 보전이다. 그것이 너의 뜻을 이루게 해줄 것이다."

"사부님?"

소옥은 문득 상관혜의 말속에서 불길한 느낌을 받고 놀라 그녀를 바라보았다. 상관혜가 쓸쓸하게 웃으며 손을 저었다.

"왕 사제는 나를 붙잡고 있으면 반드시 네가 찾아오리라는 것을 알았기에 여태까지 기다렸지. 이제 그의 생각대로 네가 왔으니 곧 너를 핍박하여 진경을 빼앗으려 할 것이다."

"설마 그럴 리가……."

소옥은 사부의 말을 믿고 싶지 않았다. 진경을 빼앗으려고 했으면 자신이 찾아왔을 때 즉시 손을 쓰지 않고 이처럼 사부와 회포를 풀도록 방치해 둘 리가 없다고 여긴 것이다. 소옥의 마음을 읽은 상관혜가 머리를 가만히 저었다.

"그는 생각이 많고 수단이 음흉한 바가 있는 사람이다. 나에게 너를 설득하라고 했지만 실은 구실을 만들려는 속셈에 지나지 않다. 내가 그의 뜻에 따르지 않고 너 또한 그를 신뢰하지 않으니 이제 곧 꼬투리를 잡아 마각을 드러낼 것이다. 그러니 이곳은 더 있을 곳이 못 된다. 그들이 눈치 채기 전에 멀리 떠나거라."

사부의 말을 듣는 동안 소옥은 가만히 생각해 보았다. 마음에 두려움은 없었다. 그러나 사숙이 되는 사문의 존장과 다툰다면 그 모양이 보기 흉할 것이었다. 더구나 그와는 아직 뚜렷이 드러난 원한도 없지 않은가. 소옥은 사부의 말대로 이곳을 떠나는 것이 최선이라는 것을 알았다. 그녀가 상관혜의 손을 끌어당겼다.

"함께 가요. 우리가 이곳을 떠나 은밀한 곳에 몸을 숨긴다면 그도 찾지 못할 거예요."

상관혜가 갑자기 정색을 하고 소옥을 똑바로 바라보았다. 그녀의 얼굴에 다시 예전의 근엄함이 가득했다. 소옥은 두려운 마음이 들어 감히 사부를 바라보지 못하고 고개를 숙였다. 그런 소옥의 뒷덜미를 상관혜의 엄하고 차가운 음성이 눌렀다.

"너에게는 원통하게 돌아가신 부모님과 두 동생들의 복수를 해야 할 일이 있다. 그리고 그것은 어렵고 힘든 일이다. 너는 설마 무능해진 사부를 등에 업고 네 원수를 찾아다닐 작정은 아니겠지? 네가 해야 할 일은 원수를 갚는 일인 동시에 사문의 문호를 정리하는 일이기도 하다. 사사롭게 생각할 일이 못 된다."

"하지만 사부님을 호구(虎口)에 두고 어찌 제자 혼자 떠날 수가 있겠습니까."

"어리석다!"

상관혜의 서릿발 같은 눈길이 다시 소옥으로 하여금 어깨를 움츠리게 했다.

"너와 내가 함께 있다면 반드시 모두가 화를 입고 말 것이다. 하지만 나 혼자 남는다면 여전히 왕 사제는 나를 어쩌지 못할 것이다.”

소옥은 사부의 그 말이 옳다고 여겼다. 그가 용화진경을 탐내고 유룡검법을 탐내는 이상 사부를 해쳐서 자신과 원한을 사려고 할 것 같지는 않았다. 하지만 자신이 이곳에 머무른다면 왕서륜은 수단과 방법을 가리지 않고 자신의 품에서 용화진경을 빼내고 사부와 자신을 협박해서 유룡검법마저 빼앗으려 할 것이 분명했다. 소옥은 그가 사부에게 호의를 베풀고 있는 것이 결국 자신을 회유하기 위한 것임을 깨달았다. 그러자 자신이 해야 할 일이 분명해졌다.

“나는 당분간 이곳에 있는 게 안전하다. 이곳은 절인 것처럼 꾸몄지만 사실은 왕 사제가 오래전부터 은밀하게 만들어놓은 그의 근거지다. 구양목이 이곳을 찾아낸다고 하더라도 당장은 어쩌지 못할 것이다. 이곳에 집중되어 있는 왕 사제의 힘이 만만치 않기 때문이다.”

“그렇다면 그, 그…… 왕 사숙은 벌써부터 스스로 한 문파를 세우기로 작정하고 있었던 모양이군요.”

“그랬던 모양이다. 나도 이곳에 와서야 그것을 깨달았으니 참으로 우물 안 개구리를 면치 못하고 있었던 거다. 어쩌면 왕 사제는 자신의 힘으로 구양 사형과 겨루어 그로부터 벗어나려는 건지도 모른다.”

소옥은 왕서륜의 능력이라면 충분히 그렇게 할 수 있을 것이라고 믿었다. 수하에 많은 고수들을 거느리고 힘을 키우면 천하제일의 구양목이라고 할지라도 자신의 피해를 감수하면서까지 싸우려고 하지는 않을 것이기 때문이다. 그가 수하들을 풍향곡으로 보내 상관혜를 욕보인 것은 그녀가 아무 세력의 기반도 없기 때문이었다.

“가겠어요.”

마음을 굳힌 소옥이 결연한 얼굴로 일어섰다. 상관혜가 다시 애처로운 눈길로 소옥을 바라보았다.

소옥은 이제 자신의 원수가 누구인지를 분명히 알 수 있었다. 그녀는 이 모든 일을 배후에서 조종하고 저지른 자가 구양목일 것이라는 짐작은 벌써부터 해오고 있었다. 하지만 마음속으로만 품고 있었을 뿐 설마 하며 그것을 믿지 않으려 했다. 그런데 이제 모든 게 분명해졌다. 비록 사부가 바로 그자라고 확실하게 말해 주지는 않았지만 사부로부터 들은 말들을 종합해 보면 더 이상 의심할 여지가 없었다.

내 집안을 풍비박산 내고 부모님과 두 동생들을 죽게 한 자. 사부님마저 죽이고자 하여 이처럼 처량한 처지로 떨어지게 만든 자에 대한 분노가 소옥의 마음을 싸늘하게 식혔다. 그가 비록 사문의 존장이고 단목기의 사부라고 할지라도 이제는 망설일 이유가 없었다. 원수가 아니라고 할지라도 사문에 그러한 패역한 자가 있다는 것이 세상에 널리 알려지기 전에 수습을 해야 했다. 그것은 사숙이라는 왕서륜에 대해서도, 그의 제자이자 사형인 육지평에 대해서도 마찬가지였다.

'이 모든 일들을 나 혼자서 해야 한다.'

마음을 독하고 모질게 먹으며 입술을 깨물던 소옥이 사부를 돌아보았다. 그녀의 눈빛에 이제는 한 점의 감정이나 연민의 기색도 담겨 있지 않았다. 사랑에 눈이 멀어 이 모든 일의 빌미를 제공하게 된 사부에 대해서마저도 미움이 싹튼 건지도 몰랐다.

이제 겨우 돌아와서 사부를 만났지만 모든 것은 그녀의 뜻대로 되지 않았다. 소옥은 자신이 사부를 찾아온 것이 과연 잘한 일인지 그렇지 않은 건지 분간할 수 없게 되었다. 차라리 아무것도 모른 채 눈앞에 닥치는 대로 역경을 헤쳐 나가던 때가 더 나았을지도 모른다는 생각마저 들었다. 언제나 위로를 받고 싶었고 도움을 받을 수 있다고 여겼던 사부가 이제는 그렇지 못하다는 것이 소옥의 마음 한쪽을 아프게 했다.

소옥은 비로소 자신이 이제 사부로부터 완전히 떨어져 하나의 독립된 인격체로 홀로 서야 한다는 것을 깨달았다. 지나온 날들이 육체적으로 정신적으로 사부에게 매달리고 의지하며 그녀의 힘에 이끌려 편하게 걸어온 날들이었다면, 이제는 그 힘에서 완전히 벗어나 홀로 서야 하는 것이다. 두려움은 없었다. 다만 혼자라는 외로움이 생소한 아픔으로 소옥의 가슴을 쓰리게 했다.

"반드시 사부님을 모시러 다시 오겠어요. 그때까지 부디 보중하세요."

"얘야, 기다려라."

소옥이 창문을 열려고 하자 상관혜가 서둘러 그녀를 불러 세우고 다가왔다.

"한 번만, 한 번만 안아보자."

상관혜가 울먹이며 소옥을 품에 끌어안았다. 소옥의 볼과 머리카락을 쓰다듬는 그녀의 손이 와들와들 떨리고 있었다. 사부의 품에 안겨서 그 따뜻한 체온과 격정을 가슴으로 가만히 느끼고 있던 소옥의 어깨도 떨리기 시작했다. 상관혜가 눈물로 젖은 뺨을 소옥의 볼에 문지르며 흐느끼더니 겨우 한마디를 했다.

"너에게 정말 미안하다. 부디 조심하거라."

소옥은 어째서 사부가 자신에게 그런 말을 하는 건지 알 수 없었다.

소옥을 떼어놓은 상관혜가 조심스럽게 창문을 열어주었다. 창밖은 이제 새벽녘의 짙은 어둠으로 감추어져 있었다. 싸늘한 바람이 불어들어와 소옥과 상관혜의 얼굴을 서늘하게 했다. 서쪽 하늘에 걸려 있는 편월(片月)의 차가운 빛이 흰 눈에 반사되어 더욱 을씨년스러워 보였다.

입을 열면 왈칵 울음이 터져 나올 것만 같았다. 다시 사부의 얼굴을 마주 본다면 도저히 발길을 떼어놓을 수 없을 것이었다. 애써 입술을 꽉 문 채 외면한 소옥이 힘껏 발을 굴렀다. 그녀의 날씬한 몸이 수리처럼 가볍게 날아 창밖의 어둠 속으로 스며 들어갔다.

한번 섬돌을 차고 솟구쳐 오른 소옥이 옷자락 펄럭이는 소리마저 감춘 채 지붕 위에 내려섰다. 잠시 숨을 죽이고 주위를 살펴본 그녀가 마음을 정한 듯 힘껏 용마루를 박찼다. 그녀의 신형이 잠깐 달빛을 받아 반짝였을 뿐, 이내 담을 넘어 사라졌다.

피웃―!

어둠 속에서 바람을 끊어오는 날카로운 휘파람 소리가 났다. 막 담 아래의 달 그늘 속으로 스며들려던 소옥이 한쪽 어깨를 움찔하더니 두 다리를 가슴 앞으로 끌어 모으며 왼손을 가볍게 뿌렸다. 눈으로 보고 마음으로 느끼기 전에 몸이 먼저 반응해 간 것이다.

땅―!

낮고 날카로운 쇳소리와 함께 손가락 끝에서 부르르 떨리는 진동이 전해져 왔다. 소리없이 옆으로 비켜서는 소옥의 그림자를 쫓아서 창백한 검기 한 가닥이 뿌려지고 있었다.

사아악―!

그것이 훑고 지나간 어둠이 몸서리를 치며 비명을 터뜨렸다. 거듭 유룡퇴보(遊龍退步)의 신법을 운용해 재빠르고 가볍게 물러서는 소옥의 눈에 놀람이 스쳐 갔다.

'누군가?'

그런 의문이 그녀의 머리 속을 가득 채웠다. 이 정도의 고수는 강호에서도 만나보기 힘들었던 것이다.

세 번의 검격이 있었고, 세 번 몸을 움직여 그것을 피하는 동안 검기를 뿌려온 자도, 소옥도 숨소리 하나 내지 않았다. 달빛마저도 스며들지 않는 담 아래의 깊은 어둠 속에서 그 어둠보다 더 깊고 무겁게 가라앉은 침묵이 흘렀다.

소옥은 왕서륜의 눈을 피해 달아나는 중이었으므로 당연히 기척을 낼 수가 없었다. 그런데 어둠 속에서 불쑥 검을 쳐 나온 자도 마찬가지로 숨을 죽이고 있다는 것이 의아하게 여겨졌다. 더구나 검기는 있었는데 그것을 뿌린 자의 모습이 눈앞에서 감쪽같이 사라져 버렸다는 것이 소옥을 더욱 당황하게 했다.

'자객이군.'

소옥은 그것을 느꼈다. 이 정도의 교묘한 은신술을 익히고 있는 자라면 달리 생각할 여지가 없었다. 그러자 머리 속에 한 사람의 모습이 떠올랐다. 살짝 눈살을 찌푸린 소옥이 한곳을 바라보았다. 놀란 마음을 가라앉히고 정신을 모으자 미약하나마 상대의 기운을 느낄 수 있었던 것이다.

대체 저자는 어떻게 이곳을 찾아냈고 또 숨어 들어올 수 있었던 것인가 하는 의문이 스쳐 갔다. 어떻게 할까 하고 망설이는 그 잠깐 동안에 다시 담을 넘어 오는 몇 명의 인기척이 느껴졌다. 더 망설이고 있을 여유가 없었다. 소옥은 힘껏 땅을 박차고 담 그늘을 벗어나 앞으로 달려나갔다.

삐이익―!

뒤에서 날카로운 호각 소리가 들려왔다. 눈앞에 시커먼 담이 와락 다가섰다. 세 번째 담이었다. 발끝으로 가볍게 땅을 찍고 훌쩍 뛰어오른 소옥이 급히 몸을 눕혔다. 담을 타고 세 가닥의 검기가 뻗어 나왔던 것이다.

씨이잉—!

그것들이 아슬아슬하게 소옥의 몸을 스쳐 지나갔다.

"흥!"

등줄기가 서늘해질 정도로 놀란 소옥이 차갑게 코웃음을 쳤다. 가슴 속에서 이제는 참을 수 없는 노기가 치솟아올랐다. 소옥은 할 수만 있다면 소란을 피우지 않고 조용히 떠나고 싶었다. 어쨌든 사숙의 장원이고 사부가 머물러 있는 곳이라는 생각 때문이었다. 그러나 이처럼 핍박해 온다면 더 참을 수 없었다.

"꼭 피를 봐야겠다면 그렇게 해줄 수밖에."

담 위로 솟구쳐 올라와 앞을 가로막고 선 세 명의 사내를 노려보며 그렇게 중얼거리는 소옥의 눈에서 불똥이 튀는 듯했다.

호리호리한 중년의 사내가 검을 쥔 채 턱으로 소옥의 가슴을 가리켰다.

"돌아가라. 그러면 목숨은 보전할 수 있을 것이다."

그의 눈빛과 말투에는 오만함이 가득했다. 그만큼 솜씨에 자신감을 갖고 있다는 반증이기도 했다. 그러나 소옥은 개의치 않았다. 그녀가 더욱 차가워진 얼굴로 그를 노려보며 똑같은 말로 대답해 주었다.

"왔던 곳으로 꺼져 버려. 그러면 구차한 목숨은 구할 수 있을 거다."

"보기보다 철없는 아가씨로군."

소옥의 말에 가운데 서 있던 염소수염의 사내가 살기를 띠고 나섰다.

"돌아가라!"

그의 등 뒤에서 다시 창백한 검광이 와락 뻗어 나왔다. 처음 소옥을 가로막았던 호리호리한 사내가 그녀의 대꾸에 분노를 참지 못하고 염소수염의 사내를 밀치며 일검을 후려친 것이다. 그러나 이번에는 단단히 대비하고 있던 소옥이었다. 그녀가 왼손의 다섯 손가락을 뻗어 겁 없이 검을 잡아갔다.

곤륜의 절기 중에 조법(爪法)과 금나술(擒拿術)이 있다는 것은 강호에 그리 알려져 있지 않았다. 곤륜은 신법과 검술이 고명하기로 오래전부터 널리 알려져 왔기 때문이다. 그러나 그것 못지 않게 교묘하고 위력적인 수법(手法)들이 있으니, 최근에야 강호에 그 실체가 알려진 구룡장법(九龍掌法)이 단적인 예였다.

소옥이 손가락을 뻗어 검을 움켜쥐 가는 그 수법은 종학금룡수(縱鶴擒龍手)라는 것으로, 곤륜파 비전의 상승 금나수법이었다. 그녀의 손가락이 금빛으로 은은하게 빛났다.

땅—!

소옥의 손가락에 부딪친 검에서 맑은 쇳소리가 났다. 그와 함께 그녀의 다섯 손가락은 갈퀴처럼 단단하게 검신을 움켜쥐었다. 놀란 사내가 힘껏 검을 비틀었으나 소옥의 가느다란 손가락을 당하지 못했다.

"쓰러져라!"

소옥의 우장(右掌)이 가볍게 사내의 가슴을 눌렀다.

"윽!"

검을 놓아버린 사내가 줄 끊어진 연처럼 퉁겨져 나가 담 아래로 떨어졌다. 사내의 검을 빼앗아 든 소옥의 솜씨에 놀란 두 명이 주춤하는 사이에 그녀의 몸은 벌써 담을 박차고 멀어지고 있었다.

도대체 몇 개의 담을 넘어야 이 지겨운 곳을 빠져나갈 수 있는 건지 알 수 없었다. 소옥은 벌써 네 개의 담을 뛰어넘었고, 그때마다 사내들에게 가로막혀 험악한 싸움을 해야 했다. 다섯 번째 담을 뛰어넘자 다시 네 명의 장한들이 각기 병장기를 휘두르며 앞을 가로막았다.

소옥은 여기까지 오는 동안 십여 명이나 되는 자들을 물리치면서도 한 번도 살수를 휘두르지 않았다. 사부가 아직 이곳에 잡혀 있는 탓이고, 이곳의 무사들이 모두 사숙의 수하들이라는 것을 염두에 두었기 때문이다. 그러나 자꾸만 가로막히고 나자 이제는 마음속에 분한 생각이 크게 일었다.

"비키지 않으면 후회하게 될 거다!"

그녀가 드디어 등 뒤에 두르고 있던 풍향검을 뽑아 들며 날카롭게 외쳤다. 그러나 사내들은 묵묵부답. 오직 그녀를 에워싸고 칼과 검을 흉악하게 휘둘러 올 뿐이었다.

"좋아!"

소옥의 눈빛이 싸늘하게 가라앉았다.

피이잉—!

그녀의 손목이 가볍게 꺾이자 바람을 가르는 날카로운 쇳소리가 났다.

"으헛!"

정면에서 부딪쳐 오던 자가 크게 놀라 급히 몸을 흔들며 칼을 들어 어지럽게 휘둘렀다. 그러나 소옥의 검은 이미 그자의 목을 치고 지나간 뒤였다. 한 번 더 헛되게 칼을 휘두른 자가 비로소 비명조차 지르지 못한 채 맥없이 거꾸러졌다.

발뒤꿈치에 체중을 싣고 반 바퀴 맴돈 소옥이 다시 화룡자미(火龍紫微)의 일초를 뽑아냈다. 태허도룡검(太虛韜龍劍) 중의 정묘한 그 초식은 과연 다수의 적을 무찌르는 데 큰 위력이 있는 검초였다. 소옥의 검이 스쳐 지나간 곳마다 불길이 뿜어진 듯한 열기가 훅훅 끼쳐 왔다. 놀

란 자들이 대형을 흩트리고 물러서려고 했을 때는 또 반 호흡이 늦은
뒤였다.

"으악!"

최초로 처절한 단말마가 터져 나왔다. 또 한 명이 가슴이 깊게 베어
져 넘어갈 때 나머지 두 명의 검은 네 토막, 다섯 토막으로 조각나 허
공을 날고 있었다.

피이잉—!

되돌아온 소옥의 검인이 놀라 넋이 빠져 있는 자들의 목을 사정없이
치고 사라졌다.

후원의 쪽문을 박차고 뛰어든 자들이 도착했을 때 그곳에 남아 있는
것은 네 구의 처참한 주검과 자욱한 피비린내였을 뿐, 소옥의 모습은
이제 어디에서도 찾아볼 수 없었다.

"야차 같은 계집이었군."

낮은 웅얼거림이 그들의 등 뒤에서 들려왔다. 놀란 자들이 분분히
비켜서자 그들 사이로 귀견사(鬼犬師) 강량(姜亮)이 쌍적아(雙赤兒)라고
불리는 그의 괴물 같은 개 두 마리를 끌고 나왔다. 피 냄새를 맡은 개
들이 흥분하여 송곳 같은 이빨을 드러낸 채 낮게 으르렁거렸다. 죽은
자들의 상처를 살펴본 강량이 머리를 설레설레 저었다.

"지독한 검법이다."

무엇을 생각하는지 잔뜩 얼굴을 찌푸린 채 개들의 흥분을 달래려는
듯 몇 번 정수리를 두드려 준 그가 소옥이 사라진 방향을 바라보고 차
갑게 웃었다.

"흐흐…… 감히 내 허락도 받지 않고 네 마음대로 이곳을 나가려고
했단 말이지?"

다시 한 번 두 마리 개들의 목덜미를 쓸어준 강량이 그놈들의 줄을 풀며 등을 쳤다.

"가라! 가서 마음껏 물어뜯어!"

크아앙—!

강량의 말을 알아들은 듯, 두 마리의 개가 맹수 같은 포효를 터뜨리며 땅을 박차고 뛰쳐나갔다.

"추격조를 풀어라! 내 뒤를 따르게 해!"

잔뜩 겁에 질려 있는 사내들을 향해 외친 강량이 개들의 뒤를 따라 몸을 날렸다.

새벽의 흰빛이 다가오고 있었지만 어디가 어디인지 구분할 수 없기는 여전히 마찬가지였다. 소옥은 울창한 동백나무 숲 속을 날듯이 치달리고 있었다. 장원인지 절간인지 아직도 알 수 없는 그곳을 벗어난 지 한 식경 가까이 되었다고 생각했다. 그러나 아직 산을 벗어나지는 못했고, 멀리서 맹수의 포효 같은 으르렁거림이 메아리를 타고 들려왔다. 소옥은 그것이 강량이 끌고 다니던 그 두 마리의 개가 울부짖는 소리라는 것을 알았다. 그러자 등줄기를 타고 소름이 달려갔다. 사람이라면 두려울 게 없었지만 상대가 보기에도 끔찍한 개라면 사정이 달랐다. 아무래도 짐승의 흉성이 가져다 주는 공포가 더 크기 마련인 것이다. 독하고 야무지게 마음을 사려먹었다고 해도 여자의 본능을 가지고 있는 소옥이기에 더 그런 건지도 몰랐다.

이를 악문 소옥이 발끝에 더욱 힘을 실어 맹렬하게 땅을 걷어찼다.

제3장

혈풍(血風)의 전조(前兆)

혈풍(血風)의 전조(前兆)

“이쪽이다!”

낯선 음성이 미명(微明)을 뚫고 들려왔다. 깜짝 놀란 소옥이 우뚝 걸음을 멈추었다. 동백나무 숲을 벗어나 눈앞을 가로막은 바위 능선을 바라보고 내달리려고 살짝 무릎을 굽혔을 때였다.

“누구냐!”

소옥이 몸을 낮춘 채 사방을 휘둘러보았다. 오른쪽 비탈에 무성하게 자라 있는 잡목 숲 속에서 흑색 경장을 입은 자가 천천히 걸어나왔다. 그가 얼굴을 가리고 있던 두건을 벗어 들었다. 창백한 이마와 눈 아래 야무지게 닫혀 있는 얇은 입술을 본 소옥이 아! 하고 탄성을 터뜨렸다.

“역시 네놈이었군.”

흑의경장의 사내는 지겹도록 뒤를 쫓고 있는 동창의 살수 옥당군(玉唐君)이었다. 그가 어둠을 두르고 서서 흰 이를 드러내며 씩 웃어 보였다.

"지독한 놈. 오냐, 아예 여기서 끝장을 내고 말자."

소옥이 이를 뽀드득 갈았다. 왕서륜의 장원 안에서 불쑥 자신을 암습하고 기척도 없이 사라졌던 자도 바로 눈앞의 저놈이 틀림없을 것이었다.

"아직은 아니다."

가볍게 손을 저어 싸울 뜻이 없음을 비친 옥당군이 턱으로 자신이 숨어 있던 잡목 숲을 가리켰다.

"길은 이쪽이야. 저 위는 함정이다."

"날 도와주려는 건가?"

"엉뚱한 놈들에게 잡혀 죽게 할 수는 없잖아? 네 목숨은 내 몫이거든."

소옥의 의아해하는 얼굴을 빤히 보며 옥당군이 느물거렸다. 비위가 상했지만 소옥은 그의 제안을 따를 수밖에 없었다. 동백나무 숲을 힐끗 돌아보는 그녀의 얼굴에 다시 두려움이 번졌다. 금방이라도 개들이 저 숲을 뚫고 창백한 이빨을 드러내며 달려나올 것만 같았던 것이다.

"좋아, 그렇다면 어서 가자."

다시 한 번 씩 웃어 보인 옥당군이 앞서서 잡목 숲 속으로 뛰어들었다. 소옥이 더 망설이지 않고 그 뒤를 따랐다.

"이건 교활한 구석까지 있는 계집 아닌가?"

눈앞에 활활 타오르고 있는 불길을 바라보며 강량이 분함으로 발을 굴렀다. 불길은 마른나무들을 태우며 무서운 기세로 번져 나가고 있었다. 저대로 두었다가는 잡목 숲을 다 태우고 동백나무 숲까지 번질 것이 분명했다. 그렇게 내버려 둘 수는 없었다. 울창한 숲이 잿더미로 변해 버린다면 멀리서도 자신들의 장원이 훤히 보이게 될 것이다. 그의 두 마리 개들도 불길 앞에서는 어쩔 수 없었던지 두려워하는 낯빛으로 낑낑거리며 더 나아가지 못하고 있었다.

"불을 꺼라!"

잔뜩 낯을 찌푸린 강량이 뒤따라 달려온 수하들에게 신경질적으로 소리쳤다. 수하들이 곧 불길 앞으로 달려들어 아직 성한 나무들을 베어넘기기 시작했다. 그것을 바라보며 입맛을 다시고 있는 강량 곁에 한 사람이 기척도 없이 내려섰다. 놀란 강량이 돌아보고 곧 무릎을 꿇었다.

"회주님을 뵈오."

"일어서시오, 강 총관."

그 어깨를 부축해 일으키는 사람은 왕서륜이었다. 그가 무표정한 얼굴로 강량과 불길을 한번 바라보고 쓰게 웃었다.

"손발이 바빠지게 생겼으니 그녀는 그만 잊어버리도록 합시다."

강량의 얼굴에 송구해하는 기색이 가득했다. 그가 감히 왕서륜을 바라보지 못하고 눈길을 돌렸다. 수하들을 독려하며 이리저리 분주하게 오가며 진화(鎭火)를 지휘하고 있는 육지평의 모습이 바라보였다.

"다음에 다시 만나게 된다면 기필코 수하의 손으로 계집을 잡아 무릎을 꿇리고 말겠습니다."

강량이 어금니를 지그시 깨문 채 낮게 웅얼거렸다.

＊　　　　＊　　　　＊

화톳불 속에서 고소한 냄새가 풍겨 나오고 있었다. 소옥은 불쏘시개로 이글거리는 숯불 속을 뒤지고 있는 옥당군의 모습을 물끄러미 바라보았다. 불 속에서 몇 개의 잘 익은 감자덩이를 끄집어낸 옥당군이 한 개를 꼬챙이에 꽂아 내밀었다.

"먹어봐, 맛이 기가 막힐 거다."

말없이 그것을 받아 든 소옥이 후후 불어대며 껍질을 벗기기 시작했다. 노릇노릇하게 잘 익은 속살이 드러나자 고소한 냄새가 더욱 짙어졌다. 소옥은 어제부터 아무것도 먹지 못하고 있었다. 절로 군침이 돌아 참기 어려웠다.

세 개의 감자덩이를 뜨거운 줄도 모르고 먹어치우자 옥당군이 품에서 술병을 꺼내 내밀었다. 그의 입도 소옥의 입과 마찬가지로 검댕이 묻어 시커멓게 얼룩져 있었다. 뿌리치지 않고 몇 모금 술을 마셔서 갈증을 푼 소옥이 다시 그것을 건넸다.

"먹고 마신 다음에 시작할 거냐?"

소옥으로부터 술병을 받아 꿀꺽꿀꺽 마셔대고 난 옥당군이 입가를 닦으며 웃었다.

"지금은 아니다."

"어째서?"

"아무리 독한 놈이라도 함께 먹고 마신 사람과 마주 보고 이야기하며 찌를 수는 없는 거다."

"그렇다면 꺼져 버려. 내가 그렇게 할지도 모르니까."

소옥이 싸늘하게 쏘아보며 비웃자 옥당군이 풀썩 웃었다.

"너라면 그럴 수 있을지도 모르지. 원래 계집의 마음이 훨씬 더 독하고 무서운 것이거든."

“흥! 비겁하게 등이나 노리고 있는 놈보다 그게 더 나을 거다.”

“……”

소옥의 비아냥거림에 옥당군이 고개를 떨군 채 묵묵히 이글거리는 불 속을 바라보았다. 그가 발끈하여 대들 것이라고 생각했던 소옥이 의아해져서 그를 보았다.

“죽고 죽이는 일이다. 가슴을 찌르는 거나 등을 찌르는 거나 다를 게 없지.”

옥당군의 음울한 말속에는 자조의 감정이 깃들어 있었다. 그것을 눈치 챈 소옥의 가슴속에 한 가닥 연민의 감정이 새롭게 생겼다.

“대체 네가 그렇게 집요하게 내 뒤를 쫓으며 죽이려고 하는 이유가 뭐지? 장가령의 명령을 받았기 때문이냐? 그가 나를 죽이고 용화진경을 빼앗아오라고 한 거야?”

옥당군이 시선을 들어 소옥을 빤히 바라보았다. 처음으로 가까이에서 그의 눈을 똑바로 바라본 소옥은 그가 생각보다 맑은 눈을 갖고 있다는 것을 알았다. 그것이 그녀에게 옥당군에 대한 새로운 느낌을 갖게 했다.

“처음에는 그랬지. 그러나 이제는 그것보다 더 큰 이유가 생겼다.”

“그게 뭐지?”

“복수.”

“뭐야? 복수라고?”

소옥이 어이가 없다는 듯 그를 빤히 바라보다가 쳇, 하고 혀를 차고 나서 깔깔거리고 웃었다.

“호호호…… 너는 내 손에 죽은 네 동료들의 복수를 하겠다는 거냐?”

“세 명이다.”

“미친놈.”

소옥이 하얗게 눈을 흘겼다.

“너희들은 나와 아무 원한도 없으면서 다짜고짜 내 목숨을 빼앗으려고 했다. 설마 그걸 잊은 건 아니겠지? 세상에 어느 누가 자신을 죽이려고 하는데 가만히 목을 내맡기고 있겠냐? 너라면 그렇게 하겠어? 나를 죽이려는 놈들을 내가 죽였다고 이제 와서 다시 그 복수 때문에 나를 죽이겠다니 그게 말이 된다고 생각하는 거냐?”

“나는 이미 약속을 했다.”

옥당군은 장우춘을 떠올렸다. 풍향곡에서 소옥을 암습했다가 모용탈 때문에 실패하고 도망쳤던 날, 개울가에서 그와 함께 지금처럼 감자를 구워 먹으며 약속했었다. 그 후 함께 소옥을 노리다가 남궁적에게 개죽음당한 장우춘의 모습이 옥당군의 시야를 가렸다. 장우춘은 그 약속을 믿고 자신의 목숨을 내던진 것이다.

옥당군은 이제 이것은 은원을 따지고 임무를 따지기보다 그와의 약속을 지키는 일이라고 생각했다. 그것이 억지라는 것을 옥당군 자신도 너무나 잘 알았다. 하지만 그렇다고 해서 한번 내뱉은 말을 물릴 수는 없었다. 곁에서 그것을 책망할 장우춘이 없기에 더욱 그랬다.

“너는 올바른 정신을 가지고 사는 놈이 아니다. 나는 더 상대하고 싶지 않다. 네 마음대로 해봐, 미친놈.”

발끈하여 일어선 소옥이 모닥불을 한번 걷어차고 횅하니 밖으로 나갔다. 옥당군은 두 손을 바쁘게 흔들어 자신에게 튀는 불똥들을 떨쳐내느라고 그녀를 쫓아 나갈 엄두조차 내지 못했다.

숲 속에 있는 사냥꾼의 오두막이었다. 지은 지 오래되었고, 그동안 아무도 손보는 사람이 없었던지 다 쓰러져 가는 낡은 오두막이었지만 잠시 추위를 녹이고 쉬어가게 해준 고마운 곳이었다. 한번 그곳을 돌아본 소옥이 안에 있는 옥당군에게인 듯 냉랭하게 코웃음을 쳐주고 곧 그곳을 떠났다. 옥당군이 오두막 밖으로 나왔을 때는 그녀의 모습을 찾아볼 수 없게 된 뒤였다.

"미친 짓이란 걸 알아. 하지만 나도 어쩔 수 없어. 그건 내 자신에게 해준 약속이기도 한 거야."

그의 음울한 중얼거림이 동터 오기 시작한 하늘 아래 안개처럼 낮게 깔려 가라앉았다.

*   *   *

'오늘도 하루를 헛되게 보내고 말았군.'

독한 화주 한 잔을 털어 넣고 나서 입가를 문지르는 소옥의 얼굴이 찌푸려졌다. 보름 동안이나 제대로 쉬지도 않으며 달려와 북경에 이른 지 벌써 닷새가 지나고 있었다. 그동안 한 일이라고는 낯선 북경성 내의 지리를 익히는 데 불과했다.

황궁이 있는 대도(大都)라 그 규모와 번잡한 면이 소옥의 상상을 뛰어넘는 바가 있었다. 소옥이 알고 있는 대성(大城)이라곤 고작 남창부가 있을 뿐이었다. 그곳의 번화함만으로도 눈이 어지러웠는데 이제 북경성을 대하고 나자 더 생각하고 말할 바가 되지 못했다.

소옥은 한낮에는 감히 저잣자거리로 나갈 엄두조차 내지 못했다. 헤아릴 수 없이 많은 사람들이 저마다 바쁘게 오고 가는 것이 무섭기까지 했던 것이다. 게다가 어찌 된 일인지 거리를 메우고 있는 사람들은 관병 반, 성민(城民) 반인 듯 보였다. 관병들은 모두가 황제를 모시는 금위영(禁衛營)의 군졸들이어서 하나같이 기세가 등등하고 우락부락해서 보는 것만으로도 절로 기가 죽었다.

그 많은 관병들이 삼삼오오 떼를 지어 거리를 활보하고 있었지만 그들을 소 닭 보듯 무덤덤하게 바라보며 제 할 일만 하는 사람들의 겁없음도 소옥이 이해할 수 없는 것 중의 하나였다.

처음 며칠 멋모르고 그녀가 거리를 활보할 때면 수많은 사람들의 눈길이 일제히 그녀의 한 몸에 집중되었다. 소옥은 그들에게 있어서 보라는 듯이 등에 검을 메고 거친 행색에 가꾸지 않은 용모로 나다니는 이상한 여자였던 것이다.

처음 소옥은 그런 시선을 의식하고 멋쩍어했다가 다음에는 부끄러움 때문에 얼굴을 들지 못했다. 아무리 둘러보아도 자신과 같은 용모에 복장을 하고 있는 여자는 하나도 보이지 않았던 것이다. 여자뿐만이 아니었다. 그 많은 사람들 중에서 무림인으로 여겨지는 사람이 하나도 보이지 않는다는 것이 소옥을 더욱 당황하게 했다. 북경성 중에는 무림인이 발을 들이지 못하도록 못 박은 황법(皇法)이라도 있는 것 같았다.

주루에서도, 찻집이나 여각(旅閣)에서도 마찬가지였다. 어디를 가든지 신기한 물건 보듯 바라보고 수군거리는 사람들의 눈길이 소옥에게는 그 어떤 대적보다도 더 위협적이고 무서운 것이 아닐 수 없었다. 상점과 주루들이 뒤섞여 종일 사람들의 고함과 노랫소리로 흥청대는 외성(外城) 밖의 남춘로(南春路)에서 다섯 명의 표범 같은 관병들에게 에워싸인 채 검문을 받았을 때는 긴장으로 심장이 멎을 것 같았다.

번화한 저잣거리에서 당당하게 검을 지닌 채 활보하는 거친 행색의 여자라는 것은 누가 보아도 수상하지 않을 수 없었다. 게다가 황상이 머물고 있고 고관대작들이 수시로 왕래하는 북경성 경내였다. 관병들이 눈을 부릅뜨고 으르렁거리며 소옥을 포박해 가려고 하자 근처에 있던 사람들이 구름처럼 몰려들어 구경했다.

소옥은 비로소 자신이 실수했다는 것을 깨달았다. 북경성의 분위기는 여태까지 겪어왔던 다른 성읍들과는 천지 차이로 달랐던 것이다. 적어도 이곳에서는 강호라는 세계가 사람들에게, 또 관병들에게 아무런 두려움의 대상도 아니었다. 사람들이 무서워하고 꺼려하는 것은 오직 관병과 관리들이었다. 그리고 그 관병과 관리들이 두려워하는 것은 오직 황법일 뿐, 강호의 인물들은 그들이 아무리 흉악하고 사납더라도 세상을 어지럽히는 난적(亂賊)의 무리들에 지나지 않았던 것이다.

당황한 소옥이 눈 깜짝할 사이에 다섯 명의 관병을 때려눕히고 신형을 뽑아 사람들의 머리를 밟고 날듯이 사라지자 둘러서 있던 구경꾼들이 일제히 박수를 치며 환호했다. 그들은 신기한 묘기를 구경하고 좋아하는 관중들 같았다.

어디가 어디인지도 알지 못한 채 무작정 사람들이 없는 골목으로만 내달린 소옥은 그 후로 낮에는 돌아다닐 생각을 포기해 버렸다. 어두워지고 나서 외출을 할 때도 조심스럽기 짝이 없었다. 등에 메고 있던 검은 풀어서 무명 천으로 둘둘 감아 품 안에 감추었고, 애써 사람들과 눈길을 마주치지 않도록 조심했다. 그러자니 마음놓고 이곳저곳 돌아다니며 구양목을 찾을 수가 없게 되고 말았다.

다시 한 잔의 독한 술을 넘기고 난 소옥이 한숨을 쉬었다. 북경성 외곽에 있는 허름한 이층의 주루 안이었다. 소옥은 이곳에 자리를 정하고 벌써 이틀을 묵고 있었다.

"제기랄, 이래 가지고서야 어디 코앞에 그가 있다고 해도 손을 쓸 수
가 있겠어?"

다시 한 잔의 술을 넘기고 나서 거칠게 술잔을 내려놓은 소옥이 투
덜거렸다. 오른쪽으로 멀리 성내의 종루가 바라보이고, 뒤로는 눈 덮
인 향산(香山) 기슭 향적사(香積寺)의 높은 보탑(寶塔)이 내다보이는 창
가였다.

소옥이 곧장 북경으로 달려온 것은 사부의 말을 믿었기 때문이다.
그날, 왕서륜의 장원에서 상관혜가 한 말을 소옥은 하나도 빠뜨리지 않
고 머리 속에 담아두고 있었다.

상관혜는 풍향곡으로 숨어 들어와 자신을 암습했던 자들을 통해 나
름대로 추측을 하고 있었다.

―그런 고수들이 강호에 전혀 알려지지 않았다는 것은 두 가지 경우밖에
생각해 볼 수 없다. 첫째는 동창에 속한 자들이라는 것인데, 그들의 행색이나
어투로 보아 그건 아닐 것이다. 그렇다면 그들은 황궁 내에 있으면서 강호의
일에는 상관하지 않는다는 내원의 고수들일 것이다. 몇 마디 나누어본 것에
불과했지만 그들의 어투에는 조심하는 기색이 있었고, 애써 거친 것처럼 꾸
미려고 했어도 몸가짐에 절도가 배어 있었으니 나의 짐작이 틀림없을 것이
다. 그러니 그들을 은밀하게 내보낸 구양 사형 또한 북경성 내에 있는 게 분
명하다.

입술을 깨물며 소옥은 다시 한 번 사부의 그 말들을 하나하나 떠올
려 보았다. 그러자 그녀의 마음속에도 가까운 곳에 구양목이 있다는

확신이 커졌다.

"빌어먹을. 하지만 무슨 수로 그를 찾아낸단 말인가."

소옥이 거친 말투로 자기 자신을 나무라듯 중얼거렸다. 황궁의 담을 넘어 들어갈 생각도 해보았으나 그곳에 득시글거리고 있을 군병들과 고수들을 떠올리자 입맛이 싹 사라져 버리고 말았다.

"대체 그는 무슨 고명한 수단이 있기에 깊디깊은 황궁 구석에 처박혀서 편하게 지낼 수 있었을까?"

구양목을 생각하자 그런 의문이 떠올랐다. 자신은 북경성 내에서 마음 놓고 돌아다닐 형편도 되지 못하는데 구양목은 황궁을 제 집처럼 여기고 있을 거라는 생각이 그녀를 의기소침해지게 했다. 사부의 말대로라면 그는 내원의 고수들을 수족처럼 부리는 것은 물론, 마음대로 강호에 나가고 들어올 수 있는 모양이니 황궁 내에서도 운신이 지극히 자유로운 신분일 것이었다. 그가 설마 본색을 감추고 성내의 높은 관직에 올라 있는 것은 아닐까 하는 생각도 들었다. 그러나 소옥은 곧 도리질을 했다.

"흥, 고관이 되어서 만인을 턱짓으로 부릴 만한 사람이 무엇 때문에 곤륜파의 장문 자리를 그처럼 탐내고 강호의 제일고수가 되려고 애쓰겠어?"

소옥은 만일 자신이 그런 자리에 있다면 강호의 일에 신경을 쓰기보다는 지금의 무능한 황제를 몰아내고 스스로 황제가 될 궁리를 할 것이라고 생각했다. 그러자 쓴웃음이 나왔다. 관병이 무섭고 사람들의 이목이 두려워 박쥐처럼 밤에만 조금씩 움직이는 주제에 그런 생각을 했다는 것이 스스로도 우스웠던 것이다.

아무튼 내일은 변복을 하고서라도 북경성 안에 다시 들어가 볼 작정을 한 소옥이 불을 끄고 비로소 침상에 누워 잠을 청했다.

소옥이 억지로 잠을 청하고 있는 그 시각에 북경성 서문 밖에 있는 홍등가에는 한 무리의 수상쩍어 보이는 사내들이 두서너 명씩 짝을 지어 모여들고 있었다. 영흥가(榮興街)라고 알려져 있는 그곳은 북경성 내에서 가장 유명한 홍등가였다. 긴 골목을 마주하고 무려 사십여 개의 기루(妓樓)들이 저마다 붉은 등과 깃발을 내걸고 게딱지처럼 다닥다닥 붙어 있어서 해가 지면 불야성을 이루었다.

사내들이 꾸역꾸역 모여들고 있는 곳은 그중 규모가 제법 크고 아가씨들의 미모가 빼어난 곳으로 이름 높은 춘화루(春花樓)였다.

"소홍아, 추추야, 화선아, 오라버니가 오셨다."

호기롭게 외치며 기루의 문을 박차고 들어선 곰보의 사내가 어? 하는 외마디 소리를 지르고 굳은 듯 멈추어 섰다. 그의 뒤를 따라 어깨를 으스대며 들어선 세 명의 험상궂은 사내들도 놀란 눈으로 두리번거리다가 곧 어깨를 움츠리고 머리를 떨구었다.

기루의 일층은 넓은 주청(酒廳)이었는데 백여 명은 족히 앉아 술을 마실 수 있게 마련된 자리마다 사내들이 가득 들어차 있었다. 그들의 시선이 일제히 막 주청 안으로 들어선 곰보 일행에게 향해졌던 것이다.

이층으로 올라가는 계단 앞에는 한 단 높게 마련된 별도의 술자리가 베풀어져 있었고 그곳에 두 명의 건장한 사내가 앉아 있었다. 우측에 버티고 앉아 있는 사람은 삼십 대 중반쯤으로 보이는 기골이 장대한 사내였다. 두 눈이 부리부리하고, 뺨을 따라 길게 나 있는 몇 가닥의 상처가 험악해 보이는 중에 위엄과 거만함을 동시에 갖추고 있는 자였다. 반쯤 풀어헤친 옷자락 사이로 청동을 부어 만든 듯한 두터운 가슴과 그것을 뒤덮고 있는 무성한 털이 고스란히 드러나 있었다.

"곽삼! 네놈은 언제나 꾸물거릴 뿐, 제대로 하는 게 하나도 없다!"

종을 두드린 듯한 사내의 호통이 주청 안에 찌르릉 울려 퍼졌다. 곰보의 사내가 사색이 된 얼굴을 가슴 깊이 묻은 채 뒤 마려운 강아지처럼 어쩔 줄을 모르고 쩔쩔맸다.

"꼴 보기 싫다! 저쪽으로 찌그러져!"

다시 사내의 호통을 들은 곽삼이 뒤에 서 있던 세 명의 사내들과 함께 달아나듯 황급히 자리를 떠나 구석진 곳으로 사라졌다.

"오늘은 내가 귀한 손님을 모시는 날이다. 올 놈은 이제 다 온 것 같으니 시작하자!"

주청 가득 들어차 있는 수하들을 한번 휘둘러본 사내가 거드름을 피우며 천천히 일어섰다. 바깥에는 차가운 한겨울의 바람이 불었지만 주청 안은 백 명이 넘는 건장한 사내들이 내뿜는 열기로 후텁지근했다. 그 많은 자들이 감히 숨소리 하나 크게 내지 못한 채 사내를 멀뚱히 바라보기만 했다.

"인사 올리거라. 멀리 남창부에서 이곳까지 오신 흑마 남궁적, 남궁 형이시다!"

장한의 소개를 받은 사내가 천천히 일어섰다. 외눈에 돌을 박아놓은 듯 단단한 몸집을 가지고 있는 남궁적이었다.

"남창부의 남궁 대형을 뵈오!"

백여 명의 사내들이 일제히 일어서 포권하며 외치자 그 시끄러운 소리에 주청이 떠나갈 듯했다. 외눈을 번쩍이며 그들을 훑어본 남궁적의 얼굴에 자못 감격해하는 빛이 가득했다.

"남궁적이외다. 북경성에서 이름 높은 여러 형제들을 이처럼 보게 되니 안목이 탁 트이고 가슴이 통쾌해지는구려. 이곳은 초행인 촌놈인지라 법도에 어둡고 분별이 부족할 것이외다. 여러 형제 분들이 잘 이끌어주시리라고 믿소!"

한껏 위엄을 갖추고 제법 격식을 차려 인사를 마친 남궁적이 그를 소개한 사내를 향해 돌아섰다.

"북경성의 대왕으로 군림하고 계시는 사자두(獅子頭) 구 형(具兄)께서 소제를 이처럼 환대해 주시니 감격할 따름이오. 오늘의 일을 가슴 깊이 새기고 평생 잊지 않겠소이다."

남궁적이 정색하고 말하며 포권해 보이자 사자두라고 불린 구적생(具赤生)이 껄껄 웃으며 남궁적의 손을 마주 잡았다.

"사해는 다 동도라는 말이 있듯이 건달밥을 먹는 우리들은 어디에 있던지 한가족이나 다름없소. 오늘 이렇게 남궁 형을 만나게 된 것도 다 하늘의 뜻일 터, 이곳이 바로 내 집이고 저놈들이 다 내 아우들이려니 여기고 계시는 동안 마음 편히 계시면 그보다 고마운 일이 없소."

사람들이 사자두(獅子頭)라고 부르는 구적생(具赤生)은 북경성의 뒷골목을 한 손에 움켜쥐고 쥐었다 폈다 하는 대형이었다. 낮에는 황제의 법이 북경성을 지배했다면 밤에는 구적생의 말 한마디가 그 자리를 대신했다. 그런 구적생이 여기저기 흩어져 있던 수하들마저 다 불러 모으고 남궁적을 극진히 대접한다는 것은 자못 의외의 일이기도 했다.

감격한 남궁적이 술잔을 높이 들어 올렸다.

"이 남궁 뭐라는 애꾸 놈이 감히 구 형을 위해 석 잔의 술을 마심으로 오늘의 고마움을 표하고자 하오."

그가 말을 마치고 단숨에 석 잔의 술을 호기롭게 비웠다. 흡족한 웃음을 띤 채 바라보던 구적생이 다시 남궁적을 찬양하며 석 잔의 답술을 비웠다. 그 다음은 백여 명의 수하들이 일제히 건배를 외치며 각기 석 잔씩의 술을 비우는 것으로 상견례가 끝났다.

곧 춘화루 최고의 미녀라는 두 명의 기녀가 나풀거리며 나와 남궁적과 구적생의 무릎에 앉았고, 이십여 명의 기녀들이 지분 냄새를 날리며 주청 가득한 사내들 사이를 오가기에 바빴다. 왁자한 웃음과 계집들의 교성 사이사이 걸쭉한 음담패설들이 오가는 술잔을 따라 거침없이 흘러 다녔다.

이미 술 냄새에 홀리고 계집들의 살 냄새에 넋이 빠진 자들은 그 시간에 기루의 주인인 엄정청이 대성통곡하고 있다는 것을 생각할 여유가 없었다.

내실에 틀어박혀서 엄정청은 오늘 하루의 장사를 망친 것에 대해 제 가슴을 쥐어뜯으며 괴로워했다. 왜 하필이면 내 기루냐고 따져 묻고 싶은 마음은 굴뚝같았지만 감히 그럴 엄두를 낼 수도 없었다. 북경성 내에서 장사를 하려면 그게 무엇이 되었든 사자두 구적생의 눈 밖에 나서는 안 되는 때문이다. 그래서 그는 구적생이 수하를 보내 오늘 밤 이곳에서 연회를 베풀겠노라고 통보해 왔을 때부터 내실의 문을 닫아 걸고 애꿎은 제 머리카락을 쥐어뜯기만 했다.

남궁적은 북경성에 발을 들이고 나서 막막함을 느끼고 멍청해져 버렸다. 기리의 번화하고 호사스러움은 둘째 치고, 대체 이 많은 사람들과 물건들이 어디에서부터 왔고 어떻게 쓰이는 건지 어리둥절하기만 했던 것이다.

세상은 어디를 가나 폭정과 착취에 찌들 대로 찌든 백성들이 지천으로 널려 있었다. 날로 인심이 흉흉해지고 유민과 도적들이 늘어났으며 굶어 죽는 자들도 속출했다. 관아의 창고에는 쌀과 금은이 넘쳐 났지만 백성의 곳간에는 들락거리는 쥐새끼들마저 배를 주리는 형편이었던 것이다.

그런 모습에 익숙해져 있는 남궁적에게 북경성의 분위기는 딴 세상인 것만 같았다. 어디를 가나 흥청거리는 사람들로 넘쳐 났고, 골목마다 음식들이 썩어 나갔다.

"염병할! 남창부의 거렁뱅이들을 몽땅 끌고 올 걸 그랬다!"

그 낯설고 정이 가지 않는 저잣거리에 서서 남궁적이 내뱉은 첫마디였다. 그는 입성(入城)의 일성(一聲)을 그렇게 부르짖었던 것이다.

이곳에 오면 소옥을 만날 수 있을 것이라는 믿음 하나로 왔지만 거대한 황도(皇都)는 그 완고함으로 남궁적을 거부했다. 낯선 거리, 낯선 풍경과 사람들 속에서 남궁적은 처음으로 자신이 촌무지렁이라는 것을 깨달았다. 이 생소한 곳에서는 아무것도 할 수 없을 것 같기만 했다. 막막한 바닷가에 홀로 선 심정이 되어서 남궁적은 한숨만 내쉴 뿐이었다.

"어디에나 뒷골목 인생들은 있는 법이다. 그놈들의 생리야 남창부나 이곳이나 다를 게 없겠지."

다음으로 남궁적은 그런 생각을 하고 절망 중에서도 한 가닥 희망을 갖기 위해 스스로를 다독거렸다. 그리고 자신의 그런 생각을 증명해 보겠다는 듯 북경성의 저잣거리 뒷골목을 배회했다. 그리고 그곳에서 낯익은 자들을 만났다.

험상궂은 인상에 어깨를 거들먹거리며 골목 안과 저잣거리를 배회하는 자들. 일견 거칠고 야비해 보이는 그자들의 모습이 남궁적에게는 그 무엇보다 낯익고 반가웠다. 역시 자신의 생각이 맞았다는 것을 확인한 그는 속으로 쾌재를 부르며 야비함과 비굴함을 동시에 지닌 그자들에게 다가갔다.

"너희들의 대형을 만나고 싶다."

"뭐야?"

"이건 또 어디서 굴러먹던 개뼈다귀야?"

"몸이 근질거린단 말씀이지? 그거라면 내가 전문이지. 아주 잘 걸렸어."

느물거리며 다가온 자들은 그러나 꿈쩍 않고 서서 외눈을 번쩍이며 노려보는 남궁적의 모습에 우선 기가 꺾였다. 남궁적은 이런 자들은 처음에 기를 죽여놓는 일이 중요하다는 걸 누구보다 잘 알고 있었다. 한번 기를 꺾어놓으면 그 다음은 만사형통이었던 것이다.

굳이 칼을 뽑아 들 필요도 없었다. 한 주먹에 한 놈씩이었다. 남궁적은 놈들의 턱과 갈비뼈와 명치를 내지르는 주먹에 사정을 두지 않았다. 세 놈이 순식간에 뻗어버렸다. 골목 안을 기웃거리며 구경하던 자들이 그 무서운 솜씨에 놀라 와, 하고 흩어져 달아났다. 그들이 깨어나기를 기다리는데 꾀죄죄한 몰골의 어린 놈 하나가 뒤에 대여섯 명의 건달들을 달고 바쁘게 뛰어왔다.

"어디서 온 손이기에 이처럼 겁이 없단 말인가?"

그중 우두머리로 보이는 자가 바닥을 설설 기고 있는 세 놈을 곁눈질로 보며 조심스럽게 운을 떼왔다. 언제나 이런 일에는 한차례 풍파를 일으키고 나서야 비로소 말이 통할 만한 놈이 나타나기 마련이었다. 그 생리조차도 남창부의 골목 안 건달들과 조금도 다르지 않은 것이어서 남궁적은 한결 마음이 편해졌다.

"남창부에서 온 흑마 남궁적이야. 너희들의 대형을 만나고 싶다니까."

"음, 그건 좀 급한 주문인데? 이놈 저놈 아무 놈이나 만나줄 만큼 한가로운 분이 아니라서 말이야. 그러니 할 말이 있으면 여기서 나한테 해."

"북경 촌놈이라더니 눈깔들을 두 개씩이나 가지고 있으면서도 이렇게 뭘 제대로 볼 줄 모르는군. 남창부에서는 말이야, 장님도 척 보면 그게 똥인지 된장인지 금방 알아. 그런데 너희들은 하나같이 멍청해. 아무래도 북경의 물이 싱거워서 그런가 보다."

"뭣이?"

촌놈에게 모욕을 당한 놈이 구겨진 자존심을 분노로 바꾸었다. 그가 있는 대로 위협적인 인상을 쓰며 노려보았지만 그것은 남궁적이 의도한 바였다. 놈이 제법 인내심을 발휘하며 조금 더 망설였다. 아무래도 눈앞의 애꾸가 녹록치 않아 보였던 것이다. 그러나 남궁적의 한마디가 그런 놈의 조심성을 단번에 무너뜨리고 말았다.

"가랑이를 벌려줄 것인가 말 것인가 눈치를 보는 계집애처럼 새침을 떨 양이면 낯짝에 지분이라도 처바르고 나왔어야 할 거 아니냐?"

"이런, 죽일 놈이!"

드디어 눈알을 까뒤집은 놈이 수하들을 제쳐 두고 몸소 우르르 달려 나왔다. 제법 힘이 실려 있는 놈의 주먹이었다. 하지만 놈은 남궁적의 존재에 대해서 무지하기 짝이 없었다.

"얼씨구?"

아랫배에 불끈 힘을 준 남궁적이 놈의 주먹을 가슴으로 받아냈다. 남궁적의 가슴 복판에서 떡메를 내려친 듯한 소리가 났다. 흉골이 무너져 내려앉아도 서너 번은 내려앉았을 만한 힘이었다. 그러나 눈앞의 현실은 그렇지 않았다. 맞은 놈은 멀쩡하게 서서 하나뿐인 눈알을 두리번거리고 있는데, 때린 놈이 주먹을 움켜쥐고 물러서서 쩔쩔매는 묘한 사태에 남은 놈들이 입을 딱 벌렸다.

성큼성큼 다가간 남궁적이 놈의 멱살을 틀어쥐었다.

"목뼈를 분질러서 끌고 갈까?"

숨을 쉴 수 없어서 캑캑거리는 놈의 얼굴이 새파랗게 질렸다. 그의 눈이 흰창으로 뒤덮여갈 때 골목 밖에서 기웃거리며 엿보던 족제비 같은 놈이 쪼르르 달려와 남궁적의 팔에 매달렸다. 그것 또한 계산 속에 다 들어 있는 일이었다. 남궁적은 이제 저 쥐새끼 같은 놈이 나긋나긋한 말로 자신을 달랠 것이라고 짐작했다. 그리고 그 짐작은 꼭 맞아떨어졌다. 놈이 머리를 조아리며 내시처럼 높고 부드러운 말투로 노래하듯 읊조렸던 것이다.

"보아하니 같은 밥을 먹는 형제 같은데 이렇게 험하게 굴 것까지 없지 않겠습니까? 제가 모시겠습니다."

그렇게 해서 남궁적은 북경성에 입성한 하루 만에 사자두 구적생과 마주 보고 앉게 되었다. 남궁적이 다시 한 번 자신을 밝히자 구적생의 낯빛이 일변했다.

"이리 와!"

그가 벌떡 일어나 의자를 집어 던지며 버럭 소리쳤다.

뜰 아래 서서 눈치를 보던 놈이 어리둥절하여 어쩔 줄 모르자 구적생이 거친 콧김을 씩씩 내뿜으며 우르르 달려 내려갔다.

"개 같은 놈! 거북이 새끼야! 눈깔은 가죽이 모자라서 뚫어놓은 구멍이냐?"

한번 남궁적에게 혼줄이 났던 놈은 다시 구적생의 무쇠 같은 주먹에 비명 한번 지를 새도 없이 으깨진 찰떡이 되어 널브러졌다. 그래도 분이 풀리지 않았던지 의식을 놓아버린 채 입에 거품을 물고 있는 놈의 등짝을 한 번 더 밟아준 구적생이 비로소 남궁적에게 포권해 보였다.

"미안하오. 수하들이 이 모양이라 제대로 사람 노릇을 못 했소이다. 사자두 구적생이라고 하오."

그의 과격한 처사에 머쓱해져 있던 남궁적도 서둘러 일어나 마주 포권했다.

"아무래도 이 아우가 실례했던 모양이오. 면목이 없소이다."

그렇게 해서 그들은 낯을 익히고 주인과 빈객이 되어 손을 잡았다.

뒷골목에서 몸을 굴리며 험하게 먹고 사는 자들 치고 뒤끝이 좋은 자는 없었다. 언제든 포교나 관병에게 잡혀 개처럼 끌려가 뇌옥 신세를 지기 마련이었던 것이다. 재수가 좋으면 뇌물이 먹혀들어서 두어 달 썩다가 나오겠지만, 그렇지 않으면 팔다리가 부러지도록 두들겨 맞고 나서야 겨우 풀려났다. 더 재수가 없는 놈은 저잣거리 복판에서 몸통과 목이 제각기 떨어져 나뒹구는 꼴을 보여야 했다.

그래서 우두머리가 된 자는 필사적으로 관과 연줄을 대기 위해 갖은 수단과 방법을 다 썼고, 한번 붙잡은 연줄은 그것을 놓치지 않기 위해서 더욱 많은 공을 들였다. 당연히 뇌물이 곳곳에 뿌려지기 마련이었다. 그리고 그 돈은 애꿎은 상인들의 주머니에서 나오기 마련이었다. 그러니 세상이 어지러우면 건달들이 많아지고 백성들의 원성이 높아지는 것이 당연했다.

북경성의 대형 노릇을 하고 있는 구적생은 자신도 언젠가는 저잣거리 한복판에서 목이 떨어지는 신세가 될 것임을 알고 있었다. 그렇게 되기 싫으면 다 팽개쳐 버리고 꽁지가 빠져라고 달아나 타지(他地)로 숨어드는 수밖에 없었다. 그리고 그때는 그곳의 건달패에게 의지하여 구차한 목숨을 부지하는 길이 상책이었다.

그런 것들을 염두에 두고 있는 구적생이었으므로 남궁적을 홀대할 수가 없었다. 언제 그의 신세를 지게 될지 알 수 없는 일이기 때문이다. 더구나 그는 남창부 건달패의 두목으로 악명이 높은 남궁적의 이름을 벌써부터 들어 알고 있었다. 그가 근성이 있고 독하며 맺고 끊음이 확실한 사내라는 소문을 듣고 언제든 한번 만나 교류를 트고 싶었는데 남궁적이 제 발로 북경까지 찾아왔으니 반갑지 않을 수 없었다.

질탕하게 먹고 마신 술자리가 밤늦도록 이어졌다. 새벽녘이 되어서야 남궁적은 구적생에게 등을 떠밀려 이층에 있는 요란한 침실로 내쫓겼다. 그리고 그의 그림자가 되기라도 한 듯 그때까지 무릎에 앉아 갖은 교태를 다 떨며 술 시중을 들었던 계집 화화가 아무 거리낌 없이 곁에 누웠다.

그때부터 얼이 빠져 버린 남궁적은 그 새벽녘을 어떻게 보냈는지 몽롱하기만 했다. 한바탕 아리송하고 야릇한 꿈속을 헤맨 것 같았다. 화화로부터 처음 당해보는 갖은 기교와 교태에 넋을 빼앗겨 버렸던 것이다. 남궁적은 역시 북경의 계집은 잠자리의 재주마저도 촌구석의 계집들과는 비교할 수 없이 환상적이라고 생각했다.

그가 정신을 차렸을 때는 창밖이 훤하게 밝아올 무렵이었다. 그동안 몇 번이나 까무러칠 듯한 고비를 넘겼는지 몰랐다. 그 어떤 싸움을 했을 때보다도 격한 피로감이 남궁적의 사지를 나른하게 짓눌렀다. 흐물거리는 정신을 애써 추스르며 계집을 돌아보았다. 물에 담갔다가 꺼낸 비단처럼 매끄럽고 촉촉한 화화의 살결이 사람의 그것이 아닌 것처럼 여겨졌다. 가만히 그 엉덩이며 가슴을 쓸어보던 남궁적이 한숨을 쉬고 손을 떼었다.

　술청을 가득 메우고 소란을 떨어대던 무리들은 씻은 듯 사라지고 없
었다. 해가 중천에 떴을 무렵에야 가까스로 몸을 건사해 나온 남궁적
은 낯선 그 적막에 잠시 머리 속이 먹먹해졌다.

　"하하, 날 새는 줄 모른다더니 과연 재미가 꿀보다 더했던 모양이
오?"

　구적생이 부스스한 얼굴을 문지르고 옷자락을 여미며 술청으로 내
려왔다. 한번 마주 보고 멋쩍게 웃은 두 사람은 아직도 끈적한 여운이
묻어나는 춘화루(春花樓)를 나와 어슬렁거리며 걸어 영홍가(榮興街) 끝
에 있는 찻집으로 향했다.

　아직 이른 시간인데도 차를 마시는 사람들이 가득했다. 기웃거리는
구적생을 본 주인이 앞치마에 손을 닦으며 달려와 그를 거리가 잘 내
다보이는 창가의 자리로 이끌었다.

　"저쪽 구석 자리로 가. 구 나으리께서 이곳에 앉아 차를 드시고 싶
으시단다."

　주인이 짐짓 눈을 부라리며 어르자 그곳에 앉아 한가롭게 차를 마시
고 있던 젊은 사내 세 명이 급히 일어나 아예 밖으로 나가 버렸다. 한
번 구적생의 눈치를 보고 도망치듯 허둥거리며 사라지는 사내들을 보
던 남궁적이 피식 웃었다. 과연 북경에서 구적생의 위세가 당당한 것
이 마치 남창부에서의 자신을 보는 듯했던 것이다.

　주인은 재빨리 숯불을 담은 화로를 옮겨오고 제대로 숙성시켜서 일
품의 은은한 맛이 우러나는 복전차(茯磚茶)를 내왔다. 차보다는 술에
더 익숙한 남궁적이었지만 구적생이 권하는 대로 몇 잔을 거푸 마시고

나자 숙취가 싹 달아나고 머리 속이 맑아지는 것이 기분이 상쾌해졌다.

"이건 마실 만하구려. 주독을 푸는 데는 술보다 더 좋은 게 없는 줄 알았는데 이제 보니 썩은 나뭇잎이 특효일세그려."

남궁적의 말을 들은 구적생이 배꼽을 쥐고 웃었다.

머쓱해져서 눈길을 돌려 무심코 창밖의 거리를 내다보던 남궁적이 엇? 하고 경호성(驚呼聲)을 터뜨렸다. 그리고는 급히 소매를 들어 얼굴을 가렸다. 그의 수상쩍은 행동이 구적생의 호기심을 불러일으켰다. 남궁적의 시선을 따라 밖을 바라본 그가 눈살을 찌푸렸다. 두 명의 무관들이 염소수염에 눈매가 매섭게 생긴 중년인과 함께 이쪽을 향해 다가오고 있었던 것이다. 무관들이야 당연히 그렇다고 쳐도, 평복을 입고 있는 중년인이 당당하게 검을 차고 있다는 것이 의아했다.

그들이 찻집의 문을 열고 들어오자 비로소 구적생이 입가에 보일 듯 말 듯한 웃음을 떠올렸다. 그의 표정이 그러면 그렇지, 하고 말하는 듯해서 남궁적이 가만히 팔을 뻗어 구적생의 손을 잡았다.

"저기 저 사람을 아시오?"

그가 눈짓으로 가리키는 사람이 그 중년인이라는 것을 안 구적생이 다시 의아한 얼굴이 되어서 남궁적을 빤히 바라보았다.

"그건 어째서 물으시오?"

"아니 그저…… 안면이 있는 듯한 사람이라서 말이오."

"옷자락을 들추고 자리에 앉을 때 그의 허리춤에 꽂혀 있는 패찰을 보았다오. 황궁 안에서 근무하는 위사가 분명했소. 아마도 당직을 마치고 귀가하는 중이겠지."

"그건 이상하군……."

남궁적이 고개를 갸웃하며 다시 한 번 중년인을 훔쳐보았다. 그는

태연하게 앉아 있었는데, 마주하고 있는 두 명의 군관들이 마치 상전을
모시듯 쩔쩔매는 모습이 보였다.

'분명히 그놈이다.'

그가 이쪽을 바라보았으므로 급히 고개를 숙인 남궁적이 어금니를
지그시 문 채 외눈을 번쩍였다. 이제 그만 가자며 일어서려는 구적생
을 붙들어 앉힌 남궁적은 소피가 마려운 것도 눌러 참으며 다시 몇 잔
의 차를 더 마셨다.

얼마나 더 지루한 시간이 지났을까. 거만을 떨며 차를 마시던 사내
가 군관들을 대동하고 일어서서 찻집을 나갔다. 그것을 지켜보던 남궁
적이 구적생의 옷깃을 잡았다.

"위사들은 황궁 내에서 사는 게 아니오?"

"그들이 어찌 거기에서 살 수 있겠소? 집은 내성 밖에 따로 두고 나
흘이나 닷새에 한 번씩 황궁을 나와 다음 근무 때까지 집에서 쉰다오."

"구 형, 이 아우가 긴히 드릴 부탁이 하나 있는데 들어주시겠소?"

남궁적이 창밖을 힐끔거리며 빠르게 말했다. 그의 얼굴에 다급해하
는 기색이 있는 걸 본 구적생이 머리를 갸웃거렸다.

"뭔지 말씀만 하시구려. 내가 들어드릴 수 있는 거라면야 마다할 리
가 있겠소?"

"그럼 저 사내가 어디 살고 있는지 그것 좀 알아주시구려."

"어렵지 않은 일이지."

벌떡 일어나 찻집 안을 휘둘러본 구적생이 한쪽을 향해 손짓을 했
다.

"이리 와봐라."

그러자 몇 명의 장한들 틈에서 날렵하게 생긴 사내 한 명이 재빨리

달려와 공손하게 머리를 숙였다.

"대형, 시키실 일이라도 있습니까?"

구적생이 그의 귀를 붙잡고 무어라고 속삭였다. 한쪽 귀를 내맡긴 채 곁눈으로 창밖을 바라보던 사내가 히죽 웃었다.

"쉽죠. 조금만 기다리시구려, 내가 금방 알아 오리다."

*　　　*　　　*

내 집에 들어섰으면서도 낯선 듯한 적막감을 느끼는 건 반겨주는 사람이 없기 때문이다. 평주추(平珠雛)는 나이 사십 줄에 이르도록 아직 홀아비 신세를 면치 못하고 있는 자기 자신에 대해서 또 한 번 실망했다. 사람들에게는 언제나 혼자 사는 게 홀가분하고 좋다고 말했지만 이렇게 집으로 돌아온 날이면 어김없이 후회가 찾아왔던 것이다.

닷새 동안의 근무를 마치고 돌아온 그를 위해 늙은 하인 부부는 정성을 다해 음식을 만들고 수발을 들었다. 집 안 구석구석은 물론 정원까지 깨끗하게 손질되어 있는 것을 확인한 평주추는 기꺼운 마음으로 노파가 마련해 놓은 식탁으로 다가갔다.

늦은 아침이자 이른 점심을 겸해 식사를 마친 그가 화로를 끼고 앉아 흰 눈을 이고 있는 매화나무를 바라보며 느긋하게 차를 마실 때였다. 늙은 하인이 빗자루를 끌며 다가와 머리를 조아렸다.

"밖에 손님이 찾아왔군요. 어떻게 할까요?"

평주추가 막 입에 대었던 찻잔을 내려놓으며 눈살을 찌푸렸다. 황궁에서 나온 첫날은 아무도 만나지 않고 조용히 쉬는 것이 그의 습성이었던 것이다. 그것을 잘 아는 노인이 굳이 전갈을 해왔다는 것이 못마

땅했다. 가만히 노인을 내려다보던 평주추는 그의 주름진 얼굴에 허둥
대는 기색이 가득하다는 걸 알고 의아했다. 대체 누가 왔기에 노인이
평소의 모습을 잃고 저렇게 당황하고 있는 것인지 궁금하기도 했다.
그가 어떻게 할까 하고 망설이는데 껄껄 웃는 소리와 함께 한 사람이
화원을 가로질러 성큼성큼 걸어왔다.

"네놈은?"

허락도 없이 불쑥 찾아온 자의 번쩍이는 외눈을 본 평주추가 크게
놀라 벌떡 일어섰다. 그 바람에 탁자에 놓여 있던 차 주전자가 떨어져
요란한 소리를 내며 산산이 깨졌다.

"맞군. 이래서 세상은 넓고도 좁다는 게야."

평주추를 지그시 바라보던 남궁적이 피식 웃으며 느물거렸다. 평주
추의 얼굴에 조금씩 싸늘한 한기가 내려 덮이기 시작했다.

"기다려라."

한번 남궁적을 아래위로 흘겨본 평주추가 풀어놓았던 검을 다시 허
리에 차고 나왔다. 말없이 밖으로 나가는 그의 뒤를 남궁적이 어슬렁
거리며 따랐다.

"이봐, 여기쯤이면 적당할 것 같은데?"

인적이 끊어진 좁은 골목 안에서 남궁적이 평주추를 불러 세웠다.
그를 돌아본 평주추의 얼굴에 의아해하는 빛이 떠올랐다. 해가 머리
위에 떠 있는 한낮이었다. 외진 골목길이라고는 해도 언제 행인이 지
나갈지 알 수 없는 일인데 여기서 하자는 남궁적의 말이 언뜻 이해되
지 않았던 것이다. 하긴, 법 알기를 우습게 아는 놈이니 사람들의 눈을
의식할 리도 없을 것이라고 생각했다. 자신의 집에서 난동을 부리지

않은 것을 다행으로 여겨야 할 것이다.

"좋아."

평주추가 차갑게 웃었다. 시간은 많이 걸리지 않을 것이라고 여겼다. 한순간에 끝내 버리고 사라진다면 아무의 눈에도 띄지 않고 일을 마무리 지을 수 있다는 생각이 이제는 그를 서두르게 했다.

"초조해할 것 없어. 여기로는 아무도 오지 않을 테니까 말이다."

그의 마음을 읽은 듯 남궁적이 여전히 느긋하게 느물거리며 말했다.

"응?"

그제서야 뭔가 이상하다는 것을 느낀 평주추가 골목 안의 기척을 유심히 살폈다. 모퉁이 너머에서 다시 몇 명의 기척이 느껴졌다. 그건 자신이 지나온 길 끝에서도 마찬가지였다. 골목은 폐쇄되어 있었던 것이다.

"네놈이 어째서 이렇게 간이 커졌나 했더니 조력자를 데리고 온 거였구나?"

"병신, 이 남궁적이 네까짓 놈 하나 해치우는 데 다른 사람의 힘을 빌릴 것 같으냐?"

"허허……."

남궁적의 흰소리에 평주추가 어이가 없는지 헛웃음을 웃었다.

"한 가지만 묻자."

남궁적이 품에서 칼을 꺼내 들며 넌지시 평주추를 건너다보았다.

"그녀를 찾았나?"

"미친놈, 계집을 찾는 건 네놈이 아니었더냐?"

평주추도 검을 풀어 들며 마주 이죽거렸다.

"그렇군. 그렇다면 아직도 희망이 있는 거야."

소옥이 아직 놈들의 손에 떨어지지 않았다는 걸 안 남궁적이 가슴을 쓸었다. 그의 얼굴에 한결 느긋해진 여유가 떠올랐다.

＊　　　　＊　　　　＊

남궁적이 평주추를 처음 만난 것은 정강령(鼎岡嶺)에 있는 흑림채(黑林寨)에서였다. 그날, 오압사를 떠난 남궁적은 소옥의 행적을 따라 느긋하게 정강령으로 향했다. 소옥이 그곳으로 간다고 했으니 다시 만나는 것은 문제가 아니라고 여겼던 것이다.

그가 닷새 동안 걸어 흑림채에 이르렀을 때 그를 맞이한 것은 웅장한 산채가 아니라 불에 타고 그슬려 아직도 모락모락 연기를 피워 올리고 있는 폐허일 뿐이었다. 그리고 소옥이 아니라 수상해 보이는 한 무리의 사내들이 앞을 가로막았다. 남궁적은 그들의 행색을 살펴보며 이상한 일이라고 생각했다. 말끔한 옷차림으로 보아 이곳에서 군림하고 있다는 산적들은 아니었던 것이다.

"너는 웬 놈이지? 이곳에 뭐 하러 온 거냐?"

그때 사내들을 헤치며 앞으로 나와서 남궁적을 아니꼽게 흘겨보던 자가 바로 평주추였다.

"뭐야, 여기가 산적들이 득실거린다는 그 정강령 흑림채가 맞는 거냐?"

의아한 남궁적이 폐허를 가리키며 되묻자 평주추의 눈길이 매서워졌다. 그는 남궁적이 산적이 되기 위해서 스스로 찾아온 얼간이라고 여겼다.

"돌아가. 산적 따위는 이제 없다."

그가 귀찮다는 듯 손을 내젓고 돌아섰다. 하지만 그는 채 두 걸음을 떼어놓지 못했다. 남궁적의 투덜거림을 들은 때문이었다.

"제기랄, 여기가 아니란 말인가? 귀견사 강량은 분명히 그녀에게 정강령으로 찾아오라고 했는데?"

"뭐라고?"

휙 돌아선 평주추의 눈빛이 화살이 된 듯 남궁적의 미간에 박혀들었다.

"너는 지금 누구를 말한 것이냐?"

"소옥이라고 내 계집 말이다. 왜? 알기라도 하는 거냐?"

"소양진의 여식인 그 소소옥이란 말이지?"

되물어 확인하는 평주추의 얼굴이 반짝 하고 빛난 것 같았다. 남궁적은 그제서야 뭔가 일이 묘하게 돌아가고 있다는 것을 눈치 챘다.

"너는 그 계집과 어떻게 되는 사이지?"

평주추가 검자루에 손을 올려놓은 채 무섭게 남궁적을 노려보며 물었다. 가슴이 뜨끔한 남궁적이 그러나 겉으로는 여전히 태연을 가장하며 느물거렸다.

"서방님이지."

"그래? 강량이 네 계집에게 흑림채로 오라고 했고, 그래서 계집이 이곳으로 떠났단 말이지?"

평주추가 일행을 돌아보았다. 한 놈이 머리를 끄덕이고 나서 평주추의 말을 받았다.

"우리가 이곳에서 기다린 지 벌써 닷새째다. 그런데 아직 오지 않았다면 이건……."

"중간에서 다른 곳으로 샜다는 얘기지. 강량 그놈이 계집이 제 말을 들고 이리로 오지 않도록 손을 쓴 게 분명해."

또 다른 사내가 하는 말을 들으며 남궁적은 눈앞의 인물들이 소옥을 잡기 위해 기다리고 있었다는 것을 알았다.

'아니, 그렇다면 정말 이자들에 의해서 흑림채가 불타고 산적들이 모두 토벌되어 버렸단 말인가?

실은 왕서륜이 구양목의 수하들인 평주추 일행과 부딪치고 싶지 않아서 스스로 산채를 불지르고 졸개들을 하산시킨 다음 이곳을 떠난 것이다. 그러나 그런 내막을 알 리 없는 남궁적은 눈앞의 사내들 십여 명이서 이 큰 산채를 불태우고 산적들을 토벌했다는 데에 우선 기가 질리고 말았다. 그렇다면 이들은 모두가 절정의 고수일 게 분명하다고 생각했기 때문이다. 남궁적은 위기를 느꼈다.

"너는 우리와 함께 북경으로 가자. 거기서 얌전히 기다리고 있으면 네 계집을 만날 수 있을 게다."

평주추가 다시 한 걸음 나서며 남궁적을 훑어보았다. 주춤거리고 물러선 남궁적이 잔뜩 겁먹은 얼굴로 주위를 두리번거렸다. 달아나려는 속셈이 완연히 드러나 보이는 행동이었다. 사내들이 재미있다는 듯 빙글거리고 웃으며 그런 남궁적을 바라보기만 했다.

'나쯤은 안중에도 없다는 거다.'

그들의 반응을 본 남궁적이 더욱 긴장했다.

"어째서 그녀가 엉뚱하게 북경으로 간다는 거냐? 나는 믿을 수 없다!"

불끈 오기가 솟구친 남궁적이 악을 썼다. 평주추가 히죽 웃으며 다시 한 걸음 다가왔다. 손을 뻗으면 닿을 만한 거리였다.

"단주님께서 그렇게 말씀하셨으니 틀림없는 거야."

"단주라고? 그는 또 누구지?"

"그건 알 것 없어!"

싸늘한 일갈과 함께 평주추가 와락 몸을 기울였다. 놀란 남궁적이 팽이처럼 맴돌며 단번에 다섯 걸음이나 뛰어 물러섰다. 씨잉— 하는 서늘한 바람 한줄기가 이마를 스치고 지나갔다.

'쾌검수(快劍手)!'

남궁적은 허공에 흩어져 날리는 자신의 앞 머리카락 몇 올을 보며 속으로 부르짖었다. 이처럼 지독한 쾌검을 구사하는 자는 처음 대해보는 그였다.

"반항해 봐야 쓸데없는 짓이라는 걸 알았겠지? 순순히 말을 들으면 죽이지 않겠다."

어느새 검을 갈무리했는지 뽑아 쳐온 것을 똑똑히 보지 못했듯, 그가 다시 검을 집어넣는 것도 보지 못했다. 남궁적은 혀를 찼다. 평주추가 자신을 놀렸다는 것이 분했지만 아직도 등줄기에 남아 있는 소름을 느끼고는 감히 발작할 수가 없었다.

"개자식, 반드시 네놈의 골통을 쪼개놓고 말 테다!"

외친 남궁적이 평주추의 얼굴에 침을 뱉었다.

"엇!"

뜻밖의 행동에 놀란 평주추가 본능적으로 얼굴을 기울이며 옷소매를 휘둘러 침이 딜라붙는 것을 막았다.

"저놈!"

"교활한 쥐새끼 같으니!"

뒤에서 느긋하게 구경만 하고 있던 자들 중 두 놈이 재빨리 몸을 날려 평주추를 뛰어넘었다. 그들의 눈에 벌써 서너 장 밖으로 몸을 빼내

달아나고 있는 남궁적의 등이 크게 보였다.

그들의 운신이 가볍고 빠르다면 필사적으로 달아나고 있는 남궁적의 걸음도 그에 못지 않았다. 그는 경사가 급한 비탈을 구르듯이 달려 내려가 잡목 숲 속으로 뛰어들었다. 뒤쫓아온 자가 쳐낸 한 가닥 시린 검기가 그의 뒷덜미를 간발의 차이로 훑고 지나갔다.

추격하는 자들은 숲 속으로 쫓아 들어가는 걸 꺼려하는 법이다. 시야가 가로막히기 일쑤인 숲 속에서는 언제 쫓던 자에게 기습을 당할지 알 수 없기 때문이다. 그러나 서로를 한번 바라본 두 사내는 아무 망설임 없이 남궁적을 쫓아 숲 속으로 뛰어들었다.

느긋한 마음으로 숲 밖에서 기다리던 평주추는 아무 기척이 없자 혹시나 하는 마음으로 그들을 찾아 나섰다. 그리고 그곳으로부터 한 마장 정도 더 들어간 깊은 삼림 속에서 그는 각기 머리와 허리가 잘려 죽어 있는 두 명의 동료를 발견했다.

평주추는 크게 놀랐다. 설마 외눈박이가 자신의 두 동료들을 한꺼번에 베어버릴 만큼 고수일 것이라고는 생각조차 하지 못했던 것이다. 급히 신호를 보내고 흩어져 있던 동료들을 불러 모아 곧 남궁적의 추적에 나섰다. 하지만 삼산이 만나는 정강령은 험하고 넓은 곳이었다. 끝내 그들은 남궁적의 종적을 놓치고 덧없이 북경으로 돌아왔다. 그리고 애써 그때의 일들을 잊어버리고 있었는데 불쑥 남궁적이 자신을 찾아온 것이다.

이번에는 반드시 놈을 죽여 정강령에서의 복수를 해주겠다고 벼르는 평주추 앞에서 남궁적은 오히려 태연하기만 했다. 그는 정강령에서는 평주추의 솜씨가 어떤지 몰랐기에 얼떨결에 놀림을 당했지만 지금

은 그가 쾌검을 구사하는 자라는 것을 안 이상 해볼 만하다고 여기고
있었다.

"그때는 나를 잘도 놀렸겠다?"

남궁적이 차가운 웃음을 매달고 조금씩 발을 앞으로 내밀었다.

"네놈이 감히 내 계집을 노리고 있었다는 것만으로도 넌 벌써 내 손
에 죽었어야 해."

남궁적의 외눈이 점점 강렬한 빛을 내쏘았다. 살기였다. 그것을 가
만히 받아들이며 평주추는 이놈이 어쩌면 보기보다 훨씬 강할지 모른
다는 생각을 했다. 하지만 자신은 내원의 위사들 중에서도 고수로 꼽
히는 몸이었다. 강호에 나간다면 맞수를 찾아보기 힘들 것임을 잘 알
고 있었다.

서로의 숨결이 느껴질 만큼 가깝게 마주 선 두 사람의 눈길이 허공
에서 부딪치자 불길을 토하는 듯했다. 평주추는 남궁적의 어리석음을
내심 비웃었다. 자신이 쾌검수라는 것을 알면서도 이처럼 가깝게 다가
서 있는 것이다.

"안됐군."

이 먼 북경까지 와서 제 계집을 만나지도 못하고 죽게 된 남궁적을
한번 비웃어준 그가 이마를 약간 앞으로 내밀었다.

'시작한다!

어린 나이일 때부터 전쟁터를 쫓아다니며 실전으로 충분히 단련된
남궁적은 본능적으로 상대의 움직임을 읽을 줄 알았다. 평주추의 기운
을 느낀 그가 더 생각할 것도 없이 허리를 굽히며 맹렬하게 옆으로 돌
았다.

씨이잉—!

그의 정수리 위를 긋고 흰 빛 한줄기가 아슬아슬하게 스쳐 지나갔다. 쾌검의 공격은 첫 검격을 받아내는 것이 가장 어려웠다. 남궁적은 목숨을 내놓고 걸어본 한 번의 도박이 성공했다는 것을 직감했다. 자신이 무방비하게 다가선 것을 보고 평주추는 승기를 잡았다는 생각에 스스로도 모르게 상대를 경계하는 마음이 느슨해졌던 것이다.

평주추도 일검이 헛되게 허공을 가르자 그것을 느꼈다.

'아차!'

그가 기운을 되돌리며 급히 손목을 꺾어 빗나간 검봉의 방향을 틀었다.

씨이잉—!

다시 한 번의 벼락같은 검격이 횡으로 쓸어왔다. 재빨리 검로를 틀어 치면서도 상대의 역습을 경계해 비스듬히 몸을 기울이고 한 발을 옆으로 뻗어 언제든 중심을 이동하며 위치를 바꿀 태세를 갖추었다. 경황 중에도 침착하게 공격과 수비를 함께하는 수법이 과연 쉽게 찾아볼 수 없는 고수의 면모였다.

땅—!

한차례 맑은 쇳소리가 터져 나왔다. 반대쪽으로 몸을 눕히며 뽑아 후려친 남궁적의 칼이 이번에는 멋지게 평주추의 두 번째 검격을 받아낸 것이다.

'제법이다!'

평주추는 검을 쥔 손아귀가 은은히 저려오는 것을 느끼고 깜짝 놀랐다. 남궁적의 완력이 생각보다 대단하다는 것이 그를 당황하게 했다.

두 번의 쾌검을 무사히 받아넘긴 남궁적이 훨씬 안정되고 여유있는 모습으로 자세를 잡으며 칼을 후려쳤다. 이제는 내 차례라는 생각으로 마음 놓고 뿌려대는 칼질이 흉맹하기 짝이 없었다. 한번 단혼도법(斷魂刀法)이 펼쳐지자 눈부신 칼빛이 사방을 에워싸고 번쩍였다. 종횡으로 정신없이 떨어지고 쓸어가는 칼바람에 귀가 먹먹해질 지경이었다.

땅땅땅—!

다급해진 평주추가 급히 검을 휘둘러 남궁적의 도세(刀勢)를 하나하나 끊어갔다. 세 번 부딪친 칼과 검이 불똥을 날렸다. 이렇게 서로 이마를 맞대듯 가깝게 붙어 서서 벌이는 난전이라면 쾌검을 구사하는 자가 단연 불리했다. 검을 뽑아 치고 빠져나갈 거리를 제대로 잡기 힘든 때문이다. 힘의 안배에 있어서도 적당한 검격의 거리는 반드시 필요했다.

그것을 잘 아는 듯 남궁적이 집요하게 평주추의 가슴팍으로 파고들었다. 가슴 앞에 칼을 세워 들 듯한 그는 주로 훑고 베어내는 수법을 펼치고 있었는데, 붙다시피 한 좁은 공간에서는 검보다 훨씬 운용이 자유로운 도법이었다.

평주추는 남궁적의 칼이 끊임없이 목과 가슴, 정수리 주위를 맴도는 것에 지극한 위협을 느꼈다. 그 예리하게 갈린 칼날에 스치기만 해도 살과 근육이 쩍쩍 벌어질 것이다. 그는 팔꿈치를 옆구리에 붙인 채 손목의 탄력만을 이용해 필사적으로 검을 휘두르며 남궁적의 칼이 접근해 오는 것을 막아냈다.

쟁쟁쟁쟁—!

다시 몇 번의 높고 날카로운 쇳소리가 골목 안에 울려 퍼졌다. 중심의 칠 푼을 뒷발에 두고 계속 물러서면서도 벌써 십여 차례나 남궁적의 투로를 정확히 읽고 끊어가는 솜씨가 예사롭지 않았다.

"정말 센 놈이었군!"

남궁적이 감탄성을 터뜨렸다. 여전히 눈에 보이지도 않을 만큼 빠르게 칼을 휘둘러 압박하면서도 입을 열어 말할 수 있었으니 그의 처지가 평주추보다 훨씬 좋다는 것을 누구나 알 수 있었다.

"죽일 놈!"

발끈한 평주추가 이를 갈며 물러서던 몸을 멈추어 세우고 손아귀에 부쩍 힘을 주었다. 그가 멈추어 선 그 잠깐의 순간에 밀고 들어온 남궁적은 다시 반 자의 거리를 좁힐 수 있었다.

"개자식아!"

버럭 외친 순간 남궁적의 주먹이 와락 뻗어 나왔다.

"어?"

평주추가 당황한 외침을 터뜨렸다. 남궁적의 칼에 이끌려 내뻗었던 검을 미처 거두어들일 새가 없었던 것이다.

픽ㅡ!

그의 얼굴 복판에서 둔탁한 소리가 터져 나왔다. 강한 충격이 머리속에 고스란히 전해져 온 순간 평주추는 자신도 모르게 음, 하는 신음을 흘리고 말았다.

'끝이다.'

그런 절망감이 그의 정신을 더욱 아뜩해지게 했다. 그리고 귓전에 떨어지는 날카로운 휘파람 소리를 들었다.

픽ㅡ!

다시 한 번 둔한 소리가 났다. 단번에 두 걸음이나 밀려난 평주추의 등이 비좁은 골목 벽에 붙어버렸다. 어느새 남궁적은 칼을 내려뜨린 채 저만큼 훌쩍 뛰어 물러서 있었다. 그를 바라보는 평주추의 눈에 후회와 원망이 가득 번져 갔다. 그가 고개를 떨구어 자신의 가슴을 바라보았다. 어깨에서부터 쩍 벌어진 그곳으로 처음 보는 몸속이 고스란히 드러나 있었다. 온통 붉었다.

"음."

악문 이빨 사이로 저린 신음을 흘린 평주추가 벽을 기댄 채 주르륵 미끄러져 주저앉았다. 엉덩이가 땅에 닿자 비로소 붉은 선혈이 왈칵 뿜어져 나와 허공을 뒤덮었다.

'뭐야! 정말 그가 이겼단 말인가?'

골목 바깥쪽의 어둠 속에 몸을 숨긴 채 손에 땀을 쥐고 바라보던 사자두(獅子頭) 구적생(具赤生)이 깜짝 놀라 몸을 떨었다. 그는 설마 남궁적이 황궁의 위사를 죽일 수 있으리라고는 생각하지 못했던 것이다.

남궁적이 굳이 망을 봐달라고 했을 때 그는 거듭 만류하다가 생각을 바꾸었다. 처음에는 남궁적이 호기를 부리다가 위사의 손에 개죽음을 당할 것이라고 믿었다. 그러면 조금 안타깝기는 하겠지만 어쩔 수 없는 일이었다. 거적에 싸서 아무 데나 묻어버리면 그만이었다. 하지만 마음 한편에는 그가 이길 자신도 없으면서 괜히 호기를 부리지는 않을 거라는 생각도 있었다. 그것이 구적생의 호기심을 더욱 자극했다. 과연 건달에서 출발해 강호의 고수가 되었다는 남궁적의 솜씨가 어떤 것인지 보고 싶었다.

구적생은 남창부의 흑마가 독한 성질 못지 않게 독한 칼 솜씨로 강호에서도 제법 이름을 얻었다는 소문을 들어 알고 있었다. 뒷골목의 건달들은 저희들만의 세계를 가지고 있었는데 그것은 때로 민간과 강호의 경계를 넘나들기도 했다. 강호의 고수가 뒷골목의 건달로 타락하는 일은 없어도 건달이 강호의 고수로 거듭나는 일은 아주 드물게 있기도 했던 것이다.

구적생은 스스로도 그런 꿈을 가지고 있었다. 비좁은 골목을 벗어나 강호의 고수로 활보하고 싶은 마음이 남궁적을 더욱 우러러보게 했다.

그가 놀란 가슴을 쓸고 있는데 골목 안으로 수하 한 놈이 헐레벌떡 뛰어 들어왔다. 영흥가(榮興街) 끝의 찻집에서 평주추의 뒤를 밟게 했던 바로 그놈이었다. 놈은 명령받은 대로 들키지 않고 평주추를 미행해서 그의 집을 알아왔고, 그것이 지금 눈앞에서 벌어진 끔찍한 살인을 불러오는 일이 되기도 했다.

"대, 대형! 막아야 합니다!"

놈이 헐떡거리며 급히 말했다.

"그는, 그는 황궁의 위사가 아니었소! 그는, 그는……."

놈이 새파랗게 질린 얼굴로 채 말을 잇지 못하고 와들와들 떨었다. 더욱 조바심이 난 구적생이 놈의 머리통을 후려갈겼다.

"무슨 소리야? 똑바로 말하지 못해!"

"그는 태감부의 호위 무장이오!"

"뭣이?"

구적생의 얼굴이 순식간에 사색이 되었다. 방금 남궁적의 손에 두 쪽이 나 죽은 자가 위충현의 호위 무장이라는 말을 들은 때문이었다. 머리 속이 윙윙 울려오고 왈칵 현기증이 밀려들었다. 모든 것이 끝이라는 생각이 구적생을 두려움으로 떨게 했다.

"뭐야, 왜 그래?"

칼을 털어 혈조(血槽)에 남아 있던 피를 뿌리며 다가온 남궁적이 의아한 얼굴로 바라보았다. 그의 외눈 깊은 곳에 아직 살기가 남아 이글거리고 있었다. 그것을 본 구적생이 다시 부르르 몸을 떨었다. 자신도 북경성에서 이름 높은 악종이고 성질 고약하기로 소문났지만 남궁적의 잔혹함에는 비할 바가 못 된다는 것을 인정할 수밖에 없었다.

"큰일 났소. 저자는 태감부에 속해 있는 무사라고 하오."

"태감부?"

구적생은 그게 뭐냐는 듯 아무 반응이 없는 남궁적이 답답하기만 했다. 그가 제 가슴을 쿵쿵 치고 나서 주위의 눈치를 살피며 낮게 속삭였다.

"모르시오? 사례태감 위충현을 모시는 자라는 말이외다. 그러니 큰일이 아니오?"

"흥! 그 불알 없는 내시 놈의 뒤치다꺼리나 해주는 얼간이였단 말이지? 그렇다면 아주 속 시원하게 됐지 뭘 그래? 가만, 그리고 보니 거기 있던 놈들도 모두 태감부의 졸개들이었던 게로군. 잘됐어. 한 놈씩 찾아내서 족족 대갈통을 두 쪽으로 내버리고 말 테다."

남궁적이 두려워하기는커녕 오히려 살기를 더 짙게 하며 이를 갈았다. 평주추와 함께 정강령에서 자신을 비웃었던 놈들의 얼굴이 하나하나 생생하게 떠올랐던 것이다. 구적생은 질려 버리고 말았다. 혹시 이 촌놈이 위충현이 누구인지 모르는 게 아닌가 하는 의심마저 들었다.

"황상을 손아귀에 쥐고 흔들며 말 한마디로 천하인을 죽였다 살렸다 하는 절대 권력자가 바로 그 위 태감이오. 이 일을 그가 알면 가만히 있겠소? 이제 우리는 모두 죽은 목숨이외다."

"흥! 내 언제고 그 늙은 내시 놈을 천 토막 만 토막 내버리려고 벼르고 있던 중이다. 이 어르신을 잡을 테면 잡아보라고 해. 내가 눈 하나 깜짝할 줄 아나? 아니, 쇠뿔은 단김에 빼랬다고, 아예 태감부에 불을 처질러 버리고 그 늙은 내시 놈의 간을 꺼내 술안주로 삼아버릴까?"

당장 달려갈 듯 어깨를 움찔거렸다. 구적생이 사색이 되어서 그런 남궁적의 팔에 매달렸다.

"남궁 형, 이곳의 일은 내가 어떻게든 수습을 해보리다. 그러니 제발 더 이상 나를 곤란하게 하지는 말아주오."

"구 형이 그렇게까지 말씀하시는데 신세를 지고 있는 내가 어찌 거절할 수 있겠소? 내 구 형의 낯을 보아서 그 늙은 내시 놈의 개 같은 목숨을 조금 더 붙여놓도록 하겠소이다."

남궁적이 마지못한 듯 허락하고 살기를 풀자 구적생이 얼굴을 펴고 안도의 한숨을 쉬었다. 남궁적은 짐짓 못마땅한 듯한 얼굴을 하고 있었으나 속으로는 자신의 의도대로 일이 풀려가는 것을 기뻐하고 있었다.

"남들의 눈에 띄기 전에 어서 치워라!"

구적생이 골목을 향해 손짓을 하며 낮게 외쳤다. 그러자 골목 이곳저곳에 숨어서 망을 보고 있던 네 놈이 거적을 들고 달려와 재빨리 평주추의 주검을 둘둘 말았다. 핏자국마저 깨끗이 닦아낸 그들이 거적을 둘러메고 기척없이 사라졌다. 남궁적이 죽으면 싸매려고 준비했던 거적에 실려 평주추가 제 몸을 묻을 구덩이를 찾아간 것이다.

골목 안에는 언제 무슨 일이 있었느냐는 듯 태평스러운 적막이 다시 찾아왔다. 구적생이 다시 한 번 이곳저곳을 살펴보고 난 뒤에야 가슴을 쓸며 긴장을 풀었다.

"쥐도 새도 모르게 처리했으니 아무도 모를 것이오. 우리도 어서 이곳을 뜹시다."

서두르는 구적생의 뒤를 느긋하게 따르며 남궁적은 이제 저놈의 덜미를 단단히 잡았으니 북경도 내 것이라고 생각했다. 언제든 이 일을

떠벌리겠다는 한마디만 하면 구적생은 자신의 입을 막기 위해서 물불
을 가리지 않을 것이 분명했다. 이쪽에서 같이 죽자고 물귀신처럼 물
고 늘어지는 데는 당할 재주가 없는 법이다. 회심의 미소를 짓는 남궁
적의 눈에 구적생의 듬직한 어깨가 왠지 가엾어 보였다.

"이상한 일이다. 어째서 그 늙은 내시 놈의 졸개들이 멀리 정강령까
지 떼거리로 몰려와서 소옥을 기다리고 있었던 것일까? 설마 내 계집
이 예쁘다는 걸 알고 내시 늙은이가 그녀를 잡아다가 끼고 자려는 것
은 아닐 텐데……."

남궁적의 중얼거림이 텅 빈 골목 안을 을씨년스럽게 떠돌다가 흔적
없이 사라졌다.

＊　　　　　＊　　　　　＊

"북경성의 공기가 심상치 않다."

성내의 동정을 살피겠다며 외출했던 종유상이 돌아오자마자 화륜각
(花崙閣)에 뛰어들어서 숨 가쁘게 말했다.

"심상치 않다니요?"

상첩영이 읽던 책을 물리고 의아하여 물었다. 그 앞에 다가앉은 종
유상의 얼굴에 긴장이 가득했다.

"보이지 않는 곳에서 수상한 자들이 움직이고 있다. 빗자루로 쓸듯
이 북경성 구석구석을 뒤지고 다니는데 뭐가 그리 급한지 눈에 불을
켜고 있더라."

"동창인가요?"

상첩영도 덩달아 긴장하여 물었다. 종유상이 머리를 끄덕였다.

"죄다 쏟아져 나온 모양이더라. 창위들은 말할 것도 없고 하급 무사 놈들까지 굶주린 개새끼들처럼 눈알을 반짝이며 냄새를 맡고 다닌다."

"대체 무슨 일일까?"

상첩영이 턱을 괴고 깊은 생각에 잠겼다. 이쪽이 곤란할 때는 가만히 숨을 죽이고 상대가 먼저 움직여 주기를 기다리는 게 제일이었다. 구양목을 찾는 일에 더 이상 진전이 없자 상첩영은 그가 움직여 주기만을 기다리며 하루하루를 초조하게 보내고 있었다. 그런데 드디어 수상한 움직임이 잡힌 것이다.

어제까지만 해도 너무나 평온해서 오히려 불안했는데, 자고 나자 갑자기 북경성 전체가 벌집을 쑤셔놓은 듯 들끓고 있다는 것이 그녀를 더욱 알 수 없게 했다. 이 며칠 사이에 무슨 일인가가 벌어진 게 틀림없었다. 동창에서 사람을 풀어 은밀하게 조사하고 다닌다는 그 일이 무엇인지 반드시 알아내야만 했다.

"그런데 알 수 없는 일이 한 가지 있다."

뜸을 들이던 종유상이 조심스럽게 말을 꺼냈다. 상첩영의 눈이 반짝, 하고 빛났다.

"그게 뭔데요?"

"그자들은 분명히 동창의 창위들은 아니었어……."

"무슨 말이죠?"

"창위들의 뒤를 은밀히 쫓다가 다른 자들을 발견했단 말이다. 그들도 창위들처럼 눈에 불을 켜고 무엇인가를 찾고 있었다. 서두르는 것이 창위 놈들보다 더했지. 서로 의식하고 경계하는 듯했다. 골목을 훑어가다가 마주치면 곧 싸울 것 같다가도 눈을 내리깔고 모르는 척 스쳐 지나가는 것이 더 이상했거든."

“바로 그자들이에요.”

첩영이 손뼉을 치며 벌떡 일어섰다.

“동창이 나섰으니 관부 쪽에서 무언가 일이 터진 게 분명한데……
알 수 없는 자들 또한 같은 목적을 갖고 있으면서 동창보다 더 서두르
고 있다는 건 그자들이 이 일의 장본인이라는 걸 말해 주는 것이지요.
단서가 동창에 넘어가기 전에 자신들이 먼저 찾으려고 하는 게 틀림없
어요. 대체 그게 뭘까?”

“한 놈 잡아와 볼까?”

종유상의 말에 첩영이 눈을 반짝였다.

“위험하지 않겠어요?”

“감쪽같이 해치울 수 있다.”

북경성 밖 동쪽은 무려 십 리에 걸쳐서 대저택들이 운집해 있는 고
급 주택가였다. 주로 성안에 출입하는 부호와 관료들의 장원이었으므
로 언제나 관병들의 순시가 삼엄했고 그런 만큼 조용하고 아늑했다.
어디를 가나 흔한 아이들의 왁자지껄한 소리와 개 짖는 소리조차 들려
오지 않았다.

한낮인데도 불구하고 밤중인 것처럼 적막하기까지 한 그 거리 한쪽
에 유달리 담이 높은 저택 한 채가 있었다. 담 너머에는 아름드리 고송
들이 수십 그루나 자라고 있어서 그것들의 무성한 가지가 담 밖으로까
지 뻗어 나와 저택을 더욱 운치있고 깊어 보이게 했다.

그러나 그 장원이 실은 세상을 두려움으로 움츠리게 한다는 동창(東
廠)의 본영(本營)이라는 것을 알 만한 사람들은 다 알고 있었다.

맑은 물이 고여 있는 연못은 꽁꽁 얼어 거울같이 반짝였다. 두터운

얼음장 아래로 잠자듯 움직이지 않고 있는 몇 마리의 금빛 잉어들이 보였다. 어떤 놈들은 아주 느리게 지느러미를 흔들며 움직이기도 했는데, 추운 겨울이라 아무래도 활동이 자유롭지 않은 모양이었다.

잘 가꾸어진 정원이었다. 흰 눈을 이고 있는 노송 사이마다 키 작은 사철나무들이 빼곡이 자라고 있었고, 귀한 화문석(花紋石)을 쌓아 만든 화단이 띠처럼 정원을 두르고 있었다. 군데군데 매화나무며 벚나무, 복숭아나무들이 앙상한 가지를 뻗고 있는 그 정원은 봄이면 그윽하고 화려한 운치가 더욱 짙어질 것이었다. 그러나 지금은 적막한 겨울의 바람을 안고 두텁게 침묵하고 있었다.

절간인 듯 고요하기만 한 그 정원 한쪽에 아담하게 지어진 전각이 있었다. 두 사람의 사내가 마치 정원을 감상하기라도 하듯 한가롭게 전각 아래에 서 있었고, 정원 구석에는 다시 두 사람의 사내가 화문석 위에 걸터앉아 낮은 소리로 무어라고 말을 하고 있었다. 무료할 만치 평화로워 보이는 모습이었다.

창문을 통해 밝은 빛이 부드럽게 흘러 들어오고 있는 넓은 집무실 안 가득 그윽한 단향(檀香)이 흘렀다. 창문을 등지고 있는 커다란 단향목(檀香木) 책상에서 은은하게 풍겨 나오는 향기였다. 당대 동창의 총사인 제독태감(提督太監) 장가령(長可寧)의 집무실은 그렇게 밝고 은은한 분위기로 가득 차 마치 명망 높은 대학사(大學士)의 서재와도 같았다.

책상 곁에 등지고 서서 물끄러미 창밖을 바라보던 장가령이 내시 특유의 높고 가냘픈 음성으로 말했다.

"아직도 찾지 못했단 말이냐?"

약간의 짜증기가 묻어 있는 음성이었다. 그의 등을 바라보며 공손히 손을 모으고 서 있던 장한이 허리를 굽히고 조심스럽게 대답했다. 청안령주(靑眼領主)라는 막강한 신분을 가지고 있는 소면귀검(素面鬼劍) 팽위진(彭魏進)이었다.

"수하들을 모두 풀었으니 조만간 일의 전모가 밝혀질 것입니다."

"벌써 사흘이 지났다. 대체 태감부의 위사 한 놈이 무엇이기에 그놈의 종적을 찾아내는 일에 그렇게 시간이 걸린단 말이냐!"

낮은 꾸지람이었으나 팽위진의 등줄기에는 서늘한 바람이 스며들었다. 그가 더욱 공손한 모습으로 서서 조심스럽게 대꾸했다.

"저쪽에서도 아직 찾지 못한 듯하니 기회는 우리에게 더 많을 것이라고 사료됩니다."

"기회, 기회!"

갑자기 돌아선 장가령이 책상을 치며 버럭 소리를 질렀다. 매끄럽고 주름살 하나 없이 팽팽한 얼굴이었다. 그의 얼굴만 보고서는 그가 오십 줄에 접어든 중늙은이라는 것을 믿을 사람이 아무도 없을 것이었다.

"일이 있을 때마다 그 기회 타령이다. 나는 이제 아주 지겹다!"

팽위진이 더 말하지 못하고 얼굴만 붉힌 채 고개를 숙였다.

"태감부 놈들이 알아내기 전에 반드시 우리가 먼저 이 일의 진상을 알아내야 한다. 대체 평주추라는 놈이 왜 갑자기 사라져 버렸는지, 그 안에 무슨 꿍꿍이가 숨어 있는 건지 알아내지 못한다면 너를 문책하겠다."

"명심하겠습니다."

귀찮다는 듯 손을 내젓는 장가령에게 다시 허리를 숙여 인사한 팽위진이 조심스럽게 물러났다.

그들은 사흘 전부터 태감부의 동정이 심상치 않다는 것을 알고 예의 주시했다. 태감부에 심어놓은 첩자를 통해 얻어낸 것은 그곳의 호위 무장 중 한 명인 평주추가 갑자기 사라졌다는 것이었다. 호위 무장 한 놈이 사라진 게 무슨 큰일인가 싶었던 팽위진은 그 뒤로 계속하여 들어오는 수하들의 보고를 듣고 심상치 않다는 것을 느꼈다. 태감부의 위사라는 놈들이 신분을 감춘 채 은밀히 평주추의 행적을 찾아 북경성을 휩쓸고 있었던 것이다.

즉시 수하들을 풀어 정보를 수집해 들인 팽위진은 캐면 캘수록 일이 더럽게 꼬이고 있다는 것을 느꼈다. 평주추의 집에 있던 늙은 하인은 벌써 태감부로 잡혀가 있었고, 내막을 알 수 있는 길이 전혀 없었던 것이다. 다시 태감부에 심어놓은 첩자들을 족쳤다. 그들의 보고가 또 심상치 않았다.

하인은 즉시 뇌옥에 수감되었는데 이중 삼중으로 철통같이 감시하고 있어서 접근할 수가 없다는 것이었다. 대체 평주추라는 놈이 어떤 짓을 했기에 그처럼 태감부가 발칵 뒤집힌 건지 더욱 궁금했다. 그때쯤 보고를 받은 제독태감 장가령은 동창의 모든 힘을 이 일에 기울이도록 명령했다. 어쩌면 이 일이 위충현의 덜미를 잡는 좋은 기회가 될지도 모른다는 엉뚱한 생각을 한 것이다.

더욱 수하들을 다그친 팽위진은 드디어 태감부의 위사들이 낯선 애꾸눈의 사내 한 명을 찾고 있다는 사실을 알아냈다. 그 다음부터는 동창의 위사들도 발 벗고 나서서 그 애꾸눈의 수상한 자를 찾아 북경성 곳곳을 헤집기 시작했다.

그리고 지난 이틀 동안 북경성 내에서는 애꾸눈의 사내들이 모두 사라져 버렸다. 걸려드는 족족 태감부 아니면 동창으로 은밀히 압송되어 갔던 것이다. 동창의 구석진 지하 옥사에도 그렇게 영문을 모르고 잡혀온 애꾸눈 사내들이 대여섯 명이나 있었다. 하지만 그들 중 의심이 가는 자는 한 명도 없었다.

"대체 무슨 일이 벌어진 거냔 말이다."

정원을 가로질러 자신의 집무실로 향하는 팽위진의 얼굴이 잔뜩 일그러져 있었다.

그 시간에 내성(內城)에 있으면서 위충현의 사저(私邸)나 다름없이 쓰이고 있는 태감부에도 긴장된 기운이 흐르고 있었다. 구룡전(九龍殿)이라는 현판이 걸린 아담한 누각 주위는 평소와는 다르게 병장기를 지닌 건장한 위사들로 물샐틈없이 에워싸여 있었는데, 형형한 그들의 눈빛이 마치 대적을 눈앞에 두고 있는 듯했다.

전각 안에 흐르고 있는 긴장은 밖을 지키고 있는 위사들의 그것과 비교할 바가 되지 못했다. 이십여 명의 늙고 젊은 사람들이 숨조차 크게 쉬지 못하고 도열하여 서 있었는데, 하나같이 보기 드문 고수들이었다.

높이 마련된 태사의에는 검은 수염이 가슴 앞까지 늘어져 있는 한 노인이 금의장포(金衣長袍)를 입고 위풍당당하게 앉아 있었다. 그가 눈을 깜박일 때마다 사람들을 질리게 하는 서늘한 안광이 뿜어져 나왔다. 구룡노사(九龍老師) 구양목(具陽木)이었다.

"아직도 찾아내지 못했단 말이냐?"

그가 침중한 음성으로 말했다. 위엄이 가득한 그 음성이 대전 안에 무겁게 가라앉았다. 도열하여 서 있는 자들이 더욱 숨을 죽였다.

"섭평(攝平)."

살짝 눈썹을 찌푸린 구양목이 호명하자 대열에서 한 명의 젊은이가

걸어나와 태사의 아래 공손히 섰다. 잠시 그를 내려다보던 구양목이
더욱 낮은 음성으로 물었다.

"며칠째냐?"

"사흘입니다."

"너는 설마 그 애꾸 놈이 땅속으로 꺼져 버렸다고 생각하는 건 아니
겠지?"

"속하가 어찌 감히……."

섭평이라 불린 젊은이가 감히 머리를 들지 못하고 이마에서 땀방울
을 흘리며 쩔쩔맸다. 그는 평주추 실종 사건의 해결을 책임지고 있는
자였다. 그가 조사한 바로는 태감부 외원(外院) 소속의 일급무사인 평
주추가 근무를 마치고 집에 돌아간 뒤 애꾸눈의 낯선 사내에게 불려
나갔고, 그 길로 실종되었다는 것이 전부였다. 대체 누가 왜 무슨 일로
그를 불러냈으며 어디로 데려간 것인지는 알 길이 없었다.

어쩌면 평주추를 불러낸 자는 애꾸가 아닌지도 모른다는 생각도 들
었다. 자신의 본면목을 감추기 위해 애꾸로 변장하고 있었다면 그 안
에 흑막이 있는 게 분명했다. 그런 만큼 지금은 그자를 찾아내는 것이
가장 급한 일이었다. 천하에서 감히 태감부를 상대로 장난을 칠 만한
자들은 동창을 빼놓고는 생각할 수 없었다. 그러나 동창 또한 전 위사
들을 풀어서 애꾸눈의 사내를 찾는 모양이니 그것도 아니라고 해야 할
것이다. 섭평은 머리가 지끈지끈 아파왔다. 대체 누가 있어서 태감부
의 무사를 유괴해 간단 말인가.

섭평은 자신이 모시고 있는 단주(團主) 또한 그런 생각을 하고 있다
는 것을 잘 알았다. 이 일은 단지 위사 한 명의 실종에 그치는 것이 아
니라 태감부 전체에 대한 위협이자, 아직 강호에는 그 존재가 알려져

있지 않은 구룡단(九龍團)에 대한 도전의 성격도 짙었다. 섭평은 무슨 일이 있어도 이 일을 깔끔하게 해결해서 단주인 구양목의 신임을 받고 싶었다.

섭평이 그런저런 생각들로 잔뜩 이맛살을 찌푸리고 있을 때 그의 머리 위에 다시 구양목의 낮은 음성이 웅웅 울리며 내려앉았다.

"다시 사흘의 기한을 주마. 무슨 일이 있어도 반드시 이 일의 진상을 밝혀내라."

"명심하겠습니다."

섭평이 이마에 흐르는 진땀을 닦으며 다시 제자리로 물러섰다.

"갈평! 왕곤!"

구양목이 다시 두 사람을 호명했다. 대열 중간에서 신기구편(神技九鞭) 갈평(葛坪)과 노독개(老獨丐) 왕곤(王坤)이 공손한 모습으로 나와 태사의 아래 섰다. 잠시 그들을 내려다보던 구양목이 입술을 달싹거렸다. 아주 작고 낮은 소리여서 갈평과 왕곤을 제외한 다른 사람들의 귀에는 들리지도 않았다.

"아무래도 이 일에는 환주루(幻宙樓)의 무리들이 개입해 있을 가능성이 크다. 너희들은 거기에 대해서 조사해 보아라. 이 일은 그 어떤 것보다 철저하고 은밀해야 한다."

갈평과 왕곤의 얼굴에 긴장이 잔뜩 어렸다. 그들은 구양목에게 한 번 허리를 숙여 보이고 말없이 자신들이 있던 곳으로 돌아갔다.

"애꾸눈의 사내라고요?"

상첩영이 뾰족한 음성으로 소리쳤다.

"태감부의 위사를 잡아올 필요도 없었다."

그 앞에서 무명자(無名子) 종유상(鐘裕相)이 느긋하게 차를 마시며 천천히 말했다. 자신의 공을 첩영 앞에서 한껏 자랑하고 싶은 마음이 역력히 드러나 보였다.

"그들을 본 사람이 있었다. 평주추가 애꾸눈의 사내와 함께 어디론가 갔다고 하더군."

"그가 누구죠?"

믿을 만한 사람이냐는 질문이었다. 종유상이 들고 있던 찻잔을 내려 놓고 빙긋 웃었다.

"네가 그렇게 물을 줄 알고 아예 이리로 데리고 왔다."

자리를 떠난 그가 잠시 후 꾀죄죄한 몰골의 한 소년을 데려왔다. 소년은 걸식을 하며 겨우 목구멍에 풀칠을 하고 살아가는 자가 분명해 보였다. 소년이 잔뜩 겁에 질린 눈으로 끊임없이 종유상과 첩영의 눈치를 보았다. 그 눈이 반짝거리는 것이 영악하고 꾀가 많은 아이라는 것을 알게 해주었다.

소년을 유심히 살펴본 첩영이 곱게 웃어 보였다.

"네가 평주추를 아느냐?"

"네, 가끔 그의 집에서 밥을 얻어먹곤 했습죠. 그 집의 늙은 하인 부부는 마음이 좋아서 저를 잘 대해주었습니다."

소년의 얼굴에 슬퍼하는 기색이 떠올랐다가 곧 사라졌다. 첩영은 그 것을 놓치지 않고 바라보았다.

"그들은 어찌 되었느냐?"

첩영의 물음에 소년의 얼굴에서 사라졌던 슬픔이 더욱 짙어진 빛으로 다시 떠올랐다가 또 재빨리 사라졌다.

"다음날, 할멈은 영문을 모른 채 죽었고 할아범은 어디론가 끌려갔습다."

첩영이 가만히 고개를 끄덕였다. 그녀는 소년의 말속에서 그가 진정으로 두 노인의 불행을 슬퍼하고 있다는 것을 알았다. 그들에 대한 자신의 슬픔을 애써 감추려는 것 자체가 그 증거이기도 했다. 소년은 여차하면 굳게 입을 다물거나 시종 모른다는 말로 발뺌함으로써 자신을 지키려 할 것이었다.

"너는 평 위사가 낯선 자와 나가는 것을 어떻게 보게 되었지?"

"그날도 소인은 밥을 얻어먹으려고 그 집을 기웃거리던 중이었습죠. 마침 평 나으리가 와 있어서 포기하고 그냥 돌아가려던 참이었습니다."

그러다가 애꾸눈의 사내가 평주추를 찾는 것을 보았고, 소년은 어쩌면 평주추가 손님과 함께 술을 마시러 외출할지도 모른다는 희망으로 다시 어두운 곳에 숨어서 집 안을 엿보기 시작했다. 그의 생각대로 곧 평주추가 애꾸눈의 사내와 함께 집을 나와 동쪽으로 떠나갔다. 소년은 재빨리 집 안으로 달려 들어가 처음 그가 계획했던 대로 노인 부부로부터 따뜻한 밥 한 그릇을 얻어먹을 수 있었다.

소년의 말을 듣는 동안 첩영의 얼굴에 희미한 웃음이 떠나지 않았다. 그녀는 소년의 말속에서 이미 중요한 몇 가지를 추측해 낸 모양이었다.

"평주추는 손에 아무것도 들지 않고 있었느냐?"

가만히 생각해 보던 소년이 머리를 끄덕였다.

"맞아요, 평 나으리는 자신의 검을 들고 있었답니다. 어? 이상하다. 손님과 함께 외출하면서 어째서 검을 들고 있었을까?"

"되었다. 너는 이 말을 또 다른 사람에게 해준 적이 있느냐?"

소년이 이번에는 완강하게 머리를 가로저었다. 그의 얼굴에 두려움이 가득했다.

"다음날 다시 밥을 얻어먹으러 가보니 무섭게 생긴 사람들이 수시로 평 나으리의 집에 드나들고 있었습죠. 그리고 곧 할멈이 죽고 할아범은 끌려갔습니다. 저는 너무도 무서워서……."

"됐다. 고생했다."

첩영이 지그시 소년을 바라보며 다시 생각에 잠겼다. 잠시 후 머리를 든 그녀가 다정한 눈으로 소년을 바라보았다.

"만약 네가 그 사람들을 다시 만난다면 너는 할멈이 당한 것처럼 죽고 말 것이다."

소년이 부르르 몸을 떨더니 그 자리에 납작 엎드려 이마를 찧어댔다.

"살려주십시오. 저는 아직 어리고 부모도 없이 혼자서 살아왔습니다. 죽고 싶지 않습니다."

"방법은 하나뿐이다. 너는 이제부터 이곳에 머물면서 마당을 쓸고 잔심부름을 하며 지내거라. 먹고 입는 일에 걱정은 없게 해주겠다."

소년이 수없이 머리를 조아리며 감사하다는 말을 거듭했다. 말 몇 마디 해주고 의식주를 해결했으니 화가 변하여 복이 된 거라고 그는 속으로 중얼거리고 있었다.

"남궁 형, 어쩌면 좋소? 이제 우리는 굶어 죽게 생겼소이다."

구적생이 그 덩치와 험악한 얼굴에 어울리지 않게 울상을 하고 매달렸지만 남궁적은 무릎에 앉혀놓은 계집의 젖꼭지를 빨고 핥는 일에 여전히 열중해 있기만 했다. 상의가 거의 벗겨진 채 희고 탐스러운 두 개의 젖무덤을 고스란히 드러내 놓고 있으면서도 계집은 몸을 꼬기만 할 뿐 부끄러워하는 기색이 없었다.

"남궁 형!"

참다 못한 구적생이 버럭 외쳤다. 계집의 치마를 걷어 올리고 사타구니 깊숙이 손을 밀어 넣고 있던 남궁적이 그제서야 얼굴을 들어 구적생을 바라보았다.

"무슨 걱정이 그리도 많소? 빌어먹기라도 하면 될 것 아니오. 황제가 산다는 북경 바닥에서 그래 설마 굶어 죽기야 하겠소?"

"뭣이?"

구적생이 분을 참지 못하고 솥뚜껑 같은 주먹을 움켜쥔 채 벌떡 일어섰다. 그 기세에 계집이 깜짝 놀라 다리를 오므리고 남궁적의 가슴을 밀었다.

"쩝, 운우지락(雲雨之樂)을 좇자니 의리가 아니고, 의리를 따르자니 내 이놈에게 미안해서 차마 얼굴을 들지 못하겠구나."

남궁적이 태연하게 자신의 불룩 솟아 있는 사타구니를 내려다보며 중얼거렸다.

"좋아, 뭐가 문제인지 어디 들어봅시다."

계집의 펑퍼짐한 둔부를 철썩 때려서 나가게 한 그가 비로소 정색을 하고 구적생을 빤히 바라보았다. 끙, 하고 탄식한 구적생이 다시 털썩 주저앉아 한숨부터 쉬었다.

"벌써 나흘째요. 태감부의 위사들은 물론 동창의 창위들까지 새까맣게 깔렸소이다. 수하 놈들은 모두 겁에 질려 밖으로 나갈 생각조차 못하고, 더러는 뿔뿔이 흩어져 어디론가 숨어버려서 찾을 수도 없소이다. 그러니 어떻게 세금을 걷고 어떻게 그 고약한 상인이며 주루의 주인 놈들을 을러댈 수 있겠소? 이게 다 남궁 형 때문에 생긴 일이니 장차 어떻게 하실 생각이시오?"

퍼질러 앉아 제 머리를 두드리며 주저리주저리 넋두리를 늘어놓는 구적생을 가엾다는 듯 혀를 차며 바라보던 남궁적이 칼을 쥐고 벌떡 일어섰다.

"어쩌려고?"

구적생이 깜짝 놀라 바라보았다.

"어쩌긴. 태감부로 위충현이를 찾아가 그 늙은 내시 놈과 담판을 지을 수밖에. 여기서 잠시만 기다리고 계시오. 내 금방 다녀오리다."

"아이고, 남궁 형!"

구적생이 필사적으로 남궁적의 허리를 붙들고 매달렸다. 마지못한 듯 다시 주저앉은 남궁적이 혀를 찼다.

"참, 구 형도 딱하시오. 사내가 그만한 배포도 없이 이 험한 세상을 어떻게 살아간단 말이오? 내가 방법을 알려드리리다."

남궁적을 흘겨보던 구적생이 반색을 하고 당겨 앉았다.

"그날 골목 안에 있던 놈들이 모두 몇 명이오?"

"나를 포함해서 다섯 명이외다."

"그놈들은 지금 어디에 있소?"

"향적사(香積寺) 아래 목가(木家)네 주막 골방에 처박아놓고 꼼짝하지 말고 있으라고 했으니 그곳에서 주야장창 술 항아리만 끼고 있을 거외다."

"이 일의 관건은 바로 그놈들의 주둥아리에 달려 있소이다. 그놈들이 입을 열면 모두 죽는 수밖에 달리 길이 없소."

구적생이 입이 바짝바짝 타는지 술 항아리를 기울여 벌컥벌컥 마셔 대고 나서 거친 숨을 몰아쉬었다.

"그러면 그놈들을 모두 죽여 버려야 하오?"

"제일 좋은 방법이지. 하지만 사람 된 도리로 어찌 그럴 수가 있겠소."

탄식하며 머리를 저은 남궁적이 진지한 얼굴로 은근하게 물었다.

"그런데 그놈들은 믿을 만한 놈들이오?"

"심복 중의 심복들이외다. 나와 함께 십 년을 동고동락했으니 피를 나눈 형제나 다름없소."

"그럼 넉넉히 은자를 집어주고 감쪽같이 북경성을 떠나 어디 멀리 가서 한 일 년만 숨어 살다가 오라고 하시오. 그때쯤에는 다 잊혀질 테니 아무 일도 없을 것이외다."

구적생이 머리를 떨구고 처량해진 얼굴로 장탄식을 했다.

"지금 내게 그런 돈이 어디 있소이까."

"언제 우리가 주머니에 돈을 넣고 살아봤소? 급하면 전장(錢場)이라도 털어서 마련하면 되는 게지."

남궁적이 다시 칼을 쥐고 벌떡 일어섰다.

"기다리시오. 한 시진 안에 내가 한 천 냥쯤 마련해서 돌아오리다."

남궁적의 끝없는 엉뚱함에 지쳐 버린 듯 구적생이 이제는 말릴 생각도 하지 못한 채 멍하니 그를 바라보기만 했다.

"애꾸라면 제 어미아비도 가리지 않고 무조건 잡아 족치고 본단 말이지?"

기루 밖으로 나선 남궁적이 인적 끊긴 골목을 바라보며 우두커니 서서 중얼거렸다. 이 며칠 동안 워낙에 살벌한 기운이 거리마다 가득해서 청루든 홍루든 가릴 것 없이 인적이 뚝 끊긴 채 적막강산이었다.

제 머리통을 툭툭 두드려 본 남궁적이 품에서 비수를 꺼내 망설이지 않고 한쪽 이마를 찍었다. 곧 붉은 피가 볼을 타고 줄줄 흘러내렸다. 눈을 가리고 있던 안대를 풀어 품에 넣고 속옷 자락을 북 찢은 그가 그것을 붕대 삼아 한쪽 얼굴을 둘둘 감자 천 조각에 피가 배어들어 홍건히 젖었다.

다시 품에서 술 호로를 꺼내 든 남궁적이 몇 모금 마시고 나서 남은 술을 머리 위에 쏟아 부었다. 그의 몸에서는 피 냄새와 술 냄새가 범벅이 되어 고약한 악취로 진동하기 시작했다. 그런 다음 적당히 머리를 헝클고 옷매무새를 흩치자 남궁적은 영락없이 술에 취해 싸우다가 머리가 깨진 파락호로 변해 버렸다.

다시 한 번 텅 빈 골목을 둘러본 남궁적이 비틀비틀 걸으며 알아들을 수 없는 노래를 흥얼거렸다. 누가 보든지 고주망태가 되어 헤매고 있는 인간 말종의 모습 그대로였다.

큰 거리로 나오자 제법 많은 사람들이 왕래하고 있었다. 남궁적이 이리 비틀 저리 비틀거리며 일부러 그들에게 부딪쳐 갔으나 누구 하나 그를 꾸짖는 사람이 없었다. 그들은 모두 마치 더러운 물건을 본 듯 인상을 있는 대로 찡그리며 피해 가기에 바쁘기만 했다.

"바로 너였군!"

냉랭한 음성과 함께 뒷덜미를 채오는 거친 손이 있었다.

'들켰다!'

그런 생각이 남궁적의 머리를 때리고 스쳐 지나갔다. 더 복잡해지기 전에 때려눕히고 재빨리 달아나는 것이 최선이라고 판단한 남궁적이 뒤통수를 힘껏 젖혔다. 뒤에서 잡아온 놈의 코뼈를 무너뜨리려는 의외의 기습이었다. 그러나 뒤통수에 아무런 반응이 와 닿지 않았다.

만만치 않은 놈이라고 느낀 남궁적이 품에 손을 넣어 칼자루를 움켜
쥔 채 재빨리 돌아섰다.

"어?"

상대를 본 그가 놀람의 외침을 터뜨리고 우뚝 멈추어 섰다.

"겁도 없군. 그런 몰골을 하고 이런 곳에서 어슬렁거리고 있다니 말
이야."

무명자 종유상이 빤히 바라보며 빙글빙글 웃고 있었다.

"이제 보니 종 형이었군. 이곳에는 웬일이오?"

태연한 남궁적의 대꾸에 종유상이 어이없다는 듯 그를 바라보았다.

"어찌 된 거야? 그대는 마치 오래전부터 이곳에서 살아온 사람인 것
처럼 말하고 있군."

종유상이 급히 주변을 둘러보았다. 자신들을 눈여겨보고 있는 사람
이 없다는 것을 확인한 그가 급히 남궁적의 팔을 이끌었다.

"스스로 호구에 뛰어들다니 대체 정신이 어떻게 된 거 아냐?"

종유상은 일의 돌아가는 양을 좀 더 알아볼 생각으로 밤거리에 나섰
다가 엉망인 몰골로 거리를 휘젓고 있는 남궁적을 본 것이다. 처음에
는 긴가민가하였으나 자세히 바라보자 그가 정말 흑마 남궁적이라는
것을 알고 기겁을 했다.

'바로 저 친구였군.'

그가 바로 이 소동의 장본인이라는 것을 직감적으로 느꼈다. 어디를
가던지 항상 말썽을 달고 다닌다는 원망이 들었다.

"빨리 이곳을 뜨자. 놈들의 눈에 띄어서는 곤란해."

종유상이 남궁적을 끌듯이 하며 재빨리 골목 안으로 뛰어 들어갔다.

종유상이나 남궁적은 알지 못했지만, 서로 다른 곳에서 그들을 지켜

보고 있는 두 사람이 있었다. 그들이 골목 안으로 사라지자 거리의 남쪽과 북쪽 모퉁이에 몸을 감추고 있던 각기 다른 자들이 약속이라도 한 듯 동시에 같은 말을 던지고 같이 움직였다.

"수상한 놈들이다. 즉시 보고하도록."

어슬렁거리며 거리로 나온 그들 두 사람은 종유상이 사라진 골목을 바라보며 사람들을 헤치고 각기 잰걸음으로 쫓아가기 시작했다.

"당신이 바로 그 남궁 대형이었군요?"

"나를 알고 있소?"

첩영을 빤히 바라보던 남궁적이 의아해서 묻다가 피식 웃고 말았다. 종유상으로부터 다 들은 것이 분명하다는 생각이 든 것이다.

"뜻밖이군요. 나는 이번 일이 소옥 언니가 저지른 것으로만 알았는데……."

"그녀를 보았소? 지금 어디에 있는 거요?"

첩영이 소옥을 만났다고 여긴 남궁적이 급하게 물었다. 첩영이 곱게 눈을 흘기고 머리를 가로저었다.

"언니도 북경에 와 있었군요? 어떻게 알았을까……."

고개를 갸웃하던 첩영이 손바닥을 딱 쳤다.

"아, 언니는 드디어 사부님을 찾아낸 게 분명해. 그래서 그녀로부터 일의 전말을 들었을 거야."

"일? 무슨 일 말이지?"

이번에는 남궁적이 의아해서 물었다. 첩영은 배시시 웃기만 할 뿐 대답하지 않았다.

종유상과 첩영은 귀를 쫑긋 세우고 남궁적으로부터 그간의 일들을 자세히 들었다. 이야기를 다 듣고 난 첩영이 한숨을 쉬었다.

"당신이 평주추를 단번에 죽였다니 당신의 솜씨는 대단한 모양이군요."

"어디 여기 종 형만이야 하겠소?"

남궁적이 종유상을 바라보며 겸양하자 종유상이 멋쩍게 웃었다.

"아직도 나에 대한 서운함이 풀어지지 않은 모양이군."

"흥, 한번 나를 속인 사람을 나는 다시는 믿지 않지."

감쪽같이 자신의 신분을 숨긴 채 오 년 동안이나 남궁적과 함께 생활해 왔던 종유상은 할 말이 없었다. 그가 입맛만 다시는데 첩영이 정색을 하고 말했다.

"그렇다면 그가 있는 곳이 이제는 분명해졌어요. 이건 정말 뜻밖의 수확이군요. 그렇게 고심하며 찾아 헤매던 일이 남궁 대형이 북경에 오자마자 해결되었으니 당신은 행운을 몰고 다니는 사람이 분명해요."

다시 흥, 하고 코웃음을 친 남궁적이 첩영에게 불쑥 손을 내밀었다.

"그렇다면 대가를 치러야지."

"무얼 원하죠?"

"은자 천 냥."

"천 냥이라면 적은 돈이 아니죠. 당신은 한 번 한 약속을 잊지 않으니 정말 의리가 있고 호협한 대장부라고 할 수 있어요."

첩영은 남궁적이 자신을 도와준 구적생과 그 수하들을 위해 위험을 무릅쓰고 전장(錢場)을 털려고 했다는 사실을 알고 적지 않게 감동하고 있었다. 그녀는 과연 사람은 그 외모만으로 판단해서는 안 된다는 것을 다시 한 번 깨닫고 남궁적을 유심히 바라보았다.

그들이 남궁적의 이야기를 듣고 있을 때, 장원 밖에서는 심상치 않은 일이 벌어지고 있었다.

다섯 명의 사내들이 장원이 바라보이는 북쪽 골목을 막고 서서 무엇인가 수군거리고 있었고, 그들과 조금 떨어진 동쪽의 골목에서는 또 다른 세 명의 사내들이 동정을 엿보고 있었던 것이다.

북쪽 골목으로 장발을 뒤로 넘겨 묶은 젊은이가 갈평과 함께 성큼성큼 걸어왔다. 장원을 감시하고 있던 다섯 명의 장한들이 일제히 머리를 숙였다.

"섭 원주를 뵈오."

젊은이가 대답없이 가볍게 머리만 끄덕였다. 태감부에 있다가 수하들의 보고를 받고 급히 달려온 섭평(攝平)이었다.

"어떤가?"

그가 턱으로 장원을 가리키며 물었다. 한 놈이 재빨리 나서서 그동안의 일들을 늘어놓았다. 처음 남궁적과 종유상을 발견하고 미행해 온 자였다. 가만히 그자의 말을 듣고 있던 섭평의 얼굴에 희색이 번졌다. 그가 갈평을 돌아보고 어깨를 으쓱해 보였다.

"갈 형, 일이 잘 되어가는 것 같소."

"음."

건성으로 대답하며 장원을 뚫어져라 바라보는 갈평의 얼굴이 심각해졌다. 구양목은 평주추의 실종과는 별도로 환주루에 대하여 조사해 보라고 했는데 그 일이 결국은 한 가지였던 것이다. 만일 짐작대로 저 장원이 환주루라면 결코 쉽지 않을 것이었다.

"동창에서도 냄새를 맡았소."

섭평이 눈짓으로 동쪽 골목을 가리키며 말했다.

"냄새를 맡기로는 개 코보다 더 능한 놈들이니 이런 일을 결코 놓칠 리가 없다."

동쪽을 흘겨보며 퉁명스럽게 대꾸해 준 갈평은 저놈들은 언제나 굶주린 개들 같다고 생각했다. 먹잇감이라고 여겨지면 체면과 장소를 가리지 않고 달려들어 물어뜯을 것이다. 눈앞에 있는 수상한 장원보다 바로 저놈들이 경계해야 할 놈들이라고 생각했다.

"지원을 더 받아야겠소."

섭평도 그것을 생각했는지 동쪽을 흘겨보고 중얼거리듯 말했다.

그들이 아직 망설이고 있는 것은 동창에서 나온 자들 때문이었다. 자신들이 장원을 들이칠 때 저놈들이 뒤에서 치고 들어오거나, 아니면 일을 무사히 마치고 나올 때 길목을 가로막고 있다가 공을 빼앗으려고 든다면 골치 아프게 될 것이다. 어떻게든 따돌려야 하는데 좋은 방법이 없었다.

섭평이 지원을 더 청하자는 것은 그들로 동창의 무리들이 끼어드는 걸 막게 하자는 뜻이었다. 하지만 바보가 아닌 이상 동창의 위사들 또한 그렇게 조치할 것이었다. 자신들이 열 명이 더 온다면 저쪽에서는 백 명의 무사들을 동원할 수도 있었다.

"지금이 아니면 기회는 없다."

갈평이 단호하게 말했다. 장원의 서쪽 벽 아래에는 늙은 거지 왕곤이 다시 다섯 명의 위사들을 거느리고 이쪽의 신호를 기다리고 있었다. 여기서 치고 들어가면 왕곤 또한 서쪽 담을 넘어 뛰어들 것이었다. 환주루 놈들이 정신을 차리지 못하도록 양쪽에서 들이쳐 순식간에 일을 끝내고 빠져나올 계산이었다.

"누가 나온다."

장원을 지켜보고 있던 한 놈이 낮게 외쳤다. 모두의 시선이 일제히 그곳으로 향했다. 사람 한 명이 겨우 출입할 만한 작은 쪽문으로 남궁적이 태연하게 걸어나오고 있었다.

"바로 저놈이었군."

그를 본 섭평이 만면에 웃음을 띠고 중얼거렸다. 이제 구양목이 명한 일을 깔끔하게 마무리 짓고 그의 신임을 더욱 받을 수 있게 되었다는 생각이 그를 즐겁게 했다. 평주추를 죽인 게 확실한 저놈만은 자신이 직접 붙잡고 싶었다.

"저놈은 내가 처리하겠소. 장원의 일은 갈 형이 맡아주시오."

갈평도 남궁적을 알아보았다. 그가 눈살을 찌푸렸다. 단목기와 함께 있던 그를 처음 보았고, 여러 날을 동행하여 여행하기도 했다. 거칠기는 하지만 제법 사내다운 맛이 있어서 사귀어볼 만한 자라 여기고 있었는데 하필 저놈이 일을 저지른 장본인이라는 것이 안타깝기만 했다. 안면이 있는 처지에 흉악하게 싸우기가 껄끄러웠는데 섭평이 스스로 그 일을 맡아 하겠다고 나서자 차라리 잘되었다는 생각이 들었다.

"좋도록 하게. 하지만 그는 만만치 않은 자니 조심해야 할 걸세."

"그럼 일이 더 재미있을 뿐이오. 갈 형이야말로 조심해야 할 것이외다."

섭평이 얇은 입술을 핥으며 웃었다.

제4장

조우(遭遇)

조우(遭遇)

쪽문을 나와 한번 골목 안을 두리번거려 본 남궁적이 잰걸음으로 달리듯 걷기 시작했다. 점점 밤이 깊어가고 있는 골목 안은 그의 저벅거리는 발자국 소리가 울리고 있을 뿐 쥐 죽은 듯 고요하기만 했다.

백여 보를 걸어 골목 모퉁이를 돌아선 남궁적이 어깨를 흠칫 떨고 멈추어 섰다. 한 명의 날카롭게 생긴 젊은 사내가 팔짱을 낀 채 길을 막고 우뚝 서 있었던 것이다. 남궁적은 그자가 자신을 기다리고 있었다는 것을 알았다. 그렇다면 동창이거나 태감부의 위사 나부랭이일 것이라고 짐작했다.

"드디어 알아냈군."

남궁적이 섭평과의 거리를 재며 외눈을 번쩍였다. 섭평이 그런 남궁적을 가만히 바라보다가 피식 웃었다.

"평주추를 어떻게 했지?"

“두 쪽을 내서 묻어버렸다. 왜? 너도 그렇게 해주랴?”

“믿을 수 없군. 너 같은 촌놈이 평주추를 죽였다는 걸 말이야. 그렇다면 너는 환주루의 졸개냐?”

“환주루?”

어이없다는 듯 되물은 남궁적이 흰 이를 드러내고 활짝 웃어주었다.

“난 그 딴 거 몰라. 앞을 가로막는 놈이 있으면 오직 두 쪽을 내버릴 뿐이다.”

남궁적이 품에서 날이 시퍼렇게 살아 있는 그의 칼을 꺼내 들었다. 손아귀 가득 듬직한 무게가 느껴지자 자신감이 펄펄 살아났다. 단목기의 도움을 받아 이제는 단혼도법(斷魂刀法)을 완성시키고 있는 남궁적이었다. 몇 달 전과는 비교할 수 없이 강해졌다는 것을 스스로 느끼고 있었다.

남궁적은 언제나 싸우고 싶어서 몸이 근질거리는 체질이었다. 게다가 단혼도법의 완성을 보고 나니 호승심이 더욱 사나워졌다. 누구든, 되도록 센 놈을 상대로 마음껏 칼을 휘둘러 보고 싶은 충동을 항상 억누르고 있었던 것이다. 그러던 차에 눈앞의 젊은 사내가 고수라는 것을 느끼자 야만적인 그의 충동이 걷잡을 수 없이 터져 나왔다. 칼을 쥐고 선 것만으로도 가슴이 터질 듯 급하게 뛰었고, 머리 속 가득 피 냄새가 맡아져 어지러울 지경이었다. 온몸의 근육들이 당겨진 긴장을 싣고 파르르 떨었다.

“음?”

그런 남궁적의 호전적인 충동을 느낀 섭평이 한 걸음 물러서며 놀랐다.

“미적거릴 것 없어. 사내답게 화끈하게 해치워 버리자.”

　죽고 사는 것이 걸려 있는 일을 두고 마치 장난인 것처럼 말하는 남궁적이 섭평을 더욱 당황하게 했다. 섭평은 아직까지 이런 류의 인간은 만나본 적이 없었던 것이다. 남궁적이 붉은 혀를 내밀어 마른 입술을 핥으며 한 걸음 다가섰다. 험상궂은 얼굴에 박혀 있는 외눈이 핏빛으로 번들거리는 것이 악귀를 보는 듯 끔찍한 느낌을 가져다 주었다.

　"허, 이건 정말 기괴한 놈이었어."

　본능적으로 한 걸음 물러선 섭평이 머리를 설레설레 저었다.

　"가서 도와줄까요?"

　곁에 붙어 서서 지켜보던 창위 한 명이 조심스럽게 말했다.

　"기다려 봐. 재미있을 것 같다."

　턱수염을 쓸며 중얼거리는 팽위진(彭魏進)의 눈길은 여전히 골목 깊숙한 곳에 멎어 있었다.

　"섭평은 젊은 나이에 구룡단 제삼원의 수좌에 올라 있는 놈입니다. 저 애꾸 놈의 상대가 아니지요."

　남궁적이 섭평의 손에 덧없이 죽기라도 한다면 기다린 보람이 없으니 그전에 손을 쓰자는 수하의 재촉을 들으면서도 소면귀검(素面鬼劍) 팽위진(彭魏進)은 꿈쩍도 하지 않았다.

　"한다!"

　처음에 엉덩이를 들썩거리던 자가 긴장을 터뜨리듯 낮게 외쳤다. 모두의 눈이 일제히 골목 안의 어둠 속으로 집중되었다. 거기 번쩍이며 떨어지는 흰 빛 한줄기가 있었다.

　씨이잉—!

한번 땅을 박차고 한 길이 넘게 뛰어오른 남궁적이 장작을 패듯 내려치는 칼의 기세가 무시무시하기 짝이 없었다. 단숨에 일 장의 공간을 접어온 그 한 번의 칼질이 섭평을 크게 놀라게 했다.

"으헛!"

당황한 외침을 터뜨린 섭평이 뒤꿈치로 땅을 찍으며 연달아 다섯 걸음이나 물러서서 벽에 등을 붙였다. 처음 섭평이 서 있던 자리에 내려선 남궁적이 재차 온몸으로 밀듯이 부딪쳐 왔다. 상대를 쓰러뜨릴 때까지는 오직 전진만 있을 뿐, 물러서는 수법 따위는 존재하지 않는 듯한 무모한 공격이었다.

수많은 적들과 뒤얽혀 버린 전장(戰場)에서의 싸움법이었다. 그런 상황에서는 오직 눈앞에 있는 적을 베고 또 베며 전진할 뿐, 뒤돌아보거나 멈추어 설 여지가 없는 것이다. 남궁적의 도법은 그 속에서 자연스럽게 몸에 배어든 것이었다.

정교한 초식의 배합도, 눈을 현혹시키는 변화도 없었다. 어찌 보면 무식하고 단순하기만 한 그 수법은 그래서 가장 실전적인 것이기도 했다.

한번 적진 속에 뛰어들어 살육의 현장에 뒤섞여 버린 병사는 스스로의 의지와 판단력을 잃어버리기 마련이었다. 두려움도 망설임도 없었고 이기거나 살아야 한다는 생각도 없었다. 다만 그동안의 충분한 훈련을 통해 몸에 밴 대로 칼을 휘두르고 또 휘두를 뿐이다.

전장이라는 그 절박한 상황 속에 스스로를 내던진 다음에는 마치 뿌리칠 수 없는 주술에 걸린 듯 무아지경에 빠져들었다. 내가 죽을 수 있다는 생각도, 살아 있는 생명을 죽인다는 의식마저도 잊은 채 무엇이 어떻게 되는 건지도 모르고 무작정 휘두르는 칼. 그것은 광기(狂氣)였고 야차(夜叉)의 잔혹함에 다름 아니었다. 그래서 한바탕의 치열한 싸움이 끝난 벌판에는 차마 눈 뜨고 볼 수 없는 잔인한 인간의 본성이 적나라하게 드러나 있기 마련이었다. 그것은 한 폭의 끔찍한 지옥도(地獄圖)였다.

남궁적의 칼은 그런 광기를 띠고 있었다. 살고 죽는 것 따위는 이미 그에게 무의미할 뿐이었다. 이기고 지는 것도 그는 염두에 두지 않았다. 팔이 뻗어가는 대로 후려치고, 힘이 쏠리는 곳을 따라 찍고 베어 돌릴 뿐 상대의 반응조차도 무시해 버렸다.

파파파팟―!

그의 칼이 찍고 쓸어갈 때마다 눈부신 살기가 쏟아져 나와 폭죽이 터지듯 작렬했다.

단혼도법은 그렇게 한번 시작하면 멈출 수 없는 종횡무진(縱橫無盡)의 기세로 만들어진 것이었다. 힘이 다하여 제풀에 지치거나, 눈앞에 더 이상 벨 상대가 없을 때에야 비로소 도법이 끝나는 것이다. 천 가지의 수법과 만 가지의 변화가 처음부터 끝까지 하나로 꿰뚫려 있었고, 그래서 일격(一擊)이 곧 만격(萬擊)이 되었으며 만변(萬變)이 한 번의 칼질에 고스란히 담겨졌다.

카카캉―!

난운승풍(亂雲乘風)의 가벼운 신법으로 급히 몸을 틀어 비끼는 섭평의 머리 위에서 칼이 돌담을 그어대는 날카로운 소리가 어지럽게 터졌다. 돌이 타는 매캐한 냄새와 함께 새파란 불똥이 확 퍼져 어두운 골목 안을 순간적으로 환하게 밝혀주었다. 그 속에서 섭평은 코앞에 다가와 있는 남궁적의 무시무시한 얼굴을 보았다. 이를 가는 소리와 함께 더운 콧김이 이마에 와 닿았다. 섭평의 등줄기로 소름이 쭉 돋아났다.

지닌 바 공부의 정심박대(精深博大)함은 남궁적보다 열 배는 더 뛰어
났을 것이다. 하지만 한번 기세에서 눌리고 흉포함에 넋을 빼앗기자
그것은 모두 쓸데없는 것이 되어버렸다. 섭평은 자신이 지닌 재간을
열에 하나도 제대로 펼쳐 볼 수가 없었다. 밀리기 시작한 기세를 만회
할 여지조차 찾을 수 없었다.

'이건 아니다.'

경황 중에도 자신이 왜 이렇게 허둥대는지 알 수 없다는 생각이 불
쑥 들었다. 섭평은 이런 싸움은 해본 적도 없었고 들어본 적도 없었다.
시간이 지날수록 손발이 어지러워지기만 할 뿐, 상황에 대한 정리조차
되지 않았다. 섭평의 눈 속에 두려움이 떠오르기 시작했다. 그것이 끝
이었다.

"저놈은 병사였던 게 틀림없다."

팽위진이 험악하게 인상을 쓰며 중얼거릴 때 섭평의 머리통이 두 쪽
으로 갈라져 떨어지고 있었다. 남궁적의 칼은 거기서도 만족하지 못했
는지 쓰러지는 섭평의 어깨를 한 번 더 깊숙이 찍어놓고 나서야 멈추
었다. 그의 광기로 번들거리는 외눈과 씩씩거리는 거친 숨결이 느껴지
는 듯하여 팽위진은 저도 모르게 부르르 몸을 떨었다.

"대단한 놈입니다."

곁에서 함께 지켜보고 있던 세 명의 위사들 중 누군가가 토해내듯
말했다. 그들의 어깨도 긴장과 두려움으로 뻣뻣하게 굳어 있었다.

"저놈이!"

멀리서 커다란 외침이 터져 나왔다. 자신들의 존재가 드러나는 것도
이제는 개의치 않겠다는 듯 분노와 경악의 외침을 터뜨리며 달려오는

자는 신기구편(神技九鞭) 갈평(葛坪)이었다. 그는 원래 섭평이 남궁적을 잡을 때 수하들과 함께 장원의 담을 뛰어넘어 한바탕 피바람을 불러올 작정이었다. 그런데 가장 믿었던 섭평이 가장 먼저 피를 뿌리자 그만 자신이 해야 할 일을 잊어버리고 말았다.

"죽일 놈! 가만두지 않겠다!"

갈평이 허리춤에 말고 있던 채찍을 꺼내 들며 바람처럼 달려왔다. 그의 뒤를 태감부의 위사들이 성난 들소들처럼 따르고 있었다.

"하하, 내가 좀 바빠서 말이야. 지난 일들은 다음에 다시 만나서 다정하게 얘기해 보자고."

달려오는 자가 갈평임을 알아본 남궁적은 싸울 마음이 없는지 그를 손가락질하며 한바탕 웃음을 터뜨리고는 냅다 달리기 시작했다.

"막을까요?"

자신들이 숨어 있는 곳을 향해 똑바로 달려오고 있는 남궁적을 보며 한 놈이 어눌한 음성으로 물었다.

"그대로 둔다."

팽위진이 어금니를 꾹 물며 마지못한 듯 대답했다. 그들이 비켜서자 남궁적이 바람처럼 스쳐 지나갔다. 그의 번쩍이는 외눈이 팽위진을 핥듯이 흘겨보았다.

"음……."

남궁적을 뒤쫓아 달려온 갈평이 신음을 흘리고 우뚝 멈추어 섰다. 골목을 가로막고 선 팽위진 일행을 비로소 발견한 것이다. 청안령주가 직접 나와 있으면서 남궁적을 놓아보냈다는 것이 갈평을 당황하게 했다. 그는 이놈들이 한통속인가? 하고 생각했다. 그러자 머리 속이 혼란스러워졌다.

서로를 노려보는 갈평과 팽위진 사이에 팽팽한 긴장이 흘렀다. 양쪽 모두 칠 것인가 말 것인가를 두고 심각하게 저울질해 보는 시간이 지났다.

"돌아간다!"

발 아래 침을 탁, 뱉고 난 갈평이 먼저 번쩍 손을 들고 수하들에게 외쳤다. 그가 다시 골목을 거슬러 사라지자 팽위진도 말없이 돌아섰다.

"위험했다."

골목이 한눈에 내려다보이는 장원의 지붕 위에서 한숨과 함께 그렇게 말하는 소리가 들렸다. 용마루 아래의 그늘 속에서 괴이사기(怪異四奇)들이 모습을 드러냈다.

"쳇, 뭔가 한바탕 신나는 일이 벌어질 줄 알았더니 이건 영 싱겁기 짝이 없군."

풍치 화상(風痴和尙)이 혀를 차며 투덜거렸고, 비천철각(飛天鐵脚) 장풍서(長豊瑞)가 그를 하얗게 흘겨보았다.

"중놈이 생령을 불쌍하게 여기는 마음이라고는 눈곱만큼도 없고 오직 살인할 생각뿐이니…… 너를 보고 나면 그 누가 절간에 찾아가 예불할 마음이 들겠느냐?"

"죽일 놈은 죽이고 살릴 놈은 살려야 하는 거다. 그게 바로 중생을 위한 부처님의 자비라는 거다. 너같이 무식한 놈이 그 심오한 불법의 이치를 알기나 하겠냐? 아미타불……."

"시끄럽다!"

그들이 토닥거릴 기미가 보이자 최명판관(催命判官) 최흘(崔屹)이 버럭 소리쳤다. 주책맞은 이 두 늙은이는 그대로 두면 하루 종일이라도 핏대를 올리며 싸워대니 이제는 한심하다 못해 지겨울 지경이었다.

"무량수불……. 대체 애꿎은 목숨들이 얼마나 더 희생되어야 한단 말인가……."

어두운 하늘을 보며 탄식하는 영춘 진인(永春眞人) 곽부성(郭富晟)의 얼굴에 안타까움이 가득했다. 그 말을 들은 나머지 세 노인도 숙연해졌다. 그들은 이제 한바탕 살육의 바람이 북경성을 휩쓸고 지나갈 것을 예감했다. 그리고 그 출발은 바로 자신들이 머물고 있는 환주루의 장원에서부터일 것이다.

"그 아이가 있는 곳으로 가자."

풍치 화상이 영춘 진인의 눈치를 보며 장풍서의 옷소매를 잡아당겼다. 그들은 장원 밖의 동정을 예의 주시하면서 여차하면 동창이든 태감부의 위사들이든 가리지 않고 요절을 낼 작정을 하고 있었다. 장원 안에는 종유상과 함께 천하제일검으로 꼽히는 운리성검(雲理聖劍) 제만엽(齊萬燁)이 하북(河北)무림에서 데려온 단혈맹(丹血盟)의 고수들과 함께 버티고 있으니 그야말로 용담호혈인 셈이었다. 그것을 모르고 담을 뛰어넘어 들어오려던 태감부의 위사들이 남궁적이 소란을 피우는 통에 모두 철수해 버렸으니 그들은 구사일생의 행운을 얻은 것이나 마찬가지였다.

"다녀오시게."

영춘 진인의 말이 떨어지자 풍치 화상이 먼저 지붕을 박차고 뛰어올랐다. 그의 비대한 몸이 무게가 없는 것처럼 지붕과 지붕 사이로 몇 번 오락가락하더니 곧 시야에서 사라져 버리고 말았다.

“저놈의 성질머리 하고는…….”

혀를 찬 장풍서도 뒤지지 않겠다는 듯 깡마른 몸을 날려 쏘아진 살처럼 어둠 속으로 사라져 갔다.

“바야흐로 이 일이 정점을 향해 치닫는가?”

그들이 사라진 어둠을 노려보던 최흘이 혼잣말처럼 중얼거렸다. 영춘 진인이 조용하게 진언을 암송하고 있었다.

＊　　　＊　　　＊

“대체 이 며칠 사이에 무슨 일이 벌어진 거야?”

소옥은 짜증이 나서 미칠 것 같은 마음을 가까스로 억누르고 있었다. 벌써 북경성 밖에 있는 이 초라한 주루에까지 동창의 무리들이 몇 번이나 다녀갔고, 태감부의 위사라는 자들도 뻔질나게 드나들며 투숙객들을 샅샅이 뒤지고 갔다.

성안으로 볼일을 보러 갔던 자들은 채 반 나절도 되지 못해 사색이 되어서 돌아왔다. 그들이 머리를 절레절레 저으며 하는 말은 한결같았다.

“반란이라도 일어나려는 모양이다. 저잣거리에 찬바람만 불 뿐 개미 새끼 하나 보이지 않는다. 돌아다니는 놈들이라고는 칼 차고 있는 동창이며 태감부의 위사들뿐이다. 그놈들이 어찌나 험악하게 인상을 쓰고 집집마다 쑤셔대는지 아이들조차도 겁에 질려 울지 못한다.”

무슨 일이 있는 건가 싶어서 소옥은 몇 번 주루를 나와 한밤의 어둠을 타고 북경성을 넘어갔었다. 들은 그대로였다. 어디 한 군데에서 고함 소리라도 들릴 양이면 동창과 태감부의 위사들이 벌 떼처럼 달려들

었다. 그 위세와 소란에 황성을 지키는 금의위의 병사들마저 기가 죽
어 꿈짝하지 못했다.

며칠 전까지 성민들에게 두려움의 대상이었던 병사들은 이제 보이
지도 않았다. 성안에 깔려 있는 것은 온통 동창과 태감부의 위사들뿐
이었던 것이다.

"알 수 없는 일이다. 반란의 조짐이 있다면 오히려 금의위(錦衣衛)의
병사들이 더욱 눈에 불을 켜고 성을 단단히 지키고 있을 것이다. 그런
데 난데없이 동창과 태감부의 위사들이라니……."

이른 저녁을 먹고 퀴퀴한 냄새가 나는 방에 돌아와 무료한 시간을
보내던 소옥이 머리를 갸웃거렸다. 동창이야 그렇다고 쳐도 위충현을
지키고 있는 태감부의 무사들마저 망둥이 뛰듯 날뛰고 있다는 것이 이
해되지 않았던 것이다.

"이건 필시 강호의 일이다."

그렇게 결론지을 수밖에 없었다. 위험하다고 인정된 강호의 무리들
이 북경성에 잠입해 들어와 무언가 일을 저지른 게 틀림없었다. 그래
서 위사들이 그들을 색출해 내기 위해 성안을 들쑤시고 있는 것이다.
결론을 지은 소옥은 그렇다면 그들이 무엇 때문에 북경성에 들어온 것
일까를 곰곰이 생각해 보았다.

"무능한 황제를 암살하려는 것일까?"

그럴지도 모른다고 생각했다. 하지만 소옥은 곧 머리를 가로젓고 말
았다. 이치에 닿지 않았던 것이다. 나라를 바로잡으려면 무능한 황제
보다도 사례태감 위충현을 없애는 것이 더 효과적이고 절실했다. 그
생각을 한 소옥이 자신의 무릎을 쳤다.

"그렇다. 위충현이다!"

소옥은 아직 동창과 태감부가 서로 반목하고 있다는 것을 알지 못했다. 정국의 미묘한 점 따위에는 관심도 없는 탓이었다. 그녀는 누군가가 태감부의 위충현이를 암살하려고 하기 때문에 동창과 태감부의 위사들이 그처럼 난리를 쳐대고 있는 것이라고 생각했다. 동창의 일이라는 것이 황제의 눈과 귀가 되어서 역적을 가려내고 대신들을 보호하는 것이기 때문이다.

소옥이 얼굴에 결연한 빛이 떠올랐다.

"그렇다면 구양목 그가 숨어 있는 곳도 바로 태감부일 것이다."

소옥은 그렇게 단정했다. 황궁에 들어와 몸을 숨기고 있으려면 황궁 내에서 가장 큰 권력을 행사하는 자의 그늘에 숨어 있는 것이 가장 은밀하고 안전할 것이었다. 지금 황제를 억누를 만한 권력을 지니고 있는 자는 늙은 내시 위충현뿐이었다.

"내가 왜 진작 그 생각을 하지 못했을까?"

소옥은 자신의 멍청함을 원망했다. 황제의 곁에서 황제의 수족 역할을 하고 있는 내원(內院)의 고수들만을 염두에 두고 있었을 뿐, 태감부에 대해서는 신경을 쓰지 못하고 있었던 것이다.

내원의 고수들은 엄격하게 출입이 제한되어 있어서 결코 멋대로 황제의 곁을 떠나 강호에 나와 활동할 수 없었다. 그런데 구양목은 벌써 서너 차례나 강호에 나온 바가 있었고, 풍향곡으로 고수들을 보내 사부를 핍박하기도 했다. 그렇다면 그는 비교적 운신이 자유로운 신분이고 많은 고수들을 수하로 거느리고 있다는 추측이 가능했다.

그런 조건을 만족시켜 줄 곳은 지금으로써는 태감부밖에 생각할 수가 없었다. 어쩌면 그는 태감부 위사들의 생사여탈권을 한 손에 쥐고 있는 총사로 군림하고 있는 건지도 몰랐다. 권력을 지향하는 자들이라면 실질적으로 힘을 지니고 있는 자를 추종하여 그 그늘에 모여들기 마련이었다. 그러므로 황제를 경호하는 내원보다는 위충현을 바라보고 태감부에 모여든 무사들이 더 많을 것이고, 그 속에 더 뛰어난 고수들도 즐비할 것이었다.

구양목이 위충현을 등에 업고 그들을 통제하고 다스리고 있다면 드러나지 않은 그의 힘이야말로 천하제일이라고 하기에 부족함이 없었다. 어쩌면 위충현이가 그처럼 오만방자할 수 있는 것은 구양목의 힘이 받쳐 주고 있기 때문인지도 모른다는 데에까지 소옥의 생각은 비약했다.

"좋아, 오늘 밤에는 반드시 확인해 보고 말 테다."

소옥이 입술을 깨물며 스스로에게 다짐해 두었다.

"그럼 그 계집도 북경에 와 있단 말이지?"

동창의 총사인 제독태감 장가령이 뾰족한 음성으로 외쳤다. 그 앞에 공손히 서 있는 팽위진이 공을 세우게 되었다는 것을 기뻐하는 얼굴로 대답했다.

"그렇습니다. 남궁적이라는 그 애꾸 놈은 계집의 그림자처럼 붙어 다니던 놈입니다. 그놈이 북경에 와 있다는 것은 곧 계집도 이곳 어딘가에 숨어 있다는 것입니다. 또한 그놈이 겁도 없이 일을 저지른 데에는 계집의 콧김이 작용했을 가능성이 큽니다."

가만히 팽위진의 말을 듣고 있던 장가령이 흐흐, 하고 웃었다.

"계집이 무슨 일로 태감부와 원한을 맺게 되었는지는 모르지만 그렇다면 아주 잘된 일이다. 우리에게는 더없이 좋은 일이야."

잠시 생각하던 장가령이 다시 말했다.

"도와줘라."

　팽위진은 장가령의 속셈을 잘 알고 있었다. 그는 위충현을 몰아내고 자신이 그 자리를 차지하려는 야심을 갖고 있는 인물이었다. 장가령은 편협하고 집요하기는 하지만 위충현처럼 무모하지도 욕심이 많지도 않았다. 만약 그가 사례태감이 되어 황제를 등에 업고 득세한다면 위충현이 집권하고 있는 지금보다는 오히려 살기 편한 세상이 될 것이다.
　'둘 중에 굳이 하나를 선택하라면 장 태감이 더 낫다.'
　팽위진은 그런 생각을 변함없이 지니고 있었다. 장가령을 사례태감이 되도록 밀어주고 나서 자신은 그의 후광을 입어 음지를 버리고 양지로 나갈 작정이었다. 대장군의 직함을 받고 금의위의 총사가 되어 백만 황군을 호령하는 것이 그의 꿈이었다.
　장가령이 오래전부터 모반을 꿈꾸고 있으면서도 위충현을 몰아내지 못한 것은 오직 그의 태감부에 머물고 있는 구양목 때문이었다. 하지만 이제는 때가 무르익었다.
　장가령은 그 구양목을 제거하기 위해 그동안 동창의 모든 정보망을 가동해 그의 약점을 찾아냈다. 그것은 바로 구룡장을 격파할 수 있는 비결이 담겨 있다는 용화진경의 존재였다. 장가령은 그것을 손에 넣어 구양목을 위협하려고 했다. 그는 단목기를 은밀히 강호에 내보냈다. 하지만 단목기가 구양목의 제자로서 그가 동창에 심어놓은 비수라는 것을 그때까지도 알지 못했다.
　단목기가 돌아오지 않자 분노한 그는 소옥을 죽여서라도 진경을 빼앗아 뜻을 이루려는 결심을 단단히 했다. 그래서 단목기를 처단하기 위한 추살대를 모집해 보내면서 자신이 아끼는 열두 명의 살수들 중

무려 네 명이나 딸려 보냈던 것이다. 그리고 그중 세 명이 죽었다는 보고를 받았다. 마지막으로 남아 있는 옥당군은 소식 두절이었다.

장가령은 이제 그럴 필요가 없다고 생각했다. 소옥을 죽이고 진경을 빼앗기 위해 아까운 수하들을 더 이상 희생시킬 것 없이 그녀를 회유해 이용하는 것이 훨씬 효과적이라는 것을 느낀 것이다. 그녀가 구양목과 반목하고 있다는 것은 그래서 장가령에게 더없이 좋은 소식이기도 했다.

"어떻게 하든 옥당군에게 명령이 취소되었다는 것을 알려야 하는데……."

장가령의 심중을 잘 알고 있는 팽위진은 이제 그것이 걱정되었다. 아직 제독태감의 의중을 알지 못하고 있는 옥당군이 처음 명령받은 대로 고지식하게 소옥을 암살한다면 일이 다 틀려 버리게 될 것이다. 하지만 한번 밖으로 내보내진 살수들은 자신들이 명받은 임무를 완수하기 전까지는 결코 돌아오는 법이 없었고 연락해 오는 법도 없었다. 철저하게 비밀을 유지하기 위해 만들어진 그런 행동 지침이 이런 때에는 오히려 커다란 장애가 되었다.

팽위진이 그런저런 생각들로 복잡해진 머리를 두드리며 수하들에게 돌아가고 있을 때 소옥은 가벼운 흑의경장에 흑두건을 덮어쓰고 태감부의 높은 담 아래 웅크리고 있었다. 전각의 지붕들마저 가려 버릴 만큼 높고 견고하게 쌓여 있는 담은 태감부를 철옹성으로 느껴지게 했다.

한거울의 매서운 바람이 칼날처럼 옷 틈으로 파고들었다. 머리 위에 떠 있는 한 조각 그믐달 주위로 은은한 달무리가 드리워져 있었다. 이처럼 뼈를 저미는 듯한 추위 속에서는 태감부를 지키고 있는 위사들도 몸을 웅크리기 바빠 경계에 소홀할 것이었다.

잠시 기척을 살피던 소옥의 귀에 저벅거리는 발자국 소리가 들려왔다. 언 땅을 밟으며 다가오는 자들이 두 명이었다. 담 밖을 순시하는 외장(外莊)의 무사들이 분명했다. 소옥이 더욱 몸을 웅크린 채 담 아래의 작은 관목 그늘 사이로 파고들었다. 숨마저 멈추고 기척을 죽인 그녀의 모습은 바로 곁에서 보아도 그냥 하나의 어둠으로 여겨질 뿐이었다.

두 명의 위사가 어깨를 잔뜩 웅크린 채 그런 소옥 앞을 무심하게 스쳐 지나갔다. 그들의 발자국 소리가 멀어지는 것을 기다렸던 소옥이 재빨리 담에 달라붙었다. 돌과 돌 사이의 작은 틈새에 손가락을 박아넣고 재빨리 기어 올라가는 것이 마치 위에서 누군가가 잡아당기고 있는 것 같았다. 옷자락 스치는 소리 하나 나지 않았다.

담이 끝나는 곳에서 잠시 멈추어 그 위의 동정을 살피던 소옥이 발끝으로 돌 틈을 찍고 재빨리 몸을 날려 담 위에 납작 엎드렸다. 폐 속의 숨을 모두 내뱉어서 최대한 몸의 부피를 줄인 그녀는 담 위에 덧씌워진 얇은 어둠의 껍질인 것 같았다.

기척은 없었다. 이제는 눈과 귀에 집중했던 감각을 버리고 온몸으로 흐르는 바람결에 실려오는 기운을 감지했다. 담 아래의 어둠 속에 자신처럼 은신하고 있는 자가 있다면 그의 미약한 기운마저 놓치지 않고 잡아낼 만큼 예민하게 다듬어져 있는 감각이었다.

소옥이 몸을 던져 달빛조차 와 닿지 않는 모서리의 어둠을 타고 떨어져 내렸다. 두 발이 바닥에 닿자마자 퉁겨지듯 다시 몸을 날려 배를 땅에 깔듯이 한 채 영악한 뱀처럼 소리없이 미끄러져 들어갔다. 곤륜이 자랑하는 절정의 경신법 중에서도 백미(白眉)라는 용미초풍(龍尾招

風)의 절기였다.

잔잔한 물속을 부드럽게 헤엄쳐 가는 한 마리 잉어 같았다. 그렇게 어둠 속을 유영해 들어간 소옥이 거침없이 두 개의 정원을 지나고 세 개의 담을 타 넘었다. 그녀가 태감부 깊숙이 스며들도록 그것을 눈치 챈 자는 아무도 없었다.

하지만 소옥의 긴장은 시간이 더해지고 스며 들어온 거리가 길어질수록 더욱 커져 가기만 했다. 이 추위 속에서도 곳곳에 웅크리고 있는 매복자들의 기척이 갈수록 더 많이, 그리고 더 미약하게 느껴졌기 때문이다. 하나같이 고수들이었다. 온몸이 얼어붙기라도 한 듯 기척마저 죽인 채 움직이지 않고 있었지만 그래서 더욱 그들의 공부가 깊고 내력이 굳세다는 것을 잘 알 수 있었다.

버석거리는 얼음 조각들을 매달고 있는 매화나무 숲 앞에서 소옥은 한번 숨을 바꾸어 쉬었다. 내식을 더욱 깊이 가라앉히는 그녀의 눈빛에 처음으로 망설이는 기색이 떠올랐다. 눈앞에 을씨년스러운 모습으로 보이는 매화나무 숲 속에서 적어도 다섯 명의 기척이 느껴졌던 것이다.

소옥이 노리고 있는 것은 그 너머에 그린 듯 서 있는 한 채의 전각이었다. 얼어버린 연못과 가산(假山), 은은한 빛을 발하는 옥돌의 정원석들 너머로 보이는 그곳에는 깊은 밤중임에도 불구하고 밝게 불이 밝혀져 있었다. 전각의 난간을 따라 다섯 걸음 간격으로 건장한 장한들이 검을 뽑아 든 채 미동도 하지 않고 서 있었다. 칼날 같은 바람을 온몸으로 맞고 있으면서도 몸을 웅크리는 기색 하나 없이 석상처럼 굳건하게 자리를 지키고 있는 그들의 기도가 감탄성을 자아내게 했다.

‘이건 어렵겠는걸?’

어둠 속에서 눈빛마저도 감춘 채 매화나무 가지 사이로 바라보이는 전각을 구석구석 살피던 소옥이 눈살을 살짝 찌푸렸다.

저렇게 엄중한 경계에 둘러싸여 있고, 일류고수들의 매복까지 두르고 있는 것을 보면 그곳이 극히 중요한 곳임은 알 수 있었다. 소옥은 저곳에 위충현이거나 구양목이 있을 것이라고 짐작했다. 위충현이 있다면 일검에 쳐 죽여 만백성의 한을 통쾌하게 풀어버릴 작정이었고, 구양목이 있다면 어떻게든 그를 제압해 끌고 나올 궁리를 했다.

하지만 무슨 방법으로 매복자들의 이목을 속이고 전각에 스며드느냐가 당면한 어려움이었다. 태감부의 내원(內園)이 분명한 이곳까지 오는 데에도 수많은 매복들을 지나쳤지만 지금처럼 삼엄한 기운을 느껴보지는 못했던 것이다.

시간은 덧없이 흘러갔다. 이제 머지않아 어둠이 물러가고 새벽이 다가올 것이었다. 소옥은 초조해졌다. 다시 돌아가기도 만만치 않았을 뿐더러, 날이 밝으면 더욱 어려울 것이라는 생각이 그녀의 어깨에 힘이 들어가게 했다.

'그대로 치고 들어갈까?

그런 충동을 억누르지 못하게 되었을 때쯤, 뒤쪽에서부터 저벅거리는 발자국 소리가 들려왔다. 한두 명이 아닌 모양이었다. 적어도 이십여 명은 되는 자들의 기척이었다. 소옥은 머리끝이 곤두서는 긴장을 느끼고 온몸을 굳혔다.

"이런?"

잠겨 있는 방문을 박차고 뛰어든 풍치 화상이 아연실색하여 고리눈을 부릅떴다. 뒤따라 들어선 장풍서도 텅 빈 방 안을 휘둘러보고 혀를 찼다.

"한발 늦은 모양이다."

그들의 시선이 재빨리 방 안의 모습들을 세밀하게 훑어갔다. 흐트러진 침상과 싸늘하게 식은 채 탁자 위에 놓여 있는 찻잔이며 유등(油燈)이 소옥이 이곳을 떠난 지 벌써 꽤 되었다는 것을 말해 주고 있었다.

"참 묘하다, 묘해. 어째서 계집들은 늘 사내보다 한 걸음 먼저 움직이는 걸까? 그것도 천지자연의 조화일까? 음양이 상접하면 과연 먼저 발동하는 것은 음인 모양이니 이것이 상극의 이치인가, 상생의 이치인가?"

엉뚱한 소리를 지껄이려던 풍치 화상이 매섭게 노려보는 장풍서의 얼굴을 한번 바라보고 입맛을 다셨다.

"알았다, 알았어. 입 다물고 있으면 될 거 아니냐? 빌어먹을 놈이 말도 못하게 해요."

발을 구르고 난 장풍서가 얼굴을 잔뜩 찌푸린 채 생각에 잠겼다.

"대체 이 어수선한 때에 어디로 갔단 말이냐?"

"제기랄, 새대가리야. 그걸 이 부처님께 물으면 부처님께서는 또 누구에게 물어야 한단 말이냐?"

눈을 부라리던 풍치 화상이 손뼉을 치며 좋아했다.

"그렇지. 고 깜찍한 년을 붙잡아서 물으면 되겠구나! 어? 그런데 어디로 가야 고것을 잡을 수 있지? 빌어먹을 강시야, 넌 알겠냐?"

"제발 그 주둥아리 좀 닥치고 있어라. 정신이 산란해서 생각을 할 수 없다!"

참다못한 장풍서가 빽 고함을 쳤다. 머쓱해져 물러서면서도 풍치 화상은 투덜거리는 걸 잊지 않았다.

“왜 소리는 지르고 지랄이람. 조용히 말하면 못 알아들을까 봐? 쳇, 내가 제놈처럼 새대가리인 줄 아는 모양인데 그건 배꼽이 웃을 일이라구.”

“시끄럽다, 화상아!”

다시 빽 소리를 친 장풍서가 곧 심각한 표정이 되어서 창밖을 바라보았다. 짙은 어둠 속에서 찬바람 달려가는 소리가 을씨년스럽게 들려왔다.

“아무래도 그리로 간 것 같다.”

“그리라니? 측간?”

“염병할 놈. 태감부 말이다.”

“억!”

풍치 화상이 외마디 비명을 질렀다.

“그건 안 돼! 정말이라면 그건 미친 짓이야! 이놈아, 왜 진작 말하지 않았지?”

풍치 화상이 냅다 달려들어 장풍서의 멱살을 틀어쥐고 눈을 부라렸다.

“거기가 어디라고 어린 계집애가 겁도 없이 혼자서 쳐들어가느냔 말이다! 설마 구양 늙은 도적놈의 모가지를 가지러 간 건 아니겠지? 뭐야? 아니, 고 깜찍한 것이 정말 그랬다면 가만두지 않겠다! 그래, 구양목 그 개 같은 놈의 모가지는 내 거라고 벌써부터 점 찍어놨는데, 이 부처님 허락도 없이 제가 먼저 가로채려고? 흥, 흥! 내가 설마 제년을 잡아다가 훌러덩 엉덩이를 까놓고 볼기라도 치지 못할 줄 아나 본데 그렇다면 크게 잘못 생각한 거지. 맞냐? 안 맞냐!”

점점 말꼬리가 길어질수록 엉뚱한 방향으로 흘러 버려서 종내에는 자기 자신이 무슨 말을 한 건지도 헷갈리는 게 화상의 버릇이었다. 장풍서가 물끄러미 그런 화상을 바라보다가 길게 한숨을 내쉬었다.

"에휴, 대체 귀신들은 다 뭐 하고 자빠졌는지 몰라."

그들은 벌써부터 소옥의 존재에 대하여 파악하고 있었다. 그녀가 북경에 입성한 다음날 아무것도 모르고 검을 찬 채 혼자서 어슬렁거리며 거리를 활보하다가 관병들에게 붙잡혀 곤욕을 치를 때 구경꾼들 속에 섞여서 바라보고 있었던 것이다. 여차하면 나서서 도와줄 생각이었으나 소옥이 단번에 다섯 놈이나 되는 관병들을 때려눕히고 달아나자 내심 통쾌해하며 그녀의 뒤를 밟았었다.

풍치 화상은 소옥의 존재를 굳이 첩영에게는 물론 영춘 진인이나 최흘에게도 숨기려고 하였다. 그 뜻에는 장풍서도 선뜻 동의해 주었다. 그들은 서로 소옥의 환심을 가로채려고 작당했던 것이다. 그녀가 다시 위험에 빠진다면 그때 하늘에서 뚝 떨어지듯 나타나 그녀를 구해주고 한껏 우쭐거릴 작정이었다. 그러면 소옥은 더욱 감격할 것이고, 훗날 그녀의 사부인 상관혜를 만났을 때도 자신들의 편이 되어서 잘 말해줄 것이라고 여겼기 때문이다.

그때 영춘 진인과 최흘이 벌레 씹은 얼굴로 우두커니 서서 먼 하늘만 바라보고 있을 것을 생각하면 절로 가슴이 다 후련해졌다.

하지만 그런 꿍꿍이속은 오래가지 못했다. 남궁적의 말에서 소옥이 북경성에 와 있다는 것을 알아낸 첩영이 재빨리 풍치 화상과 장풍서를 떠올렸던 것이다. 남궁적이 일을 저질러 북경성을 발칵 뒤집어놓기 며칠 전부터 그 두 늙은 괴물들은 뻔질나게 성밖으로 싸돌아다니곤 했다. 돌아와서는 영춘 진인과 최흘마저 따돌린 채 저희들끼리 무어라고 속

닥거리며 낄낄 웃기도 했다. 그러다가도 첩영과 마주치면 무슨 일이
있었느냐는 듯 시치미를 뚝 떼고 입을 꾹 닫아버리는 것이었다.

첩영은 저 말릴 수 없는 두 노인이 또 어디서 무슨 말썽을 부린 것일
까 하고 생각했을 뿐 크게 신경 쓰지 않았다. 그러던 것이 소옥이 북경
성에 와 있을 거라는 심증을 굳히게 되자 비로소 아차 싶었다. 그들의
말을 엿듣던 중에 '고 어린 계집'이라거나 '상관혜'라는 말이 있었던
것을 떠올렸다.

첩영은 즉시 풍치 화상과 장풍서를 불러 따져 물었고 그들은 더 감
출 수 없게 되자 소옥을 찾아낸 것을 불어버렸다. 영춘 진인과 최홀이
사납게 눈을 흘겼지만 따지고 다툴 새가 없었다. 장원 밖의 동정이 수
상하다는 급한 전갈이 왔던 것이다. 남궁적이 백 냥짜리 전표 열 장을
얻어내 장원을 나간 직후였다. 급히 괴이사기를 내보내며 첩영은 풍치
화상에게 소옥을 데려오라는 별도의 당부를 했다.

"너 비루먹은 당나귀 같은 놈아, 어째서 고것이 태감부로 갔다고 단
정하는 거지? 왜 측간에 갔다고는 생각하지 않느냔 말이다. 아니면 그
새 낭군이 생겨서 몰래 그놈의 침실을 엿보러 갔거나, 아니면……."

또다시 화상의 말이 샛길로 빠져들 기미가 보이자 장풍서가 장작개
비 같은 손을 뻗어 화상의 입을 틀어막았다.

"귀신도 안 물어가는 중놈아, 귓구멍을 열고 똑똑히 들어라. 그녀가
북경에 온 이유가 뭐겠느냐?"

"너는 그것도 모르느냐? 구양목 그 도적놈의 모가지를 가지러 온 거
지."

화상이 입이 틀어막힌 채 소리쳤기 때문에 그 소리가 몹시 듣기 거

북하고 이상했다. 장풍서가 웃으며 머리를 마구 끄덕였다.

"맞다. 그러니 그녀가 이 밤중에 검마저 지닌 채 갈 곳이 어디겠냐? 당연히 태감부겠지? 그렇지?"

"맞다! 너 빌어먹을 놈은 이 부처님보다 똑똑하다!"

가까스로 장풍서의 손에서 입을 빼낸 화상이 손뼉을 치며 좋아했다.

'아슬아슬했다.'

기왓골 사이의 어둠 속에 몸을 밀어 넣듯 납작 엎드려서 소옥은 이마에 흐르는 식은땀을 가만히 닦아냈다.

축시(丑時)가 끝나가는 무렵이 교대 시간인 모양이었다. 스무 명이나 되는 위사들이 오늘 밤의 당직인 듯 보이는 무장의 인솔을 받아 보무도 당당하게 매화나무 숲을 가로질러 갔다. 그들의 저벅거리는 발자국 소리가 어둠을 흔들었고, 전각을 에워싼 채 눈을 빛내며 경계를 서던 자들의 시선이 일제히 그들에게 향했다. 이 추위에서 벗어나 숙소의 따뜻한 잠자리에 들 수 있게 되었다는 생각을 동시에 떠올리고 마음이 풀어졌던 것이다.

긴장하여 숨조차 멈추고 있던 소옥이 재빨리 콩알만한 얼음 조각 한 개를 떼어내 손가락 위에 얹고 탄지(彈指)의 수법으로 쏘아냈다. 어둠을 가르고 쏘아져 나가는 그 소리는 위사들의 발자국 소리에 묻혀 전혀 들리지 않았다.

"엇!"

열의 가운데에서 걸어가던 자가 갑자기 종아리에 느껴지는 따가운 통증을 참지 못하고 비틀거리다가 앞에서 걷던 자의 등에 부딪쳤다.

"뭐야?"

"왜 그래?"

위풍당당하던 대열에 갑작스러운 소란이 번져 갔다. 소옥은 그때까지도 기척을 최대한 감춘 채 흔적없이 매화림에 숨어 있던 다섯 놈의 신경이 일제히 그곳으로 쏠리는 걸 느꼈다. 그 절호의 기회를 잡은 소옥이 두 손으로 땅을 밀고 온몸의 기력을 남김없이 끌어내 몸을 내쏘았다.

마치 풀잎 사이를 헤치며 재빨리 나아가는 한 마리 영악한 독사 같았다. 땅바닥에 닿을 듯 말 듯 낮게 몸을 깔고 매화나무 밑동을 흐느적거리며 돌아 나가는 소옥의 곁에는 그림자조차도 생기지 않았다. 그저 한줄기 싸늘한 바람이 스쳐 지나간 듯했다.

매화림 중앙을 비켜 반쯤 우회해서 재빨리 가로지른 소옥은 섬돌 아래에 몸을 숨기고 비로소 안도의 한숨을 가만히 쉬었다. 잠깐 소란스러워졌던 대열은 곧 아무 이상도 없음을 알고 다시 엄숙한 기강을 되찾았다. 그들이 앞서 경계하고 있던 자들과 서로 위치를 교환하는 작은 소란이 다시 소옥에게 움직일 수 있는 기회를 주었다. 그녀는 그들의 시선이 흩어지는 때를 노렸다가 이번에는 과감하게 몸을 솟구쳐 처마 끝을 한번 잡고는 곧장 기왓골 사이에 파고들었다. 눈 한번 깜짝일 동안에 불과한 순간이었다.

교대가 끝나고 먼저 있던 자들이 다시 열을 지어 매화림을 빠져나가 사라졌다. 숨이 막힐 듯한 정적이 매화림을 감쌌다. 그래도 움직이지 않고 잠시 더 그곳의 동정을 살피는 것은 소옥이 그만큼 매화림에 은신해 있는 자들을 무섭게 여긴다는 반증이었다.

아무 변화가 없자 소옥이 비로소 조금씩 움직였다. 검을 감싸두고 있던 무명 천을 풀어낸 그녀가 팔을 뻗어 처마 아래의 우묵한 곳을 받치고 있는 목판(木版)에 한 끝을 단단히 묶었다. 천을 조금씩 늘어뜨리고 그것에 의지하여 머리를 아래로 향하게 하고 발을 허공에 둔 채 조심스럽게 내려가는 그녀의 모습이 마치 커다란 거미가 조용히 움직이는 것 같았다.

난간 곁에 석상처럼 붙어 서서 움직이지 않고 있는 위사의 머리 위 석 자쯤 되는 곳에 작은 창이 있었다. 소옥이 머리 위에 매달려 있었지만 그자는 전혀 기척을 느끼지 못한 듯 여전히 정원을 노려보는 시선을 풀지 않았다.

혀를 내밀어 창호를 뚫은 그녀가 가만히 눈을 갖다 댔다. 양쪽 기둥에 걸려 있는 유등이 밝은 빛으로 방 안의 정경들을 비춰주고 있었다. 침실인 모양이었다. 비단 휘장이 쳐진 침상 앞에 자단목(紫檀木)을 깎아 만든 고풍스런 탁자가 있었는데 두 명의 노인이 찻잔을 놓고 마주 앉아 있었다.

한 명은 백발이 성성한 늙은이였는데 수염 한 올 없이 매끈한 턱이 주름살투성이인 그의 얼굴과 전혀 어울리지 않았다. 광대뼈가 두드러진 깡마른 볼에 매부리코가 우뚝 솟았고, 가늘게 뜬 눈 아래의 눈두덩이 검게 변색되어 있어서 전체적으로 음침하고 간교해 보이는 인상이었다.

'위충현이가 저렇게 생겼군.'

소옥이 내심 코웃음을 치며 노인의 면면을 유심히 살펴보았다. 황제를 기만하고 권력을 잡아 천하인을 괴롭게 하고 있는 대악적의 모습이 일면 우스꽝스러운 면이 있어서 소옥은 가만히 한숨을 쉬었다. 저렇게 볼품없고 고약해 보이는 늙은이 하나가 세상을 어지럽게 하고 있다는 것이 쉽게 믿어지지 않았던 것이다.

위충현과 마주 앉아 있는 자는 그와는 반대로 풍채가 당당한 노인이었다. 흰빛과 검은빛이 반반씩 섞인 머리카락을 묶어 올려 상투를 틀고 있는 모습이 인상적이었다. 짙은 눈썹 아래에서 형형한 안광을 발하는 두 눈이 천천히 깜박거리는 것이 가슴 아래까지 늘어진 탐스러운 수염과 함께 노인의 풍모를 더욱 웅장하고 근엄해 보이도록 했다.

'구양목이다!'

그를 한번 본 소옥이 속으로 부르짖었다. 사문의 사백(師伯)이면서 단목기의 사부이자 상관혜의 사형인 바로 그였다.

"과연 그 일이 가능하겠소?"

소옥이 놀란 가슴을 진정시키고 있는데 뾰족하고 가냘픈 음성이 위충현의 입에서 흘러나왔다. 번쩍 정신을 차린 소옥이 귀에 온 신경을 모아 그들의 숨소리 하나까지도 놓치지 않으려고 했다.

"북쪽으로 불과 이백여 리 떨어진 곳에 무려 삼만에 달하는 정예 요동군(遼東軍)이 있고, 성 밖에는 장성 수비군 이만이 있소. 그들은 한나절이면 황궁까지 달려올 것이고 요동군도 이틀이면 이곳에 이를 거요. 게다가 하나같이 전장에서 단련된 자들이니 병사들은 용맹하고 장수된 자는 무용이 뛰어나오. 이들은 어쩔 작정이오?"

구양목이 탐스럽게 늘어진 수염을 쓸며 우렁우렁한 목소리로 천천히 말했다.

"요동에 있는 도지휘사사(都指揮使司)에는 우중헌(禹衆軒)이라는 자가 있소이다. 총사인 상장군 평정후(平政侯) 기문정(奇問正) 휘하의 참장(參將)으로 지휘첨사(指揮僉事)를 겸하여 선봉을 맡고 있는 자올시다."

"그자라면 나도 이름을 들어 알고 있소."

지략과 무용이 뛰어나 장차 상장군을 제수받고 수만의 군단을 지휘하게 될 자라고 소문이 난 자였다.

"그가 우리와 뜻을 함께하겠다는 서약을 해왔소. 일이 터지면 그는 즉시 우중헌을 제압하고 요동군을 장악할 것이외다. 그런 다음 그가 자신의 수족과 같은 오천 선봉군을 앞세워 대군을 이끌고 달려오면 원근(遠近)의 제 성군(省軍)들은 속수무책일 것이오."

"허, 그렇다면 마음이 든든하군."

"장성 수비군도 염려할 것 없소. 장성 너머의 달탄부에 은밀히 사자를 보내 황금 이만 냥과 비단 열 수레, 그리로 말 삼천 필을 주겠다고 약속하시오. 그들은 입에 넣던 숟가락마저 내팽개친 채 곧 말을 달려 장성을 침공해 들어올 것이니 왕정(王晶)은 감히 이쪽으로 군세를 나누어 보낼 엄두를 내지 못할 것이오."

"묘책이오!"

구양목의 거침없는 대답에 위충현이 손뼉을 치며 깔깔거리고 웃었다. 그 뾰족하고 갈라지는 웃음소리에 소옥은 살갗이 일어나는 듯한 역겨움을 느꼈다.

'대체 어떻게 된 건가. 이들은 설마 반란을 일으켜 꼭두각시 황제를 아예 내쫓을 궁리라도 하고 있는 걸까?'

그런 의문이 소옥의 가슴을 섬뜩하게 했다.

"금의위(錦衣衛) 영반(領班)인 가승도(可升道)는 내게 충성을 맹세했으니 북경성 내에서의 일에 문제될 것은 없을 것이오. 문제는 동창이오."

"홍!"

위충현이 조심스럽게 말하자 구양목이 냉랭하게 코웃음을 쳤다.

"개는 바뀐 주인을 처음에는 낯설어하나 곧 꼬리를 내리고 발등을 핥는 법이외다. 동창의 무리들이 지금과 같은 위세를 떨치는 것도 따지고 보면 태감께서 그들을 키워준 때문 아니오? 좋은 말로 타일러 보아서 듣지 않으면, 흥!"

다시 한 번 싸늘하게 코웃음을 친 구양목이 창문을 향해 가볍게 중지를 뻗었다.

쉬익―!

허공에 회초리를 휘두른 듯한 날카로운 파공성이 터져 나왔다.

"헛!"

소옥이 경호성(驚號聲)을 터뜨리며 재빨리 얼굴을 틀었다.

피잇―!

그녀의 뺨을 아슬아슬하게 비껴서 한 가닥 강맹한 지풍이 스쳐 지나갔다. 하지만 그것의 화끈거리는 열기가 뺨에 전해져 머리 속이 다 뜨거워졌다.

'육양지(六陽指)다!'

소옥은 경황 중에도 그것이 사문의 절기인 육양수(六陽手) 중 날카롭기 제일이라는 일지선운(一指羨雲)의 수법임을 알았다. 재빨리 숨을 멈추어 지력의 열기가 몸 안에 파고들지 못하도록 한 소옥이 머리를 끌어 올려 몸을 둥글게 만 것과 동시에 다시 한차례의 뜨거운 장력이 창문을 부수고 쏘아져 나왔다.

꽝―!

두 자 넓이의 창문이 창틀과 함께 단번에 부서져 산산이 흩어졌다. 그것과 간발의 차이를 두고 왼 손바닥으로 한 번 벽을 친 소옥이 그 탄력을 받고 몸을 솟구쳐 지붕 위에 내려서고 있었다.

파앗―!

동시에 매화림 구석구석에서 다섯 개의 흐릿한 그림자가 솟구쳐 오르는 게 언뜻 보였다.

"침입자다!"

전각을 에워싸고 있던 위사들도 그때쯤에는 소옥의 존재를 눈치 챘다. 창틀 아래 서 있던 자가 목청이 터져라고 외치며 검을 뽑아 든 채 몸을 날려 올라왔다.

"으악!"

그러나 그자는 채 기왓골을 밟아보지도 못하고 허공에 피를 뿌리며 날려갔다. 숨을 돌린 소옥이 눈앞에 불쑥 솟구쳐 오른 자를 향해 생각해 볼 겨를도 없이 십성(十成)의 금황기(金黃氣)를 실은 일장을 때려낸 것이다.

기력을 내뻗어 일장을 후려치고 나자 가슴이 후련해지기는 했지만 조금 전 구양목의 육양지에 스친 뺨에서 다시 열기가 느껴져 왔다. 소옥이 급히 유룡심법(遊龍心法)을 운용해 혈맥 안에 스며든 양강지기(陽剛之氣)를 흡수해 들였다. 한줄기 시원한 기운이 막힘없이 달려 가슴을 지나 정수리로 솟구쳐 올랐다.

이제 소옥은 용마루를 밟고 우뚝 서 있었다. 차가운 바람이 불어와 그녀의 옷자락을 펄럭이게 했다. 그리고 그것에 실려온 다섯 개의 검은 그림자들이 일제히 내려꽂혔다. 스스로가 화살이 되어 그대로 소옥의 몸을 관통해 버릴 듯한 기세였다. 거침이 없었고 한 점의 머뭇거림도 없었다.

파앗―!

소옥의 다섯 자 앞에서 그들이 동시에 검을 뽑아 다섯 방위를 베어 왔다. 송곳같이 날카로운 예기가 뼛속에 파고들었다. 기합성은커녕 숨을 내쉬는 기척도 없는 조용한 검격이었다. 오직 검끝에 실린 살기만이 푸른 기운을 요기(妖氣)처럼 풀풀 날리며 소옥을 뒤덮었다.

"훙!"

그들의 검봉이 몸 가까이 이르기를 기다렸던 소옥이 냉랭한 코웃음을 날리며 반 걸음을 살짝 내딛었다. 중궁(中宮)을 밟고 곧장 나아갈 듯하던 그녀의 몸이 건문(乾門)을 돌아 태(兌)를 향하는 듯싶더니 다시 어깨를 틀어 이마를 남쪽으로 향한 채 이(離)의 방위를 찍었다. 숨을 돌릴 새도 없이 급히 다리를 꼬아 다시 진문(震門)으로 빠져나간 그녀의 그림자가 동남 방위를 가리키며 쏜살같이 뛰어 들어가 손문(巽門)으로 빠져나왔다.

한바탕 눈부신 춤을 추고 난 듯했다. 바람처럼 사방으로 몸을 움직이고 미끄러지듯 방위를 밟아 지쳐 나간 소옥이 이미 오 인의 합격을 뚫고 서너 장 밖을 치달리고 있었다. 곤륜의 신법 중에서도 정교하고 현묘하기 짝이 없는 유룡퇴보(遊龍退步)의 절기 앞에서 오인의 내습자(內襲者)들은 한순간 망연자실하여 우뚝 멈추어 서버렸다.

그들이 어찌할 바를 찾지 못하는 사이에 지붕 끝에서 훌쩍 몸을 날린 소옥이 단숨에 뜰을 가로질러 매화나무 숲 위로 내려앉았다.

"저기다!"

흑조(黑鳥)처럼 가볍게 내려앉아 매화나무 가지 끝을 딛고 선 소옥을 본 위사들이 고함을 질러댔다. 사방에서 호각 소리가 높이 솟구쳤고 횃불이 밝혀졌다. 소옥을 놓친 다섯 명의 괴인들이 지붕을 박차고

날아 내리고 있었다. 소옥은 귀찮은 존재들이라고 생각했다. 그들과
뒤섞여 솜씨를 뽐내고 싶은 마음은 조금도 없었다.

매화나무 가지를 출렁여 탄력을 빈 그녀가 다시 몸을 날릴 때였다.

피이잉—!

담 위로 불쑥 고개를 내민 궁수(弓手)들이 일제히 강전(鋼箭)을 날렸
다. 소옥의 몸은 이미 두어 길이나 허공 중에 솟구쳐 있을 때였다. 몸
을 숨길 만한 조그만 엄폐물도 있을 리 없었다. 그녀의 몸이 십여 개의
강전에 꼬치처럼 꿰뚫릴 것처럼 보였다.

"차합!"

소옥의 입에서 처음으로 낭랑한 기합성이 터져 나왔다. 두 팔을 활
짝 펼쳐 네 대의 강전을 받아낸 그녀가 다시 두 발을 번갈아 차 올려
네 대의 강전을 걷어찼다. 순식간에 허공을 가르던 여덟 대의 강전이
사라져 버렸다. 그러나 나머지 두 대의 화살은 이미 소옥의 가슴과 미
간에 닿고 있었다.

소옥의 머리 속에 번갯불처럼 뇌음신궁(雷音神弓) 공손표(孔孫彪)에
게 당하던 일이 떠올랐다. 신궁이라 불리는 외호에 걸맞게 그의 활 다
루는 솜씨는 빼어난 바가 있었다. 그의 강전에 맞아 한때 목숨이 경각
지경에 이르렀던 적도 있는 소옥은 그때부터 화살에 대한 본능적인 두
려움과 함께 적개심마저 지니고 있었다.

급히 머리를 뒤로 젖혀 미간에 박혀드는 강전을 흘려 버린 그녀가
가슴을 불쑥 내밀었다.

깡—!

부푼 그녀의 가슴에서 쇳소리가 났다. 옷자락을 뚫고 박혀든 강전이
소옥의 피부를 뚫지 못하고 퉁겨져 나갔다. 곤륜의 제일신공(第一神功)

이라 할 만한 미타금강기(彌陀金剛氣)의 위력이었다. 소옥은 다급한 순간에 금황기(金黃氣)로도 불리는 그 신공을 십이성(十二成) 끌어올려 가슴 앞에 집중시켰던 것이다. 그러자 거대한 반탄력이 일어 부딪쳐 온 강전을 향해 그것의 힘만큼 되쏘아버렸다.

강호에서는 그러한 신공을 일러 호신강기(護身罡氣)라고 불렀다. 내공이 지극한 깊이에 이르러야 하고 그것의 운용에 신묘한 비법을 터득하고 있는 자라야만 펼칠 수 있는 최고의 호신 수법이었다. 그 두 가지중 어느 한 가지만 부족해도 펼칠 수 없었으므로 강호에서 호신강기를 운용할 수 있는 고수는 몇 되지 않았다.

소옥은 자신이 무의식 중에 탄자결(彈字訣)을 운용해 펼쳐 보인 그것이 호신강기라는 것은 꿈에도 몰랐고 지금은 생각해 볼 겨를도 없었다. 그녀는 자신도 모르는 사이에 하나의 지고무상한 절기를 터득한 것이다. 강전에 대한 공포와 적의가 그녀에게 가져다 준 뜻밖의 결과였다.

소옥이 다시 한 번 매화나무 가지를 걷어차 탄력을 빈 다음 몸을 날렸다. 그녀를 향해 떨어져 내리는 다섯 명의 괴인들을 향해서였다.

쉬이잉—!

한번 손목을 떨치자 손에 쥐고 있던 네 개의 강전이 괴인들을 향해 폭사되어 나갔다. 그것이 궁사들이 시위에 먹여 날렸을 때보다 오히려 굳세고 빠른 바가 있었다.

네 명이 검을 휘둘러 미간에 박혀드는 강전을 쳐냈다. 깡! 하는 날카로운 쇳소리가 동시에 터져 나왔다. 그들이 잠시 주춤하는 사이에 나머지 한 명은 곧장 소옥에게 부딪쳐 왔다. 자신들의 이목을 속이고 매복처를 빠져나간 소옥에 대하여 크게 분노하고 있었기에 그가 휘둘러

오는 검에는 조금의 인정도 실려 있지 않았다.

"흥!"

그것을 보며 싸늘하게 코웃음친 소옥의 손이 등 뒤로 향했다.

"이얍!"

흑두건 속에서 날카로운 기합성이 터져 나온 순간, 한줄기 시린 검광이 곧장 정면의 괴인을 쳐 나갔다. 뇌전보다 더 빠르고 신랄한 쾌검의 수법이었다. 발검(拔劍)과 동시에 이루어진 후려치기가 단번에 괴한의 검로(劍路)를 부수고 정수리를 쪼개왔다.

"으헛!"

크게 놀란 괴한의 입에서 비로소 경악성이 터져 나왔다. 그가 천근추(千斤錘)의 수법으로 급히 몸을 떨어뜨리자 이번에는 소옥의 발끝이 그의 미간을 찍었다. 허공에 몸을 띄운 채 순식간에 주고받는 두 사람의 공방이 눈부시기만 했다.

"타핫!"

괴한이 우렁찬 기합성을 터뜨리며 몸을 뒤집어 뒤꿈치를 단단한 땅에 박아 넣고 팽이처럼 맴돌았다. 세 번 걷어찬 소옥이 그 탄력을 빌어 허공에서 몸을 쭉 폈다. 그녀의 신형이 무엇에 잡아당겨진 것처럼 어둠을 뚫고 담 위로 곧장 뻗어 나갔다.

운룡대팔식(雲龍大八式)의 경신법이 타 문파의 그것보다 뛰어난 것으로 인정받는 것은 의지할 곳 없는 허공 중에서도 한 모금 진기의 힘을 빌어 자유롭게 운신할 수 있는 비법을 담고 있기 때문이다. 금리도천파(金鯉倒千波)의 수법으로 몸을 뒤채고 뻗어내는 소옥의 운신법이 쾌속하기 짝이 없는 중에도 격식에 맞았고 우아해 보여서 그것을 바라보고 있던 구양목이 절로 탄성을 발했다.

"대단한 아이였군. 과연 곤륜 문하라 할 만하다."

한번 몸을 편 것만으로 눈 깜짝할 사이에 담 위에 다다른 소옥이 매섭게 검을 휘둘렀다. 다시 시위에 강전을 먹이고 있던 궁수들이 크게 놀라 넋을 잃고 소옥을 바라보았다.

씨이익—!

그녀의 검봉에서 번쩍이는 금광(金光)이 크게 일어 쓸어갔다. 참혹한 비명 소리가 밤하늘을 갈랐다. 소옥이 처음으로 용화진경 속의 검의에서 터득한 살검을 마음껏 휘둘러 본 것이다. 미타금강기를 실은 검강(劍罡)이 길게 뻗어 나가자 그녀 자신도 깜짝 놀라고 말았다.

아차 하는 마음이 들어 급히 검을 회수해 들이려 했으나 이미 늦은 뒤였다. 눈 깜짝할 사이에 담 위에 올라서 있던 십여 명의 궁수들이 하나같이 목이 잘려 떨어졌다.

"악독한 년이다!"

그녀의 뒤에 들이닥쳤던 다섯 명의 괴인들이 입을 모아 소리쳤다. 두건으로 얼굴을 가리고 있어도 그녀의 호리호리한 몸매와 고함 소리에서 여자라는 것을 눈치 챈 것이다.

그들의 검기가 허공을 격하고 난자해 왔다. 감히 경시하지 못한 소옥이 몸을 틀며 털어내듯이 검을 좌우로 휘둘러 마주쳐 갔다.

창창창창창—!

다섯 번의 날카로운 쇳소리가 듣는 사람들의 귀를 따갑게 하며 터져 나왔다.

가까이에서 얼굴을 마주하고 보자 그들은 하나같이 중늙은이의 모습을 하고 있는 인물들이었다.

원래 그들은 북쪽 장성 밖 음산(陰山)에 은둔하고 있으면서 강호에는 좀체 모습을 드러내지 않던 자들이었다. 하지만 지니고 있는 바 검법의 고명함이 멀리 강남에까지 전해졌다. 사람들은 한 몸인 듯 언제나 함께 행동하는 그들을 일러 음산오귀(陰山五鬼)라고 불렀다. 멀리 변방에 웅거하고 있는 자에 대한 경멸의 뜻도 담겨 있는 말이었다.

강호인들이 만나보기 힘든 그들 다섯 늙은이를 그렇게 부르며 애써 멸시하는 데에는 그들이 지니고 있는 고절한 검법에 대한 질투와 두려움의 마음도 포함되어 있었다.

중원에는 좀체 발을 들이지 않는 그들 다섯 괴인이 오늘 태감부에 몸을 숨기고 있다는 것은 놀랄 만한 일이 아닐 수 없었다. 하지만 소옥에게는 그런 것들을 생각할 여유가 없었다. 그들이 음산오귀인지 뭔지도 알지 못했고, 알아보고 싶은 마음도 없었다. 오직 상대하기 껄끄러운 자들이고, 그들의 검을 뿌리치지 못하면 낭패를 면치 못하리라는 것만을 절실히 느끼고 있을 뿐이다.

소옥이 에잇! 하고 날카롭게 고함을 지르며 오히려 다섯 늙은이들을 향해 몸을 던지듯 부딪쳐 갔다.

창창창창창—!

다시 한 번 귀청을 찢을 듯한 쇳소리가 터져 나왔다. 한번에 몰아치는 소옥의 검기가 금빛으로 번쩍이며 어두운 허공을 이리저리 가르고 휘어지고 떨어지는 것이 급박한 중에도 아름답게 보였다. 소옥의 검에 부딪친 노인들이 저마다 저려오는 팔목을 흔들며 주춤거렸다. 어린 계집아이에 불과해 보이는데 이처럼 고강한 내력을 지니고 있다는 것이 그들에게는 의외였다.

소옥이 음산오귀를 떨쳐 버리느라고 주춤거리던 그 잠깐 동안에 어느새 백여 명의 호장 무사들이 벌 떼처럼 달려들어 그녀와 오귀를 둥글게 에워쌌다. 곳곳에 밝혀진 횃불들로 주위가 대낮처럼 환해졌다. 소옥의 눈이 심하게 흔들렸다. 늦어버렸다는 절박함이 그녀를 허둥대게 했다.

"검을 버려라!"

물러섰던 음산오귀가 다시 다섯 방위에서 소옥을 노리고 조금씩 좁혀들었다. 그들의 창백한 검신에 뿌연 기운이 안개처럼 서려 맴돌고 있었다. 소옥은 그들이 비장의 절초를 뽑아내려 한다는 것을 알았다. 그러기 전에 그들을 뚫고 이곳을 벗어나야 했다. 어떤 수법을 쓰는 게 좋을까 궁리하던 소옥의 머리 속에 번개처럼 떠오르는 생각 하나가 있었다.

소옥이 더 망설일 것 없이 땅을 박차고 정면의 노인을 향해 부딪쳐 갔다. 두려움없이 쳐 나오는 소옥의 기세에 노인이 잠깐 동안 망설였다. 그대로 받아칠 것인지, 물러서서 기회를 엿볼 것인지 그 짧은 순간에 쉽게 결정하기 어려웠던 것이다.

"무모한 년!"

마음을 정한 노인이 쉰 음성으로 버럭 소리치고 과감하게 마주쳐 왔다. 서로 이마를 부딪칠 듯 곧장 다가선 두 사람이 일제히 좌우로 몸을 틀어 비키며 검을 후려쳤다. 초식의 교묘함을 버리고 오직 힘으로 부딪치려고 작정한 사람들인 것 같았다. 두 사람의 검이 허공에서 격하게 부딪쳤다.

창―!

새파란 불똥을 날리며 한 번의 검명(劍鳴)이 터져 나온 곳에 노인이 창백해진 안색으로 물러서는 것이 보였다. 그의 손에 들려져 있는 것은 이제 반 토막이 남았을 뿐인 검편(劍片)이었따.

소옥의 생각은 자신의 풍향검에 크게 의지한다는 것이었다. 그녀가 손에 들고 있는 검은 절세의 보검이라고 할 만한 것이었다. 음산오귀가 지니고 있는 검도 훌륭한 것이었지만 풍향검에 미타금강기를 실은 자신의 검격을 당해내기에는 부족할 것이라고 여겼다. 그리고 그 생각은 보기 좋게 맞아떨어졌다.

한 번 부딪쳐서 오귀 중 한 명의 검을 꺾어버린 소옥은 부쩍 자신감이 생겼다. 그녀가 재빨리 몸을 틀어 뒤에서 쳐 나오는 또 하나의 검을 마주하고 힘껏 풍향검을 휘둘러 쳤다.

쨍—!

또 한 번의 요란한 검명이 터져 나왔고, 두 번째 노인도 부러진 검을 쥔 채 창백한 안색을 하고 물러섰다. 그러자 나머지 세 노인은 이제 감히 소옥의 검과 정면에서 부딪치려는 생각을 하지 못하게 되었다.

"비켜!"

외치는 소옥의 음성에 자신감이 가득했다.

그녀가 저돌적으로 부딪쳐 오자 세 노인이 잔뜩 인상을 찡그리며 옆으로 비켜서더니 다섯 걸음 밖에서 일제히 검을 휘둘러 내려쳤다.

씨이잉—!

그들의 검에 서려 있던 푸른 기운이 화살처럼 쭉 뻗어 나왔다. 푸른 검기의 그물이 단번에 소옥을 가두어 버린 듯했다. 그러나 소옥의 눈에 떠오른 것은 당황하는 기색이 아니었다. 그녀는 내심 자신의 생각대로 일이 진행되는 것을 기뻐하고 있었다. 그녀가 떠올렸던 또 하나의 방법은 그들과 정면으로 부딪쳐 그들의 힘을 이끌어낸다는 것이었

다. 그런 다음에는 자신의 유룡검법(遊龍劍法)을 십분 활용해 그들을
당황하게 하고, 그 틈을 노려 단번에 빠져나가려고 했다.

세 노인의 검기가 부딪쳐 오자 소옥이 침착하게 호흡을 가다듬고 유
룡검법 중 기묘하기 제일이라고 할 만한 용기횡강(龍氣橫江)의 수법으
로 검을 흔들었다. 세 가닥의 검기를 끊어가는 그녀의 검봉에서 웅웅
거리는 용음(龍吟)이 은은히 울려 나왔다. 그것이 점차 커져 갈수록 검
에 실려 있는 금황기의 기운 또한 무거워져 갔다.

내력의 무거움을 싣고 있었지만 검봉의 움직임은 더욱 가볍고 신랄
해졌다. 좌우로 쓸고, 검신을 타고 오르다가 뚝 떨어지는가 하면, 가슴
을 노리고 찔러가던 것이 갑자기 꺾여 팔방을 바라보고 산만하게 떨어
지는 것이 좀체 검로(劍路)를 짐작할 수 없게 했다.

상관혜의 유룡검법은 살기와 극성이라 상대를 해칠 수는 없었지만
그 어떤 신묘한 검법이라도 낱낱이 격파하고 무찌르는 묘용이 가히 천
하제일이라고 할 만했다. 엉킨 실 토막을 하나하나 끊어가듯 세 노인
의 살기 가득한 검기를 토막 내가며 오히려 그들의 요혈을 압박해 드
는 소옥의 검법이 노인들을 크게 놀라게 했다.

"요상한 검법이다!"

그것이 유룡검법이라는 것을 미처 알아채지 못한 노인이 크게 외치
며 당황하여 어지럽게 물러섰다.

양쪽에서 소옥을 핍박해 들어오던 두 노인도 놀라기는 마찬가지였
다. 그들과 떨어진 곳에서 바라보고 있던 구양목도 마음이 떨려왔다.

"음, 어느새 상관 사매의 진전을 십이성 물려받고 있었군."

그는 두건을 뒤집어쓰고 있는 침입자가 소옥이라는 것을 알았다. 그
녀의 몸에서 곤륜의 절학들이 쏟아져 나올 때 이미 짐작했던 것인데,

이제 그녀에게서 펼쳐지고 있는 유룡검법을 보자 확실해졌다.

"내가 너무 여유를 두고 있었나?"

구양목이 그렇게 중얼거리며 턱을 쓸었다. 그의 얼굴에 희미한 그늘이 드리웠다. 눈으로 직접 보자 소옥의 공부가 그의 상상을 크게 뛰어넘는 바가 있었던 것이다. 상관혜가 직접 나서서 유룡검법을 펼친다고 하더라도 지금 소옥이 보여주고 있는 것과 같은 위력에는 미치지 못할 것 같았다. 구양목은 더 늦기 전에 소옥을 제압하는 것이 좋겠다는 생각을 품었다.

구양목이 그런 생각에 잠겨 있을 때 소옥의 검은 풍차처럼 휘돌며 다섯 노인들을 한꺼번에 촘촘한 검기의 그물 속에 가두고 있었다. 팔방을 베고 십육방을 찌르며 다시 삼십이방을 무찔러 가는 그녀의 검법이 초수가 거듭될수록 빨라져서 이제는 눈에 보이지도 않을 지경이 되었다. 줄기줄기 뻗어 나가고 난무하는 검기의 그물 속에서 음산오귀는 땀을 뻘뻘 흘리며 자신을 돌보기에 정신이 없을 뿐, 감히 검을 뻗어 소옥을 찌르려는 생각조차 하지 못했다.

유룡검법은 한번 몰아치면 상대가 어려움을 느끼고 스스로 물러서기 전까지 멈추지 않았다. 그것은 상대의 반응에 따라 저절로 변화했기 때문에 상대의 저항이 거세지면 그만큼 검기의 예리함도 무서워져 가는 것이었다. 음산오귀는 이미 절정검도를 지니고 있는 자들이라는 평을 듣는 만큼 한 몸에 지닌 공부가 가볍지 않았다. 그들이 전력을 다하여 대항하자 소옥의 유룡검법도 점점 그 치밀함과 날카로움이 더해져 갔다.

시간이 지날수록 음산오귀는 이상하다는 생각을 하게 되었다. 코앞에 어른거리고 미간을 스쳐 가는 소옥의 검기 속에서 응당 있어야 할 살기가 느껴지지 않았던 것이다. 처음에는 크게 놀라 가슴이 뛰어서 미처 그것을 살펴볼 경황이 없었으나 시간이 지나자 괴이하다는 생각을 하게 된 것이다. 그들의 눈에는 소옥이 자신들을 희롱하고 있는 것처럼 보였다. 죽일 수 있는 기회가 여러 번 있었는데도 그때마다 아슬아슬하게 비켜가는 검봉의 교묘함 때문이었다.

음산오귀가 수치심으로 얼굴을 벌겋게 달구어갈 때 소옥은 초조함을 감추지 못하고 있었다. 유룡검법은 살기를 실어내면 검로(劍路)가 흩어져 위력이 사라져 버린다는 것을 그녀는 잘 알고 있었다. 오직 상대가 스스로 어려움을 느껴 피를 보기 전에 물러나게 하는 것인데 음산오귀에게서는 전혀 그런 기미가 보이지 않았다.

소옥은 처음부터 위력적인 검법을 펼쳐 그들을 제압해 버리지 않은 것을 뒤늦게 후회했다. 이렇게 시간을 끌다가는 제풀에 지쳐서 검을 놓쳐 버릴 것만 같았다. 한번 힘써 그들을 물러서게 하고 재빨리 주위를 살펴본 소옥은 상황이 점점 더 어렵게 변해가고 있다는 것을 느꼈다. 어느새 정원 가득 몰려들어 있는 위사들이 함성을 지르며 음산오귀를 응원하고 있는 가운데 예사롭지 않아 보이는 자들 또한 삼삼오오 모여서 눈빛을 번쩍이며 기회를 엿보고 있었던 것이다.

이렇게 조금만 더 지체했다가는 영영 이곳을 빠져나갈 수 없겠다고 여긴 소옥은 더 늦기 전에 몸을 빼내야 한다고 생각했다.

"흥, 이제 와서 달아나려고?"

그녀의 그런 생각이 검끝에 고스란히 실렸던 모양이다. 음산오귀 중 대귀(大鬼)가 스산하게 외치며 허공을 격하고 일권을 때렸다. 그의 웅장한 권력(拳力)이 소옥의 검기를 뚫으며 곧장 부딪쳐 왔다. 그것은 대풍음권(大風陰拳)이라고 불리는 것으로, 경력의 두터움이 부드러움 속에 숨겨져 있어서 나무를 치면 겉은 멀쩡하게 둔 채 속을 산산이 부수는 위력이 있었다. 무당파의 면장(綿掌)의 수법과 비슷했지만 음기가 강하다는 점에서 구분이 되었고, 대귀가 자랑하는 독특한 경력(勁力)이기도 했다.

소옥이 검을 휘둘러 여전히 음산오귀를 핍박하면서 좌장(左掌)을 천천히 밀어 대귀의 대풍음권에 부딪쳐 갔다. 그녀의 장심에서 은은한 금황기(金黃氣)가 일더니 대귀의 권력과 부딪치기 직전에 폭발하듯 쏟아져 나갔다.

꽝—!

거대한 쇠북을 두드린 듯한 굉음이 터져 나왔다. 갑작스럽게 터져 나온 그 소리에 주위에 있던 자들이 핼쑥해진 얼굴로 귀를 막고 분분히 물러섰다. 두 사람의 내력이 집중된 음파(音波)가 웅웅거리는 뇌성을 뿌리며 주변의 공기를 밀어내자 그 힘의 권역에 있던 자들이 감당치 못한 것이다.

"욱—!"

대귀의 입에서 억눌린 신음이 흘러나왔다. 그가 소옥의 양강장력(陽剛掌力)에 충격을 받고 비틀거리며 물러설 때 소옥은 세게 떠밀린 것처럼 허공으로 훌훌 날려가고 있었다. 언뜻 보기에는 대귀의 일권에 막중한 충격을 받은 것 같았다.

그러나 그것은 소옥이 잡은 절호의 기회였다. 그녀는 찰자결(紮字訣)을 운용해 자신의 내력으로 대귀의 거대한 권력을 감싸 묶어두었다가 한순간 급박하게 탄자결(彈字訣)의 요령으로 퉁겨낸 것이다. 대귀의 원래의 힘에 소옥의 힘까지 더해져 부딪치자 그 반탄력이 황소라도 쓰러뜨릴 만큼 격해졌다. 그것을 이용해 몸을 빼내는 소옥의 영악함에 모두는 어리둥절하기만 했다.

휘익―!

그녀의 신형이 비조(飛鳥)처럼 어둠을 뚫고 솟구쳐 단번에 위사들의 머리 위를 뛰어넘어 사라졌다. 눈 깜짝할 사이에 벌어진 일이었다. 소옥이 옷자락을 펄럭이며 담 너머로 사라지고 나서야 정신을 차린 음산오귀가 일제히 소리치며 그녀를 뒤쫓아 몸을 날렸다.

"영악한 것, 게 섰지 못하겠느냐!"

대귀의 힘을 빌어 단번에 후원을 가로지른 소옥은 높은 태감부의 담을 두 번 걷어차는 것으로 훌쩍 뛰어넘었다. 들어올 때는 그처럼 망설이며 조심했지만 이제 달아나는 처지에는 그럴 필요가 없었다.

그녀가 담을 뛰어넘었을 때 머리 위에서 옷자락 펄럭이는 소리가 들려왔다. 힐끗 바라본 소옥의 가슴이 철렁 하고 내려앉았다. 어두운 허공을 가득 뒤덮듯 넓은 장포 자락을 펄럭이며 구양목이 떨어져 내리고 있었던 것이다.

놀라고 있기만 할 때가 아니었다. 어금니를 악문 소옥이 내력을 십이성 끌어올려 힘껏 땅을 걷어찼다. 그녀의 신형이 어둠을 뚫고 섬전처럼 뻗어 나갔다.

풍향곡에서 사부로부터 곤륜의 비전 절학들을 전수받을 때부터 소옥이 가장 빠르게 성취를 보인 것이 경공과 경신의 공부였다. 여자 특유의 가볍고 날렵한 몸에 재치있는 본성까지 더해져 그녀의 경공신법은 사부조차도 혀를 내두를 만큼 놀라운 성취를 보였던 것이다.

경공 조예에 있어서만은 누구에게도 뒤지지 않을 수 있다고 자부하는 소옥은 구양목의 공부를 시험해 보기라도 하겠다는 듯 전력을 다해 질주해 나아갔다. 담이 가로막으면 단번에 그것을 타 넘었고, 지붕과 지붕을 한 걸음에 뛰어넘어 달려가는 그녀의 모습이 날개 달린 새처럼 가볍고 신속하기만 했다.

어디가 어디인지도 모르는 채 벌써 여섯 개의 담과 지붕을 뛰어넘어 온 소옥이 힐끗 뒤를 돌아보았다. 어둠 속에서 구양목의 모습은 보이지 않았다.

그가 몸이 무거워 아무래도 경신의 공부는 자신을 따라오지 못하는 모양이라고 생각한 소옥이 한숨을 돌리고 비로소 주위를 살펴보았다. 동터 오기 직전의 깊은 어둠에 묻혀 괴괴하기만 한 주택가의 골목에 그녀는 서 있었다. 앞을 보아도 비좁은 골목이었고 뒤를 보아도 그랬다. 사방이 온통 높은 담에 가로막힌 채 미로처럼 뚫려 있는 좁은 골목들만이 종으로 횡으로 어지럽게 뻗어 있을 뿐이었다.

한 조각 그믐달마저 두터운 구름에 가려 있어서 동서남북을 가늠할 수 없었다. 안력(眼力)을 한껏 돋우어도 칠흑 같은 어둠을 뚫고 바라볼 수 있는 곳은 고작 십여 장을 넘기지 못했다. 그렇게 시야가 좁아서는 더욱 방향을 가늠한다는 것이 어려웠다.

"좋아. 길이 있는데 어디로든 갈 곳이 없겠어?"

마음이 급해진 소옥은 앞을 바라보고 무작정 내달리기 시작했다. 어디로 가게 되든, 무엇이 나타나든 그것은 그때 가서 생각하고 판단할 문제라고 결정해 버린 것이다. 멀리서 날카로운 호각 소리들이 들려오기 시작하여 그녀의 마음을 더욱 혼란하게 한 탓이기도 했다.

한바탕 치른 격전으로 몸은 벌써 피곤해지고 있었다. 다행이 큰 부상을 입지 않고 무사히 태감부를 빠져나올 수 있었지만 잊고 있었던 낯선 열기 한 가닥이 다시 혈맥 속을 역류하며 그녀의 몸을 달구어놓기 시작했다. 구양목의 육양지력이 남겨준 흔적이었다.

소옥은 그것을 몸 밖으로 완전히 몰아내지 않으면 큰 화근이 될 것임을 알았다. 하지만 그렇게 하기 위해서는 적어도 두어 시진 동안은 안정하며 운기해야 할 것인데 지금은 그럴 여유가 없었다. 급한 대로 다시 한 번 유룡심법을 운기하여 자신의 내력으로 열기를 억누르며 쉬지 않고 달릴 수밖에 없었다.

"억!"

눈앞을 가로막는 높은 성벽을 보고 소옥이 급히 멈추어 선 채 비명을 터뜨렸다.

"이런 낭패가 있나!"

그녀가 발을 동동 굴렀다. 기껏 달아난다고 한 것이 외성(外城)을 벗어나기는커녕 한 바퀴 빙 돌아 오히려 내성(內城)으로 다시 돌아왔던 것이다. 절벽처럼 높이 솟아 있는 저 너머는 황제가 있는 금궁(禁宮)이었고, 자신이 혈투를 벌이고 가까스로 빠져나온 태감부가 있었다. 소옥은 어깨에서 힘이 빠져 버리고 말았다.

호각 소리가 점점 가까워지고 있었다. 곧 태감부의 위사들이 들이닥칠 것이고, 구양목도 몸소 나타날 것이었다. 음산오귀에게 또다시 에워싸인다면 지금처럼 지친 몸으로는 태감부에서 보여주었던 그런 위세를 다시 뽐낼 수 없을 것이 분명했다. 돌아서서 성을 등지고 왔던 길을 더듬어 다시 달아난다는 것도 이제는 쉽지 않았다. 지금쯤은 위사들이 모든 길목을 가로막고 있을 것이기 때문이다. 놈들은 토끼몰이를 하듯 넓게 펼쳤던 포위망을 조금씩 좁혀오며 곧 코앞에 들이닥칠 것이었다.

'어떻게 할까…….'

앞길이 막막해지자 억누르고 있던 피로가 더욱 큰 무게로 소옥의 온몸을 내리눌러 왔다. 이대로 주저앉아 쉬고만 싶었다.

어떻게 해야 할지 당황하고 있는 소옥의 귀에 가벼운 발자국 소리가 들려왔다.

'벌써 왔나?'

그것이 고수의 기척이라는 것을 눈치 챈 소옥이 가라앉으려는 몸을 추슬러 곧추세우며 눈을 부릅떴다. 또 어떤 자가 덤벼올 것인지 모르지만 이제는 처음부터 살수를 쓰더라도 결코 시간을 끌지 않겠다는 다짐을 했다.

어둠 속에서 자신과 마찬가지로 흑의경장(黑衣輕裝)을 입은 자가 곧장 달려오고 있었다. 우선 그자의 듬직한 체구가 소옥의 눈길을 끌었다. 온몸에서 단단한 기운이 느껴지는 자였다. 소옥이 긴장으로 한차례 어깨를 떨었다.

'고수다!'

그녀는 상대의 모습에서 대번에 그것을 알아챘다. 가까워질수록 흔히 느껴볼 수 없는 단단하고 거친 기운이 강하게 부딪쳐 와 가슴을 마구 뛰게 했던 것이다. 그런 기운을 언젠가 느껴본 적이 있었다. 소옥은 경황 중에도 그게 언제였던가를 더듬어 생각해 보았다. 그러다가 그녀의 입술이 파르르 떨렸다.

'단목기…….'

문득 그 이름과 얼굴과 목소리가 가슴 가득 내려앉았다. 소옥은 단목기를 처음 보았을 때 바로 지금과 같은 두려운 기운을 느꼈었다는 것을 떠올렸다. 혹시 그가 왔나 하는 설레임으로 자세히 바라보던 그녀가 어두운 얼굴이 되어 한숨을 쉬었다. 달려오고 있는 자의 팔을 본 것이다. 단목기라면 당연히 왼팔이 없어야 했으나 그자는 두 팔을 멀쩡하게 흔들어대고 있었다.

잠시 상념에 빠져 있던 소옥은 곧 정신을 차리고 풍향검을 움켜쥐었다. 인정사정없이 쳐버리겠다는 소옥의 의지를 읽은 자가 두 손을 번쩍 든 채 엇갈려 흔들어 보임으로써 싸울 의사가 없다는 것을 표시해 왔다.

십여 장 밖에서 한 번 발을 구른 것 같았는데 그의 몸이 곧장 소옥에게 부딪쳐 왔다. 눈앞에 뚝 떨어진 자가 불길이 이는 듯한 눈으로 소옥을 노려보았다. 팽위진이었다.

"웬 놈이지?"

소옥이 두 눈 가득 경계심을 풀지 않으며 물었다. 팽위진이 그녀를 바라보고 씩 웃어 보였다.

"아가씨, 이런 곳에서 헤매고 있을 때가 아닌 것 같은데?"

"뭣이?"

소옥이 발끈했다. 두건을 뒤집어쓰고 있는데도 자신이 여자라는 것을 금방 알아보았다면 이자는 처음부터 자신을 알고 있었던 건지도 모른다는 의심이 더럭 일었다.

"성 밖으로 안내해 주지."

한번 고개를 끄덕여 보인 팽위진이 몸을 돌리더니 높은 성벽을 따라 달려나가기 시작했다. 소옥은 그의 뒷모습이 어둠에 점점 잠겨가는 것을 보며 잠시 망설였다. 하지만 달리 더 좋은 방법이 생각나지 않았다. 어쨌든 당장은 자신에게 적의를 가지고 있지 않은 자였으니 한번 따라가 보자고 생각했다. 사태가 더 나빠진다 한들 지금보다 나쁘지는 않을 것이라는 생각도 들었다.

어둠 속에서 우뚝 서서 소옥이 따라오기를 기다리던 팽위진이 다시 몸을 날려 질풍처럼 내닫기 시작했다. 소옥은 그가 이곳의 지리에 매우 밝다는 것을 알았다. 막힌 것 같은 길인데도 용케 통하는 곳을 찾아 빠져나가곤 했던 것이다.

그렇게 몇 굽이의 어지러운 골목을 마구 뚫어 나가던 팽위진이 갑자기 우뚝 멈추어 섰다. 정신없이 뒤를 따라오던 소옥이 놀라 천근추의 신법으로 급히 몸을 세웠다.

"이게 무슨……."

상체가 쏠리며 자칫 팽위진의 등에 부딪칠 뻔한 그녀가 화가 나 막 소리치려 하는데 팽위진이 뒤로 손을 뻗어 빠르게 휘둘렀다. 소옥은 그것이 조용히 하라는 신호임을 눈치 채고 목구멍까지 올라왔던 고함을 눌러 삼켰다.

꺾어지는 골목 저쪽의 기척을 살피던 팽위진이 손가락으로 소옥의 얼굴을 가리키고 자신의 얼굴을 가리켰다. 그의 턱수염이 무성한 험악한 얼굴을 물끄러미 바라보던 소옥이 곧 얼굴을 가리고 있던 두건을 벗어 건네주었다. 그녀도 골목 저쪽에 멈추어 있는 자들의 기척을 느낀 것이다.

자신의 뜻을 읽어내는 게 용하다는 듯 한번씩 웃어 보인 팽위진이 두건을 받아 뒤집어썼다. 곧 그의 험악한 얼굴은 사라지고 번쩍이는 두 눈만 드러났다. 그 기괴한 몰골을 빤히 바라보던 소옥이 소리없이 웃었다. 자신의 모습도 저랬을 것이라는 생각을 하자 절로 웃음이 나왔던 것이다.

소옥에게 다섯 손가락을 활짝 펴 보인 팽위진이 등 뒤로 손을 돌려 가만히 자신의 검을 잡았다.

"이야압!"

돌연 그의 입에서 엄청난 고함 소리가 터져 나왔다. 그 갑작스런 일에 소옥이 깜짝 놀라 두어 걸음을 거푸 물러섰다. 그녀의 눈에 검을 뽑아 든 채 거침없이 달려나가는 팽위진의 넓은 등이 보였다.

"엇!"

꺾어진 골목 안쪽에서 당황한 외침이 들려왔다. 그와 함께 쨍! 하는 날카로운 금속성이 귀를 찔렀고, 으악! 하는 처참한 비명이 그 뒤를 따랐다. 급히 달려 골목 모퉁이에 선 소옥의 눈에 정수리가 두 쪽이 난 채 무너지고 있는 사내의 모습이 가득 들어왔다. 팽위진의 검이 피를 뿌리며 허공에서 다시 떨어지고 있었다.

남은 자들은 네 명이었다. 소옥은 팽위진이 다섯 손가락을 펼쳐 보인 게 그곳에 다섯 놈이 매복해 있다는 신호였다는 걸 알았다. 생긴 것과는 다르게 예민한 그의 감각이 그녀를 또 한 번 놀라게 했다.

팽위진은 자신이 이곳에서 싸우고 있다는 것을 감추고 싶은 마음이 전혀 없는 모양이었다. 한 번 검을 후려칠 때마다 골목이 쩌렁쩌렁 울리는 기합성을 터뜨리는 것이 그의 기세를 더욱 흉맹해 보이게 했다.

그의 무섭도록 잔혹하고 단호한 칼질에 소옥은 등줄기를 훑는 전율을 느꼈다. 팽위진의 검법(劍法)에는 보는 사람마저 흥분시키는 폭발적인 야성이 가득했다. 소옥은 그의 검격을 보며 문득 남궁적을 떠올렸다. 남궁적의 칼질도 저와 같이 흉포하고 잔인한 야성으로 가득 차 있었다는 것을 떠올린 것이다.

한 번에 한 놈씩이었다. 투박하게까지 보이는 거친 검격이었지만 그것을 제대로 받아내는 자가 없었다. 팽위진이 우렁찬 기합을 터뜨리며 휘두르고 내려칠 때마다 뼈가 찍히는 끔찍한 소리가 났고, 자욱하게 퍼지는 피 냄새가 허공을 뒤덮었다.

다섯 번 검을 휘둘러 다섯 명의 위사를 찍어넘긴 것이 순식간의 일이었다. 마지막 놈의 목이 허공을 나는 것을 힐끗 바라본 팽위진이 어느새 검을 거두고 소옥을 향해 손짓했다. 그의 눈빛이 여전히 차갑고 무심하기만 한 것을 보고 소옥은 왈칵 두려움을 느꼈다. 살기도 없이 저렇게 처절한 검격을 가할 수 있는 자란 생각할 수도 없었다.

"조금만 더 가면 된다. 제기랄, 하지만 그 길이 천 리는 되겠군."

두건의 턱 부분을 들어 올려 입 안에 고여 있던 침을 뱉어낸 팽위진이 그렇게 투덜거렸다. 소옥은 그 거칠고 대담하며 무례한 자의 정체가 궁금해졌다. 처음 보는 자가 어째서 자신을 도와주는 것인지도 알아야만 할 일이었다. 두건을 빼앗아 제 얼굴을 가려야 할 만큼 이 북경성 안에서는 잘 알려진 자인지도 몰랐다.

"당신은 누구죠? 왜 나를 도와주려는 거죠?"

그녀가 빠르게 묻자 팽위진이 어이없다는 눈빛으로 빤히 바라보고는 혀를 찼다.

"지금 한가롭게 통성명이나 하고 있을 땐가?"

어느덧 동쪽 하늘에 흰 빛이 배어오기 시작했다. 구절양장처럼 어지럽게 비틀려 있는 골목을 두어 식경쯤 달려온 뒤였다. 팽위진은 태감부의 위사들이 매복해 있을 만한 곳을 정확히 집어내고 있었다. 그는 의심나는 곳을 비껴서 좁고 외진 담길 만을 따라 달렸다. 그래서였는지 그동안 더 이상 앞을 가로막는 자들을 만나지 못했다.

"저기!"

마음의 긴장이 풀어져 갈 때쯤 이번에는 뒤따르고 있던 소옥이 손가락을 들어 가리키며 소리쳤다. 팽위진이 그녀를 돌아보고 더욱 발에 힘을 주어 앞으로 내달렸다. 다시 골목 하나를 꺾어 돌자 갑자기 앞이 탁 트였다.

수레 스무 대가 들어설 만한 공간이 불쑥 솟아난 듯 나타났다. 끝없이 이어지던 담과 담이 끝나고 그 지겨운 골목들이 씻은 듯 사라진 것이다. 외성 한쪽을 가득 메우고 있던 주택가를 벗어났다는 것을 알 수 있었다. 이제 조금만 더 가면 북경성에서 완전히 빠져나갈 수 있었다.

하지만 눈에 보이는 그 길이 지금은 눈에 보이지 않는 높은 성벽보다 더 어렵게 느껴졌다. 청석이 깔려 있는 공터를 가득 메우고 서 있는 장한들 때문이었다. 모두 스무 명은 되어 보였는데 그중 위사 복장을 하고 있는 자는 고작 대여섯 명에 불과했다. 나머지는 가벼운 경장 차림인 것으로 보아 태감부에 있으나 구양목이 거두어들인 그의 수하들인 게 분명했다.

소옥은 그들 속에서 낯익은 자를 발견하고 멈칫했다. 장한들의 중앙에 버티고 서 있는 중년의 사내는 오압사(五壓寺)에서 본 적이 있는 신기구편(神技九鞭) 갈평(葛坪)이 분명했다. 다시 그녀의 눈에 한 늙은이가 들어왔다. 꾀죄죄한 몰골을 하고 있는 노걸개(老乞丐)였는데 그 늙은 거지 또한 갈평과 함께 오압사에 나타났었다는 것을 떠올렸다. 노독개(老獨丐) 왕곤(王坤)이었다.

"네놈은 누구냐!"

갈평이 그의 독문병기인 교룡피 채찍을 풀어 쥐고 나서며 차가운 음성으로 물었다. 눈알을 디룩거리며 그들을 살펴보던 팽위진이 껄껄 웃었다.

"저승에 가거든 염라대왕에게 물어보거라."

"죽일 놈."

갈평이 이를 갈며 두 눈에 살기를 띠기 시작했다. 소옥보다도 팽위진이 갈평에 대하여 더 잘 알고 있었다. 제독태감 장가령이 단목기를 잡기 위한 추살대를 선발할 때 자신이 태감에게 갈평을 소개했던 것이다. 그와 갈평은 평소 교분이 없었지만 그것은 문제가 되지 않았다. 추살대로 선발되는 자들은 잡아야 하는 상대를 고려하여 적당한 고수들을 가려 뽑으면 되기 때문이다.

팽위진은 자신이 알고 있는 강호의 고수들을 꼽아보다가 그중 갈평이 적당하다 싶어 천거했는데 실은 그자가 이미 구양목의 수하였다는 것을 나중에야 알고 분개한 적이 있었다. 구양목의 수단에 농락당했다는 불쾌한 느낌이 더해져 갈평을 대하는 팽위진의 마음에 살기가 치솟았다.

팽위진에게서 처음으로 살기가 엿보이자 소옥은 절로 긴장했다. 그녀가 더욱 힘주어 풍향검을 움켜쥐고 호흡을 가다듬었다. 한바탕 살육을 벌이지 않고서는 이곳을 벗어날 수 없다는 생각이 소옥의 마음을 독하게 해주었다.

"이얍!"

낭랑한 외침과 함께 갈평이 먼저 움직였다. 그의 손에서 풀려난 채찍이 창처럼 곧장 팽위진의 가슴 앞 당문혈(當門穴)을 찔러왔다. 금교쇄주(金蛟鎖柱)라는 수법으로써 채찍에 내력을 집중해 부드러운 그것을 창처럼 사용하는 절학이었다.

단번에 갈평의 수법을 파악한 팽위진이 옆으로 몸을 틀며 맹렬하게 검을 휘둘러 그것을 끊어갔다. 두 사람이 한 치의 양보도 없이 흉악한 기세로 어울리자 바람을 끊는 매서운 휘파람 소리와 허공을 때리는 채찍 소리가 뒤섞여 정신이 다 빠질 지경이었다.

갈평의 채찍은 부드러움과 강함을 적절히 조화하고 있었다. 빠르고 느리며 굳세고 부드러운 조화가 무궁무진하게 일어났다. 과연 채찍 하나로 강호를 오시할 만한 놀라운 조예였다. 팽위진의 삼 척 장검은 좀체 갈평과의 거리를 잡지 못하고 있었다. 때리고 휘감아오는 채찍의 조화를 쉽게 끊을 수 있을 것 같지 않았다.

"계집아이야, 순순히 검을 던질 테냐, 아니면 노부와 어울려 한바탕 놀아볼 테냐?"

두 사람의 싸움을 지켜보던 노독개 왕곤이 슬금슬금 앞으로 나서더니 소옥을 가로막고 히히 웃으며 말했다. 그의 누런 이빨이 소옥에게 혐오감을 가져다 주었다. 오압사에서 처음 보았을 때부터 마음에 들지 않는 늙은 거지였다. 소옥이 매섭게 그를 흘겨보고 나서 아무 말 없이 검을 휘둘러 머리통을 후려쳐 갔다.

"이크! 무섭구나!"

왕곤이 깜짝 놀라 소리치며 펄쩍 뛰어 물러섰다. 소옥이 그림자처럼 그를 따라붙으며 가슴팍을 노리고 검을 찔러댔다. 그녀의 검봉에서 윙윙거리는 파공성이 울려 나왔다. 잔뜩 내력을 불어넣은 풍향검이 센바람을 맞은 나뭇가지처럼 떨고 있었던 것이다.

역시 만만히 여길 게 아니라고 느낀 왕곤이 신중하게 일권 일권을 때려내기 시작했다. 그들 두 쌍이 치열하게 어우러져 맴돌자 사람들이 분분히 흩어지며 공간을 넓혀주었다. 그 와중에도 경장 차림의 사내들이 각기 병장기를 꼬나 쥔 채 호시탐탐 기회를 엿보고 있었다. 여차하면 우르르 달려들어 한꺼번에 눌러 버릴 기세였다.

소옥은 왕곤을 상대하는 데 비교적 여유가 있었다. 노독개의 내력이 아무리 깊다고 해도 맨손인 그가 소옥의 사나운 검을 상대하기는 버거웠던 것이다. 더구나 그것이 쇠를 무 베듯 하는 보검인 데에는 더 말할 것도 없었다.

팽위진을 바라본 소옥은 그 또한 급박하지 않다는 것을 알았다. 비록 갈평의 채찍이 종횡으로 허공을 휘저으며 그를 몰아세우고 있는 것 같았지만 실은 팽위진의 검격에 실려가고 있는 힘이 점점 더 강해져서 갈평의 채찍을 곤란하게 하고 있었던 것이다.

부쩍 사기가 오른 소옥이 이얍! 하는 날카로운 기합성을 터뜨렸다. 기력이 소진하기 전에 한시라도 빨리 눈앞의 늙은 거지를 제압하고 이곳을 떠나는 것만이 상책이었다. 강적을 맞아 내력을 집중하여 검을 휘두르느라고 몸 안에 스며들어 있는 구양목의 열양지기를 억제할 여력이 부족했다. 한 가닥 거북한 열기가 다시 혈맥을 타고 꿈틀거리는 기미가 느껴졌다.

초조해진 소옥이 검법을 급변하여 곤륜의 검법 중 가장 살기가 짙은 분광전검(分光電劍)을 펼쳐 냈다. 빠르고 신랄한 그 검법 중에서도 날카롭기 제일로 꼽히는 축영백운(逐靈魄云)의 수법을 한번 떨치자 왕곤의 안색이 창백해졌다.

소옥은 단목기를 만난 후 이미 사문의 투로(套路)를 잊고 초식을 버리는 경지를 경험한 바 있었다. 그러던 것이 지난날 아미파(峨嵋派)의 검모(劍母)로 숭앙받는 화운금검(火雲金劍) 정현 사태(精玄師太)로부터 첩영과 함께 가르침을 받은 후에는 다시 근본으로 돌아오기 위해 노력했다. 그 덕에 소옥의 검법은 초탈의 경지를 바라보는 지경에 이르렀다.

초식은 사부로부터 배운 그대로였으나 그 안에 담겨져 있는 미묘한 검의(劍意)는 소옥만의 것이었다. 누구도 흉내 낼 수 없는 것이고, 세상에 오직 하나뿐인 검법으로 탈바꿈되어 있었다. 교탈조화(巧脫調和)로 불려지는 상승의 경지에 성큼 들어서 있었던 것이다.

크게 놀란 왕곤이 개방의 절기인 취리건곤보(醉異乾坤步)를 밟아 어지럽게 몸을 흔들며 산비벽정(散飛霹精)의 수법으로 두 손을 번갈아 때리고 움켜쥐었다. 취리건곤보가 취팔선보(醉八仙步)에 버금가는 절기이고, 산비벽정이 금나(擒拿)와 조법(爪法), 산타(散打)의 수법을 한데 아우른 교묘한 장법(掌法)이었지만 이미 마음을 독하게 먹은 소옥의 풍향검을 누르기에는 역부족이었다.

"으악—!"

왕곤이 처절한 비명을 질렀다. 그의 어지러운 장법을 경쾌하게 끊으며 후려쳐 온 소옥의 검에 복부를 깊이 찔리고 만 것이다. 정수리로 치솟아오르는 고통을 참지 못하고 왕곤이 있는 힘껏 비명을 터뜨리자 그 소리를 들은 갈평의 마음이 흔들렸다.

순간적으로 채찍에 실려 있던 교묘함이 변색하자 팽위진이 미끄러지듯 다가서며 힘껏 검을 내려쳤다. 좀체 검격(劍擊)의 거리를 잡지 못해 외곽으로만 맴돌던 그가 단번에 거리를 좁혀든 것이다. 으르렁거리는 팽위진의 숨소리를 들은 갈평이 번쩍 정신을 차렸지만 이미 늦은 뒤였다.

고수들의 싸움은 눈 깜짝할 사이의 틈이 삶과 죽음을 갈라놓는 것이다. 그렇기 때문에 정신을 온통 집중하여 찰나의 순간일지라도 한눈을 팔아서는 안 되는 것이기도 했다. 서걱! 하고 잘 여문 무가 잘려지는 듯한 소리가 났다. 갈평의 머리가 정수리에서부터 두 쪽으로 갈라져 쩍 벌어지자 쉭, 하고 흰 김이 새 나왔다.

단번에 그의 머리를 쪼개놓은 팽위진이 몸을 돌려 악귀 같은 고함을 내지르며 무리들 속으로 뛰어들 때 비로소 갈평의 몸이 덧없이 땅 위에 쓰러졌다. 뜨거운 선혈이 뿜어져 그가 서 있던 허공을 뒤덮었다.

그 모든 것이 순식간에 벌어진 일이었다. 태감부의 위사들과 경장의 사내들이 엇! 하고 놀랐을 때는 갈평도 왕곤도 모두 혼백을 놓아버린 뒤였다. 경악하는 그들 속으로 팽위진이 장검을 휘두르며 뛰어들었다. 사기를 잃은 자들은 벌판에 버려진 양 떼나 다름없었다. 팽위진이 망설임없이 두어 명의 위사들을 더 찍어넘겼고, 그들의 참혹한 비명 소리가 두려움을 더욱 부풀렸다.

"흩어지지 마라!"

"상대는 둘뿐이다! 겁먹을 거 없어!"

그중에서도 제법 마음이 독한 자들이 있어서 도검을 휘둘러 달려들며 목청껏 외쳤지만 소용없었다. 한번 놀라 흩어지자 단단했던 결속력이 물먹은 모래처럼 무너져 내렸다. 팽위진이 좌충우돌하며 다시 두 명의 경장사내들을 베어넘겼다. 소옥은 그 야차 같은 모습을 멍하니 바라볼 뿐, 손을 쓸 새도 없었다.

'저자는 대체 사람인가?'

그런 생각이 소옥의 마음을 떨리게 했다. 죽고 사는 것에 대한 두려움 따위는 지니고 있지 않은 듯한 팽위진의 저돌적인 모습에서 소옥은 악귀의 처절함을 보았다. 다수의 적들 속에 몸을 던져 넣고 광란하듯 검을 휘두르는 그런 모습은 여태까지 본 적이 없는 그녀였다.

소옥은 문득 팽위진이 전쟁터를 전전하던 자가 아니었을까 하는 생각을 했다. 피아를 구분할 수 없는 백병전 속에서 광기에 사로잡힌 듯 날뛰는 그의 모습이 선연하게 보이는 것 같았다.

"가자!"

핏물을 잔뜩 뒤집어쓴 채 팽위진이 힐끗 소옥을 돌아보고 외쳤다. 앞을 가로막는 자 한 명이 그의 무자비한 검에 다시 목을 잃고 넘어졌다. 그것을 훌쩍 뛰어넘은 팽위진이 머리 위에 검을 치켜든 채 와악! 하고 고함을 지르며 맹렬하게 내달렸다. 앞쪽에 서 있던 자들이 그 모습에 놀라 분분히 흩어졌다.

십여 구의 즐비한 주검을 남겨두고 몸을 빼내 힘껏 내달린 소옥과 팽위진이 약속이라도 한 듯 동시에 걸음을 멈추었다.

"더 이상은 동행해 줄 수 없어. 이제는 네 스스로 갈 길을 가도록."

팽위진이 얼굴을 가렸던 두건을 벗어 돌려주며 무뚝뚝하게 말했다. 소옥은 희미하게 밝아오는 여명 속에서 더욱 창백해 보이는 그의 얼굴을 멍하니 바라보았다. 뺨을 타고 긴 검상(劍傷) 자국이 나 있는 험악한 얼굴과 어울리지 않게 낯빛이 유난히 흰 자라는 것을 비로소 알았다.

"대체 당신은 누구죠?"

"곧 다시 만나게 될 거다. 그러면 저절로 알게 되겠지."

씩 웃어 보인 팽위진이 아무 미련도 없다는 듯 돌아서서 흐릿한 여명 속으로 성큼성큼 걸어 멀어져 갔다. 잠시 그의 뒷모습을 바라보던 소옥은 찬바람 한줄기가 이마의 땀을 서늘하게 식히며 지나가자 비로소 정신을 차렸다.

　아직 북경성을 완전히 벗어난 것은 아니었다. 언제 다시 구양목의 추격이 따라붙을지 알 수 없다는 것이 마음을 더 초조하고 급하게 했다. 잠시 주위를 둘러보던 소옥이 저 멀리 흐릿하게 솟아 보이는 고루(鼓樓)의 높은 지붕을 바라보고 힘껏 달리기 시작했다.

　곧 묘시(卯時) 말을 알리는 북소리가 북경성의 새벽 하늘을 타고 멀리 울려 퍼질 것이었다. 하지만 고루 위에는 인적이 없었다. 소옥은 이상한 일이라고 생각했다.

　지금쯤은 북을 울리기 위해 서너 명의 병사들이 그곳에 올라 서성이고 있어야 했던 것이다. 그리고 보니 경계가 삼엄하기 짝이 없는 북경성의 성곽 위에도 번을 서는 병사들의 모습이 보이지 않았다는 것을 떠올렸다. 그처럼 큰 소동이 벌어졌는데도 달려오는 자가 아무도 없었다.

　고루 아래에서 잠시 쉬며 소옥은 그것이 어쩌면 태감부의 힘일지도 모른다고 생각했다. 그리고 그것은 위충현을 움직이는 구양목의 힘이기도 했다. 그는 자신의 손에서 조용히 이 일을 끝내길 원했던 것이다.

　북경성의 병사들까지도 마음대로 움직이는 구양목의 힘 앞에서 소옥은 자신이 너무 보잘것없다는 것을 느끼고 암담해졌다. 대체 어떻게 해야 그를 붙잡아 사문과 자신의 신상에 얽혀 있는 진상을 밝히고 사부의 명대로 사문의 문호를 정리할 수 있는 건지 막막하기만 했다.

　그녀가 가만히 한숨을 내쉴 때 차가운 새벽 하늘가로 멀리 보이는 뿌연 성벽을 뒤에 두고 천천히 걸어오고 있는 한 사람이 있었다. 채 태양의 온기가 실리기 전의 하얀 새벽빛이 어깨 가득 내려앉고 있었다.

소옥이 눈을 비볐다. 이 새벽의 찬 기운 속에서 너무도 태연하기만 한 그의 모습이 마치 갑자기 솟아난 신기루인 것만 같았다. 가까이 다가온 사람이 손짓을 했다.

"이리 오너라."

소옥은 어리둥절하여 주위를 돌아보았다. 그가 자기가 아닌 다른 사람을 부르는 것이라고 생각한 것이다. 그러자 그 사람이 다시 몇 걸음을 다가왔다. 저벅거리며 언 땅을 밟는 발자국 소리가 북소리처럼 크게 울렸다.

"아!"

문득 정신을 차린 소옥이 크게 놀라 외쳤다. 새벽바람에 긴 수염을 가볍게 흩날리고 있는 그는 붉은 얼굴의 구양목이었던 것이다. 그의 장포 자락이 한가롭게 펄럭거렸다.

"사문의 존장을 뵈었으니 무릎을 꿇어야 할 것 아니겠느냐?"

그가 엄한 중에 자상한 기색을 띠고 부드럽게 말했다. 소옥은 그만 그의 말대로 무릎을 꿇고 절을 할 뻔했다. 그녀가 가까스로 몸을 사리며 부르르 떨었다. 팽위진과 헤어지고 나서부터 조금씩 느껴지던 현기증이 갑자기 심해져 그녀의 넋을 흔들어댔다. 가슴을 타고 끓어오르는 열기가 더욱 거세져 가고 있었던 것이다.

"나는, 나는 그럴 수 없어요……."

소옥이 입술을 악물고 가까스로 말했다. 소옥은 흐릿해져 가는 의식 속에서 구양목의 번쩍이는 눈이 자신의 가슴을 뚫고 박힌다는 생각을 했다. 문득 남창부의 뇌옥을 깨뜨리고 달아나다 마주친 단목기가 떠올랐다. 그때 그녀는 송청림에게 업혀 있었는데, 단목기는 바로 저런 눈빛만으로 멀쩡하던 송청림의 넋을 빼놓고 그를 곤경에 처하게 했었다.

소옥이 사술(邪術)이라고 외치자 단목기가 무심한 얼굴로 말했었다.

─사문의 신공에는 어느 것이나 공통된 것이 있다. 나의 기운을 크게 일으키고 생기를 강하게 한다는 거지. 타 문의 신공보다 특이한 점일 뿐, 그건 사술이 아니다.

곤륜의 신공에는 그것이 구 단계에 이르면 일어나게 되는 생기(生氣)와 화신(化神)의 징후가 있었다. 더욱 정진하여 십성에 이른 다음에는 한번 신공을 북돋우면 몸 안의 기운이 해일처럼 크고 사납게 일어났고, 한번 가다듬으면 심신(心身)이 쇄락(灑落)하여져 신기(神氣)를 바라보는 구신이정(拘神以靜)에 들었다.

그것은 지극히 미묘하고 신비한 지경이어서 외인은 엿보아도 알 수 없었고, 안다고 해도 느낄 수 없는 그런 비법(秘法)이었다.

그때 단목기는 신공을 일으켜 자신의 내력으로 송청림의 생기를 제압했던 것이다. 소옥은 흐려지는 의식 속에서 바로 그 수단을 지금 구양목이 보여주고 있다는 것을 알았다. 하지만 구양목의 내력이 아무리 깊고 크다고 해도 소옥의 내력 또한 그에 크게 뒤지지 않았다. 결코 그에게 단번에 생기를 빼앗길 만큼 미약한 것이 아니었던 것이다.

그것을 생각한 소옥의 마음속에 '어떻게 이런 일이?' 하는 의문이 생겼다. 그러다가 소옥은 자신의 혈맥을 타고 더욱 거세게 날뛰기 시작한 열기를 느끼고 아! 하고 탄식했다. 몸속에 스며든 구양목의 열양지기로 인해 원기를 상하고 있었다는 것을 깨달았다. 게다가 밤새 거듭된 싸움으로 진력이 많이 소모된 상태였다. 몸의 피곤과 원기의 손상을 틈탄 구양목의 수단을 방비할 수가 없었다.

소옥의 눈에서 서서히 정기가 사라져 갔다. 그녀가 주춤거리며 구양목을 바라보고 걸음을 떼어놓았다. 바로 그때였다.

"구양 노괴! 네가 여전히 못된 사술을 사용하다니! 가만두지 않겠다!"

머리 위에서 천둥이 치는 듯한 소리가 터져 나왔다. 그 소리에 소옥은 번쩍 정신이 들었다. 사자후(獅子吼)의 내력을 실어 외친 자가 옷자락을 펄럭이며 뛰어내렸다. 구양목과 소옥 사이였다. 그의 뒷모습을 본 소옥이 음, 하고 신음했고, 그의 얼굴을 본 구양목이 또한 음, 하는 탄식을 뱉어냈다.

소옥이 본 것은 뚱뚱한 몸집에 낡은 승포를 걸쳤고, 둥근 머리통에 머리카락이라고는 한 올도 없는 화상이었다. 손에 계도를 굳게 움켜쥔 풍치 화상(風痴和尙)이 왼손을 들어 구양목을 가리키며 다시 한 번 버럭 소리쳤다.

"구양 늙은 괴물아! 이제 너를 만났으니 죽어도 여한이 없다. 노부, 아니, 이 늙은 부처님께서는 더 이상 네놈의 모가지를 싫어하지 않겠다! 아니, 매우 좋아하겠다! 그러니 그것을 나에게 다오!"

풍치 화상의 두서없는 말을 듣고 있던 구양목이 껄껄 웃었다.

"늙은 중놈, 너 혼자서는 감히 내 앞에서 그런 말을 할 수 없었을 테지."

"맞았다."

다시 싸늘한 소리와 함께 비천철각(飛天鐵脚) 장풍서(長豊瑞)가 고루의 지붕 위에서 훌쩍 뛰어내려 소옥 곁에 내려섰다. 그를 바라본 구양목이 희미하게 웃었다.

"네 명 중에 겨우 둘뿐이라니 서운하군. 옛 친구를 만나는 즐거움이 반으로 줄었다."

"개소리!"

버럭 외친 풍치 화상이 더 기다릴 수 없다는 듯 계도를 윙윙 소리가 나도록 휘두르며 곧장 쳐들어갔다. 정신이 오락가락하는 듯 보이는 화상이었지만 당당히 십대고수의 반열에 올라 있는 고수였다. 수천의 고수들 속에서 열 손가락 안에 꼽힌다는 것은 이미 그의 화후가 입신지경에 들어 있다는 말이기도 했다.

구양목이 감히 경시하지 못하고 옷자락을 펄럭이며 두 손을 내뻗어 화상의 계도를 뿌리쳤다.

"죽일 놈. 늙은 자라새끼. 거북이 같이 못생긴 놈. 불법도 모르는 무식한 잡놈아! 이 부처님께 네 머리통을 맡기고 내 칼의 교화를 받아서 냉큼 뒈지거라. 내세에는 거북이 새끼로 다시 태어나도록 내가 힘써 불공을 드려주마!"

풍치 화상이 온 힘을 다해 계도를 휘둘러 내려치고 쪼개가면서 쉬지 않고 중얼중얼 욕을 해댔다. 구양목의 얼굴이 조금씩 찌푸려졌다.

"너는 잠시 안정을 취하는 게 좋겠다."

장풍서가 눈으로는 그들의 싸움을 놓치지 않으면서 가만히 소옥의 어깨를 떠밀었다. 아직도 어리벙벙한 채 서 있던 소옥이 무작정 고개를 끄덕이고 얌전한 아이처럼 그의 말에 따랐다. 그녀가 주저앉아 지그시 눈을 내리감고 내식을 다스리는 일에 빠져들자 장풍서가 옷자락을 걷어올려 허리띠 사이에 쑤셔 넣었다.

"내가 도와주마!"

낮게 외친 그가 훌쩍 몸을 날려 풍치 화상을 뛰어넘더니 허공에서 연달아 여덟 번을 걷어찼다. 그의 발끝에서 휙휙거리는 바람 소리가 났다. 무서운 발길질이었다. 압축된 기파(氣波)가 사방으로 터져 나갔고 칼날 같은 경력이 소나기처럼 구양목의 전신에 쏟아졌다.

무림의 일절로 꼽히는 장풍서의 선풍비각(旋風飛脚) 절기 앞에서 구양목의 움직임이 더욱 바빠졌다. 두 손을 번갈아 휘둘러 화상의 계도를 밀어내는 한편 장풍서의 비각을 쳐내는 것이 버거워 보였다. 그러나 구양목의 손은 차차 낯선 그 상황에 익숙해져 갔다. 그가 끊임없이 낮고 힘있는 기합성을 터뜨리며 일권 일장에 실리는 내력을 무겁게 하여 번갈아 쳐냈다. 우르릉거리는 벽력음(霹靂音)이 허공을 가득 메웠다.

어느 한순간 장풍서의 발길질 뒤에 숨어 있던 화상의 계도가 불쑥 뻗어 나와 구양목의 가슴을 갈랐다. 눈을 어지럽히는 선풍비각의 절기를 막아내느라고 정신이 없어 보이던 구양목이 흥! 하고 코웃음을 쳤다. 그가 재빨리 손가락을 굽혔다가 맹렬하게 퉁겨냈다. 귀청을 따갑게 하는 날카로운 휘파람 소리와 함께 한줄기 강맹한 지력이 곧장 뻗어 풍치 화상의 계도를 두드렸다.

땅—!

맑은 쇳소리가 터져 나왔다. 화상이 크게 놀라 훌쩍 뛰어 물러서는데 그의 손에는 반 토막난 칼이 쥐어져 있었다. 뜨거운 열기가 손목을 타고 훅 끼쳐 올라오는 것이어서 더욱 놀란 화상이 계도를 집어 던지며 버럭 소리 질렀다.

"썩을 놈! 감히 이 부처님의 법도(法刀)를 못쓰게 만들다니! 오냐, 그렇다면 내 주먹이 단단한지 네놈의 늙은 대갈통이 단단한지 어디 직접 만져 보고 말 테다!”

풍치 화상의 얼굴이 시뻘겋게 달아올랐다. 단단히 화가 치솟은 그가 물불 가리지 않고 육중한 들소처럼 쿵쿵거리며 달려들었다.

“비켜라, 썩을 놈아! 걸리적거리면 네놈도 함께 부숴 버리고 말겠다!”

화상이 구양목을 막아서서 두 발이 보이지도 않을 만큼 재빠르게 차내고 있는 장풍서의 등을 향해 냅다 일권을 갈겼다. 크게 당황한 장풍서의 보법이 어지러워졌다. 그가 한 발로 중심을 잡고 비틀거리듯 물러서며 화가 나 소리쳤다.

“이런 미친 중놈이 있나!”

풍치 화상의 눈에는 오직 구양목만이 보이는 모양이었다. 그가 이를 부드득부드득 갈아대며 장풍서의 말에는 아무 대꾸도 없이 곧장 구양목의 가슴팍을 노리고 두 주먹을 뻗어냈다. 핏발 선 눈을 부릅뜨고 피가 나도록 입술을 악물고 있는 모습이 끔찍했다.

풍치 화상의 광풍권(狂風拳) 이십사식(二十四式)이 소나기처럼 퍼부어지기 시작하자 그가 계도를 휘두를 때보다 오히려 험악했다. 구양목이 신중하게 일장 일장을 마주 내뻗어 화상의 광풍권에 맞서기 시작했다. 우르릉거리는 우렛소리가 끊임없이 이는 중에 두 사람의 경력이 부딪칠 때마다 뇌전이 치는 듯한 기음(奇音)이 터져 나왔다. 날카로운 경력과 경력이 부딪쳐 공기를 찢고, 압축된 기파가 회오리치며 사방을 쓸어갔다.

“늙은 중놈이 아직도 제 주제를 모르고 있구나!”

문득 구양목이 큰 소리로 외쳤다. 장풍서가 깜짝 놀라 소리치며 다시 달려들어 구양목의 등줄기를 노리고 냅다 걷어찼다.

"조심해라! 이놈이 구룡장을 쓸 모양이다!"

구양목의 두 손이 먹을 뿌린 듯 은은한 묵광(墨光)으로 물들었다. 풍치 화상이 눈을 더욱 부릅뜨고 한차례 부르르 어깨를 떨었다. 온몸의 기력을 남김없이 끌어올려 이 한 번으로 끝장을 보려는 모양이었다. 장풍서가 크게 놀라 외쳤다.

"구룡장이다!"

"가랏!"

동시에 구양목의 입에서 쩌르릉 울리는 고함이 터져 나왔고, 검게 변색된 그의 두 손이 만 근의 압력을 지니고 무겁게 앞으로 내밀어졌다. 세상이 온통 깜깜해진 듯했다. 빠르게 달려온 먹구름이 하늘을 덮어버렸다. 포성 같은 벽력음(霹靂音)을 따라 혼백(魂魄)을 떨게 하는 뇌전(雷電)이 번쩍이며 떨어져 내렸다.

쿠르릉—!

먼 산에서 거대한 돌이 굴러 내리는 것 같은 울림이 있었다. 그 소리가 점점 커지더니 이제는 모두의 머리 위에 떨어져 내렸다.

쾅—!

눈을 부릅뜬 풍치 화상이 이를 악물고 혼신의 내력을 한 주먹에 담아 그것을 향해 내쳤다. 석 자의 석벽이라도 단번에 뚫어버리고 말 듯한 권력(拳力)이 부딪치자 폭약을 터뜨린 것 같은 폭음이 터져 나왔다. 경천동지할 일장의 격돌로 인해 일어난 기파(氣波)가 해일처럼 사방을 휩쓸어갔다. 그 힘을 이기지 못한 땅 거죽이 벗겨져 일어났고, 얼음 조각들이 허공 가득 비수처럼 흩어져 날았다.

"우욱—!"

그 속에서 풍치 화상의 답답한 신음이 흘러나왔다. 그가 두 주먹을 앞으로 뻗은 자세 그대로 일 장여나 뒤로 미끄러져 나갔다. 부릅뜬 두 눈이 곧 퉁겨져 나올 듯했고 악다문 입술 사이로 검붉은 선혈이 쏟아져 내렸다.

구양목의 옷자락이 곧 찢어질 듯 펄럭였다. 올올히 곤두선 그의 머리카락들과 함께 긴 수염이 광풍을 만난 듯 뒤로 거세게 날렸다. 창백해진 안색으로 숨을 몰아쉰 구양목이 천천히 돌아서며 두 손을 엇갈리게 허공에 큰 원을 그렸다. 그것을 본 장풍서가 주춤거리며 두어 걸음을 물러섰다. 그의 시선이 재빨리 풍치 화상을 찾았다. 화상은 여전히 두 팔을 앞으로 내뻗은 채 엉거주춤하게 서서 그대로 굳어버린 듯 움직임이 없었다. 그의 핏발 선 눈이 초점을 잃고 허공을 향해 부릅떠져 있었다. 심각한 내상을 입었다는 걸 한눈에 알 수 있었다.

"죽일 놈!"

이를 부드득 간 장풍서가 벼락처럼 쏘아져 들어가며 연환각(連環脚)의 수법으로 두 발을 번갈아 차댔다. 눈 깜짝할 사이에 열두 번을 걸어 차고 다섯 번 주먹과 장을 날려 후려치는 솜씨가 어찌나 빠른지 제대로 보이지도 않았다.

그것을 똑바로 향한 채 여전히 묵빛으로 번쩍이는 장을 밀어내는 구양목의 움직임은 대조적으로 느리고 답답하기만 했다. 장풍서가 감히 정면에서 부딪치지 못하고 재빠른 몸놀림으로 그의 주위를 돌며 소나기처럼 권각(拳脚)을 퍼부었다.

퍽퍽퍽퍽—!

구양목의 가슴과 어깨, 복부 등에서 요란한 격타음이 터져 나왔다. 철판 위에 소나기가 퍼부어지는 소리 같기도 했다. 그때마다 구양목의 온몸이 바람을 맞은 사시나무처럼 앞뒤로 어지럽게 흔들렸다. 호신강기를 운용하여 오장을 보호하면서 몸을 흔들어 장풍서의 권각에 맞은 충격을 최소화하는 것이다.

한 줌의 기력이라도 아끼려는 듯 입을 꾹 다문 채 신음 한 번 흘리지 않던 구양목이 다시 장풍서를 향해 그의 묵빛 쌍장을 천천히 밀어냈다. 장풍서의 안색이 창백해졌다. 온몸이 구양목의 구룡진기에 휘감겨 답답하게 조여왔던 것이다.

장풍서가 이얍! 하고 우렁찬 기합성을 터뜨렸다. 내력을 남김없이 끌어올려 단번에 터뜨림으로써 그 힘으로 구양목의 압력을 뚫으려는 의도였다.

꽝—!

장풍서의 깡마른 몸에서 안개처럼 몽롱한 기운이 뿜어져 나오는 듯 하더니 곧 굉장한 소리와 함께 터져 나갔다. 그가 아끼고 아끼던 비장의 절기인 탄기번천(彈氣飜天)이었다. 순양(純陽)의 진원진기를 가득 부풀렸다가 삼만 육천 개의 기공(氣孔)으로 일제히 쏘아대는 수법이었다. 거대한 물줄기가 갑자기 비좁은 협곡을 만나면 바윗덩이라도 띄우는 엄청난 힘을 갖고 터져 나간다. 그렇게 일시에 폭발한 경력의 맹렬함이 구양목이 펼친 구룡진기의 그물을 뚫었다.

장풍서가 창백해진 안색으로 재빨리 몸을 옮긴 것과 그가 있던 곳을 한 가닥 웅장한 폭풍기(暴風氣)가 휩쓸고 지나간 것이 거의 동시의 일인 듯했다.

쿠르르르—!

엄청난 굉음이 다시 터져 나왔다. 비록 구룡장의 중심에서는 벗어났지만 그 여력에 휩쓸린 장풍서가 중심을 잃고 비틀거렸다.

"역시 괴이사기의 명성은 대단하다!"

구양목이 더욱 창백해진 얼굴로 그렇게 외치고 다시 두 팔을 휘둘러 구룡진기를 끌어 모을 때였다.

"아직 진정한 무서움은 맛보지 못했을 테지!"

멀리서 우렁찬 외침이 들려왔다. 그 몇 마디의 말이 끝났을 때쯤에는 벌써 머리 위에 들이닥친 사람이 있었다. 그의 신속한 신법에 구양목이 흠칫하여 돌아보았다. 허공을 가르고 있는 창백한 검강(劍罡) 한 줄기가 보였다.

"말코도사, 너로군!"

놀란 구양목이 급히 장을 회수해 들이며 맴돌아 물러섰다.

짜아악—!

그가 서 있던 곳의 땅이 두어 자 깊이로 파이며 흙과 얼음 조각들을 사방으로 뿌렸다.

"하하, 구양 도우(道友), 아직 인연이 남아 있으니 또 보세!"

검강을 날려 구양목을 물러서게 한 영춘 진인(永春眞人)이 재빨리 소옥을 옆구리에 끼었다. 그가 발끝으로 한번 땅을 구르자 날개가 달린 새처럼 재빠르게 허공을 날아 다시 멀어져 갔다. 그 뒤를 따르듯 떨어진 최흘이 자신보다 두 배는 커 보이는 풍치 화상을 낚아채 품에 안고 역시 올 때와 마찬가지로 영춘 진인의 뒤를 따라 사라져 갔다. 모든 것이 눈 깜짝할 사이에 벌어진 일이었다. 그 뜻밖의 사태에 구양목이 어리둥절해 있는데, 그 틈을 타 숨을 바꾸어 쉰 장풍서도 기척없이 종적을 감추어 버렸다.

"하— 괴이사기의 힘이 아직도 이와 같으니 결코 쉬운 일이 아니겠구나."

구양목이 두 손에 가득 모았던 내력을 풀어버리며 장탄식을 했다.

풍치 화상과 장풍서를 한꺼번에 상대하느라고 갑자기 과도한 진기를 사용한 탓인지 가슴이 은은히 저려왔다. 잠시 눈살을 찌푸렸던 그가 영춘 진인 등이 사라진 허공을 바라보고 중얼거렸다.

"설마 했더니 진정 너희들도 환주루에 속해 있었더란 말이냐? 곽모 용과의 악연이 어찌 이리도 길고 질기단 말인가……."

*　　　*　　　*

"위험했어요."

소옥의 등을 문질러 주며 첩영이 떨리는 음성으로 말했다.

"화상은? 장 노인은 또 어떻게 됐지?"

정신을 차린 소옥이 먼저 그들의 안위부터 물었다.

"히히, 계집애가 그래도 이 부처님을 그리워하고 있었구나."

귀익은 소리에 소옥이 돌아보았다. 향 냄새가 은은한 전각의 한구석에 풍치 화상이 핼쑥해진 얼굴로 앉아 있었다.

"저 염병할 놈도 무사하다. 목숨 하나는 우라지게 질기지."

풍치 화상이 가리키는 곳을 다시 돌아보니 반대쪽에는 장풍서가 가부좌를 튼 채 운기조식에 여념이 없었다. 소옥이 한숨을 쉬었다.

"그의 공부가 이처럼 무서울 줄은 몰랐어요."

풍치 화상이 다시 낄낄거리고 웃었다. 호기는 여전한데 음성에는 힘이 하나도 실려 있지 않아서 소옥을 안타깝게 했다.

"아수라가 무섭지 않다면 부처님이 무엇 때문에 나를 하계로 내려보냈겠느냐? 걱정 마라. 구양 노괴가 아무리 성질을 부려도 결국은 내 손에 뒈지고 말 거다."

힘없이 웃어 보인 소옥이 첩영을 돌아보고 물었다.

"그런데 여기가…… 너는 또 어떻게 된 일이지? 네가 어떻게 저분 노선배님들과 함께 있는 거지?"

"여기는 향산 기슭에 있는 벽운사(碧雲寺)예요. 잠시 이곳에 머물면서 언니가 돌아오기를 기다리고 있었답니다. 네 분 노선배님들과는 오래전부터 알고 있었지요."

소옥은 첩영이 북경성에 있던 장원을 버리고 급히 달아나는 길이라는 것을 알지 못했다. 그곳이 구양목에게 발각된 이상 더 머물며 말썽을 자초할 일이 없다고 여긴 것이다.

"언니도 이제 저희와 함께 있도록 해요. 이곳에는 낯익은 사람들이 많이 있으니 심심하지 않을 거예요."

첩영의 말에 비로소 여유를 되찾고 전각 안을 찬찬히 살펴본 소옥이 아, 하고 놀람의 외침을 터뜨렸다. 가만가만히 밀담을 나누고 있는 영춘 진인과 최흘의 모습이 보였고, 한쪽에서는 외눈박이 남궁적이 송청림과 마주 앉아 장기를 두는 일에 여념이 없었던 것이다. 그 곁에서 무명자 종유상이 턱을 괴고 열심히 바라보며 간간이 훈수를 두고 있었다.

모두가 눈에 익은 사람들이고 추억이 편린들을 공유하고 있는 사람들이었다. 그 평화롭고 한가한 모습에 소옥은 마음이 놓였다. 눈을 떠 보니 마치 오래전에 떠났던 집으로 돌아와 있는 듯한 어리둥절함과 편안함이었다.

문이 열리더니 낯선 사내 한 명이 들어섰다. 북경성 뒷골목의 대형으로 군림하고 있는 사자두(獅子頭) 구적생(具赤生)이었지만 소옥은 그를 처음 보았으므로 어리둥절했다. 구적생의 뒤를 따라 또 한 사람이 들어섰다. 그를 본 소옥이 아! 하고 경악의 외침을 터뜨렸다.

팽위진이었던 것이다.

"모든 준비가 끝났소. 자, 이제 서둘러 이곳을 떠납시다."

소옥에게 빙긋 웃어준 팽위진이 한번 손뼉을 쳐서 사람들의 시선을 모으고 그렇게 말했다. 여기저기 흩어져 있던 사람들이 주섬주섬 일어났다.

제5장

욕망(慾望)의 끝

욕망(慾望)의 끝

삭풍이 몰아치던 겨울 어느 새벽녘에 있었던 북경성의 소란도 어느 덧 사람들의 기억 속에서 희미해져 갔다. 그렇게 해가 바뀌었다. 여름 도 한 고비를 넘겨 선선한 바람이 불어오기 시작할 무렵 북경성내는 다시 소란스러워지기 시작했다. 봄과 가을 두 차례에 걸쳐 벌어지는 황제의 사냥이 시작된 것이다. 문무백관들이 모두 황제의 어가(御駕)를 따랐고, 금의위(錦衣衛)의 병사들이 기치창검을 세우고 황제를 보위하 여 향산(香山)으로 향했다. 끝없이 이어질 듯한 병사들의 엄숙한 행진 은 성민들에게는 일 년에 두 번밖에 볼 수 없는 굉장한 구경거리였다.

사례태감(司禮太監) 위충현(魏忠賢)이 황제와 말머리를 나란히 하고 있었다. 그것을 본 사람들은 모두 눈살을 찌푸렸으나 누구도 감히 마 음속으로라도 욕하지 못했다. 행차는 변함이 없었지만 굳이 전과 다른 점이 있다면 동창(東廠)의 제독태감(提督太監)인 장가령(長可寧)이 황제의 어가 곁은 물론 행렬의 어디에도 보이지 않는다는 점이었다. 예전 같으면 그가 검은 위사복 위에 갑주를 받쳐 입은 동창의 위사들을 거느리고 거만한 모습으로 황제 곁을 수호하고 있어야 했다. 하지만 지금 황제의 주위를 둘러싸고 있는 것은 온통 태감부의 위사들뿐이었다.

어쨌거나 북경성에 거주하고 있는 성민들에게는 보기 힘든 구경거리였다. 성안이 온통 황제의 어가를 구경하기 위해 나온 사람들로 넘쳐 났다. 황제의 수레가 그들 앞을 지나갈 때마다 성민들이 일제히 엎드려 만세를 외쳤다. 그때마다 황제보다 곁에 있는 위충현이 더 흡족한 얼굴로 손을 들어 보이곤 했다. 그 오만무도함이 사람들의 눈살을 찌푸리게 했다.

황제의 사냥에는 몰이꾼만 천여 명이 동원되는 것이 예사였다. 그날도 예외는 아니어서 구름처럼 모여든 몰이꾼들이 향산 기슭에서 황제의 어가를 기다리고 있었다. 앞으로 사흘 동안 계속될 사냥에서 그들은 찬이슬을 맞으며 산속에서 먹고 자야 할 것이고, 힘이 다할 때까지 쉬지 않고 짐승들을 몰아와야 했다.

향적사(香積寺)와 벽운사(碧雲寺)의 중들이 일제히 북을 쳐 곧 황제의 행렬이 도착한다는 것을 알려주었다. 그 우렁찬 소리가 반짝이는 햇살을 거슬러 투명한 하늘 끝까지 퍼져 나갔다.

"제기랄, 행사 한번 요란하군. 황제라는 것도 한번쯤 해볼 만한걸?"

몰이꾼들 속에 섞여서 머리를 숙이고 있던 외눈박이 사내가 낮은 소리로 투덜거렸다. 남궁적이었다. 소옥이 그의 옆구리를 찌르며 눈을 흘겼다. 그녀 또한 몰이꾼의 행색으로 변장을 한 채 머리를 숙이고 서 있는 중이었다. 그녀가 가만히 머리를 들어 주위를 살펴보았다. 멀지 않은 곳에 역시 몰이꾼의 행색을 하고 섞여 있는 몇 사람이 보였다. 여전히 험악한 얼굴을 애써 온화하게 꾸미고 있는 팽위진이 있었고, 그와 조금 떨어진 곳에는 다시 형산의 기린아 송청림이 있었다. 괴이사기는 어디에 있는지 좀체 보이지 않았다.

'이제 시작된 거야.'

소옥이 가만히 입술을 깨물었다. 이번에야말로 반드시 모든 것을 마무리 짓고 말 것이라고 스스로에게 다짐해 주는 마음이 떨려왔다. 몰이꾼들 속에는 그녀가 아는 많은 사람들이 숨어 있었다. 백화은녀(白花隱女) 상첩영(商疊瑛)이 있었고, 운리성검(雲理聖劍) 제만엽(齊萬燁)이 무명자(無名子) 종유상(鐘裕相)과 함께 단혈맹(丹血盟)의 고수들을 거느리고 숨어 있었던 것이다.

소옥은 멀리 구름처럼 다가오는 깃발의 행렬을 눈부시게 바라보며 지난겨울의 일들을 생각했다.

그녀와 풍치 화상, 장풍서 등은 구양목으로부터 심각한 내상을 입고 밤을 틈타 달아났다. 팽위진이 길 안내를 해주었고, 북경성의 건달패들이 표국의 호송꾼으로 가장해 그들을 숨겨주었다. 그렇게 닷새 길을 쉬지 않고 달려 그들이 이른 곳은 산서성(山西省)과의 경계에 있는 오태산(五台山) 북면의 은밀한 골짜기였다.

그곳의 동굴 속에서 내상을 다스린 소옥은 그 겨울과 봄 내내 용화진경(龍華眞經)에 있는 심법과 무학을 연구하고 익혀 드디어 항룡검법을 대성했다. 백 번 듣는 것보다 한 번 보는 것이 낫고, 백 번 보는 것보다 한 번 경험해 보는 것이 더 나은 법이다. 구양목의 내력과 무공을 접해본 소옥은 그의 무서움을 안 것만큼 그녀 자신에 대한 냉철한 판단을 다시 해볼 수 있었다. 그것이 짧은 시간 동안 그녀를 새롭게 태어나게 했다.

소옥이 새로운 세상에 대하여 눈을 뜬 것은 단지 무공 면에서만이 아니었다. 그녀는 첩영을 통하여 환주루의 실체를 접해볼 수 있었고, 그것은 또 다른 자각을 그녀에게 가져다 주었다. 첩영은 자신보다도 어린 나이에 벌써 대승(大乘)의 뜻을 지니고 있었던 것이다. 그녀는 환주루의 힘을 빌어 악적 위충현을 죽이고 어리석은 황제와 무능한 대신들에게 경고를 함으로써 백성들을 폭압으로부터 구해내고자 하고 있었다.

"내가 사문과 가문의 복수에 집착해 있을 때 첩영은 세상의 정의와 의협을 실천하고 있었다."

그런 자각이 소옥을 부끄럽게 했다. 편협했던 자신의 눈과 마음을 되돌아봄으로써 소옥은 더 대범하고 활발한 무도(武道)의 정신에 대하여 깨닫게 되었다.

첩영이 동창과 손을 잡기로 했다는 것도 알았다. 그 말을 듣고 소옥은 다시 한 번 그녀의 담대함과 영악함, 그리고 과감성에 혀를 내둘렀다. 백성들 위에 두려움으로 군림하고 있고, 강호인의 혐오를 받고 있는 동창마저 마다하지 않고 포용하여 자신의 뜻을 이루려고 하는 것은 어지간한 배포로는 생각할 수 없는 일이었다. 나이 어린 첩영의 배짱이 그만하다는 것은 그녀의 그릇이 그만큼 크다는 의미이기도 했다. 소옥은 더 이상 첩영을 어린 아가씨로 볼 수 없었다.

"작은 악을 이용해 큰 악을 제거한다면 해가 아니라 득이겠지요. 간교함이 대의를 이루게 해준다면 저는 백 번이라도 간교한 계집이 되겠어요."

그녀는 또 말했다.

"동창이 비록 악하지만 위충현에 비할 바가 아니지요. 이번 거사가 성공하면 그들은 위충현의 권세를 고스란히 물려받을 겁니다. 하지만 역시 위충현이 했던 것처럼 그렇게 악한 짓은 하지 못할 겁니다. 강호에 협의가 살아 있는 한 자신들의 목숨도 결코 자유롭지 못하다는 교훈을 단단히 얻게 될 테니까요. 큰 악을 제거할 수 있다면 작은 악이 자리 잡는 것쯤은 눈감아줄 필요도 있지 않겠어요?"

첩영의 그 말이 소옥의 가슴에 불을 당겼다.

"나도 하겠다!"

그녀가 외치자 첩영이 가만히 손을 잡았다.

"언니는 언니의 일을 하세요. 그것이 곧 저를 돕는 길이고 저와 함께 대의를 이루는 길이랍니다."

소옥은 비로소 첩영이 왜 자신을 끌어들였는지를 알았다. 위충현을 제거하자면 그의 곁에 붙어 있는 구양목을 제거하지 않고는 불가능한 일이었다. 첩영이 원하는 것은 바로 그것이었다.

팽위진이 수시로 왕래하면서 동창에서 얻은 정보를 가져다 주었다. 위충현이 사냥을 빌미로 황제를 궁성에서 끌어낸 다음 시해할 것이라는 정보는 그곳에 있던 모두의 가슴에 경악과 분노의 불길을 지폈다. 첩영은 바로 그 자리를 거사를 결행할 곳으로 정했다. 두 번 다시 오지 않을 기회였지만, 실패하면 구족이 멸문을 당할 일이었다. 하지만 누구도 그것을 두려워하지 않았다.

밤이 되었다. 이슬에 젖고 있는 풀숲에서 풀벌레들이 무리 지어 울었다. 쓸쓸한 하늘가로 보름을 닷새 남짓 남긴 달이 은은한 달무리를 두르고 떠 있었다. 일천 명에 달하는 몰이꾼들 대부분은 산 아래의 둔덕 위에 길게 누워 이슬에 젖으며 잠들어 있었다. 얇은 모포 한 장을 깔고 덮었어도 아직 여름의 열기가 남아 있어서 견딜 만했다.

소옥은 일행과 함께 산 정상 부근에 있는 움집에 머물고 있었다. 지난 낮에 백여 명의 몰이꾼들이 뽑혀 정상으로 올라갔었는데, 그들은 내일 날이 밝으면 그곳에서부터 짐승들을 몰아 내려가야 했다. 아래에서는 몰이꾼들을 앞세우고 황제와 대신들이 훑어 올라올 것이었다. 그리고 쫓겨 내려와 우왕좌왕하는 짐승들을 향해 말을 달리며 활을 쏘아댈 것이다. 그 화살이 가끔 위에서 몰아 내려오는 몰이꾼들을 향해 날아가기도 했으므로 그들 중에는 목숨을 잃는 자가 많이 생기기도 했다. 그런 만큼 누구나 위에서 몰아 내려오는 일을 하려고 하지 않았다. 백여 명이 차출될 때 소옥은 동료들과 함께 스스로 자원하여 그 속에 끼어들었다.

밤이 깊었다. 소옥은 낯선 사내들 속에 섞여서 몸을 웅크리고 누워 있었다. 남장을 하고 있는 탓에 모두는 그녀를 곱상하게 생긴 남자로만 알았지, 설마 여자의 몸이리라고는 꿈에도 생각하지 못했다. 그들은 구덩이를 파고 나뭇가지를 얽어 지붕을 만든 움집 안에 열 명씩 들어 있었다. 술과 함께 저녁을 배부르게 먹었고, 이슬을 피해 잘 수 있었으니 산 아래 있는 자들보다야 훨씬 나은 대우인 셈이었다.

사내들 특유의 시큼한 냄새 때문에 소옥은 잠을 잘 수가 없었다. 곁에서 코를 골던 자가 몸을 뒤채더니 통나무 같은 다리통을 그녀의 배에 척 걸쳤다. 그걸 밀어낸 소옥이 더 참지 못하고 일어나 밖으로 나오고 말았다. 흐린 달빛 아래 여린 풀벌레들의 울음소리가 강물 소리처럼 흘렀다. 시원한 바람이 불어와 정신을 맑게 해주었다. 옷 속에 손을 넣어 가슴을 단단히 여민 천을 느슨하게 하고 크게 숨을 들이키자 답답하던 속이 다 풀렸다.

적막한 산중의 어둠 속을 서성거리는 소옥의 마음속에 만 가지 생각이 떠오르고 지워졌다. 축축한 바위 위에 걸터앉아 멍하니 어둠에 잠겨 있는 산 아래의 세상을 내려다보던 그녀가 문득 몸을 숙였다. 인기척이 느껴졌던 것이다.

이 밤중에 누가? 하는 의문으로 가만히 몸을 낮추고 바라보자 저만큼의 어둠 속에 우뚝 서 있는 사람의 뒷모습이 보였다. 조금 전까지 아무 기척도 느끼지 못했는데 그는 갑자기 솟아난 것 같았다. 소옥이 경계하는 마음을 크게 일으키며 안력을 돋우어 바라보았다. 이마 앞에 떨어지는 달을 바라보고 있기라도 한 듯 태연하게 서서 뒷짐을 지고 있는 그의 등이 넓어 보였다.

정체를 알 수 없는 자는 그 자리에 서서 돌이 된 것처럼 움직이지 않았고, 소옥도 숨을 죽인 채 웅크린 몸을 펴지 않았다. 저자가 자신의 기척을 눈치 챈 것인지 아닌지 확인할 수가 없었던 것이다. 그렇게 한참의 시간이 지났다. 문득 작은 한숨 소리가 그로부터 들려왔다.

"후— 너의 인내심이 이와 같으니 이 몇 달 사이에 공부에 큰 진전이 있었음을 알겠다."

크게 놀란 소옥이 자신도 모르게 벌떡 몸을 일으키고 말았다. 귀에 익은 음성이었던 것이다. 등을 보이고 있던 사내가 천천히 돌아섰다. 은은한 달빛을 후광처럼 두르고 서서 이쪽을 바라보는 그의 눈이 어둠 속에서 횃불처럼 빛났다.

"구양목!"

크나큰 놀람으로 버럭 외친 소옥이 급히 자신의 입을 틀어막았다. 구양목이 탐스러운 수염을 쓸며 흰 이를 드러내고 소리없이 웃었다.

"너인 줄 알았다."

망설이는 자들 속에서 번쩍 손을 들어 산 위에 오르기를 자청했을 때 알아본 건지도 몰랐다. 아니면 몰이꾼들 속에 드문드문 첩자들을 심어놓고 그들의 동정을 낱낱이 감시하고 있던 건지도 모른다. 어쨌든 그의 눈에서 벗어나지 못했으니 일은 시작해 보기도 전에 틀렸다는 생각이 그녀를 암담하게 했다.

"또 누가 함께 왔지? 그 네 명의 늙은 주책바가지들도 왔느냐?"

구양목이 마치 친구라도 부르듯 다정한 어조로 괴이사기를 말했다. 소옥은 대체 그가 어디까지 알고 있는 건지 혼란스러워졌다. 적당히 대꾸할 말을 찾지 못해 당황하고 있는데 구양목이 허허, 하고 가볍게 웃었다.

"상관없겠지. 내일이면 어차피 다 알게 될 테니까. 그보다 오늘 밤에는 나와 함께 산책이라도 하지 않겠느냐?"

소옥은 그가 자신에게 할 말이 있다는 것을 알았다. 아직도 그가 두렵기는 했지만 망설이는 모습을 보이기는 싫었다.

"좋아요."

그녀가 던지듯 쌀쌀맞게 대답하고 성큼성큼 걸어 다가갔다. 물끄러미 바라보던 구양목이 희미한 미소를 띠었다. 두 사람은 말없이 어두운 산속을 걸었다. 할아버지와 손녀가 시간을 잊고 함께 산책을 하듯 평온하고 다정해 보이는 모습이었다.

"너는 우리의 사문이 위대하다는 것을 잘 알고 있겠지?"

문득 걸음을 멈춘 구양목이 그렇게 말을 시작했다. 산정(山頂)을 뒤덮고 있는 숲이 끝나고 커다란 바위가 달빛에 창백하게 빛나며 오연히 서서 세상을 굽어보는 곳이었다. 천천히 그 위로 오르는 구양목을 따르며 소옥은 한마디도 대꾸하지 않았다.

"하지만 지금은 강호의 잡문(雜門)에게도 무시당하는 우스운 처지로 전락했다. 너는 왜 그렇게 되었는지 아느냐? 벌써 이십여 년이 넘도록 장문인을 내세우지 못한 채 자중지란에 빠져 지리멸렬해 왔기 때문이다."

그가 바위 위에 올라서며 스스로 묻고 답해주었다. 바위 정상에 오르자 그곳은 의외로 대여섯 평은 됨직한 너른 공간을 가지고 있었다.

"앉자."

구양목이 먼저 털썩 주저앉아 옆자리를 툭툭 쳤다. 그러나 소옥은 그와 멀찍이 떨어진 곳에 앉았다. 그녀를 바라본 구양목이 쓰게 웃고 나서 품을 뒤져 호리병 한 개를 꺼냈다. 마개를 뽑자 독하고 향기로운 술 냄새가 차가운 밤 공기 속으로 확, 퍼져 나갔다. 몇 모금을 꿀꺽꿀꺽 마신 구양목이 그것을 소옥에게 내밀었다. 그가 손바닥을 펴자 술병이 마치 스스로 살아 움직이는 것처럼 둥실 떠오르더니 꼿꼿이 선 채 천천히 소옥을 향해 날아갔다.

그의 놀라운 조예에 잠시 당황하던 소옥이 질 수 없다는 듯 허공을 격하고 가볍게 손짓을 했다. 날아오던 술병이 부드럽게 움직여 거꾸로 기울었다. 주둥이가 밑으로 향해 있었지만 한 방울의 술도 새어 나오지 않았다. 그것이 소옥의 손짓을 따라 둥실둥실 떠서 다가왔다.

그녀가 머리를 젖히고 두 손을 뻗어 허공에 떠 있는 술병을 잡듯이 감싸며 입을 벌렸다. 비로소 병 주둥이에서 맑은 술이 조르륵 흘러 떨어졌다. 그것을 몇 모금 받아 마신 소옥이 다시 손을 뻗어 허공을 격하고 술병을 밀었다. 한 가닥 부드럽고 질긴 진기가 뻗어 나와 그것을 바로 세우고 다시 구양목을 향해 천천히 나아가게 했다.

"하하, 이것은 매우 좋구나. 매우 좋아!"

즐거운 듯 크게 웃은 구양목이 술병을 덥석 잡더니 단숨에 한 방울도 남김없이 다 마셔 버렸다.

"나는 본 문을 다시 일으켜 세우려고 한다. 강호의 백문(百門) 백파(百

派) 위에 오직 대곤륜만이 우뚝 서서 그들의 조아림을 받게 할 것이다.”

호기가 크게 인 듯 구양목이 술병을 던져 버리고 소매를 떨치며 큰 소리로 말했다.

“너 또한 곤륜의 후예이니 그 영광을 마다하지 않겠지?”

“물론이지요.”

소옥이 처음으로 입을 열어 대꾸했다. 구양목이 만족한 듯 머리를 끄덕이며 엄지손가락을 세워 보였다.

“매우 좋다. 너는 오히려 네 사부보다 뛰어나고 영리하니 장차 너로 인해서 본 문의 영광이 더욱 크게 빛을 발할 것이다.”

“감당치 못하겠어요.”

소옥이 외면하며 쌀쌀맞게 말했지만 구양목은 개의치 않았다.

“나는 위 태감을 보필하여 그가 황제의 위(位)에 앉도록 할 것이다. 그 대가로 그는 곤륜산을 하사할 것이고 우리는 조정의 간섭에서 벗어나 완전한 자유를 누릴 수 있다.”

그가 말하는 것은 저 멀리 변방의 오지에 떨어져 있는 청해성(靑海省) 밖의 곤륜산이 아니라 하남성(河南省) 남쪽에 있는 곤륜산을 말하는 것이 분명했다. 소옥은 사부에게서 그곳에 대한 말을 들은 적이 있었다. 산이 크고 산세가 험하지는 않았어도 중원을 남북으로 가르고 있는 웅장한 대별산맥(大別山脈)의 줄기에 뻗어 있는 그곳은 대지의 정기를 모아두고 있는 영산(靈山)이라고 했다.

황제로부터 그것을 하사받는다면 다른 문파와 같이 자신들만의 성지를 가질 수 있게 되므로 더할 나위 없이 바람직했다. 게다가 황권(皇權) 밖의 자유로움을 누릴 수도 있으니 그것은 강호에 아직 유례가 없는 일이기도 했다.

구대문파의 수위를 차지하고 있는 소림이나 무당도 황제의 권한 밖에 있지는 못했다. 그들은 조정의 간섭을 받아들여야 했으며, 때로 지방관의 눈치를 보아야 하기도 했던 것이다. 여타의 문파들이야 더 말할 것도 없었다.

"게다가 곤륜은 새로운 황조(皇朝)의 일등공신에 책봉될 것이니, 그 어떤 문파(門派)나 세가(世家)도 누리지 못한 영광을 누리게 된다. 나는 곤륜을 크게 일으켜 천하제일의 문파로 만들 것이다. 일찍이 무학에 뜻을 두고 사문을 찾아 연을 맺은 자치고 이와 같이 되기를 원하지 않는 자가 있겠느냐?"

열변을 토하던 그가 잠시 숨을 고르듯 침묵했다가 소옥의 기색을 한번 살피고 나서 타이르듯 다시 말했다.

"사문을 그렇게 일으킨 다음 나는 너를 장문인의 자리에 앉도록 해주겠다. 너는 대곤륜의 수장(首長)이 되어서 강호를 굽어보고 만인의 두려움과 존경을 받을 것이다. 북경에 온다면 만조백관들이 성 밖으로 나와 영접해 들일 것이고, 한번 깃발을 세우면 구대문파가 달려와 엎드릴 것이다. 아직 여자의 몸으로 이와 같은 위세를 가져 본 이가 없었으니 이 아니 호쾌할 것이냐!"

구양목이 스스로의 말에 취한 듯 얼굴마저 붉게 상기시킨 채 주먹을 불끈 쥐었다. 그는 소옥이 크게 감동되어 이제까지의 원한을 잊고 자신을 따를 것이라고 굳게 믿는 모양이었다.

"나는 기껏 황권을 등에 업고 호가호위(狐假虎威)하는 그런 거짓 위세 따위에는 관심이 없어요."

"억!"

소옥이 말에 큰 충격을 받은 듯 구양목이 허공에 휘두르던 주먹을 우뚝 멈춘 채 외마디 비명을 터뜨렸다.

"그것보다 나는 사부님의 명을 받들어 문호를 정리하고 곤륜을 깨끗한 대정지파(大正之派)로 복귀시켜 강호동도들의 아낌과 사랑을 받는 것이 더 중요하다고 믿고 있어요."

"너, 그게 무슨 말이냐?"

믿을 수 없다는 듯 구양목이 눈을 부릅뜨고 소옥을 뚫어지게 노려보았다.

"당신은 곤륜의 대제자가 된 몸으로 사사로운 정과 질투 때문에 의기(義氣)를 내팽개친 채 당신의 사부를 시해하고 사형제들을 내쫓았으며 또 죽이려 했으니 이보다 더 큰 죄를 짓기는 어려울 것이에요. 게다가 지금의 말을 들어보건대 강호에 큰 환란을 불러일으킬 것이 틀림없고, 또 간악한 위충현이를 부추겨 백성들을 해롭게 했지요. 그것도 모자라 이제는 황제를 시해하는 일에까지 발벗고 나섰으니 당신이 곤륜문하라는 것이 나에게는 커다란 부끄러움일 뿐이에요. 나는 결코 당신을 용납할 수 없고 용서할 수 없어요."

소옥이 단호하게 말했다. 그 말을 듣는 동안 구양목의 얼굴이 점점 일그러지더니 말이 다 끝났을 때는 처음의 온화하던 모습은 간데없이 사라지고 악귀와 같이 변했다. 그가 분노와 수치심으로 달아오른 볼을 푸들푸들 떨다가 겨우 손을 들어 소옥을 가리키며 소리쳤다.

"너, 너…… 네가 감히 사문의 존장을 면전에서 욕하고 모욕했으니 그러고도 살기를 바라지는 않겠지!"

"흥! 나는 이미 대의와 사문의 명예를 지키기 위해 목숨을 내건 지 오래되었으니 하나도 두렵지 않아요!"

벌떡 일어서서 붉게 충혈된 눈으로 한참 동안이나 소옥을 노려보던 그가 이를 부드득 갈고 번쩍 손을 들어 발 아래의 바위를 내려쳤다. 쉭, 하고 경기가 뻗어 나가는 소리가 났을 뿐 잠잠하기만 했다. 제 분을 삭이지 못하고 거친 숨을 내쉬던 그가 아무 말 없이 몸을 던져 바위 아래로 떨어져 갔다.

"내 반드시 날이 밝는 대로 너희들을 모두 끌어낸 다음 한 놈도 남겨 두지 않고 천참만륙하고 말 테다!"

그의 모습은 보이지 않았고, 저 먼 어둠 속에서 은은한 뇌성처럼 울리는 음성만 소옥의 귓속으로 파고들었다. 그것이 천리전성(千里傳聲)이라는 고명한 수법임을 안 소옥이 한차례 부르르 몸을 떨었다. 과연 그의 무위가 어디까지인지 짐작할 수조차 없었던 것이다.

그가 내려쳤던 곳에 이르러 바위를 살피던 소옥이 아! 하고 비명에 가까운 감탄성을 터뜨렸다. 겉으로는 멀쩡해 보이던 그것이 바람이 불어가자 먼지가 되어 흩어지고 있었다. 무려 한 자에 이르는 깊이로 파여진 손자국이 선명하게 드러났다. 그것을 본 소옥이 창백하게 질린 얼굴로 주춤거리며 물러섰다.

"아, 무섭다. 그의 구룡장법이 이미 화신지경(化神之境)에 이르렀으니 과연 누가 그를 막을 수 있단 말인가……."

*　　　*　　　*

이른 아침부터 함성 소리가 온 산을 뒤흔들었다. 몰이꾼들이 징과 북을 치고 긴 막대기로 숲을 때리며 앞서 나아가자 그 뒤를 화려하게 치장한 황제의 백마가 씩씩거리며 달렸고, 다시 황제를 둥글게 에워싸고 갑주를 번쩍이며 무장과 위사들이 말굽을 놓아 내달렸다. 위충현의 모습은 어디에 있는지 보이지 않았다.

소옥은 산을 훑어 내려오는 몰이꾼들 속에 섞여서 사방을 살피는 일에 여념이 없었다. 그녀의 곁을 떠나지 않고 있는 남궁적과 팽위진, 송청림 등의 얼굴에도 긴장이 가득했다. 소옥으로부터 지난밤에 구양목을 만났던 일을 전해 들은 것이다.

몰이꾼들이 앞서서 숲을 헤치며 비탈을 달려 내려갔고 그들과 떨어진 곳을 천천히 걷던 소옥이 문득 걸음을 멈추었다. 왼쪽의 숲이 버석거렸던 것이다. 산짐승인가 하여 바라보는데 그곳에서 한 무리의 사람들이 걸어나왔다. 몰이꾼 복장을 하고 있었지만 소옥은 그들이 평범한 사람들이 아니라는 것을 한눈에 알아보았다.

"이곳이 적당하겠군."

앞섰던 자가 주위를 두리번거려 다른 사람의 기척이 없음을 확인하고 그렇게 말했다. 그가 머리에 쓰고 있던 수건을 벗어 던지자 흑백이 반씩 섞인 긴 머리카락이 흘러내렸다.

"음산오귀!"

그를 본 소옥이 소리쳤다. 지난겨울 태감부 안에서 한바탕 싸운 적이 있는 음산오귀(陰山五鬼) 중 대귀(大鬼)였던 것이다. 남궁적 등이 재빨리 소옥 곁으로 모여들었다. 음산의 다섯 늙은 귀신들이 본색을 드러내자 그들 곁에 있던 세 명의 노인들도 남루한 겉옷을 벗어 던졌다. 두 명의 붉고 검은 도포를 입은 늙은이는 처음 보는 얼굴이었으나 한 명의 상투를 튼 늙은이는 남궁적이 알아보았다.

"너, 이제 보니 염치없는 늙은 도사였군!"

그가 노인을 가리키며 버럭 소리쳤다. 그는 다름 아닌 청성(青城)의 마현 도장(摩玄道長)이었다. 남궁적이 단목기를 업고 동창의 추살대를

피해 달아날 때 하란노도(夏蘭老道)의 유체가 있던 동굴 안에서 노도가
남긴 칠십이파검주해서(七十二破劍註解書)를 두고 그를 심하게 놀렸던
적이 있었다. 그때의 일을 잊지 않고 있던 마현 도장이 품에 지니고 있
던 검을 꺼내 들며 부드득 이를 갈았다.

"개잡종이 여기 있었구나. 오냐, 잘됐다. 내 오늘 반드시 너를 죽여
전날의 빚을 갚고야 말 테다!"

"하하, 늙은 도사가 망령이 들었나 보구나. 나에게 절을 해댈 때는
언제고 이제 와서 그런 말을 하다니. 그래, 이 대영웅호한(英雄好漢)께
서 하사해 준 비급은 잘 지니고 있겠지?"

그때 동굴 안에서 마현 도장은 남궁적을 달래 비급을 얻어내기 위해
그를 영웅호한(英雄好漢)이라고 추켜세우며 갖은 아첨을 다 떨었다. 그
일을 떠올린 마현 도장의 얼굴이 부끄러움과 분노로 파랗게 질려갔다.

"당신들은 음양쌍괴(陰陽雙怪)가 아닌가?"

붉고 검은 도포를 걸친 두 노인을 유심히 보던 팽위진이 소리쳤다.
그 말을 들은 소옥과 송청림이 깜짝 놀라 괴이한 몰골의 두 늙은이를
다시 보았다.

음양쌍괴라면 이미 오래전부터 서북 무림을 두려움에 잠기게 했던
대마두들이었다. 십오륙 년 전에 갑자기 종적을 감추더니 오늘 이 자
리에 다시 모습을 보이게 되리라고는 누구도 생각하지 못했다. 그들의
악명이 하도 지독하여 아직까지도 사람들의 입에 오르내렸기 때문에
소옥도 들어 알고 있었다.

음괴(陰怪) 하후명(夏侯明)이 음침하게 웃으며 품에서 검은빛이 번쩍
이는 철조(鐵爪)를 꺼내 두 손에 끼웠다.

"흐흐, 아직도 노부를 기억하고 있는 놈이 있었다니 기특하구나. 특

별히 네놈은 간만 꺼내 먹어주마."

"그렇다면 나는 저 기특한 놈의 심장을 맛볼 수밖에 없겠군."

양괴(陽怪) 적조(赤曹)도 품에서 두 자루의 칙칙한 동곤(銅棍)을 꺼내 들며 쉰 목소리로 거들었다.

"좋아, 오늘 과연 전대의 마귀들이 얼마나 지독한지 한번 놀아봐야 겠다."

팽위진이 창백한 얼굴을 더욱 하얗게 변색시킨 채 역시 품 안에 감추고 있던 검을 꺼내 들었다. 그것이 신호가 된 듯 모두가 병장기를 꺼내 들자 조용하던 숲이 갑자기 살벌한 살기로 뒤덮여 버렸다.

짐승을 몰던 몰이꾼들이 갑자기 놀라 소리치며 산지사방으로 흩어 져 달아나기 시작했다. 말발굽 소리가 지축을 울리며 어지럽게 들려왔 고, 호령과 고함 소리가 단말마의 비명 속에 섞여 향산을 뒤흔들었다.

황제를 호위하던 병사들은 당황하여 우왕좌왕하기만 할 뿐, 아직 사 태가 어떻게 된 건지 제대로 알지 못했다. 얌전히 뒤를 따르던 태감부 소속의 위사들이 갑자기 흉수로 변하여 급습해 왔던 것이다. 이리저리 말을 달리며 병사들을 모으고 독려하던 무장 한 명이 허공을 훌훌 날 아 달려든 괴한의 검에 목이 잘려 말에서 굴러 떨어졌다.

잘 훈련되어 있고 무용이 출중한 금군(禁軍)들이었지만 갑작스런 변 고를 당하고 지휘자마저 잃자 제대로 전열을 가다듬을 정신이 없었다.

"황제 폐하를 모셔라!"

활을 버리고 장창을 뽑아 든 무장 한 명이 반도(叛徒)들 속으로 뛰어 들며 목이 터져라고 외쳤다. 용맹을 발휘해 두 명의 위사를 찔러 죽인 그도 곧 등 뒤에서 날아온 철추에 투구와 함께 머리통이 깨져 떨어지고 말았다.

　어리석은 황제의 낯빛이 새파랗게 질려 있었다. 보기에도 가엽고 처량하게 부들부들 떨기만 할 뿐, 어떻게 할지 갈피를 잡지 못하고 있는 황제의 말고삐를 쥐고 병사 몇 명이 필사적으로 내달렸다. 그 뒤를 나머지 병사들이 막아서서 밀려오는 반도들을 맞아 창검을 휘두르며 대항했다. 혈육이 난무하고 쪼개진 뼈가 어지럽게 흩어졌다. 뒤늦게 정신을 차린 병사들이 죽기를 각오하고 싸웠지만 이미 사태는 돌이킬 수 없이 나빠져 있었다.

　병사들 사이를 빠져나온 몇 명의 위사들이 달리는 말에 박차를 가하며 황제를 뒤쫓았다. 그들이 휘두르는 칼과 검이 청명한 가을 햇빛을 받아 눈부시게 번쩍였다. 짐승을 사냥하기 위해 잡은 길일(吉日)이 도살(屠殺)을 위해 준비된 날로 뒤바뀌어 버렸고, 노루의 목을 꿰뚫어야 할 화살들이 황제를 노리고 날아갔다. 뭐가 어떻게 된 건지 알아챌 새도 없이 순식간에 뒤바뀌어 버린 상황이었다. 숲 속에 들끓고 있는 것은 온통 태감부의 위사들이고, 산과 들을 가득 메우고 있는 자들은 모두가 반도의 무리들인 것 같았다.

　"이제 더 어디로 가시려오?"

　숲에서 뛰어나온 십여 명의 위사들이 황제의 말을 가로막고 서서 무엄하게도 눈을 부라리며 호통을 쳤다. 천계제(天啓帝)는 기가 막혀 말할 수가 없었고, 두려움에 가슴이 떨려와 숨을 쉴 수도 없었다.

　"무엄한 놈들! 감히 모반을 하는 것이냐!"

　황제를 옹위하여 필사적으로 달아나던 병사들이 일제히 장창을 내뻗으며 달려나갔다. 그들의 뜻과 용맹이 남달랐지만 이미 강호의 일류 무사라 할 만큼 무예가 뛰어난 위사들의 상대는 될 수 없었다. 창검이 부딪치는 소리가 있고 나면 어김없이 한 명의 병사가 난자당하여 말에서 굴러 떨어졌다. 그렇게 잠깐 동안에 십여 명의 병사들이 목숨을 잃고 나자 이제 남은 자들은 더 싸울 마음을 잃고 말았다.

"내가 황제의 목을 친다!"

가장 가까이 다가온 놈이 자랑스럽다는 듯 외치며 말 배를 박차고 달려들었다. 천계제는 머리 위에 떨어지는 그자의 칼을 초점없는 눈으로 멍하니 바라볼 뿐 움직일 생각조차 하지 못했다.

"저런 죽일 놈! 멈추지 못하겠느냐!"

숲 속에서 우렁찬 호통 소리가 터져 나왔다. 그리고 그것보다 빠르게 허공을 날아오는 그림자 하나가 있었다.

씨이잉—!

그의 손에서 새파란 빛이 눈부시게 허공을 가르며 길게 뻗어 나왔다. 신랄한 검기였다.

"으악—!"

막 황제의 머리통을 내려치려던 자가 어찌 된 일인지도 모르고 처절한 비명을 터뜨렸다. 그의 몸이 두 쪽으로 갈라져 피와 내장을 쏟아내며 굴러 떨어졌다. 놀란 말이 크게 울고 이미 죽은 자의 몸을 짓밟으며 달려갔다.

"웬 놈들이냐!"

놀란 위사들이 황제를 버리고 돌아섰다. 그들의 머리 위로 떨어져 내리고 있는 네 명의 노인들은 손속에 인정을 남겨두고 있지 않았다. 영춘진인의 검이 단번에 세 놈의 목을 쳐 날려 버렸고, 최흘과 풍치 화상의 손에 또 서너 명의 목이 꺾여 돌아갔다. 장풍서의 비각(飛脚) 절기는 달리는 말보다 빨랐다. 그가 앞을 가로막는 놈들의 정수리를 차 부수며 내

달려 미쳐 날뛰는 황제의 말고삐를 틀어쥐었다. 말 위에는 이미 검기를 날려 황제를 구한 무명자 종유상이 올라앉아 황제를 꼭 붙들고 있었다.

쨍쨍쨍─!

날카로운 쇳소리가 몸부림을 치듯 끊이지 않고 터져 나왔다. 팽위진의 검격은 여전히 무지막지하고 통쾌한 바가 있었다. 그를 상대하고 있는 음양쌍괴의 얼굴에 당혹감이 가득했다. 설마 자신들이 합격을 해서 당하지 못할 상대가 또 있으리라고는 생각하지 못했던 것이다. 그들은 팽위진이 강호에서 신비의 고수로 알려져 있는 동창의 두 명 영주들 중 청안령주라는 것을 까맣게 모르고 있었다. 처음에 얕잡아보고 전력을 다하지 못한 것을 뒤늦게 후회했지만 한번 빼앗긴 기선을 다시 찾아올 수는 없었다.

남궁적과 송청림은 벌써부터 연습을 해둔 사람들인 것처럼 손발이 척척 맞았다. 남궁적의 칼이 무식하기 짝이 없다면 송청림의 검은 가볍고 표홀하기가 예전의 그가 아니었다. 그들은 음산오귀를 가로맡아 마음껏 싸우고 있었는데, 비록 열세를 면치 못하고 있기는 해도 쉽게 무너질 것 같지는 않았다.

그들에 비하여 소옥이 맞고 있는 처지가 더 심각했다. 그녀는 어지럽게 검을 휘두르며 청성의 마현 도장을 상대하고 있었다. 소옥의 검은 빠르고 변화무쌍한 중에 장중한 품격을 지니고 있었다. 그러면서도 한번 휘둘러 치고 베어갈 때마다 상대를 압박하는 살기가 줄기줄기 뻗어 나오는 것이 예전의 그녀의 검법과는 판이하게 달랐다.

그녀는 단번에 마현 도장을 찌를 생각으로 처음부터 항룡검법을 펼쳐 도장을 상대했던 것이다. 소옥의 살기 가득한 검을 상대하고 있는 마현 도장은 그가 동굴 속에서 남궁적으로부터 얻어 익힌 청성파의 칠십이파검을 펼치고 있었다. 그의 검이 투박하면서 힘이 끊이지 않고 이어지는 검초를 쉬지 않고 뿌려댔다. 뒤의 검격이 처음의 검격에 더해져 초수가 계속될수록 그 무거움이 배가되는 절묘한 검법이었다.

'대체 이럴 수가 있단 말인가?

도사의 검법을 유심히 살펴보면서 소옥은 그런 의문에 사로잡혔다. 그녀는 유룡검법이 천하제일의 검법이라는 믿음을 가지고 있었다. 그 것을 더욱 무섭게 변화시켜 준 것이 용화진경의 비결에 의한 항룡검법 이므로 그것 앞에서 당할 자가 아무도 없어야 했다. 항룡검법은 천하 제일의 고수로 인정받는 구양목을 누르기 위해 만들어진 검법이었다. 그 사실 한 가지만 가지고도 당연히 마현 도장은 상대가 되지 않아야 했던 것이다. 그러나 지금의 상황은 그렇지 않았다.

소옥은 아직 극성(極性)에 대하여 깊이 이해하지 못하고 있었다. 짐 승들에게 천적이 존재하듯이 모든 사물에는 서로 반대되는 것이 있고, 그것을 극복하지 못하는 이상 유일무이(唯一無二)라는 것은 있을 수 없 었다. 무공에도 역시 마찬가지였다. 항룡검이 구룡장의 극성이듯, 하 란노도가 새롭게 엮어낸 청성의 칠십이파검이 또 항룡검법의 극성을 띠고 있었던 것이다. 그 사실을 소옥이 알 리 없었다.

동굴 안에 피신해 있을 때 단목기는 남궁적으로부터 칠십이파검주 해서를 받아 읽어보고 단번에 그것을 알아챈 적이 있었다. 하란노도가 칠십이파검주해를 쓸 때나, 곽모용이 용화진경을 저술할 때 그러한 사 실을 염두에 두었을 리는 없었다. 천지자연의 조화가 은연중에 그렇게 작용한 것일 뿐이니 사람의 힘으로 어쩔 수 있는 게 아니었다.

그러한 일들을 알지 못하는 소옥은 초수가 거듭될수록 당황하기만 했다. 내가 검법을 잘못 해석하고 익힌 게 아닌가 하는 생각마저 들었다. 고작 청성의 도사 한 명을 이기지 못하는 검법을 가지고 어떻게 구양목의 구룡장을 상대할 수 있을지 회의가 밀려들어 그녀의 손발을 혼란하게 했다.

어지럽게 뒤얽힌 싸움 중에 으악! 하는 비명 소리가 들려왔다. 그것이 귀에 익은 소리여서 소옥은 힘껏 검을 뿌려 마현 도장을 밀어내고 돌아보았다. 음산오귀를 맞아 고전하고 있던 송청림이 길게 찢긴 옆구리를 움켜쥔 채 쓰러지고 있었다. 삼귀(三鬼)의 검에 심각한 부상을 입은 모양이었다. 남궁적이 이를 악문 채 필사적으로 송청림을 지키고 있었지만 그 또한 온몸에 선혈이 낭자한 것이 적지 않은 부상을 입은 게 분명했다. 혼자서 음산오귀를 상대할 수밖에 없게 된 남궁적은 금방이라도 쓰러질 듯 위태로워 보였다.

“흐흐, 염려할 것 없다. 너도 곧 저놈들을 뒤따라 저승길에 오르도록 해주마.”

마현 도장이 한껏 기세를 올리며 검을 휘둘러 소옥을 궁지에 몰아갔다. 그는 소옥이 몸을 빼내 남궁적을 도와주지 못하도록 하려는 것이다. 도장의 의도를 읽은 소옥이 더욱 초조하고 분해져서 악을 쓰며 어지럽게 검을 휘둘러 항룡검법 중의 쾌검식(快劍式)인 일기횡강(一氣橫江)의 검초를 뿌렸다. 그녀의 검이 눈에 보이지도 않을 만큼 쾌속하게 검기를 뿌려갔지만 마현 도장이 벽파장천(碧波藏天)의 검세로 두텁게 밀어오는 것을 뚫을 수 없었다.

쨍―!

날카로운 검명(劍鳴)이 터져 나왔다. 소옥의 검에 실린 내력을 견디지 못한 도장이 저려오는 손목을 움켜쥐고 물러섰다. 하지만 소옥의 놀람은 그보다 더 컸다. 그녀가 멍하니 서서 도장을 바라보기만 할 뿐 감히 쫓아

들어갈 생각도 하지 못했다. 그 틈에 탁한 숨을 내뱉고 기력을 되찾은 도장이 음충맞은 웃음을 흘리며 다시 소옥을 향해 검기를 뿌려왔다.

"저런 못된 도사 놈이!"

그의 등 뒤에서 갑작스럽게 우렁찬 호통 소리가 들려왔다. 명문(命門)을 엄습해 드는 싸늘한 검기를 느낀 도장이 소옥을 버리고 급히 돌아섰다.

"아, 당신은!"

문득 정신을 차리고 자신을 구해준 사람을 본 소옥이 놀라 외쳤다. 그는 지난여름 조왕림(曹王林)을 벗어나 자운강(慈雲江)을 바라보는 화화평(和華平)에서 헤어진 뒤부터 소식이 뚝 끊겨 알 수 없었던 상필지였다. 당시 소옥은 공손표의 활대에 맞아 정신을 잃고 있었고, 남궁적이 그녀를 구해 달아났었기 때문에 상필지가 귀수삼선(鬼手三仙)에게 끌려갔다는 것을 알지 못하고 있었다.

마현 도장을 노려보는 상필지의 눈빛이 심상치 않았다. 그가 입을 꾹 다문 채 벼락처럼 검을 뻗고 후려치며 도장의 칠십이파검을 눌러갔다. 숨을 돌릴 수 있게 된 소옥은 오랜만에 보는 반가움보다 낯선 그의 검법에 더 신경이 쓰였다.

상필지가 칠십이파검을 눌러가는 솜씨는 화산의 검법인 것 같았으나 꼭 그렇다고 하기에는 무언가 이상한 데가 있었다. 화산의 검법에는 명문정파의 그것답게 의연하고 대범한 기상이 실려 있었다. 그러나 지금 상필지가 펼치고 있는 화산검 속에는 괴이편벽(怪異偏僻)하고 신랄한 검의가 스며들어 있었다. 그것이 그의 검을 오히려 더 까다롭고 무서운 것으로 만들어주었지만, 그래서 화산검법이라고 단정하기는 어려웠다.

소옥은 그 또한 헤어져 있던 동안 기연을 얻었다는 것을 금방 알 수 있었다. 그렇다면 저 괴상한 노인들 때문일 것이라고 짐작했다.

"하하, 음산의 다섯 친구들이 어디로 사라졌나 했더니 이런 곳에서 놀고 있었구나!"

귀수삼선 중의 둘째인 유명노괴(幽冥老怪) 장두서(張斗徐)가 껄껄 웃으며 곧장 검을 뽑아 후려쳐 갔다. 갑자기 나타난 귀수삼선을 본 음산오귀의 얼굴에 하나같이 두려움이 떠올랐다. 그들이 곧 쓰러질 것 같은 남궁적을 버리고 일제히 삼선을 향해 달려들었다.

"여기까지 쫓아오다니 정말 지독한 놈들이구나!"

대귀가 이를 갈며 장두서의 검을 가로막았다.

그들은 다 같이 음산산맥을 무대로 삼아 악명을 떨치던 전대의 노마두들이었다. 귀수삼선은 육반산에 있었지만 음산과는 지척의 거리였으므로 서로 충돌할 때가 많았다. 그때마다 음산오귀는 삼선에게 치도곤을 치르곤 했다. 그들의 성취가 도저히 삼선을 따라갈 수 없었던 것이다. 그것이 지긋지긋해진 오귀는 음산을 버리고 어디론가 훌쩍 떠나버렸다. 그들이 사라지자 삼선은 괴롭힐 상대가 없어서 심심했다. 그것이 그들이 어슬렁거리며 중원에 발을 들인 이유이기도 했다.

음산오귀는 이런 곳에서 삼선과 마주치자 기가 막히고 말았다. 삼선이 자신들을 쫓아 이곳까지 찾아온 것이라고 여길 수밖에 없었던 것이다. 그러자 이가 갈렸다. 중원에서까지 저 세 노괴물들에게 시달림을 받느니 차라리 여기서 사생결단을 내는 것이 낫겠다고 생각했다.

오귀의 그런 생각이 그들의 검격에 고스란히 실렸다. 반드시 죽이거나 아니면 함께 죽기라도 하겠다는 듯 수비는 도외시한 채 오직 살검만을 쳐내는 그들 다섯 노인의 합공 앞에서 삼귀가 잠시 주춤거렸다.

"으악—!"

오귀와 삼선이 치열하게 뒤엉켰을 때 마현 도장의 입에서 처절한 비명이 터져 나왔다. 상필지의 검이 도장의 등 뒤로 빠져나올 만큼 심장을 깊이 찔러 버렸던 것이다. 칠십이파검이 상필지의 변형된 화산검에 여지없이 깨져 버렸다.

"이런 비겁한 늙은이들!"

마현 도장이 비명을 지르며 쓰러진 것과 거의 동시에 팽위진의 입에서도 분한 외침이 터져 나왔다. 소옥이 급히 그쪽을 바라보았다. 안개처럼 뿌연 가루가 팽위진을 가득 뒤덮고 있다가 그가 사납게 휘두르는 장력에 흩어져 날렸다.

"히히, 네놈의 간을 빼먹고 싶어서 미칠 지경인데 어떻게 더 기다린단 말이냐?"

음괴(陰怪) 하후명(夏侯明)이 쇠를 비벼대듯 역겨운 웃음을 터뜨리며 철조를 휘둘러 덮쳐들었다. 양괴(陽怪) 적조(赤曹)도 두 자루의 동곤(銅棍)을 사납게 휘둘러 팽위진의 정수리를 내려쳤다. 소옥은 그들이 암수를 썼다는 것을 눈치 챘다. 팽위진이 울컥울컥 피를 토해내며 가까스로 버티고 있었는데 금방이라도 쓰러질 것만 같았다.

음괴는 팽위진이 당하지 못할 상대라는 것을 알자 자신의 철조 안에 감추어두고 있던 사독(蛇毒)을 쏘았던 것이다. 그것은 독성이 지독하기 짝이 없는 홍모흑사(紅帽黑蛇)의 독액을 회분(灰粉)과 잘 섞어서 바싹 건조시킨 것으로, 한번 뿜어지면 회분이 피부의 땀과 늘어붙어 떨어지지 않았고, 그 안에 섞여 있는 독액이 모공(毛孔)으로 스며 들어가 순식간에 몸 안에 퍼졌다.

"염치도 없는 늙은 것들!"

다급해진 소옥이 앞뒤 생각할 것 없이 번쩍 몸을 날려 팽위진을 밀어내며 다시 한 번 항룡검 중의 쾌검 절초인 일기횡강(一氣橫江)의 검초를 뿌렸다. 섬전처럼 뻗어 나간 한줄기 검기가 음괴 하후명의 철조들을 모조리 잘라 버리고 그 여력이 뻗어 양괴 적조의 가슴을 반으로 쪼개놓았다.

"악—!"

양괴가 처절한 단말마를 터뜨리며 쓰러졌다. 음괴는 더 이상 싸울 마음을 잃어버렸는지 양괴의 죽음마저도 외면한 채 그대로 달아나 버렸다. 소옥은 자신의 검을 바라보며 다시 한 번 이상하다고 생각했다. 청성의 마현 도장을 상대해서는 그처럼 답답하게 막히기만 하던 검초가 그보다 뛰어난 고수인 음양쌍괴에게는 통쾌하게 먹혀 들어갔던 것이다.

단번에 믿었던 두 괴물을 물리쳐 버리는 소옥의 무서운 검법에 음산오귀는 가슴이 떨려왔다. 그 틈을 타고 날아든 단혼추(斷魂鎚) 광량(廣量)의 유성추(流星鎚)가 오귀의 머리통을 산산이 부수어 버렸다. 터져 나간 골수와 피가 오귀의 몸을 덮어씌웠다. 나머지 사귀는 더욱 투지를 잃어버리고 말았다.

"이놈!"

삼선의 우두머리인 염왕자(閻王者) 모상휘(摸常輝)가 버럭 외치며 무시무시한 권각(拳脚)을 날려 단번에 이귀와 사귀의 가슴을 으깨놓았다. 음산을 무대로 흉명을 떨쳤던 두 귀신들이 비명조차 지르지 못하고 절명했다. 남은 대귀와 삼귀는 고스란히 유명노괴(幽冥老怪) 장두서(張斗徐)의 몫이었다. 그가 검법의 달인(達人)으로 알려진 자신의 명성을 뽐내기라도 하듯 검을 휘둘러 단번에 삼귀의 목을 꿰뚫어 버렸고, 그 여세를 몰아 대귀의 목마저 쳐버렸다. 모든 것이 눈 깜짝할 사이에 벌어진 일이었다.

"히히, 너 어린놈의 말을 듣고 이곳에 따라오기를 잘했다. 안 그랬으면 이렇게 좋은 구경을 하지 못했을 것 아니냐?"

광량이 유성추를 갈무리하며 상필지를 보고 웃었다. 그 말을 들은 장두서가 상필지의 어깨를 다정하게 토닥거리며 거들었다.

"내 눈이 틀리지 않았어. 너는 쓸 만한 놈이다. 이 세 명 사부님들이 심심할까 봐 이처럼 신경을 써주다니 기특하다. 내가 곧 너에게 나의 나머지 육결검법(六訣劍法)마저 전수해 주마."

상필지가 쓰게 웃으며 손을 내저었다.

"과하오이다, 과해."

"과하다니. 네놈은 방금 변화무쌍하고 자유롭기 천하제일인 나의 천심검결(擅心劍訣)을 사용해 저 말코도사 놈을 일검에 찔러 죽이고 저 깜찍한 계집을 구하지 않았느냔 말이다!"

유명노괴 장두서가 눈을 부라리며 버럭 소리쳤다. 상필지가 더 상대하고 싶지 않다는 듯 연신 알았소를 연발하며 두 손을 내젓고 소옥에게 달려갔다.

그들은 첩영의 전갈을 받고 서두르는 상필지를 따라 이곳까지 이르렀던 것이다. 이곳에서 소옥을 다시 만나게 되자 상필지는 물론 귀수삼선도 하나같이 반가워 어쩔 줄 몰라 했다.

소옥은 팽위진을 바라보고 있었다. 그는 이미 온몸에 독이 퍼져 부들부들 떨고 있었는데, 그 증상이 간질병에 걸려 몸부림치는 자 같았다. 그가 가려움을 참을 수 없는 듯 두 손으로 온몸을 긁어댔다. 그때마다 피부가 갈라지며 검은 피가 쏟아져 나왔다. 소옥은 그 끔찍한 모습을 더 바라보지 못하고 돌아서고 말았다.

"이봐, 친구. 나중에 저승에서 만나게 되거든 그때 한번 진탕 마셔보세. 정 들자 이별이라니 너무 서운하지만 어쩌겠나?"

남궁적이 피투성이가 된 몸을 쭈그리고 앉아 팽위진을 내려다보며 말했다. 그의 외눈에 안타까워하는 빛이 가득했다. 그는 팽위진과 함께 지내면서 묘한 동류 의식을 느끼고 있었던 것이다. 야성의 흉포함을 함께 지니고 있다는 점에서 그랬다.

몸을 일으킨 남궁적이 망설임없이 칼을 휘둘러 팽위진의 머리통을 두 쪽으로 갈라놓았다. 고통에 몸부림치던 팽위진이 비로소 모든 것을 잊고 잠잠해졌다.

"음, 역시 지독한 놈이군."

그것을 본 단혼추(斷魂鎚) 광량(廣量)이 눈살을 찌푸리며 머리를 절레절레 저었다. 그는 소옥과 처음 만났던 화화평(和華平)에서 남궁적에게 놀림을 당한 적이 있었다. 그때 다시 만나면 반드시 대갈통을 부숴놓겠다고 소리쳤지만 지금 그를 다시 보니 싸우고 싶은 마음이 싹 사라져 버렸다. 저렇게 심성이 독한 놈이라면 건드려 봐야 득 볼 게 없을 것 같았던 것이다.

"잘됐다. 우리가 이제 너를 다시 만났으니 그 중놈에게 시달리지 않아도 된다. 이제는 너를 꼭 따라다닐 거다."

염왕자(閻王者) 모상휘(摸常輝)가 소옥의 옷자락을 붙잡은 채 냉랭하게 말했다. 소옥이 무슨 말인지 몰라 어리둥절해하자 상필지가 웃으며 설명해 주었다.

"이 세 분 선배님들은 풍치 화상에게 단단히 부탁을 받았었다오. 그가 이분들에게 낭자를 찾아 지켜주라고 이른 모양이오. 그래서 강호에 나왔는데 낭자를 보자마자 빼앗겨 버리고 말았으니 장차 화상의 노여움을 살 일이 큰 걱정이었지."

그가 그 말을 할 때 남궁적을 바라보았다. 소옥은 비로소 그동안의 경위를 짐작할 수 있었다. 풍치 화상은 말하자면 이 세 괴팍한 늙은이들의 천적인 셈이었다. 그런데 화상이 무엇 때문에 자신에게 그처럼 집착했던 건지는 의문이 아닐 수 없었다. 그녀는 아마도 사부님 때문일 것이라고 생각했다. 남창부 외곽의 송림 속에 있던 사당 안에서 처음 괴이사기를 만났을 때 그들은 분명히 상관혜를 잘 알고 있는 듯했다. 그녀를 말할 때면 얼굴 가득 떠오른 연모의 정을 감추지 못했던 것이다.

'사부님은 가는 곳곳마다 염문을 뿌리고 다니셨군.'

그런 생각으로 소옥이 쓰게 웃고 말았다.

*　　　*　　　*

"너희들이 이곳에 있을 줄 알았다."

문득 귓속을 웅웅 울리며 들려오는 소리에 괴이사기가 사방으로 갈라서서 주위를 두리번거렸다. 아직도 숲 속에서는 금군과 태감부 위사들 간의 치열한 싸움이 계속되고 있어서 병장기 부딪치는 소리와 고함 소리, 비명 소리들로 혼란스럽기 짝이 없었다.

"구양목이다!"

천리전성(千里傳聲)의 수법을 쓸 수 있는 고수는 흔치 않았다. 영춘진인은 그것이 구양목의 솜씨임을 단번에 알아보았다. 황제의 말고삐를 쥐고 있던 무명자 종유상의 낯빛이 핼쑥해졌다.

한줄기 바람이 스쳐 지나간 것 같더니 그들 앞에 구양목이 홀연히 나타났다. 수하를 한 명도 거느리지 않고 혼자서 나타난 것이 사기의 비위를 거슬렀다.

"흥, 그러잖아도 네놈을 찾아다니던 길이었는데 잘됐다."

"우리는 언제나 넷이서 함께 행동했으니 너도 머릿수에 맞도록 졸개들을 더 불러와도 좋다."

"염병할, 그때까지 또 어떻게 기다리냐? 저리 비켜라! 이 부처님 혼자서도 충분하다!"

최흘과 장풍서가 큰 소리로 외치며 나서자 풍치 화상(風痴和尙)이 그들을 떠밀고 먼저 내달려 구양목을 막아섰다. 구양목이 그를 무시한 채 수염을 쓸며 황제 곁에 서서 어찌할 바를 모르고 있는 종유상을 바라보았다.

"유상아, 이런 곳에서 너를 다시 보게 되다니 감회가 새롭구나. 너는 설마 이 사부를 잊지 않았겠지?"

"저는, 저는……."

종유상이 이제는 백지장처럼 변해 버린 얼굴을 들지 못하고 쩔쩔맸다. 하지만 그는 끝내 구양목을 사부라고 부르지 않았고, 사부를 뵙는 예를 취하지도 않았다. 구양목의 얼굴이 어두워졌다.

"좋다. 네가 지난 일을 잊지 않고 가슴에 담아두고 있었다니 나 역시 더 이상 사부임을 자처할 수 없겠구나. 우리가 서로 남남이 되었으니 이제 망설이지 말고 나에게 검을 내밀어도 좋다."

그 말을 들은 종유상이 입술을 피가 나도록 악문 채 부르르 떨었다. 구양목을 보기 전까지는 그를 만나면 사기와 힘을 합쳐 싸우겠노라고 마음을 단단히 먹었지만 막상 그를 보자 흔들리고 만 것이다. 극심한 갈등이 그를 괴롭혔다.

"우선 내 주먹 맛부터 보아라!"

성미 급한 풍치 화상이 더 참지 못하고 와락 달려들며 광풍권(狂風拳) 이십사식(二十四式)을 소나기처럼 퍼부어댔다. 웅장한 권경(拳勁)이 해일처럼 구양목을 가두어갔다. 수십 수백 마리의 미친 말들이 어지럽게 내닫는 듯한 사나움 앞에서 구양목이 감히 한눈을 팔지 못하고 옷자락을 떨쳤다.

그가 도포 자락을 펄럭이며 거대한 경기(勁氣)를 일으켜 사방을 쓸어갔다. 그의 내력은 무궁무진한 것 같았다. 한번 소매를 떨치자 구룡진기(九龍眞氣)가 폭풍처럼 일어 주위의 돌과 잡풀들을 뿌리째 뽑아 말아 올렸다. 가까이 있던 나뭇가지들이 활처럼 휘며 비명을 토해내더니 기어이 견디지 못하고 토막토막 부러져 날렸다.

우르릉, 꽝꽝—!

구양목이 일으킨 경기의 폭풍과 부딪친 풍치 화상의 권경이 벽력 소리를 내며 터져 나갔다.

"여기도 있다!"

화상의 위급함을 본 장풍서가 몸을 아끼지 않고 달려들며 선풍비각(旋風飛脚)의 절기로 열여덟 번이나 후려 찼다. 숨 돌릴 새도 없이 한순간에 두 발을 번갈아 차내는 솜씨가 놀랍기만 한데, 한번 발끝이 스쳐 지나갈 때마다 날카롭기 그지없는 경기가 쏟아져 나와 비수처럼 구양목의 구룡진기를 뚫어갔다.

영춘 진인(永春眞人)과 최명판관(催命判官) 최흘(崔屹)도 더 이상 망설이지 않았다. 영춘 진인의 검이 왼쪽에서 곧장 구양목의 목을 노리고 쳐 나갔고, 필생의 내력을 실은 최흘의 장력도 등을 때려왔다.

씨이이—!

영춘 진인이 검을 휘두를 때마다 대초명적(大哨鳴鏑)을 쏘아 올린 것 같은 날카로운 소리가 났다. 그 뒤를 따라 한 가닥 새하얀 검강(劍罡)이 뻗어 나와 구양목이 두르고 있는 진기의 벽에 부딪쳐 갔다. 최흘의 복호장(伏虎掌)은 형산파가 자랑하는 장법이었다. 웅장한 기세를 뽐내는 그것에 최흘의 고강한 내력이 실리자 그것은 성을 깨뜨리는 화차(火車)가 되어 무섭게 부딪쳤다. 장에서 내뿜어지던 뜨거운 열기가 주위를 후끈 달구었다.

"하하하! 통쾌하다. 이렇게 마음껏 싸워본 지가 얼마 만이냐! 너희들은 겸양하지 말고 최선을 다해야 할 것이다!"

구양목이 치솟는 호기를 참지 못한 듯 크게 웃으며 활짝 펼친 도포 자락을 휘둘렀다.

쾌광, 쾅, 쾅―!

그것에 부딪친 괴이사기의 장력과 검강들이 요란한 소리를 내며 터져 나갔다. 구양목의 구룡진기는 거침이 없었다. 부딪쳐 오는 모든 것을 깨뜨리며 폭풍처럼 쓸어가는 기세가 더욱 사나워졌다. 내력을 집중해서 옷자락을 철판처럼 빳빳하게 만들어 휘둘러 대던 구양목이 손가락을 굽혔다 펴며 가볍게 퉁겼다. 그러자 비수처럼 날카로운 네 가닥의 지력(指力)이 소리없이 쏘아져 나갔다.

쉬이익―!

그것들은 상대의 코앞에 이르러서야 비로소 요란한 파공성을 냈다. 그의 네 가닥 육양지(六陽指)가 일지선운(一指羨雲)의 수법으로 쏘아져 나가자 가장 가까운 곳에서 육박(肉薄)을 벌이던 풍치 화상과 장풍서가 그것을 피하지 못했다. 그들은 구양목이 펼쳐 보이는 구룡진기에만 온 정신을 쏟고 있었던 탓에 그가 갑자기 지력을 때려오는 것을 미처 발견하지 못했던 것이다.

“어억―!”

풍치 화상과 장풍서의 입에서 동시에 고통스러운 외침이 새 나왔다. 한줄기의 불길 같은 지력이 단번에 풍치 화상의 가슴을 관통했고, 장풍서의 견정혈을 꿰뚫어 버린 것이다. 풍치 화상이 눈을 까뒤집은 채 천천히 뒤로 넘어갔다. 그의 가슴에 뚫린 구멍이 새까맣게 타 지독한 냄새를 풍겨냈다. 장풍서가 온몸이 마비되어 쓰러지면서 풍치 화상을 바라보았다. 그의 얼굴에 안타까움과 분노가 가득했다.

영춘 진인은 검을 휘둘러 육양지를 쳐내며 급히 물러섰고, 최흘도 수강(手罡)을 크게 일으켜 한줄기 불화살 같은 구양목의 지력을 끊어내며 물러섰다. 크게 놀라고 당황한 그들의 얼굴이 창백해져 있었다. 과거에도 그들은 구양목과 한차례 싸움을 한 적이 있었다. 물론 그때도 그의 구룡장을 이기지 못하고 패하여 달아났었지만 지금과 같지는 않았었다.

이렇게 단번에 두 사람이나 쓰러지리라고는 미처 생각하지 못했던 영춘 진인의 얼굴이 참혹하게 일그러졌다. 지난 이십여 년의 세월 동안 구양목이 이룬 성취는 자신들의 그것과 비교할 바가 못 되게 크다는 것을 절감하지 않을 수 없었던 것이다.

구양목의 손이 다시 영춘 진인과 최흘에게 향했다. 펄럭이던 옷자락을 거둔 그가 이번에는 두 손을 활짝 펼쳤다. 그의 장심(掌心)이 은은하게 먹빛을 띠고 어두워져 가기 시작했다.

“구룡장!”

그것을 본 영춘 진인이 핼쑥해진 얼굴로 외쳤다. 최흘이 이를 악물었다. 구양목은 한 번으로 모든 것을 끝내려 하고 있었다. 일장을 갈겨 영춘 진인과 최흘을 죽이고 그 여세를 몰아 이미 넋이 빠져 있는 황제마저 쳐 죽여 버리면 모든 게 끝나는 것이다. 그의 입가에 잔인한 미소가 걸렸다.

영춘 진인이 다급한 눈길로 최흘을 바라보았다. 최흘 역시 진인을 바라보고 있었다. 한번 마주친 눈길에 그동안 쌓아온 세월과 정감을 남김 없이 담아 나눈 두 사람이 일제히 몸을 날려 구양목에게 부딪쳐 갔다.

"이얍!"

절규와도 같은 그들의 부르짖음이 허공에 메아리쳤다. 입가에 걸린 잔인한 미소를 점점 더 짙게 한 채 구양목이 천천히 두 손을 나누어 밀었다. 그때였다.

"그래서는 안 됩니다!"

창백하게 질린 얼굴로 떨고 있기만 하던 종유상이 힘껏 몸을 날려 구양목에게 부딪쳐 갔다.

"괘씸한 것! 네가 감히!"

구양목이 영춘 진인을 향해 밀어가던 손바닥을 홱 뒤집어 힘껏 뒤로 뿌렸다. 처음부터 구양목의 장력을 피할 생각이 없었던 듯 종유상이 그대로 몸을 날려왔다. 비로소 그가 손에 검을 쥐고 있지 않다는 것을 안 구양목이 엇! 하고 당황한 외침을 터뜨리며 급히 왼손의 장력을 회수해 들였다. 하지만 종유상은 이미 가슴에 일장을 얻어맞고 난 뒤였다. 그가 스스로 구양목의 장력에 부딪쳐 온 것 같기도 했다.

"우욱―!"

종유상이 피화살을 뿜어내며 가슴을 움켜쥐고 날려갔다. 왼손으로 회수해 들인 장력을 뽑아 오른손에 더한 구양목이 최흘에게 벼락처럼 일장을 후려갈기고는 종유상을 바라보고 땅을 박찼다. 최흘이 그가 던진 일장의 힘을 감당하지 못하고 다시 피를 뿌리며 쓰러졌다. 뒤에서 쳐 나온 영춘 진인의 새하얀 검강은 막 구양목이 떠난 자리를 덧없이 긋고 지나갔다.

"너는 여전히 고집불통이구나!"

구양목이 훌훌 떨어져 내리는 종유상을 받아 안으며 안타깝게 외쳤다.

"사, 사부……."

흐려지는 종유상의 눈이 구양목을 바라보고 있었다. 그가 힘겹게 입을 열어 그 한마디를 하자 구양목의 눈에서 번쩍 하고 빛나는 무엇이 있었다.

"내가 너를 두 번이나 죽게 하다니……."

구양목이 종유상을 품에 안고서 목이 메이는지 말을 잇지 못했다. 종유상의 파리한 볼에 희미한 웃음이 떠올랐다.

"제, 제자는…… 두 번씩이나 사부의 명을…… 어겼군요. 지금이라도 늦지 않았습니다. 부디, 부디…… 마음을 돌이켜서……."

종유상이 더 이상 말을 계속하지 못하고 울컥울컥 피를 토하더니 옆으로 힘없이 머리를 떨구었다. 구양목이 떨리는 손길로 그의 눈을 감겨주었다. 종유상의 이마 위에 굵은 눈물 한 방울이 떨어져 흘렀다.

"네가 기어이 그를 죽이고 말았구나!"

영춘 진인이 노하여 외치며 힘껏 달려와 다시 검강을 쳐냈다. 그의 눈이 꺼지지 않을 불길을 담고 이글거렸다. 평소의 인자하던 모습은 간데없고, 수염과 머리카락이 올올히 곤두선 채 악귀 야차같이 흉악한 모습이 되어 있었다.

씨이잉—!

창백한 검강 한줄기가 곧장 구양목의 목덜미로 파고들었다. 종유상을 품에 안은 채 돌아선 구양목이 눈을 부릅뜨고 그것을 노려보았다.

"갈(喝)!"

그가 종유상의 허리춤에서 검을 뽑아내 허공을 격하고 영춘 진인을 후려쳤다. 아무렇게나 휘두르는 것 같았는데 그것이 부르르 떨며 영춘 진인의 검강을 거뜬히 받아냈다. 영춘 진인은 강호에서 검으로 자신을 누를 자가 별로 없다는 자부심을 갖고 있었다. 그런데 오늘 구양목의 검술을 한번 보자 자신은 아직도 멀었다는 뼈저린 자각이 생겼다. 구양목은 장법뿐만 아니라 검술에 있어서도 이미 교탈조화(巧脫調和)의 경지에 들어 있었던 것이다.

그는 초식도 투로도 없이 골목 안의 아이가 막대기를 함부로 흔들어 대듯이 그렇게 검을 다루고 있었다. 하지만 영춘 진인은 그가 이미 뜻으로 검을 움직이고 마음에 앞서 검이 먼저 반응하는 신묘한 지경에 들어 있다는 것을 대번에 알아챘다.

영춘 진인의 영묘(靈妙)한 삼십육로(三十六路) 장춘검(長春劍)이 구양목이 휘두르는 무초식의 검막을 뚫지 못하고 번번이 허공을 찔렀다.

씨이잉—!

한번 발을 굴러 다가선 구양목이 나무꾼이 장작을 패는 듯한 무지함으로 힘껏 검을 내려쳤다. 그것에 실린 힘이 어찌나 큰지 검이 스쳐 간 허공에서 울려 나오는 파공성에 마음이 다 떨려왔다. 영춘 진인이 어금니를 악물고 힘껏 검을 뻗어 그것을 받았다.

쨍—!

날카로운 쇳소리가 멀리멀리 울려 퍼졌다. 영춘 진인은 자신의 검이 산산조각나 허공에 흩어지는 것을 멍하니 바라보았다. 검을 쥐고 있던 오른팔의 감각이 사라져 남의 것 같았다.

"돌아가라."

검을 던져 버린 구양목이 커다란 마음의 고통으로 일그러진 얼굴을 가리며 그렇게 말하고 돌아섰다. 영춘 진인은 넋이 나간 사람처럼 서서 그를 바라볼 뿐이었다. 그들이 싸우는 사이에 정신을 차리고 달아난 것인지 조금 전까지도 한쪽에 우두커니 서 있던 황제의 모습은 보이지 않았다.

"그를 내려놔라!"

숲 속에서 소옥이 달려나오며 날카롭게 외쳤다. 그 뒤를 귀수삼선과 상필지가 따르고 있었다. 그녀에게 시선을 준 구양목이 눈살을 찌푸렸다.

"너는 누구를 말하는 것이냐?"

"당신은 기어이 종 사형을 또 한 번 죽이고 말았군요! 당신의 잔인함과 흉악함을 절대로 용서할 수 없어요!"

"어허, 허허허…… 그런가…….."

소옥의 꾸짖음을 들은 구양목이 하늘을 바라보고 허탈하게 웃었다.

"아니, 저건 그 화상이 아니냐!"

귀수삼선이 쓰러져 있는 풍치 화상을 발견하고 소리치며 우르르 달려갔다. 화상은 이미 숨이 멎어 있었다.

"아이고, 아이고! 이럴 줄 알았으면 음산의 그 다섯 귀신들을 살려두는 건데 그랬다. 화상마저 극락으로 갔으니 이제 우리는 무슨 낙으로 산단 말이냐? 아이고, 원통하고 절통하다!"

단혼추 광랑이 풍치 화상의 주검을 끌어안은 채 땅을 치며 대성통곡을 했다.

"제기랄, 우리와 또 한바탕 시끄럽게 논 다음에 죽을 것이지 이게 무슨 경우에 없는 짓이란 말이냐? 화상아, 너는 정말 죽어서까지 우리를 골탕 먹이는구나."

유명노괴 장두서가 땅을 구르며 장탄식하는 곁에서 염왕자 모상휘는 굵은 눈물만 뚝뚝 떨어뜨릴 뿐 여전히 말이 없었다. 그들은 음산오귀를 괴롭히는 것을 취미로 삼고 살면서 또 한편으로는 풍치 화상에게 시달리며 투덕거리고 다투는 것을 즐겼던 것이 틀림없었다. 어쩌면 화상에게 한바탕 시달림을 당하고 나서 곧 음산으로 오귀를 찾아가 그들을 괴롭혀 화풀이하는 재미로 살아왔던 건지도 몰랐다.

소옥은 이미 구양목을 향해 맹렬하게 검을 휘두르며 악에 받친 모습으로 달려들고 있었고, 그녀의 항룡검법을 감히 경시할 수 없는 구양목은 종유상을 내려놓은 채 두 손을 재빨리 휘두르며 번갈아 위맹하기 짝이 없는 구룡장을 때려 소옥을 상대하고 있었다.

검기가 허공을 가르고 장력이 산을 쪼갤 듯 요란했지만 귀수삼선은 그런 것쯤은 눈에 들어오지도 않는 모양이었다. 그들은 오직 자신들이 살아갈 재미가 오늘 한꺼번에 사라졌다는 것을 애통해하고 있을 뿐이었다. 그러던 중 유명노괴 장두서가 힐끗 시선을 돌려 상필지를 빤히 바라보았다. 그의 눈길을 느낀 상필지가 자라처럼 목을 움츠린 채 감히 숨조차 크게 쉬지 못했다.

"히히, 그렇지, 그래. 노부는 심심하지 않아도 된다. 암, 그렇고말고."

그 말을 들은 염왕자 모상휘와 단혼추 광량도 번쩍 정신이 든 듯 일제히 상필지를 바라보았다. 광량은 더 이상 통곡하지 않고 있었다.

구양목의 얼굴이 시간이 지날수록 시커멓게 변해갔다. 수염을 부르르 떨며 일장 일장을 힘주어 밀어내는 것이 잔뜩 긴장하고 있는 것이 역력했다. 그에 비하여 소옥은 표홀(飄忽)하기 짝이 없는 신법으로 구양목 주위를 맴돌며 숨 돌릴 새 없이 신랄한 검격을 가하고 있었다. 그녀의 검이 허공을 가르고 찍어갈 때마다 풍향검이 그것에 주입된 내력을 견디기 힘든 듯 윙윙거리고 울며 떨렸다.

구양목이 천하제일의 장법이라고 자랑하는 구룡장을 맞아 상대하자 항룡검법은 비로소 제 위력을 십분 발휘하기 시작했다. 장법의 위맹함이 더해갈수록 검법은 더욱 가볍고 빨라졌다. 어려움을 느낀 구양목이 가볍고 표홀한 중에 지독한 암경(暗勁)을 감추고 있는 흑룡선무(黑龍旋舞)의 수법으로 바꾸어 빠르게 몸을 움직이며 연환장(連環掌)을 쳐내기 시작했다.

그의 운신이 점차 빨라지더니 오 장을 쳐냈을 때는 희미한 그림자만 보일 뿐 실체를 알아볼 수 없게 되었다. 허공에 가득 걸린 검은 그림자들 속에서 풍차가 돌듯 쉬지 않고 쳐 나오고 홀연히 사라지는 손 그림자가 허상인 것처럼 몽롱하게 보였다.

쉭쉭거리는 경풍이 끊임없이 귓전을 스쳐 갔다. 암경이 거미줄처럼 소옥을 옭아매는데 그 지독한 경력의 여파가 계속하여 밀려나 사방을 진공 상태로 만들어갔다. 소옥은 숨을 쉴 수가 없었다.

"차합!"

금황기(金黃氣)를 극성으로 끌어올린 소옥이 낭랑한 기합성과 함께 검법을 돌변하여 이번에는 무겁고 신중하게 일검 일검을 찌르고 휘둘러 쳐냈다. 그녀의 검에서 뻗어 나오는 검강이 스스로 살아서 움직이는 한 마리 금룡(金龍)인 듯 꿈틀거리며 구양목의 연환장이 쳐놓고 있는 수강(手罡)의 그물을 하나하나 끊어갔다.

"고약하다!"

하늘을 가린 묵빛 그림자 속에서 구양목의 당황한 외침이 터져 나왔다. 노을처럼 붉은 피가 허공을 물들이며 선연하게 번져 나가고 있었다.

소옥의 검은 더욱 무겁고 신중해졌고, 점차 그림자가 걷히며 구양목의 모습이 다시 드러났다. 그의 몸에 다섯 군데의 긴 검상이 나 있어서 그곳으로부터 흘러내리는 선혈이 도포 자락을 흥건히 적시고 있었다.

"대단하군, 대단해! 저 아가씨의 검술이 저와 같으니 너는 다시는 검을 쓴다는 말을 하지 말아야겠다."

소옥과 구양목의 싸움을 넋을 잃고 바라보던 광량이 장두서의 옆구리를 찌르며 이죽거렸다. 장두서가 그의 머리통을 후려치고 사납게 눈을 흘겼지만 그 말을 반박하지는 못했다.

"너는 네 사부와 달리 심성이 어쩌면 그렇게 모질고 독하단 말이냐!"

한소리 엄한 꾸짖음이 들려와 사람들의 마음을 뜨끔하게 했다. 모두 소옥과 구양목의 싸움에 정신이 팔려서 누가 다가오는 것조차 알지 못했던 것이다.

"허, 그대도 아직 살아 있었군!"

제일 먼저 그를 발견한 영춘 진인이 놀라서 외쳤다. 잠시 검을 멈추고 물러서서 돌아본 소옥도 아! 하는 외침을 터뜨리고 벌어진 입을 다물지 못했다. 사람들의 시선이 일제히 가 닿은 곳에 왕서륜이 태평스러운 모습으로 뒷짐을 진 채 다가오고 있었다. 그의 유삼 자락이 바람을 맞아 한가롭게 흔들리는 것이 풍류남아의 멋진 모습 그대로였다.

"사매, 서운하게도 이 사형에게 간다는 말도 없이 떠나더니 이곳에서 결국 만나게 되는군. 그래, 그동안 잘 지냈는가?"

왕서륜의 뒤를 따르던 육지평이 소옥을 바라보고 가지런한 흰 치아를 드러내며 밝게 웃어 보였다. 소옥은 그들이 갑자기 이곳에 나타났다는 것을 의아하게 여겼다. 용화진경을 빼앗기 위해서라면 구양목이 이곳에 있으므로 뜻을 이룰 수 없었다. 왕서륜이 용화진경을 탐내는 이유는 오직 그것으로 구양목을 위협하기 위해서였고, 구양목도 그것을 잘 알 텐데 가만히 구경만 하고 있을 리가 없었기 때문이다. 그럼에도 태연히 모습을 드러냈으니 속셈이 달리 있을 것이라고 여겼다.

"사부님은 아직도 그곳에 계신가요?"

소옥이 마음을 들끓게 했던 흥분을 가라앉히고 차분한 얼굴이 되어서 물었다. 왕서륜이 잔뜩 눈살을 찌푸린 채 한참을 침묵하다가 무겁게 입을 열었다.

"너는 아직도 그녀가 네 사부일 뿐이라 여기고 있는 거냐?"

"무슨 말……?"

소옥이 문득 불길한 무엇을 느끼고 입술을 파르르 떨었다. 왕서륜이 혀를 차고 나서 냉정하게 말했다.

"그녀는 너의 사부이자 너를 낳아준 생모이기도 하다. 아니, 그동안 너를 키워주었으니 그렇게 말하는 건 어폐가 있겠구나."

"아!"

크게 놀란 소옥이 창백해진 얼굴로 비틀거렸다.

"그녀가 어째서 한낱 백면서생에 불과한 소양진을 택해 남모르게 너를 낳았는지 아직도 나는 이해할 수가 없다. 또 이미 너를 낳았으면 함께 살 일이지 왜 군이 그에게 너를 내준 채 떠났던 건지도 이해할 수 없다. 게다가 이왕에 떠났으면 모든 것을 잊고 새로운 삶을 살 것이지, 다시 너를 제자라는 명목으로 거두어서는 끝까지 자신을 속이고 너를 속이며 지내온 것도 이해할 수 없다. 아, 여자의 마음은 참으로 묘하고 예측 불허인 것이어서 어쩌면 평생을 두고 연구해도 나는 그 이유들을 알 수 없을지도 모르지."

왕서륜이 태연하게 말하는 동안 소옥의 얼굴은 창백하다 못해 밀랍

(蜜蠟)처럼 변해갔다. 그녀가 이제는 온몸을 부들부들 떨며 가까스로 울음을 참고 왕서륜의 가슴을 가리켰다.

"나는, 나는……."

믿을 수 없다고 말하려던 소옥은 애써 그 말을 삼켜 버렸다. 상관혜가 아버지에 대하여 이야기할 때 그녀의 안색과 어조에서 이미 심상치 않은 느낌을 받았었고, 아버지가 뇌옥 안에서 죽어가며 마지막으로 그녀를 찾았을 때도 소옥은 가슴이 철렁 하는 느낌을 받았었다. 애써 그것을 부정했지만 그녀의 마음속에는 왕서륜이 말한 바와 같은 생각들이 슬며시 깃들어 있었던 것이다. 다만 그것을 입 밖에 내어 사부에게 물어볼 용기가 나지 않았을 뿐이었다.

"그녀…… 사부님은 어떻게 되셨죠?"

소옥이 온 힘을 다하여 가까스로 그렇게 물었다. 왕서륜이 애석하다는 얼굴로 고개를 저었다.

"네가 떠나고 나서 곧 스스로 목숨을 끊었다. 생각해 보면 이 모든 일의 원인이 된 그녀가 그처럼 쉽게 떠나 버렸으니 참으로 무책임한 처사라고 할 수 있지."

"아!"

이제 소옥은 더 이상 놀랄 기운도, 버티고 서 있을 기력도 없었다. 그녀가 검을 지팡이 삼아 짚은 채 곧 쓰러질 듯 비틀거렸다.

"지금이라도 늦지 않았다. 진경을 내놓고 무릎을 꿇는다면 곱게 살려 보내서 네 부모의 무덤을 돌보며 못다 한 효도를 늦게나마 행하고 살 수 있도록 해주겠다."

소옥의 귀에는 왕서륜이 무슨 말을 하는지 하나도 들려오지 않았다. 그녀는 다만 이 모든 것들을 인정하고 싶지 않았고, 믿고 싶지 않아서

자기 자신을 향해 끊임없이 도리질을 할 뿐이었다. 그것을 본 왕서륜
이 턱수염을 쓸며 침통한 얼굴을 하고 탄식했다.

"끝까지 네가 고집을 버리지 않으니 어쩔 수가 없구나. 하, 참으로
애석한 일이다."

그 말이 채 끝나지도 않았는데 곁에 있던 육지평이 땅을 박차고 힘
껏 뛰어들며 검을 뽑아 소옥을 후려쳤다. 소옥의 안색이 심상치 않을
때부터 슬며시 그녀를 향해 다가오고 있던 상필지가 그것을 보았다.

"비겁한 놈!"

크게 놀란 그가 버럭 외치며 몸을 던져 육지평을 가로막았다.

"앗! 나의 인생을 즐겁게 해줄 어린놈이 죽어서는 안 된다!"

귀수삼선이 일제히 그렇게 외치고 미친 듯 달려왔다. 그러나 그들은
멀리 있었고 육지평은 마주 달려온 상필지와 벌써 부딪치고 있었다.

"비켜라! 건방진 상가의 애송이야!"

육지평이 비웃듯 외치며 소옥에게 향하던 검봉을 틀어 상필지의 가
슴을 찔렀다. 상필지가 검을 들어 그것을 쳐냈다. 쨍, 하는 맑은 검명
이 한차례 울려 퍼졌다. 상필지는 힘을 다했지만 다급한 중에 무작정
쳐낸 것에 불과했고, 육지평은 이미 마음속에 잔뜩 노리고 있다가 기회
를 보아 힘껏 쳐낸 검격이었다. 게다가 내력의 수위에 있어서도 육지
평이 상필지보다 높았으니 처음부터 상대가 될 수 없었다.

"흐윽―!"

검을 놓쳐 버린 상필지가 답답한 신음을 흘리며 쩍 벌어지는 자신의
가슴을 내려다보았다. 그의 눈에 절망이 어렸다.

"어서, 어서! 서두르자! 잘못하다가는 정말 죽겠다!"

비로소 바람처럼 달려와 다다른 귀수삼선이 일제히 외치며 쓰러지

는 상필지를 받아 안고는 다시 바람처럼 산꼭대기를 바라보고 달려갔다. 한바탕 질풍이 몰아친 듯했다. 하지만 소옥은 멍하니 초점이 없는 눈길로 허공을 바라보고 있을 뿐 무슨 일이 일어났는지, 자신의 처지가 어떤지 까맣게 잊은 모습이었다.

재빨리 사라져 버리는 귀수삼선의 뒷모습에 힐끗 눈길을 던졌던 육지평이 다시 소옥을 향하고 뛰어들며 검을 휘둘렀다. 이미 죽이기로 작정한 듯 손속에 한 점의 연민도 인정도 실려 있지 않았다.

"간악한 놈!"

숲 속에서 우렁찬 외침 소리가 터져 나왔다. 그것을 따르듯 곧장 뻗어 나온 한 가닥 푸른 기운이 뇌전보다도 빠르게 육지평을 휩쓸고 지나갔다. 그것이 사라지고 나서야 팡―! 하고 압축되었던 기파가 터져 나가는 날카로운 소리가 사람들의 고막을 두드렸다.

"아!"

남아 있던 사람들이 모두 경악의 외침을 터뜨렸다. 육지평의 허리가 깨끗하게 잘려져 앞으로 퉁겨지듯 쏟아지고 있었던 것이다. 사람들의 시선이 일제히 숲으로 향했다. 비로소 바람처럼 달려오고 있는 두 사람이 보였다. 모두 손에 칼을 쥐고 있었는데 한 명은 온몸이 선혈로 낭자하게 젖어 있는 남궁적이었고, 또 한 사람은 헐렁한 옷소매를 늘어뜨리고 있는 단목기였다. 사람들은 그가 저 먼 곳에서 칼을 휘둘러 육지평을 동강 냈다는 것을 알았다. 그 무시무시한 위력에 모두는 할 말을 잊은 채 다가오는 단목기를 멍하니 바라볼 뿐이었다.

"사부!"

소옥의 혈도를 몇 군데 점하고 나서 남궁적에게 맡긴 단목기가 비로소 구양목 앞에 무릎을 꿇고 머리를 조아렸다. 구양목의 얼굴에 안도의 빛이 가득 떠올랐다.

"드디어 돌아왔구나. 이 사부는 애가 타 미치는 줄 알았다."

"너, 너, 네가 감히 나의 제자를 죽였단 말이냐!"

왕서륜이 단목기를 가리키며 분노로 몸을 떨었지만 단목기는 끝내 그를 돌아보지도 않았다.

장내에는 이제 구양목과 왕서륜, 그리고 단목기가 있을 뿐이었다. 영춘 진인은 심각한 내상을 입어 나설 처지가 되지 못했고, 남궁적 또한 부상이 깊어 그의 흉포함을 드러낼 수가 없었던 것이다. 이제는 구양목의 마수에서 의식을 잃어버린 채 늘어져 있는 소옥을 지켜줄 사람이라고는 오직 단목기 한 명이 있을 뿐이었다. 그러나 그가 어떻게 행동할지는 아무도 알 수 없는 일이었다.

"사부님께서 수은용사(水銀龍師) 황유학(黃裕鶴) 그분을 시해하신 게 맞습니까?"

단목기가 간절한 눈빛으로 구양목을 바라보며 물었다. 황유학은 그에게는 사조가 되면서 구양목에는 스승인 전대의 장문인이었다. 구양목은 소옥이 그 말을 했고, 다시 단목기로부터 같은 말을 듣자 짐작이 갔다.

"곽모용, 그 교활한 놈이 그러더냐?"

"그렇습니다."

단목기의 눈에는 구양목이 그렇지 않다고 말해 주기를 바라는 간절함이 더욱 짙게 떠올라 있었다.

"음……."

무겁게 신음한 구양목이 한동안 침묵했다. 한참 만에야 그가 굳은 얼굴로 천천히 입을 열었다.

"한 번의 실수 때문에 이런 일이 벌어지고 마는구나. 그때 그놈의 주검을 내 눈으로 확인했어야 했는데 그러지 못한 것이 천추의 한으로 남을 뿐이다."

"그, 그럼 정말로……."

단목기가 창백하게 질린 얼굴로 몸을 부르르 떨었다.

"그렇다. 나는 사부님과 나 사이를 이간질하고 곤륜의 영광을 가로막으려는 그 모사꾼을 그대로 둘 수 없었다. 먼저 종유상을 시켜 그자를 죽이려 하였으나 그 아이는 끝내 내 말을 듣지 않았다. 결국 내 손으로 해결할 수밖에 없었지. 이미 일이 그렇게 된 이상 내 앞길을 가로막으려는 사부님 또한 그대로 둘 수는 없는 일이었다. 나는 독하지 않으면 장부가 아니라는 말로 흔들리는 내 마음을 묶어두고 손을 쓰고 말았다."

"아!"

단목기는 자신이 열 살 무렵에 있었던 그 일을 비로소 이해할 수 있게 되었다. 그때 구양목은 종유상을 죽이려 하였고, 종유상은 그것을 받아들이려는 듯했다. 영문을 알지 못했지만 단목기는 어린 마음에도 사형이 죽어서는 안 된다고 생각했다. 그는 필사적으로 구양목의 다리에 매달려 그를 죽이지 말라고 애원했다. 그 마음이 통해서였던지 구양목은 종유상의 무공을 폐하고 그를 사문에서 내쫓는 것으로 그쳤다. 여태까지 왜 그랬었는지 의문이었는데 이제 그것을 알게 된 것이다.

하지만 단목기는 설마 그가 곽모용을 죽이고 자신의 사부까지도 시해하는 극악한 만행을 저질렀을 것이라고는 상상할 수 없었다. 믿기 싫었다. 곽모용으로부터 그런 말들을 들었을 때도 믿지 않으려고 자신의 귀를 막고는 했었는데 이제 구양목으로부터 모든 것을 시인하는 말을 듣자 단목기는 그만 정신이 멍해지고 말았다.

"나는 곤륜을 더 이상 보잘것없는 떠돌이 문파로 놔두고 싶지 않았다. 곤륜의 신공은 가히 천하제일이라고 할 만하다. 어찌 소림과 무당 따위에게 업신여김을 받을 수 있겠느냐. 나는 문호를 크게 열어 많은 제자들을 받아들이고, 명산을 찾아 거대한 전각들을 세워 대곤륜파의 위용을 만천하에 드러내고자 했을 뿐이다. 그렇게 되면 소림과 무당의 명성이 우리 곤륜파의 깃발 아래 빛이 바랠 것이니 이 아니 호쾌한 일이냐? 강호의 제일문파로서 당당하게 사문의 이름을 빛내려는 것이 어째서 잘못된 일이란 말이냐!"

구양목이 마음속에 담아두고 있던 억울함을 토해내듯 소리쳤다. 그런 사부를 보며 단목기는 더욱 절망했다. 자신의 야망을 위해서 패역(悖逆)한 짓을 하고도 아직 그것을 뉘우칠 줄 모르는 사부의 모습은 그동안 하늘같이 믿고 따르며 존경했던 그 사부가 아닌 것만 같았다. 게다가 이제는 사문의 일에 그치지 않고 황제를 시해하려고 하는 대역무도한 무리에 가담하여 그 수괴의 노릇까지 서슴없이 행하고 있었으니 기가 막힐 노릇이었다.

어느덧 함성과 비명 소리들이 저 먼 곳에서 희미하게 들려오고 있었다. 향산에서의 반역이 성공을 했던지 실패했던지 이제는 일이 점차 마무리되어 가고 있는 모양이었다. 무거운 침묵이 흘렀다. 그리고 그 침묵을 흔들며 다가오는 사람들의 발자국 소리가 있었다.

언덕을 넘어오는 상첩영의 모습이 보였다. 마치 소풍을 나온 처자인 듯 한가롭고 여유있는 모습이었다. 그녀의 곁을 역시 한가롭게 따르고 있는 사람은 천하제일검으로 꼽히는 운리성검(雲理聖劍) 제만엽(齊萬燁)이었다. 그를 본 구양목과 왕서륜이 눈살을 찌푸렸다. 설마 제만엽까지 이곳에 와 있으리라고는 미처 생각하지 못한 모양이었다.

소옥은 조금씩 정신을 차렸다. 의식이 돌아오자 모든 것이 명백해졌다. 왕서륜이 처음 모습을 드러냈을 때 구양목을 보고 놀라지 않았던 거며, 그에게 사형이라고 부르지 않았던 것들이 그가 이미 구양목과 손을 잡았다는 것을 짐작하게 했다.

자신에게 했듯이 구양목은 은밀히 왕서륜을 만나 이익으로 그를 설득했을 것이 분명했다. 그리고 용화진경을 얻을 수 없게 된 왕서륜은 마지못한 듯 그의 제안을 받아들였을 것이다. 이미 상관혜가 죽었으니 더 이상 버틸 희망도 미련도 아무것도 남아 있지 않았기 때문이다.

그런 것들을 생각하면서 소옥은 다시 한 번 문호를 정리하라던 사부의 말을 떠올렸다. 그리고 그 말이 백 번 옳다고 느꼈다. 사부의 당부가 없었더라도 저들은 강호의 협의를 생각해서라도 반드시 죄를 물어야 할 자들이었던 것이다.

'내 어머니…….'

사부의 모습을 떠올리고 마음속으로 그렇게 가만히 불러보자 가슴이 찢어질 듯 아파오며 눈물이 솟았다.

그동안 운기조식하여 어느 정도 내상을 다스리고 기력을 되찾은 영춘진인이 뚜벅뚜벅 걸어가 땅에 떨어져 있는 육지평의 검을 집어 들었다. 그의 얼굴에는 증오도 두려움도 없었다. 그 또한 산책이라도 하는 사람인 것처럼 구양목을 바라보고 그렇게 걸어갔던 것이다. 눈물로 젖어 흐려진 눈으로 바라보며 소옥은 그가 이미 죽음을 각오했다는 것을 느꼈다.

"구양 형, 왕 형, 별래무양하셨소?"

제만엽이 가볍게 포권해 보이며 말했다. 구양목은 그의 옆구리에 걸려 있는 한 사람의 머리를 보았다. 잿빛으로 변색된 얼굴과 눈을 부릅뜬 채 이를 악물고 있는 그 모습이 끔찍하기 짝이 없었다. 아직도 매끈하게 잘려 있는 목에서 한두 방울씩 피가 흘러 떨어지고 있는 그것은 위충현의 머리였다.

"다 틀렸구나, 다 틀렸어."

구양목이 어두운 얼굴로 탄식했다. 왕서륜의 얼굴에도 짙은 후회의 빛이 떠올랐다. 하지만 이미 돌이킬 수 없게 된 뒤였다.

"이미 일이 이렇게 되었는데 더 시간을 끌고 격식을 차릴 필요 없다. 시작하자."

한번 단목기를 바라본 구양목이 소옥의 검에 의해 다섯 군데나 길게 찢겨 너덜거리는 도포를 벗어 던졌다.

"뇌."

그것을 본 소옥이 아직도 자신을 품에 안고 있는 남궁적의 가슴을 밀었다.

"어? 깨어났어? 괜찮은 거야?"

남궁적이 놀란 얼굴로 소옥을 빤히 바라보며 물었다. 소옥의 얼굴은 무심해져 있었다. 한번 흩어진 머리카락을 쓸어 넘긴 그녀가 풍향검을 집어 들었다.

꽈쾅—!

하늘이 놀라고 땅이 흔들리는 굉음이 터져 나왔다. 아직도 무릎을 꿇은 채 피가 나도록 입술을 악물고 있던 단목기의 몸이 그 엄청난 폭발의 여파에 밀려 땅에 깊은 자국을 남기며 주르륵 삼 장여나 뒤로 밀려났다. 먹구름이 빠르게 내리덮이듯 구양목의 구룡진기가 검은 기운을 하늘 가득 뿌리며 모든 것을 뒤덮어 버렸다. 그 속에서 제만엽이 검을 뻗어 조용히 긋는 것이 보였다. 그의 시린 검강이 뇌전처럼 구양목의 구룡진기를 갈라갔다.

꽈꽝—!

다시 한 번 굉장한 폭발음이 터져 나왔다. 이를 악물고 눈을 부릅뜬 구양목이 한 걸음 한 걸음 다가서며 무겁고 신중한 모습으로 두 손을 번갈아 천천히 밀어내고 있었다. 그때마다 그의 손을 떠난 묵빛 수강(手罡)이 제만엽의 검강과 부딪쳤고 머리 위에서 벼락이 떨어지는 것 같은 폭음이 터져 나왔다.

제만엽의 얼굴은 핼쑥하게 변해 있었다. 그의 몸이 안개처럼 몽롱한 기류로 덮여 있었는데, 구양목이 쳐내는 구룡장의 기파(氣波)가 밀려와 그것과 부딪칠 때마다 폭죽처럼 요란하게 터지며 산지사방으로 흩어져 날았다. 호신강기로 온몸을 감싸고 서서 검강을 쳐내는 제만엽의 모습은 웅장하고 꿋꿋했다. 그러나 그는 구룡장의 거대한 힘과 부딪칠 때마다 조금씩 몸을 떨며 밀려나고 있었다.

그들의 무서운 싸움에 정신이 팔려서 사람들은 왕서륜과 영춘 진인의 싸움에는 신경을 쓰지 못했다. 영춘 진인이 사기(四奇)의 수좌를 차지하고 있는 절정의 고수였지만 왕서륜의 상대는 되지 못했다. 그는 강호에 나와 활동했던 이십여 년 전부터 어쩌면 십대고수 중 가장 강할지도 모른다는 세간의 평을 들었던 사람이다. 운리성검 제만엽도 그 시절 왕서륜과 겨루는 걸 꺼려할 정도였던 것이다.

그런 왕서륜에게 부딪쳐 가는 영춘 진인은 무모하기 짝이 없었다. 하지만 그는 이미 죽고 사는 것에서 초탈해 있었다. 오직 한 자루 검을 휘둘러 왕서륜이 구양목을 돕지 못하도록 붙잡아두고 있는 것으로 만족할 뿐이었다.

그들의 싸움을 지켜본 소옥은 왕서륜에게 영춘 진인을 단번에 죽일 마음이 없다는 것을 알았다. 그는 고양이가 쥐를 가지고 놀듯 가볍게 상대하면서 구양목과 제만엽의 싸움에 더 신경을 쓰고 있었다. 일이 돌아가는 상황을 지켜보다가 자신의 행동을 결정하려는 간교한 속셈이 빤히 들여다보였다.

이미 소옥에 의해 적지 않은 상처를 입고 있는 구양목은 시간이 지날수록 힘겨워지는 것을 느꼈다. 기력을 온통 끌어올려 제만엽의 검강과 부딪치기 시작하자 그새 아물어가던 다섯 군데의 검상이 다시 벌어지며 샘솟듯 선혈을 쏟아내고 있었던 것이다. 시간을 끌면 끌수록 자신에게 불리했다. 하지만 이미 전과 같지 않은 기력으로는 제만엽의 검을 쉽게 제압할 수가 없었다.

제만엽과 구양목은 모두 지쳐 갔다. 구양목이 상처 입은 용이라면 제만엽은 늙은 호랑이였다. 두 사람은 한 치의 양보도 없이 자기 자신을 돌보지 않고 오직 상대를 죽이기 위해 있는 힘을 다할 뿐이었다. 그리고 먼저 한계를 드러내기 시작한 사람은 제만엽이었다.

그는 이미 힘이 다해가고 있었다. 굳게 다문 입술을 뚫고 뜨거운 선혈이 울컥울컥 토해지고 있었는데, 옷자락이 흥건하게 젖어들 정도였다. 구양목도 썩 좋지는 않아서 일장 일장을 뻗어내는 그의 어깨가 가볍게 떨리고 있었다. 구양목이 아직도 무릎을 꿇고 엎드린 그대로 움직이지 않고 있는 단목기를 노려보았다. 하지만 그를 꾸짖을 수는 없었다. 이십여 년 전 자기 자신이 했던 일 때문이었다.

"흥!"

단목기를 향해 싸늘하게 코웃음을 친 구양목이 여전히 구룡장을 쳐내면서 몇 번 가래가 끓는 기침을 했다. 여태까지 없던 일이었다. 단목기가 비로소 얼굴을 들고 구양목을 바라보았다. 그의 입술은 어찌나 굳게 악물고 있었던지 이빨이 파고들어 으깨져 있었다. 선혈이 입가를

타고 흘러내려 가슴을 온통 적시고 있었다. 사부를 바라보는 단목기의
눈에서 뜨거운 눈물이 흘러내렸다.

"언니는 아직도 마음을 정하지 못했나 보군요? 아니면 제 대협이 죽
기를 기다렸다가 구양목과 일 대 일로 싸우려는 건가요? 하지만 그때
는 늦을지도 몰라요."

첩영이 소옥의 귀에 가만히 속삭이며 아직도 영춘 진인과 어울려 싸
우고 있는 왕서륜을 눈짓으로 가리켰다.

"아!"

소옥이 문득 정신을 차린 듯 짧게 외쳤다. 그녀는 단목기와 구양목
을 번갈아 바라보며 참을 수 없는 안타까움과 연민에 빠져 스스로 해
야 할 일을 잊고 있었던 것이다. 단목기가 겪고 있을 마음의 고통과 갈
등이 고스란히 전해져 왔기 때문이다.

'불쌍한 사람…….'

소옥이 볼을 타고 흐르는 눈물을 훔치며 그렇게 중얼거렸다. 하지만
단목기를 가여워하는 여린 감상에만 빠져 있을 수는 없었다. 그 무렵
제만엽은 더 이상 견딜 수 없는 지경이 되어서 비틀거리기 시작하고
있었던 것이다. 구양목 또한 죽기를 각오한 듯 마지막 기력을 다 끌어
내 더욱 흉맹스럽게 구룡장을 때려내고 있었다.

꽝, 꽝, 꽝—!

요란한 폭음이 다시 터져 나왔다. 이제는 희미해진 제만엽의 호신강
기가 산산이 부서져 날려갔다. 구양목의 경기를 끊어가는 그의 검강도
빛이 흐려진 채 제 위력을 발휘하지 못했다. 드디어 제만엽이 온몸에
부딪쳐 온 구룡장의 기파를 견디지 못하고 울컥울컥 피를 토해내며 흔

들렸다.

단목기가 소옥을 바라보았다. 그의 눈에서 피눈물이 흐르고 있었다. 그의 처참하게 일그러진 얼굴을 마주 보면서 소옥은 그 눈이 무엇을 말하는지 알았다. 그의 마음이 온몸으로, 아니, 그녀의 영혼 속으로 뜨겁고 소름 끼치게 두려운 그 무엇이 되어 강렬하게 박혀들었다.

소옥이 풍향검을 쥐고 벌떡 일어섰다.

'죽인다.'

그런 생각이 이제는 그녀의 이성을 지배했다. 발끝으로 땅을 밀어낸 그녀가 퉁겨진 듯 쏘아져 나갔다. 막 제만엽의 가슴에 일장을 때리던 구양목이 소옥의 기척을 느끼고 크게 흔들려 급히 장력을 회수해 들였다. 그러나 이미 뻗어 나간 장력의 한줄기는 어쩔 수 없었다.

꽝—!

제만엽이 구양목의 일장을 받아내지 못하고 가슴을 움켜쥔 채 날려 갔다. 첩영이 비명을 지르며 달려와 제만엽의 몸을 받아 들 때 소옥은 단목기를 뛰어넘으며 힘껏 검을 쳐내고 있었다.

쉬아앙—!

필생의 진력을 아낌없이 쏟아 부은 검강이 벼락 치는 소리를 내며 뇌전처럼 뻗어 나갔다.

퍽—!

구양목의 정수리 위에서 그런 소리가 났다. 그가 두 손을 늘어뜨린 채 멍한 눈으로 소옥을 바라보았다. 그 앞에 내려서서 다시 검을 휘두르려던 소옥이 깜짝 놀라 손을 멈추었다. 구양목의 볼을 타고 한줄기 눈물이 흘러내리고 있었던 것이다. 그가 천천히 고개를 돌려 단목기를 보았다. 저만큼 떨어진 곳에서 단목기가 피와 눈물로 얼룩진 얼굴을 들어 그를 마주 보고 있었다.

구양목의 입가에 씁쓸한 웃음이 번졌다. 그리고 그의 머리가 정수리에서부터 천천히 벌어져 양쪽으로 나뉘기 시작했다.

파아—!

뜨거운 선혈이 갑자기 뿜어져 나와 소옥의 얼굴이며 가슴을 온통 적셨다. 깜짝 놀란 소옥이 부르르 떨었다. 지금 자신이 한 일을 믿을 수 없다는 듯 멍해진 채였다.

'어째서, 어째서 그는 결정적인 순간에 구룡진기를 거두어 버렸던 것일까?'

그런 의문이 그녀의 머리 속을 더욱 하얗게 비워갔다.

"으악—!"

문득 처절한 비명 소리가 터져 나와 그녀의 정신을 일깨웠다. 급히 바라본 곳에 산산이 부서진 가슴을 움켜쥐고 무너지는 영춘 진인의 모습이 보였다. 그 너머로 벌써 삼십여 장 밖을 내달리고 있는 왕서륜의 뒷모습이 조그맣게 보였다. 너무도 재빨리 달아나는 것이었기에 누구도 그를 쫓을 생각을 하지 못했다.

"사, 사부……."

단목기가 멀리서부터 무릎걸음으로 다가왔다. 그가 지나간 곳마다 깨진 무릎에서 흘러내린 선혈이 점점이 고였다. 구양목의 참혹한 주검 곁에 다가온 단목기가 하나뿐인 팔을 뻗어 그의 몸을 굳게 끌어안았다.

"사부—!"

하늘을 보고 터뜨리는 그의 외침이 어느새 통곡으로 변해갔다.

*　　　　*　　　　*

쪼르르륵—

호박빛 맑은 술이 그윽한 향기를 풍기며 옥잔에 가득 담겼다. 천천히 그것을 집어가는 섬세한 손이 있었다. 붉은 입술이 살짝 벌려져 깨물 듯 옥잔을 물었다. 맑고 그윽한 주향이 입술 사이로 조금씩 흘러 들어갔다.

"단목 형이 드디어 곤륜의 문호를 크게 열었더군. 그가 장문 직에 오르고 봉문을 푼 것을 축하해서 구파의 장문인과 명숙들이 대거 곤륜산으로 향하고 있다는 소문이 자자하다. 하북무림을 대표해서는 운리성검 제만엽 대협이 직접 나섰다고 하더군. 곤륜의 제자가 되기 위해 몰려드는 사람들로 하남성이 온통 북새통을 이루고 있다는 거야. 그 자리에서 환주루도 그들의 실체를 처음으로 드러내고 이제 그만 해산해서 다시는 강호의 일에 끼어들지 않는다는 맹약을 할 것이란다. 이거야말로 다시 볼 수 없는 구경거리다. 안 갈 거야?"

남궁적이 못마땅한 듯 머리를 외로 꼬며 퉁명스럽게 말했다. 그러면서도 그의 손은 다시 조심스럽게 빈 잔에 술을 따르고 있었다.

"가고 싶으면 너 혼자 가."

소옥이 입가를 닦으며 눈을 흘겼다.

"제기랄, 그래 놓고 너는 또 어디론가 달아나려고 그러지? 내가 그 속셈을 모를 것 같으냐? 나는 이제 죽어도 네 옷자락을 움켜쥐고 죽을 거다. 다시는 놓치지 않는다고!"

"흥!"

소옥이 쌀쌀맞게 코웃음을 치고 다시 술잔을 집어 들었다. 그때 주루의 문이 활짝 열렸다. 한 사람이 아무 조심성 없이 쿵쿵거리며 다가

와 남궁적 곁에 털썩 주저앉았다.

"제기랄, 대체 언제 싸워줄 거냔 말이다!"

모용탈이었다. 한 걸음 늦어 향산에서의 대접전에 끼어들지 못한 그도 내내 소옥을 뒤따르며 졸라대고 있는 중이었다.

"당신 곁에 좋은 상대가 있잖아. 그의 단혼도법은 이제 무적이야. 그걸 시험해 봐도 충분할 텐데?"

"뭐야? 내가 기껏 이따위 건달 놈과 자웅을 겨루려고 이 먼 중원에 발을 들인 줄 아냐?"

모용탈이 발끈하자 곁에 있던 남궁적이 칼을 쥐고 벌떡 일어섰다. 그의 얼굴이 모욕감으로 붉게 물든 채 어깨 너머로 거친 숨을 씩씩거리고 있었다.

"나와! 누가 죽나 한번 시원하게 해보자구! 빌어먹을!"

"안 되지. 그의 목숨은 아직도 내 몫이니까 말이다."

조용한 음성이 대신 대답해 왔다. 남궁적과 모용탈이 일제히 바라본 곳에 옥당군이 서 있었다. 무표정한 그의 얼굴이 소옥을 바라보고 모용탈을 바라보았다. 그의 차가운 눈 깊은 곳에서 살기가 반짝였다.

"쳇, 저 재수없는 놈은 정말 지겹다, 지겨워."

모용탈이 중얼거리고 술병을 들어 그 커다란 입에 통째로 처박았다. 소옥이 옥당군을 향해 말없이 빈 잔을 들어 보였다. 옥당군의 얇은 입가로 한줄기 차가운 미소가 보일 듯 말 듯 번져 갔다.

· 終 ·

드디어 한 개의 길고 긴 이야기를 끝냈다. 지금까지 세 번 후기(後記)라는 것을 써보았지만 이번처럼 후련하고 개운한 기분으로 써본 적이 없었다. 이 못난 이야기를 해 나가기가 그만큼 힘들었다는 얘기다.

"여자가 주인공인 무협이라니? 아니 형, 밥숟갈 놓고 싶은 거 아니요?"

아직 시작하기 전에는 그렇게 말하던 놈의 볼을 쥐어박고 싶었다. 그런데 지금은 옆차기로 걷어차 주고 싶다. 왜 좀 더 적극적으로 말리지 않았느냐고 소리치면서 말이다.

하지만 후회는 없다. 어쨌든 써보고 싶은 걸 썼기 때문이다. 많은 제약이 있었고, 많은 시행착오를 거쳐야만 했다. 그렇게 해서 완성된 이 이야기에 대하여 이제는 미련을 버리려고 한다.

소옥은 이미 내 손을 떠났고, 이제 다시는 돌아오지 않을 것이기 때문이다. 나로서는 여태까지 썼던 세 편의 이야기보다 이 한 편에 더욱 공을 들였고 정성을 바쳤다. 그것이 자꾸 글이 늦어지고 그래서 사정없이 눈을 흘겨댔던 편집자에 대한 나의 낯 뜨거운 변명이다.

판단은 독자들이 할 것이므로 이제는 무책임하게 맡겨 버린다. 아무리 공을 들였어도 읽어주는 사람이 재미없다고 하면 재미없는 것이고, 아무리 날려 썼어도 재미있다고 하면 재미있는 것이다. 그것이 변하지 않을 진리다.

재미있다는 말을 듣는 이야기를 써보고 싶다. 열광하는 독자들 속으로 뛰어들고 싶다. 그것이 언제까지나 계속될 꿈이고 간절한 소망이다. 그래서 다시 새로운 이야기를 찾아내기 위해 줄담배를 피워대고 물 마시듯 쓴 커피를 마셔댄다.

가장 초조하고 가장 지루한 그 시간과 다시 직면할 때가 되었다.

언제나 지금이 새로운 시작이라고 생각하며 자판을 두드린다. 그 손끝에 신명이 돌고, 이야기가 내 머리 속에서가 아니라 제 스스로 찾아와 모니터 속에 파바박, 박혀주기를 희망한다.

지금 나는 그것을 꿈꾸며 다시 한 개피의 담배에 불을 붙여 물고 있다.

부족한 글을 끝까지 팽개치지 않고 붙들어준 청어람 사장님과 편집자님께 진심으로 감사를 드린다. 다음 글로 보답하겠다고 한다면 과연 믿어줄까?

끝까지 읽어주신 독자제현께 경의와 존경을 드립니다.

2002년 여름의 문턱에서 〈꿈꾸는 곰〉